CONSTANZE WILKEN

Die Schwestern der Villa Fiore

Biancas Geschichte

GOLDMANN
Lesen erleben

Buch

Das *Ristorante Fiore* ist Bianca Massinellis ganzer Stolz. Mit viel Herzblut hat sie das Lokal, das zum Weingut ihrer Familie gehört, aufgebaut und zum Geheimtipp gemacht. Doch dann kündigt ausgerechnet ihr Chefkoch, als ein Reisemagazin über das Restaurant berichten will. Hilfe naht von unerwarteter Seite: Starkoch Nando Branconi, einer der Hotelgäste, springt spontan ein. Er kann nicht nur hervorragend kochen, sondern sieht auch gut aus, weshalb sich Biancas Mitarbeiterin Elena schon bald in ihn verliebt. Nando hat jedoch nur Augen für Bianca. Als die beiden sich näherkommen, droht die eifersüchtige Elena, das *Fiore* zu ruinieren …

Informationen zu Constanze Wilken sowie zu weiteren Titeln der Autorin finden Sie am Ende des Buches.

Constanze Wilken

Die Schwestern der Villa Fiore

Biancas Geschichte

Roman

GOLDMANN

Sollte diese Publikation Links auf Webseiten Dritter enthalten, so übernehmen wir für deren Inhalte keine Haftung, da wir uns diese nicht zu eigen machen, sondern lediglich auf deren Stand zum Zeitpunkt der Erstveröffentlichung verweisen.

Dieses Buch ist auch als E-Book erhältlich.

MIX
Papier aus verantwortungsvollen Quellen
FSC® C014496

Verlagsgruppe Random House FSC® N001967

1. Auflage
Originalausgabe März 2020

Umschlaggestaltung: UNO Werbeagentur München
Umschlagfoto: © Stocksy / Yann AUDIC
FinePic®, München
Redaktion: Regine Weisbrod
BH · Herstellung: kw
Satz: GGP Media GmbH, Pößneck
Druck und Bindung: GGP Media GmbH, Pößneck
Printed in Germany
ISBN: 978-3-442-48956-5
www.goldmann-verlag.de

Ogni promessa è debito.
Jedes Versprechen ist eine Verpflichtung.

Italienisches Sprichwort

Feinschmeckerei ist ein Hauptband der Gesellschaft. Stufenweise wirkt sie auf den Grad der Geselligkeit, der täglich die verschiedensten Stände auf ein neutrales Gebiet leitet, die Unterhaltung belebt und die bekannten Ecken der Ungleichen abschleift.

Brillat-Savarin (1755–1826)

PERSONENVERZEICHNIS

Villa Fiore

Luciano (†) & Vittoria (†) Massinelli

Teresa & Ettore Massinelli (†)

Lorenzo (Teresas Sohn) & Manuela (geb. Wiesinger) Massinelli

Ihre Töchter:

Bianca – Köchin

Giulia – Wirtschaftsprüferin

Milena – Pferdetrainerin

Restaurant Fiore & Hotel

Elena – Servicemitarbeiterin

Luca – Beikoch

Ivano – Küchenhilfe

Ariano – Beikoch

Renata – Beiköchin

Simone – Mitarbeiterin

Claudia – Rezeptionistin

Biancas Freunde

Sara, Mia & Rachele

Marco Campucci

Filippo Marchetti

Maurizio Rossi

Nando Branconi – Starkoch aus Neapel
Arianna – Nandos Ehefrau
Umberto Talone
Valentino Talone – Umbertos Sohn
Corrado Talone – Umbertos Onkel

Mitarbeiter des Weinguts
Alberto Fatta – Kellermeister
Masato Tanaka – Kellermeister
Mauro Ruggero – Trüffelsucher mit Pino, dem Trüffelhund

Fattoria Fiore
Salvatore (Lorenzos Bruder) & Bruna (geb. Contesini) Massinelli
Dario Massinelli (ihr Sohn) – Rechtsanwalt

Paul Reed – kalifornischer Flying Winemaker
Juan – Pauls mexikanischer Partner auf dem Reed Estate
Jean Ducasse – Flying Winemaker
Harper Ford – Wissenschaftlerin, Giulias Freundin

PROLOG

Sie kannte jede Kurve und jedes Schlagloch dieser Straße. Automatisch legte sich Bianca nach rechts, denn gleich folgte die scharfe Biegung mit der unbefestigten Geröllkante. Was für ein Abend! Noch immer summte sie in Gedanken das Lied von George Michael, zu dem sie zuletzt getanzt hatte: »These are the days of the open hand …«

Sie musste die Vespa hart nach rechts drücken, um nicht auf den losen Steinen auszurutschen.

»Maybe we should all be praying for time …«, hieß es weiter in dem eindringlichen Song. Obwohl die Party ausgelassen gewesen war, hatte ein wenig Wehmut diesen Abend bestimmt. Der Sommer neigte sich seinem Ende zu, genau wie die Ferien und auch die Schulzeit. Noch ein Jahr, und dann mussten sie sich entscheiden, welchen Weg sie einschlagen wollten.

Mia Salvati, ihre beste Freundin, hatte es gut. Sie wollte Kunst studieren, und mit ihrem Talent würde sie es weit bringen, davon war Bianca überzeugt. Die exzentrische, begabte Mia mit ihren Tattoos und Piercings, die den vornehmen Salvatis ein Dorn im Auge waren. Was Mias Rebellion nur noch weiter befeuerte. Rachele dagegen war eher still, der ruhende Pol der Mädchenclique, wollte eine kaufmännische Ausbildung absolvieren und wünschte sich Kinder. Wie konnte man nur so früh schon sicher sein, dass das der richtige Weg war?

Manchmal neckten sie Rachele und ihren Freund Franco wegen ihres unaufgeregten Lebens und ihrer Häuslichkeit.

Die Vespa knatterte laut in der stillen Nacht, denn die Nebenstrecke hinauf zur Villa Fiore war kaum befahren. Das Weingut ihrer Familie lag auf einem Hügel im Rufina, unweit von Florenz. Der Weinanbau hatte eine lange Tradition bei den Massinellis, und die Arbeit mit den Rebstöcken bestimmte das Leben aller auf dem Gut. Bianca liebte die alte Villa, den Wald, in dem es wunderbare Trüffel gab, und den Garten. Sie hatte sich ein kleines Stück zum Anbau ihres eigenen Gemüses abgetrennt. Es war ihr Experimentiergärtchen, wie sie ihn nannte. Ihre Schwestern schmunzelten darüber, begeisterten sie sich doch für ganz andere Dinge.

Milena liebte ihre Pferde, war eine ausgezeichnete Reiterin und verbrachte jede freie Minute im Stall. Und Giulia, die Älteste der Massinellis, vertiefte sich am liebsten in ihre Bücher. Sie war ein Zahlengenie und hatte bereits einige Mathematikwettbewerbe gewonnen. Seufzend steuerte Bianca die Vespa an einem Schlagloch vorbei. Was hatte sie an besonderen Talenten vorzuweisen? Sie interessierte sich für exotische Gemüsesorten und wie man sie verarbeitete. Am liebsten stand sie mit ihrer Mutter und Nonna in der Küche. Die Rezepte ihrer Großmutter waren legendär, und auf keiner Familienfeier durften Nonnas Polpette, die berühmten Fleischbällchen, und ihr Zitronen-Tiramisu fehlen. Nonna freute sich immer diebisch, wenn die Gäste leicht beschwipst aufstanden, weil sie den Gehalt an Limoncello im Dessert unterschätzten.

Dieses Dessert hatte sie heute auch für Saras Geburtstagsfeier mitgebracht. Ihre Mitschülerin lebte in Pontassieve und hatte ihre besten Freunde eingeladen. Außerdem war auch der junge Maurizio da gewesen, dessen Vater das Promirestaurant *Da Rossi* in Florenz betrieb. Man sah ihm nach, dass er gerne mit den Berühmtheiten angab, die er dort traf, weil er unterhaltsam und zu außergewöhnlichen Aktionen bereit war.

Bianca lächelte, als sie sich daran erinnerte, wie ihr Maurizio heute Abend wieder einmal schöne Augen gemacht hatte. Es war nicht so, dass sie ihn nicht mochte, aber sie war einfach nicht verliebt in ihn und basta! Sie hatten zu George Michaels Song getanzt. »Praying for time …«, summte Bianca und gab Gas, um die Steigung bewältigen zu können.

Und dann ging alles ganz schnell. Sie hatte den Wagen erst im letzten Moment gehört, da war er schon neben ihr und touchierte ihre Vespa. Sie schrie, verlor die Kontrolle über das Zweirad und rutschte über die Geröllkante. Ein stechender Schmerz schoss ihr durchs Bein, als das schwere Gefährt auf sie fiel und sie den Hang hinunterschob. Kurz schwoll der Schmerz an, schien sie zerreißen zu wollen, bis er in einem dumpfen Nebel aus gnädiger Ohnmacht erstarb.

Wie lange sie bewusstlos gewesen war, konnte sie nicht sagen, doch irgendwann lichtete sich die watteartige Umhüllung ihres Gehirns, und sie spürte die spitzen Steine, fühlte warmes, klebriges Blut an ihrem Bein, das sich nicht bewegen ließ. Tränen schossen ihr in die Augen, die sie zunächst nicht öffnen konnte. Als es ihr endlich gelang zu blinzeln, konnte sie in der Dunkelheit kaum etwas erkennen. Der Lichtkegel ihrer Vespa schien unwirklich und auf unpassende Weise starr in die Nacht. Sie wollte schreien, brachte jedoch keinen Laut mehr über die aufgesprungenen Lippen. Schließlich zog sie einen Arm unter der Vespa hervor und streckte ihn hilflos aus. Ist dort denn niemand? Und dann sah sie eine Gestalt, die sich gegen das Licht am Abhang abzeichnete. Regungslos verharrte dort oben jemand, dessen war sie sich sicher, doch die Person machte keinerlei Anstalten, ihr zu helfen, sondern wandte sich abrupt ab. Ein Motor heulte auf. Sie war allein.

1

ALS DER KOCH VERSCHWAND

Die Julisonne brannte heiß vom Mittagshimmel. Bianca wischte sich den Schweiß von der Stirn, denn sie war seit dem frühen Morgen in der Küche, um die Gerichte für das große Festessen vorzubereiten. Ihr Bein schmerzte vom langen Stehen. Aber sie hatte keine Wahl. Ihr Chefkoch hatte sich einfach aus dem Staub gemacht. Über Nacht war der Mistkerl verschwunden. Sie ballte wütend die Hände und schickte einen stummen Fluch in Richtung des wolkenlosen Himmels. Alles hätte perfekt sein können – die Gäste freuten sich auf die Hochzeitsfeier, das Wetter spielte mit, die Musiker waren da, und sie spielten gut, die Stimmung hätte nicht besser sein können. Wenn, ja wenn nur ihr Koch noch hier wäre! Bianca stand hinter dem Restaurant im Schatten der alten Olivenbäume und versuchte, einen klaren Kopf zu behalten.

Ihre Schwester Giulia schaute um die Ecke. »Hier steckst du, Bibi!« Giulia kam mit sorgenvoller Miene zu ihr und reichte ihr ein Glas gekühlter Zitronenlimonade. »Trinken!«

Gehorsam leerte Bianca das Glas in einem Zug. »Danke. Oh, Giuli, was mache ich denn nur? Dieser verdammte Gino! Wie konnte er mir das bloß antun? Wir haben doch gut gezahlt, und er hätte mich zumindest vorwarnen können. *Porca miseria!*«

»Die Konkurrenz in Rom zahlt besser, so einfach ist das. Und da der Kerl anscheinend kein Gewissen hat …«, meinte Giulia, die wie immer bildschön aussah. Die langen braunen Haare fielen ihr in gepflegten Locken über den Rücken, das weiße Leinenkleid unterstrich ihren olivfarbenen Teint und ihre sportliche Figur. Paul tat ihr gut.

Bianca freute sich von Herzen über das Glück, das ihre Schwester an der Seite des amerikanischen Önologen Paul Reed gefunden hatte. Die beiden waren nicht nur ein liebevolles Paar, sondern auch ein gutes Team, wenn es um den Weinanbau ging. Paul hatte den Massinellis geholfen, mit exzellenten biologischen Weinen den Markt zu erobern, und in Kombination mit Giulias Talent als Wirtschaftsprüferin dem Betrieb aus einer ernsten Krise geholfen. Die dramatischen Ereignisse des letzten Sommers schienen vergessen, doch sie alle wussten, dass die Schatten der Vergangenheit noch immer auf eine Gelegenheit lauerten, die Familie erneut zu quälen.

»Ich hatte schon befürchtet, dass er die Stelle hier nur als Sprungbrett benutzt, aber dass er sich auf so miese Weise vom Acker macht, nein, das hätte ich ihm niemals zugetraut. Gestern sprachen wir noch darüber, dass er wahrscheinlich im Herbst nach Rom gehen würde«, klagte Bianca händeringend.

»Bianca!«, rief eine Frauenstimme aus der Küche. »Was ist mit dem zweiten Gang? Wer soll den rausbringen, und wer soll ihn anrichten? Ich schaffe das nicht!« Der Kopf einer älteren Frau erschien im offenen Küchenfenster. Ihre Wangen glühten, und die Haare klebten an ihren Schläfen.

Renata war am Morgen spontan eingesprungen. Sie war eine rüstige Endsechzigerin, doch dem Stress und der Hektik eines großen Restaurantbetriebs war sie nicht mehr gewachsen.

»Meine Liebe, mach eine Pause, ich komme wieder herein.« Bianca hatte Renata im letzten Jahr aus der Festanstellung gehen lassen müssen, da die Köchin einen Kreislaufzusammenbruch und Venenprobleme gehabt hatte. Sie wollte sich nicht vor Renatas Familie verantworten müssen, wenn der hilfsbereiten Frau erneut etwas zustieß.

»Pause, Pause, das ist nicht drin! Ah!« Renata verschwand, und man hörte sie in der Küche die Hilfskräfte kommandieren.

Bianca dehnte den Rücken und machte zwei Schritte nach vorn, wobei sie das Bein ein wenig nachzog.

Ihre Schwester bemerkte das sofort: »Bibi, du hast wieder Schmerzen, das seh ich doch. Du kannst nicht so lange in der Küche stehen. Wir müssen einen Ersatz finden!«

Der große Olivengarten erstreckte sich hinter dem Restaurant über den Hügel und war mit gemütlichen Korbmöbeln bestückt. Die Gäste liebten die schattige Ruheoase, in der sie sich abseits des Trubels der Caféterrasse entspannen konnten. Auch jetzt lagen einige Gäste dort und lasen oder dösten.

Giulia senkte die Stimme: »Ich meine das sehr ernst, Bibi. Wenn du niemanden findest, besorge ich einen Koch, und mir ist es egal, wie qualifiziert er ist, wenn er dir nur die Arbeit bei all den Festlichkeiten, die bei uns gebucht sind, abnehmen kann. Ich freue mich sehr, dass das *Fiore* als Hochzeitslocation so beliebt geworden ist, aber es bedeutet auch viel mehr Arbeit. Das kann niemand allein schaffen.«

Einer der Gäste, ein gutaussehender gebräunter Mittdreißiger, drehte interessiert den Kopf in ihre Richtung. Bianca nahm ihre Schwester am Arm und zog sie näher zum Haus. »Halte dich da raus, Giuli! Ich suche mir meinen Koch selbst aus. Meine Küche, meine Probleme. Daran bin ich allein schuld, und ich muss die Suppe auslöffeln.« Sie schlug sich gegen die Stirn. »Die Suppe! Das wird eine Katastrophe. Die Granatäpfel sind noch nicht da …«

»Was kann eine Suppe so kompliziert machen?«, fragte Giulia.

»Oh, die Zutaten müssen frisch und vor allem verfügbar sein!« Bianca fuhr sich über die erhitzte Stirn. »Das Hochzeitspaar hat sich diese spezielle Suppe gewünscht. In die Brühe gehören Granatäpfel, Trüffel, Pilze und Seetang«, zählte sie auf. »Die Klößchen werden mit Topinambur, Sellerieknolle, Parmesan und Muskat gemacht.« Sie schloss genießerisch die Augen. »Ich kann es schon riechen. Hm, welch ein Duft, aber ohne die verdammten Granatäpfel kann ich sie nicht machen.«

Bianca liebte das Kochen. Sie liebte es, sich über die Zutaten Gedanken zu machen, über neue Rezepte, über die Arten der Zubereitung, und sie experimentierte gern. Aber all das bereitete nur Vergnügen, wenn sie Zeit und genügend kompetente Mitarbeiter hatte, die ihre Ideen umsetzen konnten.

»Hey, hast du mir überhaupt zugehört?«, sagte Giulia dicht vor ihr. »Dreh dich jetzt nicht um, aber der Typ dort hinten auf der Liege starrt jetzt zu uns herüber. Wer ist das? Gehört er nicht zu der Gruppe aus Mailand, die gestern gekommen ist?«

Ohne nachzudenken, wandte Bianca den Kopf und begegnete dem Blick des Fremden. Es lag etwas amüsiert Interessiertes in diesen dunklen Augen, die sie aus einem gerade geschnittenen Gesicht ansahen. In dem dichten schwarzen Haar steckte eine hochwertige Sonnenbrille. Auch die Uhr an seinem Handgelenk wirkte kostspielig, selbst auf die Entfernung. Für einen Mailänder schien er zu dunkel. Sie tippte auf den Süden, Apulien oder Neapel vielleicht.

»Na? Sieht gut aus und scheint dich zu mögen. Amüsiere dich doch mal, Bibi. Du kannst nicht immer nur arbeiten!«, sagte ihre Schwester.

Bianca fegte den Vorschlag mit einer entschiedenen Handbewegung weg, küsste ihre Schwester flüchtig auf die Wange und ging zum Kücheneingang. »Doch, kann ich. Es macht mir Freude, das weißt du, Giuli.«

Sie stellte sich vor, wie ihre Schwester hinter ihrem Rücken die Augen verdrehte und die Hände zum Himmel hob. In den nächsten Stunden dachte sie jedoch weder an Giulia noch an attraktive Gäste, denn das Hochzeitsmenü forderte ihre gesamte Aufmerksamkeit. Am späten Nachmittag endlich hatten sie es geschafft – die Gäste waren zufrieden und voll des Lobes für das Menü gewesen. Doch jetzt stand Bianca erschöpft inmitten eines Chaos aus Töpfen, Pfannen und Geschirrbergen und wusste nicht, ob sie lachen oder weinen sollte. Mit zitternden Fingern griff sie nach einem Weinglas und goss sich etwas Weißwein ein. Ihr Bein schmerzte wie schon lange nicht mehr, und sie fühlte sich ausgelaugt und müde.

Das letzte Jahr hatte ihnen allen viel abverlangt. Ihre Eltern, Lorenzo und Manuela, hatten sich weitestgehend aus dem Geschäft zurückgezogen, denn ihr Vater brauchte seit seinem Herzinfarkt im vergangenen Jahr mehr Ruhe, auch wenn er sich das nicht eingestehen wollte. Giulia, Milena und Bianca hatten die Eltern ermutigt, endlich die Reisen zu unternehmen, die sie schon so oft aufgeschoben hatten, angefangen mit einem Besuch bei Manuelas Familie in Deutschland. Neben dem Weinbau hatten sich das Gästehaus und das Restaurant zu einem zweiten Standbein der Massinellis entwickelt. Dank Giulias Marketingstrategien kamen mittlerweile regelmäßig Gäste, auch in der Vor- und Nachsaison, und das Restaurant *Fiore* war zu einem Geheimtipp geworden.

Längst war die Küche zu klein, das Arbeiten unter Zeitdruck in der beengten Atmosphäre zehrte am gesamten Team – vielleicht war das ein Grund gewesen, warum der Koch das Handtuch geworfen hatte. Bianca trat in die noch warme Abendsonne hinaus und betrachtete das Gebäude. Dabei nippte sie an ihrem Wein und ging in Gedanken die Möglichkeiten für einen Umbau durch. Auf der anderen Hügelseite lagen die beiden Häuser mit den Ferienapartments. In einem wohnten nun Giulia und Paul, da sie sich in der Villa gemeinsam mit den Eltern und Nonna nicht wohlfühlten. Hier oben im Hauptgästehaus, in dem sich auch das Restaurant befand, gab es acht Gästezimmer. Drei davon bewohnte die Gruppe aus Mailand, die anderen fünf waren mit der kleinen Hochzeitsgesellschaft belegt.

Bianca hatte für sich das Dachgeschoss des Hotels ausgebaut. So war sie vor Ort und hatte sich gleichzeitig Nonnas Kontrolle entzogen. Sie liebte ihre Großmutter und bewunderte sie für ihre Stärke und den unbeugsamen Willen, der ihr geholfen hatte, die Villa Fiore für die Familie zu erhalten. Doch Nonna war trotz ihres fortgeschrittenen Alters noch sehr präsent und mischte sich liebend gern in die Angelegenheiten der Familie ein. Anders als Giulia war Bianca mit ihrer Großmutter immer recht gut ausgekommen. Vor allem die Liebe zum Kochen verband die beiden Frauen. Vielleicht war Nonna auch ein wenig nachsichtiger mit Bianca, weil diese als Teenager Monate im Krankenhaus verbracht hatte.

Das Bein war bei dem schrecklichen Unfall mehrfach kompliziert gebrochen, und zwei Operationen waren der Beginn einer langen Odyssee von Arzt zu Arzt geworden. Letztlich hatte Bianca sich damit abgefunden, dass sie nie wieder auch nur annähernd so gut würde laufen können wie vor dem Unfall. Aus einem fröhlichen, sportlichen jungen Mädchen wurde ein zurückhaltender Teenager, der sich am liebsten hinter Büchern und in die heimische Küche verkroch.

Bianca strich unbewusst über die große Narbe am Oberschenkel, die sich nicht mehr so stark rötete, doch noch immer wetterfühlig war.

Eine tiefe männliche Stimme riss sie aus ihren Gedanken. »Verzeihung, Signorina Massinelli?«

Sie fuhr herum und fand sich dem gutaussehenden Gast gegenüber, auf den ihre Schwester sie am Nachmittag so wenig subtil hingewiesen hatte. Beinahe wäre ihr das Glas aus der Hand gerutscht. »Ja?«

Er war eineinhalb Köpfe größer als sie und hatte grünbraune Augen, die sie auf irritierende Weise musterten. Sein Lächeln war einnehmend und verursachte einen kurzen Moment der Unsicherheit, doch Bianca gewann ihre Selbstsicherheit sofort zurück. Sie hatte gelernt, ihre Gefühle zu verbergen, und sich einen Schutzpanzer aus Distanziertheit und kühler Gelassenheit zugelegt. Männer, vor allem so attraktive wie dieses Exemplar, wollten perfekte Frauen, und sie war alles andere als das.

»Ich will nicht stören, aber ich muss Ihnen einfach sagen, dass Ihr Essen hervorragend ist! *Complimenti!*«, sagte er, wobei er lässig seine Sonnenbrille auf den dunklen Haaren richtete. »Ich hätte niemals erwartet, eine derart feine Küche hier vorzufinden.«

»Nein? Was hatten Sie denn erwartet? Tiefkühlkost?«, fragte sie bissiger als beabsichtigt.

Der Gast ließ sich nicht aus der Ruhe bringen. »Das nicht, aber Ihre Gerichte zeugen von einer frischen Kreativität, die ich bemerkenswert finde. Wer ist Ihr Chef?«

Bianca lachte trocken, leerte ihr Glas und breitete die Arme aus. »Er steht vor Ihnen. Unser Koch hat uns gestern verlassen. Hurra, super Timing! Mitten in der Saison und vor einem Hochzeitsessen macht sich der Mistkerl davon. Ah!« Am liebsten hätte sie das Glas gegen die Wand geschmettert. »Und in den kommenden Wochen erwarten wir einen Tester von einem wichtigen Reisemagazin. Wir haben die Chance, unter den Empfehlungen der Landhotels gelistet zu werden. Das können wir wohl vergessen.«

»Warum? Es lief doch alles prächtig!«, versicherte der Mann.

Bevor Bianca etwas erwidern konnte, steckte Elena, eine Servicemitarbeiterin, die aus einem nahen Dorf stammte, den Kopf zur Tür hinaus, grinste breit, als sie den Gast sah, und sagte: »Kommst du mal, Bianca? Das mit dem Dessert für heute Abend funktioniert nicht, jedenfalls nicht, wenn wir den Zeitplan einhalten wollen.«

Bianca hob die Schultern. »Entschuldigen Sie mich. Aber danke für das Kompliment, auch wenn Sie in nächster Zeit mit Desastern werden rechnen müssen …«

Sie ließ den verblüfften Mann stehen und ging in die Küche, in der sich die Hitze noch immer staute.

»Warum ist denn der verdammte Wrasenabzug nicht an? Man bekommt ja keine Luft!«, schimpfte Bianca.

»Der was?«, wollte Elena wissen.

»Die Dunstabzugshaube! Wie oft muss ich das noch erklären?! Hörst du auch mal zu, wenn ich etwas sage?« Sie war gereizt und ungerecht, aber Elenas Gleichgültigkeit brachte sie an ihre Grenzen.

»Ach so, dieses Ding.« Die junge Frau, die im Service und auch in der Küche aushalf, schaltete den Abzug an. »Weißt du überhaupt, wer das da eben war?«

»Nein, er und seine Bekannten haben bei Claudia eingecheckt. Er meinte nur, dass es ihn überrascht habe, hier gutes Essen zu bekommen, ehrlich, wie soll ich das denn verstehen?«, beschwerte sich Bianca.

Elena, die stets makellos geschminkt und frisiert war, verdrehte die Augen. »Das kann nicht wahr sein, du kennst den nicht? Das ist Nando Branconi! Der Starkoch aus Neapel! Hallo, wo lebst du denn?«

»Der Branconi?« Erschüttert und peinlich berührt wegen ihres flapsigen Verhaltens dem berühmten Chef gegenüber, der in der Schweiz, in London und in Los Angeles in der Spitzengastronomie gekocht hatte, griff sie nach einem Kochlöffel und biss theatralisch ins Holz.

Ihre Mitarbeiterin lachte. »Das ist typisch. Da bekommst du ein Kompliment von einem echten Starkoch und erkennst ihn nicht mal.«

Bianca stöhnte. »Was soll's, damit ist es sowieso bald vorbei. Wir schaffen das nicht allein. Irgendetwas wird schiefgehen. Ich tippe auf die Schokoladen-Cannelloni …«

2

RISTORANTE FIORE

Die Zeit bis zum Abendessen hatte gerade ausgereicht, um zu duschen und die verschwitzten Kleider zu wechseln. Wenn sie arbeitete, band Bianca die blonden Haare am Hinterkopf zusammen. In schwarzem Hemd und dunkler Jeans stand Bianca mit Claudia an der Rezeption und ging die Gästeliste für den Abend durch.

»Wer ist das, dieser einzelne Herr?« Bianca konnte den Namen nicht entziffern.

Claudia, eine Mittzwanzigerin mit einer Ausbildung zur Hotelfachfrau und Erfahrung im Service, antwortete: »Steve Lamb. Er hat sich gestern telefonisch angemeldet, wohnt in dem neuen amerikanischen Luxusresort in der Nähe von Arezzo.«

»Ah!«, machte Bianca bedeutsam.

»Oh, du denkst, er könnte der Tester vom Reisemagazin sein?« Claudia pfiff durch die Zähne. Sie trug ihr dunkles Haar halblang und sah mit dem exakt getrimmten Pony aus wie ein Model, fand Bianca. Dabei war Claudia immer freundlich und nie arrogant. Die Gäste mochten ihre unaufdringliche, aufmerksame Art. Sie im Team zu haben war eine Bereicherung. Bianca konnte nur hoffen, dass die hübsche Rezeptionistin nicht auch davonlief.

Ein Paar kam von draußen herein. »*Buona sera!*«, begrüßte Claudia sie und lächelte. »Hatten Sie einen schönen Tag?«

Die Frau strahlte. »Danke, es war einfach herrlich.« Sie sprach mit französischem Akzent.

Ihr Begleiter fügte mit sympathischem Schweizer Akzent hinzu: »Die Gegend hier ist wirklich schön. Wir sind durch den Wald gewandert und haben mit Ihrem Trüffelexperten gesprochen. Für morgen wollen wir unbedingt eine Tour buchen.«

»*Chéri*, aber jetzt müssen wir uns beeilen, ich möchte mich vor dem Essen noch umziehen«, sagte die Französin.

Nachdem die beiden im Treppenhaus verschwunden waren, sagte Claudia leise: »Das waren die Freunde von unserem Starkoch.«

»Tatsächlich?« Bianca sah automatisch zur Treppe. »Seit ich nur noch in der Küche stehe, bekomme ich gar nichts mehr mit. Schweizer?«

»So stand es in den Ausweisen. Oliver und Inès Chastel aus Lausanne. Zur Gruppe gehört noch eine einzelne Dame, Mailänderin, und eben Branconi. Sie kommen von einer Modenschau. Die Dame ist Modefotografin. Ehrlich, Bianca, du kannst stolz sein auf das, was du hier erreicht hast. Die Gäste kommen von überall. Wegen des Weins und wegen des Essens.«

Seufzend strich sich Bianca über die Haare. »Das kann sich schnell ändern. Okay, also diesen Lamb müssen wir heute Abend besonders betreuen. Gib Elena Bescheid, wenn er kommt, ja? Und hast du schon Bewerbungen von Köchen?«

Claudia schüttelte den Kopf. »Ich habe die Anzeige in alle Onlineportale gesetzt, aber noch hat sich niemand gemeldet. Teilzeit, Vollzeit, alles. Wir müssen einfach warten und auf eine Prise Glück hoffen.«

»Eine Prise? Ein Fass voll wäre besser. Na gut, ich muss mich um die Nachspeise kümmern. Warum nur habe ich diese Cannelloni auf die Speisekarte gesetzt. Die sind so schrecklich zeitintensiv in der Herstellung.«

»Du konntest ja nicht ahnen, dass Gino einfach abhaut. Mistkerl! Hattest du ihm nicht sogar einen Vorschuss gezahlt?«

Zwischen zusammengebissenen Zähnen zischte Bianca: »Ich dumme Gans. Das war mir eine Lehre. Von dem Geld sehen wir keinen Cent mehr.«

Stimmen ertönten, und der Starkoch kam in Begleitung der Fotografin herein. Die Frau war schlank und bewegte sich mit der Grazie einer Tänzerin, was Bianca an ihre eigene Unzulänglichkeit erinnerte. Rasch verschwand sie in die Küche und hörte noch, wie Claudia die Ankömmlinge begrüßte.

In ihrer Küche fühlte sie sich sicher. Seufzend band sie sich eine Schürze um, knotete sie vorn zu und suchte die Zutaten für die Cannelloni. Der Teig musste geknetet und dann kühl gestellt werden. Anschließend wollte sie die Füllung zubereiten, und zwischendrin musste sie nach den anderen Gängen sehen. Es gab mehr als genug zu tun.

Im Verlauf des Abends stellte Elena lautstark einen Teller in die Spüle und sagte genervt: »Der Kerl an Tisch vier macht mich wahnsinnig. Unverschämt, wie der mich ansieht, und dann will er jedes Mal, dass ich ihm genau erkläre, was in dem Essen ist. Irgendwann wurde es mir zu bunt, und ich habe ihn gefragt, ob er gegen irgendetwas allergisch ist. Tester hin oder her, ehrlich.«

Bianca fuhr sich mit dem Handrücken über die Stirn. »Bitte nicht. Hoffentlich warst du höflich!«

»Ph! Höflich? Was bildet der sich ein? Weil er ein reicher Ami ist, oder was?«

Bianca stellte ihre Schüssel ab: »Was genau ist passiert, Elena? Sag es einfach!«

»Er meinte, fragen würde er ja wohl dürfen, außerdem führe er selbst ein Restaurant in Boston. Da schmecke das Steak besser und überhaupt … Dann hat er mir an den Hintern gegriffen, und da ist mir vor Wut beinahe der Teller aus der Hand gefallen. Ist er aber nicht!«, fügte sie stolz und mit einem vielsagenden Grinsen hinzu. »Bin schließlich Profi. Mit so einem Wicht werde ich noch alle Tage fertig. Der ist sicher kein Tester. Das passt nicht zu deren Benehmen.«

Erleichtert stieß Bianca die Luft aus, die sie während Elenas Vortrag angehalten hatte. »Da gebe ich dir recht, Elena, die würden meckern und einen Aufstand wegen des Essens machen, aber so entgleisen würden sie nicht. Tut mir leid, dass du das erleben musstest. Ich werde mit dem Herrn ein ernstes Wörtchen sprechen. Liebe Güte! Was muss denn noch passieren? Dieser Tester kann jeden Tag hier eintreffen, und wir brauchen die Empfehlung im Magazin. Der Wein noch mehr als wir. Es läuft momentan, aber du weißt ja, wie das ist.«

»Ja, ja, schon klar. Ist ja alles gut gegangen. Brauchst nicht mit dem Idioten zu sprechen. Wir haben alle Wichtigeres zu tun. So, wo sind die Cannelloni? Branconi und seine Freunde haben bestellt.«

Bianca nahm die Schüssel und starrte entsetzt hinein. »Das ist die Füllung, vielmehr das war sie. Jetzt ist sie geronnen! *Porca miseria*, ich wusste, dass das heute schiefgeht!«

Elena schaute ebenfalls in die Schüssel, in der sich die Schokolade von der Sahne trennte. »Können wir nicht etwas anderes nehmen? Nur Sahne?«

Verärgert schnaufte Bianca. »Diese Zartbitterkuvertüre war verdammt teuer. Muss an der Sahne oder den Eiern liegen. Mist, Mist, Mist. Und ich habe keinen Ersatz!«

Renata trat hinzu und begutachtete das Malheur. »Weg damit. Nehmen wir die Erdbeeren. Davon sind noch genügend zum Pürieren vorhanden.«

Für weitere Überlegungen war keine Zeit, und Bianca nickte. Innerhalb weniger Minuten zauberten sie mit vereinten Kräften eine Erdbeersahnefüllung, die ein durchaus hochwertiger Ersatz war. Zumindest schien es den Gästen geschmeckt zu haben, denn Elena brachte leere Teller und Komplimente mit zurück.

Normalerweise verließ Bianca die Küche, wenn die Hauptgerichte serviert waren, und machte eine Runde durch das Restaurant, um mit den Gästen zu plaudern. Heute war es eigentlich dafür zu spät geworden, doch ihr erschien es unhöflich, gar nicht zu erscheinen. Daher spritzte sie sich etwas kaltes Wasser ins erhitzte Gesicht und tupfte sich trocken. Dann band sie eine saubere Schürze um.

Nur die Hälfte der Tische war noch besetzt. Die Gäste plauderten angeregt, und Elena brachte gerade eine Flasche des Fiore Puro an einen Tisch mit zwei älteren Paaren. Bianca trat hinzu. »Guten Abend! Wie schön, Sie bei uns zu haben. Hat es Ihnen geschmeckt?«

Ein Herr mit weißem Haar und dunklem Teint sagte: »Wo ist Ihr Küchenchef? *Complimenti!* Es war ganz hervorragend!«

Bianca lächelte. »Das Kompliment gebe ich gern an mein Team weiter. Können wir Ihnen noch einen Grappa oder etwas anderes servieren? Elena wird sich um Sie kümmern. Einen schönen Abend noch.«

Sie hörte, wie hinter ihr getuschelt wurde: »Das ist doch die Massinelli-Tochter. Sie hat gekocht, na …«

An einem Ecktisch saßen der Neapolitaner und seine Freunde. Branconi war in ein Gespräch mit der Fotografin vertieft, hob jedoch sofort den Blick, als Bianca zu ihnen trat. Ein warmes Lächeln glitt über sein Gesicht.

»Guten Abend, ich hoffe, Sie haben das Essen genossen. Wir mussten die Cannelloni kurzfristig umstellen.« Sie hob entschuldigend die Hände. »Darf ich Ihnen noch ein Getränk bringen lassen?«

Branconi blickte in die Runde: »Vielleicht einen Grappa für uns alle, ja?« Das Schweizer Paar nickte, nur die Fotografin verzog das Gesicht.

»Ich hatte mich so auf die Schokoladenfüllung gefreut. Schade, wirklich«, sagte sie mit Enttäuschung in der Stimme.

»Du machst dir doch sonst nicht viel aus Schokolade, Ambra«, meinte Branconi mit erhobenen Augenbrauen und erntete einen bösen Blick.

»Wie lange bleiben Sie?«, erkundigte sich Bianca. »Wir werden das Dessert sicher noch einmal für Sie machen. Nur heute, wie gesagt, es tut mir leid.«

Die Fotografin zuckte nur mit den Schultern. Bianca kannte solche Gäste, die sich gern selbst in den Vordergrund stellten und kritisierten, um sich wichtigzumachen. Doch Nando Branconi sagte: »Machen Sie sich keine Gedanken, Signorina, wir haben sehr gut gegessen.«

Der Schweizer hob sein Glas. »Wenn er das sagt, sollten Sie sich etwas darauf einbilden. *Salute!*«

Bianca lächelte verlegen und rief Elena, damit sie den Gästen ein Getränk auf Kosten des Hauses servierte. Zurück in ihrer Küche lehnte sich Bianca an eine Arbeitsplatte und sah zu Renata, die mit langsamen Bewegungen eine Schüssel abdeckte und zum Kühlschrank trug.

»Geh nach Hause, Renata. Und wenn du dich morgen nicht gut fühlst, bleib daheim. Es hilft ja nichts, ich muss einen Ersatz finden.«

Die hilfsbereite Frau verstaute die Schüssel, band ihre Schürze ab und tätschelte Biancas Wange. »Bist ein tapferes Mädchen, aber kümmere dich lieber um deine eigene Gesundheit. Du kannst auch nicht so weitermachen. Vergiss das nicht. Gute Nacht alle zusammen!«

Die Belegschaft rief ein einstimmiges: *»Buona notte!«*

Während Renata in ihren Gummilatschen hinausschlurfte, nickte Bianca ihrem Team zu. »Ihr wart klasse heute, danke!«

Luca, ihr Beikoch, ein stiller schlaksiger Mann aus einem der umliegenden Dörfer, wischte seine Messer sauber, Ariano sah kurz von seinem Schneidebrett auf, und Ivano, ein Neuzugang aus Aserbaidschan, lachte. Er war geschickt und machte mangelnde Erfahrung und Sachkenntnis durch eine schnelle Auffassungsgabe und Organisationstalent wett. Angela spülte das Geschirr und war auch sonst für peinliche Sauberkeit in der Küche zuständig. Bei Bedarf half sie im Service aus, doch Elena duldete kaum jemanden neben sich. Schließlich verdiente sie gut an den Trinkgeldern.

Biancas Handy klingelte. *»Pronto?«*

Sie hatte nicht aufs Display gesehen und war überrascht, ihre alte Schulfreundin zu hören. In einem Forum für Ehemalige hatten sie vor einiger Zeit ihre Nummern und E-Mail-Adressen hinterlegt. »*Ciao*, Bianca, du bist es doch, ja?«

»Sara? Das ist aber eine Überraschung! Wie geht es dir? Meine Güte, wie lange haben wir uns nicht gesehen?«

Sara hatte zu ihren besten Freundinnen gezählt, bis … ja, bis der Unfall alles verändert hatte. Sie selbst hatte sich verändert, aber auch die Freunde hatten sehr unterschiedlich reagiert. Einige hatten sich unangenehm berührt von ihrem Schicksal von ihr zurückgezogen, darunter auch Sara. Giulia sagte, dass solche Leute ihre Freundschaft nicht verdient hätten. Ihre Schwester war immer geradeheraus und machte selten Kompromisse. Erst die Liebe zu Paul hatte sie weicher und zugänglicher gemacht.

Und jetzt rief Sara zu so später Stunde an?

»Hey, ja. Wir haben so lange nichts mehr voneinander gehört. Ich wollte dich fragen, ob wir uns sehen können?«

Das wurde ja immer interessanter. »Tja, warum nicht? Ich habe momentan zwar wenig Zeit, aber wenn du herkommen willst, können wir sicher einen Kaffee trinken und plaudern.«

»Äh, wo bist du denn eigentlich, Bianca? Immer noch bei deinen Eltern?«

»Ich leite das *Ristorante Fiore*.«

»Oh, das ist toll, das freut mich. Ja, meine Eltern haben davon gesprochen. Ich wusste nur nicht, dass du das Restaurant führst. Kompliment. Ihr habt da etwas Großes geschaffen, nicht wahr? Ich bin gerade zu Besuch. Normalerweise arbeite ich in Verona. IT, na ja, das Übliche. Okay, dann komme ich morgen Nachmittag vorbei. Passt dir das?«

»Gut, bis morgen, Sara.« Das Freizeichen ertönte, doch Bianca starrte noch immer perplex das Telefon an. Was wollte Sara von ihr?

3

TRÜFFEL & OLIVEN

Bianca spazierte zwischen den Olivenbäumen hindurch und prüfte die Früchte. Manchmal strich sie über die Rinde der knorrigen, alten Bäume und tätschelte sie liebevoll. Die Ernte würde gut ausfallen in diesem Jahr. Die Oliven mochten Hitze und Trockenheit, zumindest, wenn sie nicht extrem lange anhielten. Der Morgennebel lichtete sich, und als sie zwischen den Bäumen hindurchtrat und über das Tal blickte, sog sie tief die frische Luft ein. Letzte Nebelschwaden verflüchtigten sich über den Hügeln und gaben die Weinreben und Obstplantagen für die Sonnenstrahlen frei. Sie kannte nichts Schöneres als dieses Land. Von klein auf hatte sie eine tiefe Verbindung zu dem Boden verspürt, der den Menschen hier reiche Ernten bescherte, auch wenn sie hart dafür arbeiten mussten.

Anders als Giulia, die sich immer für die Welt dort draußen interessiert und begeistert hatte, verreiste Bianca nicht gern. Es war zwar nett, hin und wieder neue Eindrücke in einem fremden Land zu sammeln, doch wichtig war es ihr nicht. Hier war sie glücklich, denn hier fühlte sie sich geborgen. Sie stieß mit ihrem Turnschuh gegen einen Stein. Nein, wenn sie schon vor sich hin philosophierte, dann sollte sie auch ehrlich mit sich sein. Der Unfall hatte sie aus der Bahn geworfen. Dieser verdammte, verhasste Unfall hatte ihre Träume zerplatzen lassen wie eine Seifenblase. Ihre Mitschüler hatten das letzte Schuljahr absolviert, während sie Monate in Krankenhäusern zugebracht hatte.

Seufzend riss sie ein Olivenblatt von einem Zweig und zerrieb es zwischen den Fingern. Jedes Blatt, jedes Kraut, jede Blüte hatte ihren eigenen Duft. Sie schnupperte an den Fingern. Bitter, frisch und erdig, das waren Oliven. Verarbeitet und eingelegt konnten sie vollkommen anders schmecken und bereicherten beinahe jedes Gericht. Auch die einfachste Sauce erhielt durch das Aroma der Oliven mehr Biss. Heute Mittag hatten sie frische Tagliolini mit Butter und Trüffeln geplant, denn die Gäste gingen mit Mauro auf Trüffelsuche. Mauro und sein Hund Pino waren ein eingespieltes Team. An guten Tagen brachten sie zwei Taschen voller schwarzer Trüffel mit.

Hier auf dem Gut verarbeiteten sie alles frisch. So wie Giulia und Paul sich der Herstellung von biologischem Wein verpflichtet hatten, versuchte Bianca, nur saisonale Zutaten aus der Gegend und aus biologischer Landwirtschaft zu verwenden. Wenn sie auf andere Ressourcen zurückgreifen musste, kennzeichnete sie diese auf der Speisekarte. Zum einen unterstützte sie damit die hiesigen Landwirte, zum anderen leistete sie einen Beitrag zum Klimaschutz. Kurze Transportwege bedeuteten weniger Umweltbelastung. In dieser Hinsicht dachten die Schwestern wie ihre Eltern und versuchten, möglichst nachhaltig zu arbeiten. Restaurant und Weingut durften die Schnecke führen, das Symbol der Slow-Food-Bewegung. Die Fiore-Weine trugen höchste Auszeichnungen und Biozertifikate, worauf die Massinellis sehr stolz waren.

Im vergangenen Sommer hatten Sabotageakte Alberto Fatta, den langjährigen Kellermeister der Massinellis, schwer verletzt ins Krankenhaus gebracht, und Lorenzo hatte einen Herzinfarkt erlitten. Doch langsam verblassten die dramatischen

Ereignisse, und überhaupt blieb nicht viel Zeit zum Grübeln, denn der Weinanbau, die Olivenbäume und der Gästebetrieb forderten ihre ganz Aufmerksamkeit.

Bianca sah auf die Uhr, als Mauro und Pino die Straße heraufspazierten. Der struppige Hund entdeckte Bianca und sprintete auf sie zu. Oft holte er sich in der Küche eine Leckerei ab und hoffte wahrscheinlich auch dieses Mal auf eine Belohnung.

»Na, mein Hübscher, gleich sollt ihr in den Wald!« Sie streichelte den wuscheligen Kopf und klopfte ihm den Rücken. »Pino steht gut im Futter, Mauro.«

Der junge Mann blieb auf seinen Trüffelstock gelehnt vor ihr stehen und grinste. »Was soll ich machen, er ist schrecklich verfressen, und die Gäste stecken ihm heimlich was zu.«

»Wie geht es Ruggero?« Mauros Onkel hatte sich aus dem täglichen Trüffelgeschäft zurückgezogen, seit sein Neffe sich erfolgreich bewährt hatte.

»Gut, danke. Er bildet gerade wieder einen Hund aus. Das macht ihm nach wie vor großen Spaß. Und er hat einfach ein Gespür für Hunde mit Talent.« Er sah zum Restaurant hinüber. »Da kommen meine Kunden. Ich muss los, Bianca. Wir bringen euch sicher genug für das Mittagessen mit.«

Bianca strich Pino noch einmal über den Kopf. »Na dann los, ihr beiden!«

Langsamer folgte sie nach und beobachtete, wie Mauro Oliver und Inès begrüßte. Das Schweizer Paar wirkte trotz der frühen Morgenstunde munter und voller Vorfreude auf die kleine Expedition, während die Fotografin mit ausdrucksloser Miene auf ihrem Handy tippte. Wie hatte Branconi sie genannt? Ambra? Sie fühlte sich hier offensichtlich nicht so wohl wie ihre Begleiter. Automatisch hielt Bianca nach dem Starkoch Ausschau, der jedoch nicht zu sehen war. Da sie keine

Lust auf ein Gespräch mit den Gästen hatte, schlug sie den Weg durch die Olivenbäume ein und fand den Hintereingang zur Küche bereits offen vor.

Es duftete nach Kaffee und gebratenen Eiern. Sie schaute durch die Tür und fand Ivano am Herd stehend vor. Er pfiff vor sich hin, schubste mit einer Hand die Eierpfanne an und wendete mit der anderen Pilze in einer kleinen Pfanne.

»Guten Morgen, Ivano! Ich wusste gar nicht, dass du Frühschicht hast.« Sie ging zum Kaffeeautomaten und nahm den Siebträger heraus.

Routiniert füllte sie aus einem Glas frisch gemahlenen Espresso in den Träger, drückte das Kaffeepulver kurz an und klemmte das Sieb unter die Maschine. Dann drückte sie auf den Knopf und beobachtete, wie sich die Tasse mit cremigem Espresso füllte. Himmlisch!

Ivano antwortete in seinem gebrochenen Italienisch: »Elena kommt später heute. Ich habe gesagt, kein Problem, springe für dich ein. Ist in Ordnung, ja?«

Der junge Mann war von mittlerer Größe, schlank und in seinen Bewegungen flink und immer vorsichtig. Sie hatte Mitarbeiter gehabt, die innerhalb einer Woche zehn große Essteller zerschlagen hatten. Auf Dauer eine kostspielige Angelegenheit.

»Hm, ja, schon, aber nächstes Mal fragst du mich bitte vorher, ja? Ich weiß immer gern, wer eingeteilt ist.« Insgeheim missfiel ihr Elenas eigenmächtiges Verhalten, doch sie war auf die Servicekraft angewiesen, und die wusste das ganz genau. Gutes Personal zu bekommen und zu halten war mit das Schwierigste in der Gastronomie.

»Natürlich, mache ich, ganz sicher. Tut mir leid«, sagte Ivano, sichtlich unglücklich.

»Ist nicht deine Schuld, Ivano, du wolltest nur helfen, aber lass dich von den anderen nicht ausnutzen«, riet sie dem gutmütigen jungen Mann.

»Nein, nein, danke, Bianca.« Er schwenkte die Eierpfanne und ließ ein perfektes Omelett auf einen Teller gleiten. »Willst du essen?«

Sie schnupperte und verspürte tatsächlich Appetit. Mit einer Gabel trennte sie ein kleines Stück ab und kostete. Überrascht sah sie Ivano an. »Das ist richtig gut! Wie hast du es zubereitet?«

Ein Lächeln erhellte sein Gesicht, und er erklärte ihr, wie er die Eier mit etwas Mineralwasser aufgeschlagen und dass er frische Kräuter hinzugegeben habe. »Zu Hause, Heimat, meine Großeltern haben einen Garten.« Er schloss genussvoll die Augen und berührte seine Nase. »Alles gut, sehr gut, frisch!«

»Aus dir wird mal ein guter Koch, Ivano.« Bianca ging zur Tafel und notierte darauf die Speisenabfolge für den Tag. Als sie bei den Süßspeisen angelangt war, fiel ihr ein, dass sie heute Besuch von Sara bekam. In der Kühlung hatte sie noch eine ganze Kiste mit frischen Aprikosen und entschied, dass ein Aprikosenstrudel heute genau das Richtige wäre. Sara, dachte Bianca und musste seit langem auch wieder an ihre Freundin Mia denken, die sie sehr gemocht hatte. Mia war die Rebellin gewesen, und manches Mal hatte Bianca sich gefragt, was aus ihr geworden war.

Sofort machte sie sich an die Arbeit und knetete zuerst den Teig, der eine halbe Stunde ruhen musste. Danach schälte und entsteinte sie die Aprikosen und schnitt sie in Scheiben. Sie bereitete gleich zwei Strudel vor, und erst als die Backwaren im Ofen waren, erschien Elena in der Küche.

»Wie schön, dass wir dich auch noch sehen, Elena«, meinte Bianca kühl.

Die junge Frau fuhr sich durch die hastig zusammengebundenen Haare und band sich die Schürze um die Hüfte. Sie alle trugen die *Fiore*-Schürzen, schwarz mit dem in Gold und Grün aufgestickten Emblem des *Ristorante Fiore* – einer Weinrebe und gekreuzten Kochlöffeln. Anfangs hatte Bianca heftige Diskussionen mit Elena führen müssen, weil diese in Miniröcken und allzu knappen T-Shirts zur Arbeit erschienen war. Zumindest das hatte sich gebessert, allerdings auch nur, weil Bianca auf dem Tragen der Arbeitskleidung bestanden hatte. Sie hatte durchaus nichts gegen Variationen, wenn ihre Mitarbeiter Shirts mit einem anderen Schnitt bevorzugten, aber alles musste sich im Rahmen bewegen und zum Stil des Landhotels passen.

»Tut mir leid«, murmelte Elena und trug hastig die Milch- und Saftkrüge in den Frühstücksraum.

Bianca zuckte mit den Schultern. Es hatte keinen Sinn, sich mit Elena zu streiten, die schlimmstenfalls kündigte. Mit einem weiteren Espresso trat sie vor die Tür und freute sich über die noch immer angenehm kühle Morgenluft. Sie spazierte um das Haus herum, kontrollierte den kleinen Küchenkräutergarten und blieb hinter dem Gästehaus stehen. Von hier schaute man über den Weinberg hinauf zum Wald. Auf dem Monte Fiore lag eine kleine Kapelle, mit der ihre Großmutter eine dramatische Familiengeschichte verband. Giulias Ankunft im vergangenen Jahr hatte viele unterdrückte Gefühle und Geheimnisse innerhalb der Familie aufgewühlt. Vollständig geklärt war nicht alles, aber das war wohl auch nicht möglich. Schlechte Stimmung verbreitete nach wie vor ihr Onkel Salvatore, der in ständigem Streit mit ihrem Vater lag. Allein deshalb war es gut, dass ihre Eltern für einige Wochen den Spannungen auf dem Weingut entfliehen konnten.

Als Pferdehufe über den steinigen Boden galoppierten,

blieb Bianca neugierig stehen, um zu sehen, wer so früh schon ausritt. Wahrscheinlich war es ihre Schwester Milena. Die begehrte Pferdetrainerin hatte sich auf traumatisierte Tiere spezialisiert. Mit viel Geduld, Liebe und ihrer sanften, aber bestimmten Art fand sie Zugang zu den oft schwer misshandelten Pferden. Aus dem Galopp wurde ein Trab und dann ein Schritt, und schon kamen zwei Pferde um die Kurve. Zuerst der graue Kopf von Milenas Stute und dann ein Schecke, der von Paul geritten wurde.

»Hallo, Bibi!«, rief ihre Schwester und strahlte. Milena war klein, zart, stark und eigenwillig. Wenn sie auf einem Pferd saß, dachte man, sie wäre mit dem Tier verwachsen, so harmonisch agierte sie.

Paul Reed war zwar Kalifornier, doch durch seine Tätigkeit als Flying Winemaker und vor allem eine lange Zusammenarbeit mit den Massinellis vertraut mit dem Lebensrhythmus im Rufina. Sein Italienisch war fließend, und er liebte Giulia aufrichtig. Ihre Eltern, die dem loyalen und sympathischen Mann in Geschäftsdingen schon lange vertraut hatten, waren glücklich gewesen, als sie von der Wahl ihrer Tochter erfuhren. Anfangs hatten sie Bedenken wegen der Entfernung gehabt, doch es war Paul und Giulia gelungen, die beiden Weingüter auf zwei Kontinenten miteinander zu verbinden. Nach dem Tod von Pauls Großvater Noah war das Weingut in Nappa Valley an Paul und den Mitarbeiter und Freund seines Großvaters, Juan, gegangen. Paul flog mehrfach im Jahr hinüber, um am Ausbau des Weins zu arbeiten oder Änderungen am Konzept des Weinguts zu besprechen.

»Hallo, ihr beiden! Das ist mal eine schöne Art, den Tag zu beginnen!«, meinte Bianca.

Paul nickte. »Ich werde das von nun an öfter machen, und vielleicht kann ich auch Giulia überreden, aber sie hat sich so in die Buchhaltung verbissen, dass es momentan schwer ist, sie überhaupt zu etwas zu bewegen.«

»Ohne das Superhirn unserer Giuli wären wir verloren gewesen. Aber du hast recht, Paul, sie sollte sich mal etwas Freizeit gönnen.« Bianca hob die Tasse. »Frühstück?«

»Danke, Bibi, später. Ich muss die Pferde zurückbringen und dann einen Neuzugang empfangen. Wir haben die Trüffelsucher oben gesehen. Wer war denn die arrogante Schnepfe? Das Paar machte einen netten Eindruck, aber diese Frau hat regelrecht geschrien, als sie die Pferde sah, und uns angesehen als wären wir Mondkälber«, beschwerte sich Milena.

Paul lachte. »Wer Pferde nicht mag, hat bei Milena schlechte Karten!«

»Aber die Dame ist tatsächlich nicht ohne«, sagte Bianca. »Ich habe sie gestern Abend im Restaurant genossen. Sie gehört zu Branconi und seiner Gruppe.«

Paul pfiff durch die Zähne. »Ja, ich habe gehört, dass er hier ist. Den kennt sogar mein Freund Jean. Ich entsinne mich, dass er mal in einem von Branconis Restaurants gegessen hat und aus dem Schwärmen nicht herauskam.«

Milena räusperte sich und ließ ihr Pferd ein wenig tänzeln.

Erschrocken sah Bianca sich um und fand Branconi auf der Terrasse sitzend. Wie lange hatte er wohl schon dort gesessen und ihnen zugehört? Eine äußerst unangenehme Vorstellung.

4

EIN UNERWARTETES ANGEBOT

Nachdem Milena und Paul weitergeritten waren, fasste Bianca sich ein Herz und trat mit einem Lächeln auf die Terrasse. »Guten Morgen, Signor Branconi!«

Der Neapolitaner erwiderte ihr Lächeln und machte eine einladende Handbewegung. »Bitte, leisten Sie mir doch Gesellschaft bei einem Kaffee. Und da wir Kollegen sind – Nando.«

»Bianca, *piacere.*« Sie setzte sich und winkte Elena herbei, die begann, die Tische abzuwischen. »Noch einen Espresso, Nando? Oder möchten Sie etwas vom Büfett? Elena bringt es Ihnen gern heraus.«

Ihre Mitarbeiterin stellte sich so, dass ihre Figur möglichst vorteilhaft zur Geltung kam, doch Nando Branconi winkte ab. »Danke, morgens esse ich nicht.«

Abrupt drehte Elena sich um und fuhr mit ihrer Arbeit fort.

»Ich hoffe, Sie halten uns nicht für unhöflich, äh …«, begann Bianca verlegen.

Doch er lachte. »Keine Sorge, ich weiß, dass Ambra etwas zickig sein kann, vor allem bei einer so attraktiven Kollegin.«

Sie konnte nicht verhindern, dass ihre Wangen sich röteten, und wünschte, sie wäre so selbstsicher wie Giulia, die mit Komplimenten umging, als wäre es das Selbstverständlichste auf der Welt.

»Das ist sehr freundlich, aber ich bin nur eine einfache Köchin und ganz sicher nicht mit Vertretern Ihrer Liga zu vergleichen.«

»Sagen Sie das nicht. Sie sind viel zu bescheiden. Es kommt nicht auf die Exotik oder kunstvolle Kreation auf dem Teller an, sondern auf den Geschmack und die Zutaten, und beides ist bei Ihnen von hervorragender Qualität.«

Sie verzog den Mund. »Bis auf das Dessert gestern Abend. Ich kann es nicht leiden, wenn etwas schiefgeht, aber unter den Umständen …« Seufzend beobachtete sie, wie eine der Hauskatzen auf der kleinen Steinmauer zu ihr lief, um sich von ihr streicheln zu lassen.

Fragend sah er sie an. »Ja?«

»Ach, das können Sie natürlich nicht wissen, und ich sollte es auch nicht erzählen, schließlich wollen Sie Ihren Urlaub genießen und nicht mit unseren Problemen belastet werden. Mein Koch ist über Nacht verschwunden. Und das mitten in der Saison.«

Er runzelte die Stirn. »Oh, das tut mir leid für Sie, eine ganz dumme Situation. Ersatz zu finden ist jetzt so gut wie unmöglich. Aber Sie machen das wirklich gut.«

Wie konnte sie ihm sagen, dass sie zwar gern kochte, aber ihre Gesundheit nicht mitspielte? Sie sprach kaum über ihre Verletzung – und schon gar nicht mit einem attraktiven Fremden. Die Einzige, die immer wusste, wie es um sie stand, war Giulia. Ihre Schwester las in ihr wie in einem offenen Buch, daran hatte sich seit Kindertagen nichts geändert. »Hm, danke, aber ich kann das auf Dauer nicht allein schaffen. Selbst meine Aushilfsköchin wird bald gehen – und dann? Es ist zum Verzweifeln.«

Warum sie ihm hier ihre Sorgen anvertraute, wusste sie nicht, aber es tat gut, darüber zu sprechen, zumal er verstand, worum es ging. »Wir haben die Chance, in einem Reisemagazin als Landgasthaus empfohlen zu werden. Und nun stellen Sie sich vor, der Tester kommt, und hier läuft nichts rund. Eine Katastrophe.«

Das Display seines vor ihm liegenden iPad leuchtete auf, und er blickte darauf. »Das kann ich verstehen«, sagte er, ohne sie anzusehen. Er tippte kurz etwas ein, um dann plötzlich zu sagen: »Warum lassen Sie mich nicht aushelfen?«

Entgeistert starrte sie ihn an. Ihr erster Gedanke war, dass sie diesen gutaussehenden Mann nicht in ihrer Küche wollte. Er würde Verwirrung stiften! Elena würde wahrscheinlich keinen Teller mehr servieren, und ihr Beikoch wäre sicher beleidigt, wenn er plötzlich Anweisungen von einem Gast entgegennehmen musste. Ein Wildfremder! Noch dazu ein Neapolitaner! Luca hielt toskanische Traditionen hoch und hätte sicher etwas gegen Avantgardeküche à la Branconi.

»Nein!«, entfuhr es ihr. Schnell fügte sie hinzu: »Nein, das ist ein großzügiges Angebot, aber ich kann das nicht akzeptieren, außerdem können wir Ihr Spitzengehalt sicher nicht zahlen.«

Im Haus klirrte es. Anscheinend hatte jemand etwas zerbrochen.

Er lehnte sich zurück und sah sie nachdenklich an. »Ich würde umsonst für Sie arbeiten.«

Energisch schüttelte Bianca den Kopf. »Das geht nicht. Danke, aber wir kochen doch ganz anders, als Sie es gewohnt sind. Das würde niemals funktionieren.«

»Hören Sie, ich habe mir eine Auszeit genommen. Seit Monaten koche ich nicht mehr professionell, weil ich diesen ganzen Zirkus satthatte. Es würde mir Freude bereiten, mich der einfachen, aber raffinierten Landküche zu widmen.«

Elena stand am Fenster des Restaurants und gestikulierte

wild, sie solle zusagen, doch Bianca schüttelte den Kopf und wollte gerade antworten, als der Jeep ihrer Schwester den Kieselweg heruntergerollt kam. Beschwingt stieg Giulia aus und war mit wenigen Schritten bei ihnen. Ihre langen Locken hatte sie lose zusammengebunden, an den schlanken Armen klimperten schmale Goldreifen, und seit Neuestem blitzte ein Verlobungsring an ihrem Finger. Sie strahlte die Zufriedenheit einer verliebten Frau aus, die ihren Platz im Leben gefunden hatte.

»*Buon giorno* zusammen!« Sie trat zu ihrer Schwester und küsste sie auf die Wangen.

Währenddessen hatte Nando sich erhoben und wurde von Giulia ebenso herzlich begrüßt. »Nando Branconi«, stellte er sich vor und schob ihr einen Stuhl hin.

Giulia zögerte kurz, setzte sich dann aber. »Giulia Massinelli, freut mich. Ihr kennt euch schon länger?«

Bianca errötete erneut und sagte rasch: »Nein, Signor Branconi ist Gast bei uns im Haus.«

»Wir sind Berufskollegen«, erklärte Nando nonchalant.

Giulia überlegte, und dann erhellte sich ihre Miene. »Ah nein, das ist ja ein Ding! Sie sind der, ich meine der Branconi? Haben Sie nicht in Zürich für die Außenminister gekocht bei diesem Gipfeltreffen?«

»Daran erinnern Sie sich? Ja, das stimmt, aber das war keins meiner Highlights. Die Herren hatten kaum Zeit, das Essen zu genießen. Die Stimmung war denkbar schlecht.« Er grinste.

Giulia lachte. »Oh ja, ich erinnere mich! Die Resultate des Treffens waren niederschmetternd, was zumindest nicht am Essen gelegen haben kann.«

Bianca wollte ihre Schwester nach dem Grund ihres Kommens fragen, doch Branconi kam ihr zuvor. »Ich habe Ihrer Schwester eben meine Hilfe in der Küche angeboten. Ich hörte, dass sie derzeit ohne Koch dasteht, und ich habe Zeit und bin vom Fach.«

»Wirklich?«, staunte Giulia. »Das ist ja phantastisch! Bibi, ist das nicht großartig?«

Bianca biss sich auf die Lippen. »Das geht nicht. Es kann nicht funktionieren, und wir können kein Starkochgehalt zahlen.«

»Ich arbeite unentgeltlich«, beharrte Nando.

Giulia verdrehte die Augen. »Meine Schwester tut sich schwer damit, einen Gefallen anzunehmen. Ja, natürlich dürfen Sie uns helfen. Es ist uns eine Ehre! Meine Güte, das glaubt uns ja niemand. Branconi kocht in der Villa Fiore!«

Sie ignorierte Biancas wütende Blicke. »Wie lange bleiben Sie denn überhaupt? Sie sind natürlich unser Gast. Das ist das Mindeste, was wir tun können.«

Nando nickte. »Danke, das ist sehr großzügig. Meine Freunde reisen übermorgen ab, und ich hatte noch ein paar Tage dranhängen wollen. Zwei Wochen wären durchaus machbar. Wie gesagt, ich habe derzeit keine Pläne, was ein ungewohnt neues Gefühl für mich ist.«

»Warum wollen Sie dann hier arbeiten?«, meinte Bianca.

»Ignorieren Sie sie einfach, das gibt sich noch. Sie dringen sozusagen in ihr Allerheiligstes ein, ihre Küche, und da ist sie sehr empfindlich«, sagte Giulia scherzhaft und strich Bianca über die Wange.

»Kann ich gut verstehen, und ich versichere Ihnen, dass ich mich ganz Ihren Regeln anpasse und nichts durcheinanderbringen werde«, meinte Branconi und hob eine Hand zum Schwur.

»Oh, wirklich …« Verärgert über die Bevormundung von zwei Seiten stand Bianca auf und ging ins Haus.

Drinnen stieß sie einen stummen Wutschrei aus und ging

schnaufend in ihre Küche. Noch war es ihre Küche. Aber das würde sich ändern, sobald der selbstherrliche Starkoch hier hereinrauschte und allen zeigte, wie man richtig kochte. Dass Giulia ihr so in den Rücken fallen konnte! Natürlich wollte sie helfen, aber doch nicht so! Man hatte über ihren Kopf hinweg entschieden, als wäre sie ein unmündiges Kind.

»Bianca, was ist denn nun? Bleibt er?« Elena war ihr gefolgt und sah sie neugierig an. »Ich habe zufällig gehört, dass er hier bei uns kochen will!«

»Zufällig?« Bianca ging zum Backofen, wo der Strudel bereits verführerisch duftete. »Du hast doch die ganze Zeit am Fenster gelauscht. Und welcher Teller ist zersprungen?«

»Ach, das war ein alter Teller, der hatte schon einen Sprung«, wich Elena aus.

»Sicher, du bist nie schuld, was frage ich überhaupt.« Wütend riss sie die Tür des Backofens auf, zog sich einen Handschuh über und holte das Blech mit den Strudeln heraus. Sie waren goldbraun und perfekt aufgegangen. Die süße Aprikosenfüllung quoll an wenigen Stellen heraus.

Mit einem schmollenden Gesichtsausdruck drehte Elena sich um und stolzierte davon. Bianca nahm die duftenden Strudel vom Blech, bestäubte sie mit Puderzucker und legte sie auf Porzellanplatten.

»Bibi!« Giulia kam in die Küche, berührte sie sanft an den Schultern und lehnte sich neben dem Backofen an die Arbeitsfläche. »Sei doch nicht böse mit mir. Der Mann ist wirklich nett und meint es ehrlich. Keine Bedingungen, keine Bezahlung, er liebt das Kochen und möchte helfen. Daran ist doch nichts verkehrt!«

Murrend trug Bianca die Strudel zu einem Tisch, wo sie langsam abkühlen konnten. »Das ist meine Küche, Giuli. Er wird mir alles durcheinanderbringen.«

Giulia ging zu ihrer Schwester und umarmte sie. Dann sah sie Bianca lange an. »Du schaffst das nicht allein. Ich sehe doch, wie du dich quälst. Mir kannst du nichts vormachen, Bibi. Du hast Schmerzen und verbirgst es vor uns. Es tut mir weh, dich so zu sehen. Und Renata kann auch nicht mehr wie früher. Muss sie nicht sogar morgen weg? Also, was bleibt uns? Diesen Mann schickt uns der Himmel!«

Bianca wischte sich eine Träne von der Wange. »Ich hasse dieses Bein. Manchmal hasse ich es so sehr …«

Ihre Schwester nahm sie erneut in den Arm und sagte leise: »Das darfst du nicht, Bibi. Sag so was nicht. Du bist am Leben, du kannst wunderbar kochen, nur eben nicht so lange und unter so viel Druck. Unfälle passieren. Das ist Schicksal. Kämpfe nicht dagegen an, das macht dich kaputt.«

Wie immer hatte ihre Schwester recht, und Bianca schämte sich für ihr impulsives Verhalten. »Es ist nur manchmal so schwer, Giuli. Aber es geht schon.« Sie löste sich aus der Umarmung. »Danke. Ich bin so froh, dass du hiergeblieben bist.«

Giulia lächelte. »Ich auch. Und wer hätte das gedacht. Nach all den Jahren treffe ich ausgerechnet hier meine große Liebe, und die kommt aus dem Land, in dem ich meine größte Enttäuschung erlebt habe.«

»Paul ist ein wundervoller Mann. Wann wollt ihr eigentlich heiraten?«

»Das hat noch Zeit. Erst mal müssen wir den ganzen Laden hier auf Vordermann bringen. Noch gibt es zu viele Baustellen. Und wir brauchen diesen Artikel im Reisemagazin. Das wäre eine hervorragende Werbung für das gesamte Unternehmen, und die haben wir dringend nötig, zumal das Interview im renommierten Weinmagazin weggefallen ist. Wir müssen den Tester darauf stoßen, dass wir auch in Kalifornien Wein anbauen und der von ebenso guter Qualität ist wie der Fiore

Puro. Die Vorurteile den kalifornischen Weinen gegenüber sind immer noch spürbar.«

Bianca seufzte. »Na, jetzt hat sich das sicher erledigt. Ohne Koch schaffen wir das niemals. Und so wie ich mich verhalten habe, wird Branconi seinen Vorschlag gewiss längst bereuen.«

Giulia verschränkte die Arme vor der Brust und sah ihre Schwester prüfend an. »Ganz bestimmt nicht. Ich glaube, er will das auch machen, weil er dich mag. Zumindest müsste ich mich sehr täuschen, wenn nicht.«

»Mich?«, entfuhr es Bianca überrascht.

»Ja, warum denn nicht? Warum denkst du immer, dass dich niemand attraktiv findet? Du hast das Gesicht eines Engels und die Figur einer Venus.«

»Jetzt hör aber auf! So ein Unsinn. Na schön, er will also kochen. Gut, soll er. Ich werde mich benehmen und ihm einen Teil meiner Küche überlassen.« Bianca räusperte sich. »Ich kriege das hin, versprochen!«

»Brave Bibi. Fein, so habe ich mir das vorgestellt. Dann sage ich ihm, dass er seine Messer auspacken darf.«

»Er hat sein Messerset mit im Urlaub?« Ungläubig verzog Bianca das Gesicht. »So was wie Urlaub kennt er wohl nicht. Das kann ja heiter werden.«

5

ÜBERRASCHENDER BESUCH

Bianca hatte sich geduscht und umgezogen. Ihre blonden Haare umrahmten das Gesicht in sanften Wellen, und das schwarze T-Shirt und die helle Leinenhose standen ihr besonders gut, wie ihre Schwester betont hatte. Warum war sie so nervös? Sara war nur eine Schulfreundin. Wahrscheinlich lag es daran, dass das Wiedersehen mit ihr alte Wunden aufriss. Sie fühlte sich wieder wie sechzehn. Verletzlich, kaputt, verspottet. Natürlich stimmte das nicht. Keiner ihrer Mitschüler hatte sich abfällig oder zynisch über ihre Verletzung geäußert, zumindest nicht in ihrer Gegenwart. Doch sie hatte gespürt, wie die Jungen sich von ihr abgewandt hatten. Niemand hatte sie nach dem Unfall auf ein Date eingeladen, und auf den Abschlussball war sie gar nicht erst gegangen.

»Die Gäste, die für die Acht vorgesehen waren, wollten lieber ein Zimmer mit Blick auf den Weinberg, weil sie Angst haben, dass es nach vorn raus zu laut ist. Aber ich kann die Hillmanns nicht umbuchen, die kommen zum dritten Mal und wollen genau dieses Zimmer.« Claudia sah ihre Chefin fragend an.

Bianca beugte sich über den Belegungsplan und ging alle Möglichkeiten durch. »Nein, das können wir nicht machen. Wir sind ausgebucht, sag ihnen das. Es tut uns schrecklich leid, aber es gibt nur noch dieses eine Zimmer.«

Sie standen nebeneinander hinter dem Schreibtisch in der Eingangshalle, der als Rezeption diente. Claudia bemerkte den neuen Gast zuerst. »Hallo, können wir Ihnen helfen?«

Bianca hob den Kopf und verspürte ein unangenehmes Ziehen in der Magengegend. »Lass mich das machen. Das ist mein Besuch. Danke, Claudia.«

Sie ging mit einem Lächeln auf Sara de Gennaro zu.

»Bianca!« Die ehemalige Mitschülerin begrüßte sie mit zwei Wangenküssen und sah sie dann ein wenig verlegen an. »Mein Gott, ist das lange her. Du siehst gut aus!«

»Danke, du auch. Wollen wir uns nach draußen setzen?«

Sara war ein Jahr älter als sie, klein und drahtig und wirkte wie eine Geschäftsfrau, die sie ja auch war. Ihre Gesichtszüge waren hart geworden, und um ihren Mund hatte sich ein zynischer Zug eingegraben.

»Bitte, nimm doch Platz.« Bianca bot ihr einen Stuhl auf der Terrasse vor dem Restaurant an. Unweit von ihnen saß eine ältere Japanerin an einem Tisch und tippte in ihr Smartphone.

»Magst du Aprikosenstrudel? Ich kann dir auch Bruschetta oder Focaccia anbieten.« Sie sagte nicht, dass sie den Strudel gebacken hatte, denn sie wollte eine unvoreingenommene Meinung hören.

»Der Strudel klingt verlockend.«

Bianca bestellte bei Simone, einer Aushilfskraft, die heute Nachmittag Dienst hatte, und setzte sich Sara gegenüber, so dass sie die Terrasse und die Einfahrt übersehen konnte. »Tja, was soll ich sagen. Es freut mich, dich zu sehen, und ich bin natürlich neugierig, was dich herführt.«

Die IT-Expertin hob halb entrüstet die gezupften Augenbrauen. »Ich hatte Sehnsucht nach dir und den alten Zeiten.«

So lange war es ja nun auch nicht her, dachte Bianca. Sie

waren noch keine dreißig und das Leben war noch nicht zu Ende, so dass man seine alten Freunde und Bekannten aufsuchte. Ob sie krank war? »Natürlich, klar, verstehe. Wie geht es deinen Eltern? Sie leben noch in Pontassieve?«

Saras Telefon klingelte. Sie schaute auf das Display und stellte es stumm, so dass es weiterhin vibrierte. »Tut mir leid. Irgendjemand will immer etwas. Ja, sie leben noch dort. In unserem Haus steht die Zeit still. Irgendwie schrecklich. Die Möbel, alles ist so wie früher.«

»Warum sollen deine Eltern umdekorieren, wenn es ihnen gefällt? Es ist doch auch schön, wenn man nach Hause kommt und alles wiedererkennt.«

Sara lächelte schmal und zog eine Packung Zigaretten aus ihrer Designerhandtasche. An den Händen blitzten teure Ringe, und auch ihre Armbanduhr durfte mehr wert sein, als mancher im Monat verdiente. »Es ist so eng dort, verstehst du?«

»Verona ist jetzt auch nicht die große weite Welt …«, meinte Bianca trocken.

In Saras Augen blitzte es auf, doch sie erwiderte gelassen: »Ich lebe zwar in Verona, bin aber viel unterwegs. Vorgestern war ich noch in Zürich. Ich habe meine Eltern schon so oft eingeladen, mich zu besuchen, wenn ich nicht auf Geschäftsreise bin, aber sie wollen einfach nicht.«

»Es gibt Menschen, die sind glücklich dort, wo sie sind.« Genau wie ich, dachte Bianca und ließ stolz ihren Blick über das gepflegte Anwesen streifen. Seit Generationen war die Villa Fiore in Familienbesitz. Ihre Eltern hatten das Weingut erweitert und vieles umgebaut, und sie schätzte sich glücklich, einen Teil weiterführen zu können.

Sara beeilte sich zu sagen: »Natürlich, das ist es auch nicht. Du bist ja auch hiergeblieben. Ich meinte diese Scheu vor Veränderungen, weißt du? Vielleicht hätten sie Freude daran gefunden, ab und an mal zu verreisen.«

Simone brachte Kaffee und Aprikosenstrudel. »Den hat unsere Spitzenköchin gemacht«, konnte sich die Mitarbeiterin nicht verkneifen.

Mit erhobenen Brauen beäugte Sara kritisch den Strudel. »Sicher voller Kalorien.«

»Aber so lecker, der ist jede Sünde wert. Lasst es euch schmecken«, sagte Simone und zwinkerte Bianca zu.

Simone stammte aus Deutschland und war vor über zwanzig Jahren der Liebe wegen ins Rufina gezogen und geblieben. Sie hatte es nie bereut und sprach mittlerweile so gut Italienisch, dass man schon sehr genau hinhören musste, um ihre Herkunft erraten zu können. Bianca schätzte die ruhige und zuverlässige Art der Deutschen, die flexibel im Service und an der Rezeption arbeitete.

»Wer ist denn die Spitzenköchin? Ist sicher schwierig, gutes Personal zu finden, oder?«, sagte Sara und probierte den Kuchen. Als ein erstauntes Aufleuchten über ihr Gesicht zog, antwortete Bianca:

»Das bin ich.«

»Hm, der ist himmlisch!«

Zufrieden kostete Bianca nun ihrerseits und fand, dass die Füllung süß und fruchtig schmeckte mit einem leichten Biss von der Säure der Aprikosen und der Teig dünn und knusprig war. Perfekt. »Danke.«

»Ehrlich, der ist phantastisch! Hast du irgendwo kochen gelernt, oder hast du das von deiner Mutter?«

»Von meiner Mutter? Oje, nein!« Bianca lachte. Manuela war eine gute Winzerin, aber Kochen war nicht ihre Stärke. »Viele Rezepte habe ich von Nonna übernommen, und ich habe ja in Rom eine Ausbildung gemacht.«

»Ach ja. Das hatte ich ganz vergessen. Toll! Wo da genau?«

»Ich weiß nicht, ob du ihn kennst, bei Sergio Cirone im *Hotel de Russie* habe ich gelernt.«

Anerkennend pfiff Sara durch die Zähne. »In dem Nobelhotel kocht sicher nur ein echter Chef. Wow, kein Wunder, dass du dein Handwerk verstehst. Wie lange warst du dort?«

Immer diese lästigen Fragen nach ihrer Vergangenheit. »Nicht lang genug. Ich musste die Lehre abbrechen. Wegen meines Beins.«

»Das tut mir leid.« Betreten schwieg Sara und widmete sich ihrem Kuchen.

»Was ist eigentlich aus Mia geworden? Seid ihr in Kontakt geblieben?«, fragte Bianca.

Sara schüttelte den Kopf. »Nein, keine Ahnung, was sie macht. Sicher irgendetwas Verrücktes.«

Bianca hörte Schritte auf dem Kies und schaute um die Hausecke. Nando Branconi kam in schwarzem T-Shirt und Jeans heran und lächelte.

»*Ciao*, Bianca. Da bin ich!« Er breitete die Arme aus. »Ganz zu Ihrer Verfügung.«

Sara hustete und musste einen Schluck Wasser trinken. Neugierig und fasziniert betrachtete sie den attraktiven Neapolitaner.

»Darf ich dir Nando Branconi vorstellen? Er macht eigentlich Urlaub bei uns, kann aber nicht vom Herd lassen und hilft uns aus. Ich komme gleich in die Küche. Gehen Sie nur ruhig schon vor. Simone wird Ihnen zeigen, was immer Sie interessiert.«

Sara sah ihn mit offenem Mund an. »Äh, freut mich. Sara de Gennaro.«

Nando nickte. »Gut, ich mache mich mit allem vertraut. Bis gleich.«

Mit einem Satz war er über die Mauer gesprungen und verschwand im Haus.

»Wo waren wir stehen geblieben, Sara? Ich habe jetzt nicht mehr so sehr viel Zeit, weil wir das Menü abstimmen müssen.« Insgeheim freute sie sich über die Reaktion der ehemaligen Schulfreundin.

»Das eben, das war der, ich meine: der Branconi? Der war im Fernsehen und in der Zeitung. Ich habe noch nie in einem seiner Restaurants gegessen, aber …« Staunend starrte sie Bianca an. »Was macht der hier?«

»Urlaub wie gesagt. Er hilft nur aus.«

»Den könnt ihr euch leisten? Hör auf!«

Bianca lächelte. »Möchtest du noch etwas?«

»Nein danke, aber es war köstlich. Und der sieht noch besser aus als im Fernsehen! Wann kocht er? Heute? Morgen? Kann ich einen Tisch reservieren?«

»Wir sind ausgebucht, tut mir leid. Wie lange bist du denn hier?«

»Noch eine Woche. Sag mal, habt ihr die Pferde noch?«

Sie war früher öfter mit Sara ausgeritten. Bis zu ihrem Unfall.

»Sicher. Nicht wir, mein Onkel Salvo hat den Stall. Milena arbeitet mit den Pferden. Sie ist jetzt Therapeutin und hat vielen Pferden geholfen und einige vor dem Schlachter bewahrt.«

»Ach, das ist interessant. War sie nicht eine erfolgreiche Springreiterin?«

»Das stimmt, ja. Sehr erfolgreich, auch international, aber dann hat sie den Turniersport aufgegeben. Zu viel Stress, außerdem haben ihr die Trainingsmethoden und so einiges mehr nicht gefallen.« Bianca horchte mit einem Ohr ins Haus, wo sie Nandos Stimme hörte. Er schien sich bestens mit den Mädchen und auch Ivano zu verstehen. Luca würde in einer Stunde dazukommen.

»Das ist alles so spannend, Bianca! Wir sollten uns noch mal treffen und weiterplaudern. Ich rufe dich an, ja? Wenn es möglich ist, würde ich auch gern ausreiten. Kann man Pferde mieten?«

»Bist du denn im Training? Milena ist sehr eigen mit ihren Pferden. Bevor sie jemanden ausreiten lässt, will sie sehen, was er kann.«

Sara griff nach ihrem Telefon und steckte es in ihre Handtasche. »Ich denke, so was verlernt man nicht. Kannst du mich anmelden?«

»Lass uns einfach sehen, was machbar ist, wenn du wiederkommst. Tut mir leid, aber ich muss jetzt wirklich …« Sie machte Anstalten, sich zu erheben, und Sara folgte ihrem Beispiel.

»Bevor ich gehe, wollte ich dir noch sagen, wie leid es mir wegen damals tut. Das lag mir immer auf der Seele. Ich hätte mich mehr um dich kümmern sollen. Es …«

Bianca unterbrach sie. »Schon gut. Das Leben geht weiter, muss weitergehen. So ist das nun einmal.«

Simone schaute durch die Tür. »Bianca, wir brauchen dich! Dringend!«

Ging es schon los mit dem Ärger, den der Starkoch verursachen würde? »Ja, ich komme.«

Sara nahm ihre Tasche und warf Bianca eine Kusshand zu. »Mach's gut, ich halte dich nur auf. Bis bald!«

Erleichtert, die Schulkameradin losgeworden zu sein, ging Bianca zu Simone. »Was ist denn los?«, fragte sie leise.

»Er hat sich deine Kupferpfanne geschnappt und will irgendetwas ausprobieren. Aber ich weiß doch, dass du die nicht aus der Hand gibst.«

»Ich glaube, wir müssen unserer prominenten Aushilfe einiges nachsehen, Simone. Wir sind nicht in der Position, Ansprüche zu stellen«, erwiderte Bianca leise.

Nando stand am Gasherd und gab Öl in die Kupferpfanne, die tatsächlich zu Biancas wertvollsten Kochutensilien gehörte. Doch ein Spitzenkoch griff sich natürlich das Gerät, mit dem er auch sonst arbeitete. Für ihn war hochwertig selbstverständlich.

»Hallo, Nando, kommen Sie zurecht? Ah, ich sehe, Sie sind schon dabei. Was haben Sie vor?« Sie stellte sich neben ihn und begutachtete die Zutaten, die er auf der Arbeitsplatte vorbereitet hatte.

Seine Augen leuchteten, als er sie ansah. Er schien ganz in seinem Element. Blieb die Frage, warum er eine so lange Pause eingelegt hatte.

»Waren für heute Abend Scampi geplant? Da habe ich mir überlegt, dass eine schwarze Risottocreme gut dazu passen würde. Fenchel habe ich auch gesehen und würde daraus gern einen Fenchelsalat machen. Gibt es Kaviar?«

Sie verzog das Gesicht, und er hob die Hände. »Okay, kein Problem, war nur eine Idee, geht auch ohne Kaviar.«

»Ihr Engagement in allen Ehren, aber wir sind kein Nobelrestaurant, sondern kochen bevorzugt mit regionalen Zutaten. Kein Chichi.« Sie verschränkte die Arme vor der Brust und begutachtete seine Auswahl an Kräutern. Interessant. Überhaupt würde das ein sehr interessanter Abend werden.

»Kein Chichi.« Er lachte. »Das gefällt mir.«

»Was meint Chichi?«, rief Ivano vom Schneidebrett herüber.

»Kein Kaviar!«, sagte Nando.

»Kaviar gut! Bei uns schmuggeln wir gute Dosen von Russland«, meinte der Hilfskoch.

»Aber wir sind nicht in Russland und brauchen auch keinen Michelin-Stern, basta.« Bianca schaute auf den Plan.

»Basta, *va bene*, dann an die Arbeit!« Nando begann zu pfeifen.

6

KEIN CHICHI

Masato und Paul beugten sich über den großen Tisch im Verkostungsraum der Villa Fiore und studierten die Entwürfe für die neuen Etiketten. Das ging nur in Abwesenheit ihres Vaters, der Veränderungen grundsätzlich kritisch gegenüberstand. Wenn Lorenzo jedoch das gelungene Ergebnis einer Neuerung in Augenschein nahm, konnte er sich durchaus dafür begeistern.

»Bianca, gut, dass du kommst! Was sagst du dazu? Wir sind uns nicht sicher, welches am besten passt«, meinte Paul.

»Hat Giulia die schon gesehen?« Sie trat neben Paul und ließ den Blick über die Entwürfe gleiten. »Schwierig. Sie sind so unterschiedlich. Die zwei mit der Schnörkelschrift gefallen mir nicht, zu altbacken. Das dort ist zu minimalistisch.«

Masato, der japanische Weinexperte, der zu einem ihrer besten Mitarbeiter geworden war, nickte. »Wir Japaner lieben zwar sparsame Formen und Ornamente, aber das passt nicht. Wir favorisieren diese beiden.«

Er deutete auf zwei Etiketten, die in Stil und Aufbau ähnlich waren. Auf einem Etikett war die Villa mittig zu sehen, auf dem anderen nur als Wasserzeichen.

»Da die Villa der Namensgeber ist, gefällt mir dieses eigentlich besser, obwohl das andere sehr edel wirkt«, überlegte Bianca.

Die Villa war zweigeschossig, ein typisch toskanischer Bau mit rotem Ziegeldach, mattgelber Fassade und hölzernen Fensterläden. Davor stand eine alte Zeder. Bepflanzte Terrakottatöpfe, Zitronenbäume, Oleander und Rosen zierten Mauern und Wege. Von der Terrasse aus hatte man einen weiten Blick über das Tal und die Weinberge bis hin zum Restaurant. Gegenüber der Villa befand sich die Kellerei mit den riesigen Stahltanks und dem Barriquekeller. Die schmale Straße führte weiter um den bewaldeten Berg herum bis hinauf zur kleinen Kapelle.

Die Tür schwang auf, und Giulia kam dazu. »Na, ist eine Entscheidung gefallen? Bibi?«

»Mir gefällt das mit der Villa sehr. Ist vielleicht ein guter Kompromiss, auch für Pa.«

»Das stimmt. Dann schicke ich unseren Eltern eine Mail mit dem Entwurf«, schlug Giulia vor.

Bianca war heraufgekommen, um die kommenden Events mit Giulia abzustimmen. Im Januar hatte Paul einen Vortrag über biologischen Weinbau auf der Millésime Bio in Frankreich halten dürfen. Sie hatten auf dieser Fachmesse für ökologischen Weinanbau einen Stand gehabt und zahlreiche neue Kontakte geknüpft, die gepflegt werden wollten. Aus diesem Grund veranstalteten sie eine Weinverkostung an einem Wochenende im August. Hochkarätige Weinexperten, Sammler und interessierte Weinfreunde konnten sich anmelden und an einem Abendessen, Verkostungen und Führungen durch die Kellerei teilnehmen.

»Giulia, ich gehe mit Masato rüber in den Barriquekeller, und dann sehen wir uns die Felder oben an.« Paul küsste sie zum Abschied, eine zärtliche Geste, die Bianca berührte.

Nachdem die Männer das Büro verlassen hatten, fragte Bianca: »Hat Paul schon entschieden, wann er wieder nach Kalifornien fliegt?«

»Er ist sich noch nicht sicher. Juan ist ein zuverlässiger Partner und kommt gut klar. Außerdem hat er einen erfahrenen Mitarbeiter gefunden, der ihm hilft. Ursprünglich wollte Paul im September zu ihm rüber, aber vielleicht schiebt er es nach hinten. Mir wäre es recht«, meinte Giulia mit einem wehmütigen Lächeln. »Ich hätte mir niemals vorstellen können, dass ich jemanden so lieben könnte. Und dann kann ich auch noch so gut mit ihm arbeiten! Es ist ganz anders mit Paul als damals mit Phil. Wir verstehen uns ohne viele Worte, ich kann ihm vertrauen.« Giulia sah ihre Schwester an. »Ich wünsche dir, dass du auch jemanden findest, bei dem du dich wohlfühlst, Bibi. Du hast es verdient, mehr als alle anderen.«

Bianca strich sich verlegen die Haare hinter die Ohren. »Na ja, ich freue mich für euch, aber ich habe gerade genug andere Sorgen.«

»Was ist denn mit deinem Koch? Die Leute schwärmen ja geradezu von ihm und seinem Essen.« Giulia zog den Kalender hervor. »Es wäre ein Segen, wenn er noch bis zum vierten August bleiben würde. Dann kommt der Tester. Das habe ich hintenherum erfahren.« Sie grinste stolz. »Ein Gefallen für einen Gefallen.«

Bianca schüttelte den Kopf. »Das klingt bedenklich. Ist es das?«

»Na, hör aber auf. Natürlich ist es das, wo wäre sonst der Reiz?« Giulia lachte, als sie das Entsetzen in den Augen der Schwester sah. »Nein, Bibi! Alles in Ordnung.«

Bianca dachte nur ungern an die Ereignisse des letzten Sommers zurück, an die Sabotage eines ehemaligen Mitarbeiters und die verzwickten Kredite ihres Vaters, die sie beinahe in den Ruin getrieben hätten. Ihre Schwester hatte die finanzielle Krise zwar abwenden können, doch so ganz aufgeklärt schienen Bianca die Schatten der Vergangenheit nicht. Aber solange niemand daran rührte, würde sie es auch nicht tun.

»Ich weiß nicht, wie lange Nando bleibt. Eigentlich wollte ich ihn nicht fragen, um ihn nicht zu drängen. Er soll sich nicht verpflichtet fühlen …«, sagte Bianca zögernd.

Giulia rollte die Augen. »Ich bin mir ziemlich sicher, dass er gern hier ist. Aber ich kann ihn fragen, kein Problem.«

»Nein! Das mache ich schon.«

»Der Tester heißt übrigens Neil Gillray. Nur für den Fall, dass sich jemand mit diesem Namen einbuchen will.«

»Sogar den Namen hast du erfahren! Deine Quelle ist aber sehr gut informiert«, meinte Bianca anerkennend.

Sie gingen ins große Büro hinüber, wo die Schreibtische von Giulia und ihrem Vater standen. Auch wenn Lorenzo nicht mehr ständig im Büro arbeitete, war er noch immer an allen Entscheidungen des Unternehmens beteiligt. Manuela sorgte dafür, dass er sich nicht übernahm, und alle bemühten sich, ihn aus hektischen Situationen herauszuhalten. Der Herzinfarkt war ein Warnschuss gewesen.

»Ich hatte einfach Glück. Harper rief mich kürzlich an.« Giulias amerikanische Freundin Harper Ford hatte im letzten Jahr maßgeblich zur Rettung des Weinguts beigetragen Als Wirtschaftsprüferin hatte Giulia einen Ruf zu verlieren gehabt, doch Harper, eine hochangesehene Wirtschaftswissenschaftlerin, die als Research Fellow am Santa Fe Institute in New Mexico tätig war, hatte Giulia mithilfe ihrer Kontakte vor großem finanziellem Verlust bewahren können.

»Sie ist im August wieder in London, und wir kamen ins Gespräch wegen des Magazins und der Veranstaltung. Na ja, es stellte sich heraus, dass sie einen Bekannten dort in der Redaktion hat.« Ihre Schwester setzte sich an ihren Schreibtisch. »Und das war's.«

»Harper ist ein Unikat. Sie erstaunt mich immer wieder. Wie kann man so unvorstellbar klug sein und trotzdem so bodenständig und nett?«

Ihr Telefon klingelte, Bianca sah auf das Display und stöhnte. »Sara!«

»Diese treulose Schulfreundin? Drück sie doch weg!«, schlug Giulia vor.

»Nein, sie will irgendetwas, und ich will endlich wissen, was das ist.« Bianca nahm das Gespräch an. »Hallo, Sara!«

Giulia zuckte mit den Schultern und schaltete ihren Computer ein.

»*Ciao*, Bianca. Störe ich auch nicht?«

»Passt schon. Ich bin gerade im Büro bei meiner Schwester.«

»Ich wollte einen Tisch für heute Abend bei euch buchen, für vier Personen. Wäre das möglich? Äh, und ist der Starkoch noch bei euch?«

Bianca verdrehte die Augen. »Ja, ist er. Warte kurz, ich verbinde dich mit dem Restaurant. Claudia hat den Reservierungsplan vorliegen.« Bevor Sara etwas erwidern konnte, drückte sie die Durchwahltaste zum Restaurant.

»*Ristorante Fiore*, Claudia am Apparat, wie kann ich helfen?«

»Ich bin's. Pass auf, ich habe eine Bekannte in der Leitung, die unbedingt bei uns essen will. Hast du heute Abend noch einen Tisch für vier Personen? Wir sind doch ausgebucht, oder?«

»Waren wir, aber die Mazzarna haben abgesagt. Geht also. Willst du sie nicht?«

Bianca überlegte kurz. »Warum nicht. Ich leg jetzt auf, und du kannst das mit ihr absprechen. Danke, Claudia.«

»Natürlich, immer gern.«

Giulia sah sie fragend an. »Warum machst du das? Eigentlich willst du sie nicht hier haben. Sie war hässlich zu dir, damals. Du bist zu gutmütig, Bibi.«

»Nein, nein, ich will sie etwas fragen. Jetzt ist sie wieder aufgetaucht, und du weißt doch, dass ich immer diese Albträume habe. Und in letzter Zeit ist es noch schlimmer geworden. Der Unfall, der unbekannte Fahrer, der oben steht, auf mich runterschaut und dann weggeht. Das sehe ich dauernd, und es macht mich fertig. Vielleicht weiß sie etwas.«

Nachdenklich sah Giulia sie an. »Verdrängen ist keine Lösung, da gebe ich dir recht, aber quäl dich nicht mit endlosen Fragen nach dem Warum und dem Wer. Vielleicht findest du es nie heraus. Die Polizei hat den flüchtigen Fahrer nicht ermitteln können. Und jetzt, nach so vielen Jahren?«

Bianca steckte das Mobiltelefon in ihre Hosentasche. »Ich weiß, dass es wenig Hoffnung auf Aufklärung gibt, aber ich möchte es zumindest versuchen. Es hat lange gedauert, bis ich die Kraft dazu gefunden habe. Und die Begegnung mit Sara, die … Nun ja, jedenfalls ist alles wieder da. Eigentlich war es das immer, aber ich hatte nie den Mut und die Kraft, mich dem zu stellen. So richtig, verstehst du? Damals war das anders, da wollte ich irgendwann nicht mehr, und die Untersuchungen haben ja auch zu nichts geführt. Ich wollte euch nicht länger zur Last fallen. Aber heute bin ich so weit. Das ist mein Kampf. Es scheint mir wichtig, es wenigstens versucht zu haben. Klingt albern, oder?«

»Nein, Bibi, im Gegenteil. Du willst dich der Vergangenheit stellen und mit ihr abschließen. Ich halte das für einen sehr klugen Entschluss. Irgendwie habe ich immer schon gedacht, dass die Sache nicht abgeschlossen ist. Für mich wäre sie das auch nicht. Aber jeder ist anders, und du hast deine Zeit gebraucht.«

»Wie gesagt, Saras Besuch hat alles hochkommen lassen,

weißt du. Vielleicht sollte es so sein, und jetzt … nun ja, ich muss einfach sehen, was dabei herauskommt. So, wir wollen noch eben die Termine absprechen. Was hältst du von einer Band für den großen Abend?«

»Unbedingt. Es soll getanzt werden, das sorgt für entspannte Stimmung. Und Nonna wird sich freuen.«

Die Schwestern sahen einander an und grinsten breit.

Nachdem sie alles besprochen hatten, ging Bianca in den großen Salon der Villa, der ihr ohne die Anwesenheit der Eltern leer und still erschien. Ihr Vater machte es sich gern in einem der großen Sessel gemütlich und vertiefte sich in seine Fachzeitschriften, während ihre Mutter am liebsten draußen auf der Terrasse saß und las – falls sie die Zeit dazu fand. Meist klingelte das Telefon, oder Nonna war ebenfalls draußen und wollte unterhalten werden. Wie jetzt, dachte Bianca und ging mit einem Lächeln hinaus.

Ihre Großmutter döste im Schatten. Bianca war sich ziemlich sicher, diese hatte nur darauf gewartet, dass endlich jemand zu ihr kam, um ihr Gesellschaft zu leisten.

»*Ciao*, Nonna, wie geht es dir heute?« Bianca küsste ihre Großmutter auf beide Wangen. Für ihre einundneunzig Jahre war die alte Dame sehr rüstig, und vor allem arbeitete ihr Verstand noch immer messerscharf.

»Bah, wie soll es einem alten Wrack wie mir schon gehen …« Teresa Massinelli machte eine wegwerfende Handbewegung. Es war auch heute sehr warm, doch die alte Dame trug Seidenstrümpfe zum Rock und eine luftige Seidenbluse, die mit einer Schleife am Hals gebunden war. An den Fingern blitzten Ringe, und die Nägel waren in einem Nudeton lackiert. Auf dem Tisch standen ein Wasserkrug und eine leere Espressotasse.

»Möchtest du noch etwas essen oder trinken?«

»Jetzt nicht. Aber ich will wissen, was es heute zum Mittagessen gibt. Dieser neue Koch ist sehr gut. Behalte ihn, Bianca, dann kannst du dich mehr ums Hotel kümmern und die Küchenarbeit dem Mann überlassen. Wie heißt er gleich?«

»Nando Branconi, aber wir können ihn uns nicht leisten, er ist ein …«

Ihre Großmutter fiel ihr ins Wort: »Das ist ein neapolitanischer Name. Er ist aus Neapel, ja?«

»Ja, das stimmt. Aber er hat schon weltweit gekocht. Er ist eine Berühmtheit und für uns zu teuer.«

»Zu teuer? So ein Unsinn. Was kann denn ein Koch schon groß verdienen? Er kocht, basta. Ich habe gekocht, mein Leben lang, für die ganze Familie. Was habe ich bekommen? Ein Gehalt? Ha, aber wenn alle zufrieden am Tisch saßen und sich die Bäuche rieben, dann war das genug für mich. Heute geht es immer nur um Geld. Bah!«

»Das kann man ihm nun wirklich nicht vorwerfen. Er hilft uns unentgeltlich aus. Du weißt doch, der andere Koch ist abgehauen.«

»Sprich mit diesem Neapolitaner. Sein Risotto war das Beste, was ich seit langem gegessen habe. Nimm es nicht persönlich, Bianca, aber er hat so raffiniert gewürzt, dass selbst ich noch überrascht war, und ich habe wahrlich schon viele Risottogerichte gekostet. Schick ihn doch mal zu mir, ich möchte ihn fragen, wie er das gemacht hat.«

Bianca räusperte sich und scharrte mit den Füßen. »Tja, wenn er das möchte. Wahrscheinlich gibt er seine Geheimnisse nicht gern preis. Also, diese Starköche verraten ihre Rezepte nicht gern.«

Sie sah in den Garten, wo die Rosensträucher in voller Blüte standen. Der süßliche Duft zog leicht zu ihnen herüber. Entlang der steinernen Abgrenzungen hatte Bianca Lavendel und

Thymian gesetzt, denn die Pflanzen waren nicht nur in der Küche verwendbar, sondern vertrieben auch lästige Stechmücken. In einer entfernten Ecke des Gartens stand seit einigen Monaten auf Pauls Initiative hin ein Insektenhaus, ein sogenannter Lebensturm. Die Türme halfen bei der Reduzierung des Schädlingsbefalls in den Rebstöcken, weil sie Spinnmilben, Traubenwicklern und Zikaden Unterschlupf boten. Paul war ein Experte des biologischen Weinanbaus, und sie alle lernten immer wieder dazu.

»Wem sollte ich denn schon seine Geheimnisse verraten, eh?«, schnarrte Teresa. »Schick ihn her!«

Mir vielleicht, dachte Bianca und fürchtete, dass Nando die längste Zeit für sie gekocht hatte, wenn er mit Teresa Massinelli gesprochen hatte.

»Na gut, wenn du jetzt keinen Wunsch hast, gehe ich mich um das Mittagessen kümmern. Es gibt Seezungenfilet in Balsamico-Schaum.« Auch eine von Nandos Kreationen.

Das Gesicht ihrer Großmutter erhellte sich, und sie klatschte erwartungsvoll in die Hände. »Bravo! Na geh schon, geh!«

7

Kochen ist wie Malen oder Komponieren:
Es gibt nur eine bestimmte Anzahl an Farben und Noten.
Entscheidend ist, wie du sie miteinander verbindest.

Wolfgang Puck

Die Sonne sandte ihre letzten glutroten Strahlen über die Hügel und tauchte die Weinberge und den Olivenhain in sanftes violettes Licht. Es schien, als loderten die Olivenbäume noch einmal kurz auf, bevor die Nacht sich dunkel und still über alles legen würde. Bianca stand am Hintereingang des Restaurants und trank ein Glas Wasser. In der Küche war es heiß und laut. Alle Fenster waren geöffnet, und auch die Tür stand offen, denn die Abzüge arbeiteten nicht effektiv genug, um die Dämpfe und die Hitze aus den Pfannen und Öfen abzusaugen. Die Lüftungsanlage hätte längst überholt werden müssen, doch andere Dinge waren vorrangig gewesen. So hatten sie den Kühlraum erneuert und zwei Backöfen gekauft. Damit war der Etat für die Restaurantküche vorerst erschöpft.

Sie hörte Nando drinnen knappe Anweisungen erteilen und musste sich eingestehen, dass sie ihn bewunderte. Er strahlte eine natürliche Autorität aus und arbeitete mit beängstigender Präzision. Jeder Handgriff saß, und deshalb konnte er es sich erlauben, dasselbe von den Mitarbeitern zu erwarten. Und die Herren Beiköche schnurrten wie die Kätzchen! Keine Widerworte, keine Diskussionen, sie taten genau das, worum Nando sie bat. Oder vielmehr, was er von ihnen verlangte.

Ob es daran lag, dass sie eine Frau war? Bianca biss sich auf die Lippen. Nein, sie wollte nicht ungerecht sein. Sie arbeitete anders – langsamer, intuitiver – und probierte gern aus. Ihre Gerichte waren nie ganz gleich, und sie liebte das unkalkulierbare Risiko, das immer blieb.

»Ach, hier sind Sie, Bianca!« Nando trat zu ihr. Seine Wangen waren nur leicht gerötet, und seine Augen leuchteten. Er trug ein schwarzes Poloshirt zur dunklen Hose und darüber die Schürze des Restaurants, die ihm ausgesprochen gut stand, wie Bianca fand.

Sie durfte sich nicht an die prominente Aushilfe gewöhnen, sondern musste darauf gefasst sein, dass er sie schon morgen wieder verließ. »Ich brauchte frische Luft. Gibt es ein Problem? Ist die Lauchtarte verbrannt?«

Ihr Gang waren die Capesante gratinate alle nocciole, gebratene Jakobsmuscheln mit Nüssen, gratiniert auf Orangensauce mit Lauchtarte.

»Machen Sie sich keine Sorgen, es läuft alles rund. Sie haben ein gutes Team. Denken Sie nicht immer so negativ, das zieht schlechte Energien an«, sagte er und blickte in die einsetzende Nacht hinaus. »Sie haben es sehr schön hier. Ein Ort der Ruhe und der Stille.«

Drinnen klirrte es, dann fluchte jemand.

»Na ja, abgesehen von der Küche …«, meinte Bianca. »Und ja, ich liebe, was ich tue, aber ohne Koch ist es ein wenig schwierig. Es hat sich noch immer niemand gemeldet.« Sie gab sich einen Ruck und fügte hinzu: »In der ersten Augustwoche richten wir unsere große Weinverkostung aus, und ausgerechnet zu diesem Termin kommt der Tester vom Reisemagazin.«

Er hob die Augenbrauen. »Woher wissen Sie das? Die Tester legen immer großen Wert darauf, inkognito zu reisen.«

»Meine Schwester hat da so ihre Quellen … Für uns hängt viel davon ab. Bioweingüter haben es noch immer ein wenig schwerer und sind vielen Kritikern ein Dorn im Auge. Aber wir wollen nun einmal mit unserem Gesamtkonzept überzeugen. Essen und Weine aus biologischem Anbau, nicht überteuert und von guter Qualität.«

»Das wusste ich nicht«, meinte Nando. »Ich dachte, es kommt nur auf die Qualität an.«

»Sicher, das natürlich vor allem, aber wenn man im Slow-Food- oder Slow-Wine-Führer gelistet ist und die Bioprüfsiegel vorweisen kann, wollen einige Kritiker beweisen, dass wir es eben nicht so genau nehmen mit der biologischen Herkunft unserer Speisen oder beim Weinanbau mit den Pestiziden. Daraus kann man uns schnell einen Strick drehen.«

»Verstehe, das habe ich nicht bedacht, da ich nie nur biologisch gekocht habe. Aber es gefällt mir.« Er sah sie direkt an, und Bianca erwiderte erstaunt seinen Blick.

»Tatsächlich? Auch ohne Chichi?«

»Ein wenig kann sicher nicht schaden, aber das ist Ihr Konzept, nicht meins.« Er tippte auf die Uhr. »Das Lamm ist dran.«

Nandos Lammkaree wurde im Brotmantel gegart. Für Biancas Geschmack zu aufwendig, aber die Gäste waren ganz aus dem Häuschen. Sie folgte Nando in die Küche, wo sie sich mittlerweile selbst wie ein Gast vorkam, denn innerhalb weniger Tage hatte der neapolitanische Chef mehr als die Hälfte der Arbeitsflächen in Beschlag genommen. Anfangs hatte Bianca seine Utensilien wieder umgeräumt, doch irgendwann hatte sie aufgegeben. Sie konnte nicht leugnen, dass er seine Sache verdammt gut machte, und es wäre kindisch von ihr, nicht von ihm zu lernen. Luca himmelte Nando an, genau wie Ivano. Nur Ariano zeigte dem Chefkoch die kalte Schulter. Der junge Beikoch war noch nicht lange bei ihr. Sie wusste nur, dass er aus einem kleinen Ort südlich von Rom stammte.

Schließlich war auch das letzte Dessert, ein Ricotta-Muscovado-Soufflé mit Himbeeren und Birnen-Minz-Sauce, rausgegangen, und Bianca erfrischte sich in dem kleinen Bad neben der Küche, um danach ihre Runde im Restaurant anzutreten. In dem engen Flur kam ihr Nando entgegen, der ebenfalls das Bad aufsuchen wollte. Er nahm sie bei den Schultern und küsste sie auf die Wangen.

»Bravo! Sie haben meinen Respekt, Bianca! Ihr Dessert war so gut, dass ich es auch in meinem Restaurant serviert hätte.«

Sie standen dicht voreinander im Halbdunkel des Ganges, und sie nahm seine physische Präsenz so deutlich wahr, dass sie rasch an ihm vorbeiglitt und nur ein »Danke« murmelte. Sie durfte seine Freundlichkeit nicht überbewerten. Irgendwann würde er sich langweilen und in sein altes Leben zurückkehren wollen.

Mit Schwung betrat sie das Restaurant, das bereits zur Hälfte leer war. Sara und ihre Freunde saßen am Fenster, und Bianca winkte Elena zu sich. »Serviere den vieren dort am Fenster doch bitte ein Glas Prosecco.«

»Mache ich. Das war wieder ein voller Erfolg heute, Bianca. Der Mann ist Gold wert!«, sagte Elena leise und zwinkerte in Richtung Küche.

»Hm.« Bianca ging auf den Tisch ihrer Freunde zu. Es war ein guter Abend gewesen. Die Gäste hatten das Lokal zufrieden verlassen und würden es weiterempfehlen. An morgen würde sie morgen denken.

»*Ciao*, Sara und …« Sie hielt inne, als sie die junge Frau mit den weich fallenden, rötlich schimmernden Locken sah. »Rachele?«

Die junge Frau stand auf und strahlte sie an. »Lass dich umarmen!«

Ihre ehemalige Mitschülerin Rachele war immer eher zurückhaltend und auf ihren Dauerfreund Franco bezogen gewesen.

»Du hast dich nicht verändert, Raffa!« Und das meinte Bianca tatsächlich, denn die ehemalige Freundin hatte dieselbe weibliche Figur, weiche Gesichtszüge und eine liebenswerte Art.

»Ah, ich bin fett geworden! Zwei Kinder haben ihre Spuren an diesem Körper hinterlassen!« Rachele lachte und strich Bianca über die Wange. Eine vertraute, zärtliche Geste, die Bianca seltsam berührte.

»Aber du siehst phantastisch aus, Bibi! Und dein Restaurant ist phantastisch! Ich weiß nicht, wann ich das letzte Mal so gut gespeist habe.« Rachele setzte sich wieder und zog Bianca einen Stuhl hervor. »Setz dich doch zu uns, oder hast du keine Zeit? Das sind übrigens meine Cousine Rita und ihr Mann Guido.«

»Für einen Moment schon. Hallo, freut mich.« Bianca nickte dem Paar zu und wartete, damit Elena den Prosecco abstellen konnte.

»Ist der für uns?«, staunte Rachele.

Sara grinste. »Irgendeinen Vorteil müssen alte Freundschaften ja haben …«

»Für mich auch ein Glas, Elena«, bat Bianca.

Racheles Cousine war etwas älter, und man sah ihr an, dass sie gern gut speiste. »Kompliment! Ihr Küchenchef ist ein Gott! So ein Lammkaree habe ich noch nie gegessen, und das

Schokoladendessert hat mich fast ohnmächtig werden lassen. Was für ein Aroma! War das frischer Kakao?«

Bianca lächelte. »Nein, eine sündhaft teure Schokolade, die wir schmelzen und dann mit marinierten Beeren, Pistazien und frischer Sahne mischen.«

Sie musste Rita den Namen der Schokolade nennen, den diese notierte. »Das will ich unbedingt zu Hause nachkochen. Zumindest versuchen muss ich es.«

Elena brachte den Prosecco, und die Gäste bedankten sich bei Bianca für den schönen Abend. »Sag, Raffa, bist du noch mit Franco zusammen?«

»Aber ja! Wir haben es irgendwie geschafft, aus einer Jugendliebe in eine funktionierende Ehe zu wachsen. Unsere Kinder sind einigermaßen wohlgeraten. Franco hat die Apotheke seiner Eltern übernommen. Ich habe ihm während des Studiums den Rücken freigehalten und mich um die Kinder gekümmert. Ganz klassisch, die Rollenverteilung bei uns.« Es klang, als müsste sie sich für ihre Rolle als Hausfrau und Mutter rechtfertigen.

»Das freut mich für euch, Raffa, sehr sogar. Und du, Sara? Bist du verheiratet?«, fragte Bianca.

Aus den Augenwinkeln behielt sie das Geschehen im Restaurant im Blick, registrierte, dass Elena einen Tisch noch nicht abgeräumt hatte, und gab der Servicekraft einen unauffälligen Wink.

Die sehr elegant gekleidete Sara verzog kurz das Gesicht. »Keine Zeit. Bei meinem Vollzeitjob ist das einfach nicht drin.«

Rachele stieß sie an. »Ach, so ein Unsinn. Wenn man sich liebt, findet man einen Weg. Du hast einfach noch nicht den Richtigen gefunden. Was ist denn mit dem Kollegen, den du mal gedatet hast?«

»Das war mein Chef«, entfuhr es Sara, und sie schien sich auf die Zunge beißen zu wollen. Dann zuckte sie die Achseln. »Was soll's, ihr kennt ja niemanden aus der Firma. Wir treffen uns seit einem Jahr regelmäßig. Aber er ist noch verheiratet.«

»Ach komm, Sara, jetzt sag bitte nicht, dass er versprochen hat, seine Frau für dich zu verlassen?«, meinte Rachele.

»Doch, hat er! Und er wird es auch tun, wenn der Zeitpunkt günstig ist!«

Bianca und Rachele wechselten einen vielsagenden Blick.

»Kommt schon, es sind doch nicht alle gleich!«, meinte Sara.

Rita musterte ihren Mann und meinte trocken: »Doch, sind sie.«

»Worum geht es gerade? Ich habe eben mit meinem Golfkumpel gechattet. Wir wollen morgen spielen. Das ist dir doch recht, Rita?« Guido schaute auf.

»Ja, mach nur.« Seine Frau tätschelte ihm die Schulter, woraufhin er sich wieder seinem Telefon widmete.

»Und wie geht es dir jetzt, Bibi?«, fragte Rachele vorsichtig und blickte dabei auf ihr Bein.

Bianca trank einen großen Schluck Prosecco. »Es hat lange gedauert, mich unendlich viel Kraft und Nerven gekostet, und ich habe noch immer Albträume.«

Schockiert starrten Sara und Rachele sie an, mit so viel Offenheit hatten sie offenbar nicht gerechnet.

»Äh ja, das ist sicher normal, wenn man so einen schweren Unfall hatte. Aber man sieht es dir nicht an«, sagte Sara schnell.

»Nein, wie auch, ich trage ja eine lange Hose. Aber ich beschwere mich gar nicht. Das war Schicksal, und ich habe es auf meine Weise ganz gut gemeistert. Nur eine Sache treibt mich noch immer um. Wer ist damals einfach weitergefahren? Das kann ich einfach nicht verstehen.« Unter dem Tisch ballte sie ihre Hand zur Faust. »Hätte man mich sofort ins Krankenhaus gebracht, wäre mir einiges erspart geblieben.«

Rachele strich ihr über den Arm. »Arme Bibi. Die Polizei hat keine Spur?«

»Nein, nichts, keinen Ansatz. Und jetzt ermitteln sie natürlich nicht mehr. Fahrerflucht und basta.«

»Was sollte man jetzt auch noch herausfinden können? Du hast niemanden gesehen, oder?«, fragte Sara.

»Einen Schatten, eine Gestalt oben am Hang. Er hat zu mir heruntergesehen. Das hat mich so wütend gemacht. Ich lag da, eingeklemmt, die Schmerzen haben mich fast umgebracht, und der Mistkerl steht da und tut nichts. Dann war er plötzlich weg, und ein Motor heulte auf.« Die Bilder waren sofort präsent, als hätten sie sich in ihr Hirn eingebrannt.

»Er?«, fragte Rachele. »Du bist dir sicher, dass es ein Mann war? Das wäre ja etwas.«

Sara schnaufte. »Ach ja? Ein Mann, ein Autofahrer. Große Hilfe …«

Bianca schüttelte langsam den Kopf: »Das Motorengeräusch. Es war sehr eigen, und ich glaube, ich würde es wiedererkennen, wenn ich diesen Wagen hören würde.«

Cousine Rita meldete sich zu Wort. »Vielleicht wurde der Wagen längst verschrottet.«

»Das denke ich nicht, es schien mir ein teurer Wagen zu sein. Eine Limousine oder ein Sportwagen.«

»Also da besteht ja nun ein himmelweiter Unterschied«, klinkte sich plötzlich Ritas Mann ins Gespräch ein. »Ein Sportwagen hat einen völlig anderen Klang als eine Limousine. Das können Sie ganz leicht herausfinden.«

Insgeheim hatte Bianca schon unzählige Motoren gezielt angehört, doch noch keinen vergleichbaren Sound entdeckt.

»Tja, wie auch immer. Aber woran erinnert ihr euch denn noch?«, wandte sich Bianca an ihre Freundinnen.

»Woran sollen wir uns erinnern? Ihr wart doch alle auf meiner Party, und dann seid ihr irgendwann gefahren. Zuerst du, dann Mia, dann Maurizio und die Jungs«, überlegte Sara eher unwillig.

»Maurizio?«, hakte Rachele nach.

»Hm, ja, Maurizio Rossi, der Sohn vom berühmten Rossi!«, erklärte Bianca und verdrehte die Augen. »Maurizio hat doch immer mit dem Restaurant seines Vaters angegeben, weil da so viele Prominente zu Gast waren. Eigentlich ein netter Typ, nur etwas nervig.«

»Ah ja, jetzt erinnere ich mich. Was ist eigentlich aus dem geworden?« Rachele nippte an ihrem Prosecco.

»Ich meine, der ist bei seinem Vater eingestiegen, im *Da Rossi*, in Florenz.« Sara sah auf ihre Uhr. »Es ist spät geworden, und ich muss noch eine leidige Terminsache am Computer bearbeiten. Seid mir nicht böse ja? Wir können das ja wiederholen!«

»Unbedingt!«, meinte Rachele, sah aber nicht zu Sara und Bianca, sondern an ihnen vorbei.

Bianca wusste sofort, wer sich näherte, und blieb betont gelassen, bis sie eine vertraute männliche Stimme vernahm.

»*Buona sera*, hatten Sie einen angenehmen Abend?«, erkundigte sich Nando Branconi charmant, und Sara schien es plötzlich gar nicht mehr eilig zu haben.

»Wundervoll, einfach wundervoll!«, flötete sie.

Rita starrte ihn an. »Ich habe Sie im Fernsehen gesehen!«

Branconi lächelte. »Das ist gut möglich. Warum man Köche interviewt, weiß ich zwar nicht, denn wir verraten ohnehin keine Berufsgeheimnisse.«

»Das Dessert war göttlich!«, sagte Rachele.

»Das Lob gebührt Bianca, unserer Chefin.« Er berührte Bianca an der Schulter. »Ich müsste noch kurz etwas wegen morgen besprechen, wenn es passt?«

Sofort erhob Bianca sich. »Wir bleiben in Kontakt! Vielen Dank für euren Besuch!«

Als sie Nando in die Küche folgte, konnte sie die Blicke der anderen in ihrem Rücken spüren wie Nadelstiche.

8

GROSSMÜTTER

Am nächsten Morgen wachte Bianca mit Kopfschmerzen auf. Sie fühlte sich wie zerschlagen, und ihre Laune verbesserte sich nicht, als sie den wolkenverhangenen Himmel sah. Die Luft war drückend warm und hatte sich auch nachts kaum heruntergekühlt. Der Albtraum hatte sie heute Nacht mit besonderer Intensität heimgesucht, was sie auf die Unterhaltung mit Sara und Rachele zurückführte. Schon früher war sie aus der launischen Sara oft nicht schlau geworden, doch gestern hatte sie das Gefühl gehabt, dass Sara die Fragen nach der Geburtstagsfeier damals unangenehm gewesen waren. Nur warum?

Sie duschte lange und ließ zum Schluss das kalte Wasser über ihren Körper fließen, bis sie es nicht mehr aushielt. Nach dem Abtrocknen strich sie über die große Narbe am Oberschenkel. Sie nahm das Öl und strich über die stellenweise wulstige Haut, die zwar nicht mehr erhaben war, doch noch immer deutlich sichtbar. Immerhin rötete sich die Narbe nicht mehr. Sie war ein großer heller Blitz auf ihrem Oberschenkel, und wie ein Blitz konnte der Schmerz noch immer zuschlagen. Nicht so häufig, aber oft dann, wenn sie es nicht erwartete, wenn sie unter Druck stand und ihren Körper brauchte, dann ließ er sie im Stich.

Seufzend stellte sie die Flasche ab und betrachtete den Rest ihres Körpers. Ihre Schwestern waren sportliche, athletische Typen, sie hingegen verkörperte den weichen Frauentyp. Ihre Hüften waren sanft gerundet, die Taille schmal, die Brüste klein und rund. Im Grunde nicht übel, dachte sie, wenn man von dem Bein absah, und streckte ihrem Spiegelbild die Zunge heraus.

Entgegen ihrer sonstigen Gepflogenheit hatte sie sich heute Morgen Zeit gelassen und auf die Zuverlässigkeit von Elena gebaut, die den Frühstücksdienst übernahm. Als sie die Treppen hinunterstieg, nahm sie den Duft von frisch gebrühtem Kaffee und gebratenen Eiern wahr. Die zahlreichen ausländischen Gäste erwartete ein reichhaltiges Frühstück, und sie durften sich auf hausgemachte Marmeladen und frisches Obst aus eigenem Anbau freuen. Nicht alle Kuchen buken sie selbst. Den Großteil des Kleingebäcks lieferte eine alteingesessene Bäckerei aus Tigliano, die sich auf biologische Herstellung spezialisiert hatte. Die Vollkorncroissants waren so köstlich, dass Bianca sich stets eins für ihren Cappuccino am Vormittag reservierte. Frühmorgens presste sie sich lediglich einen Orangensaft.

Claudia stellte gerade ihre Handtasche hinter ihrem Rezeptionsschreibtisch ab. »*Buon giorno*, Bianca!«, rief sie strahlend.

»Ich weiß nicht, woher du deinen Optimismus nimmst. Hast du den Himmel gesehen?«, murrte Bianca.

»Ach, bah, es muss ja auch mal regnen. Wir hatten wochenlang kaum einen Tropfen.« Sie starrte auf den Bildschirm. »Zwanzig Anfragen, das nenne ich einen guten Start!«

Bianca trat zu ihr hinter den Schreibtisch. »Tatsächlich. Zwei aus den Staaten, eine aus Deutschland, zwei aus der Schweiz, wunderbar!«

Sie rieb sich die Schläfen, was Claudia nicht entging. »Hast du Kopfschmerzen? Geh doch etwas spazieren. Das hilft mir immer am besten. Hier läuft alles. Na los, geh schon.« Sanft schob sie ihre Chefin Richtung Tür.

Folgsam verließ Bianca das Haus, griff sich im Gehen einen Apfel aus einer Schale und schlug den Weg hinüber zur Pferdekoppel ein. Sie war gespannt, wie weit Milena mit einem jungen Springpferd gekommen war. Sie ging zwischen den Olivenbäumen hindurch, sog den frischen Duft von Erde und Holz ein und streckte die Arme über den Kopf. Ihr fehlte Bewegung, dachte sie. Sie sollte öfter laufen oder ausreiten.

Hinter ihr erklangen Schritte, und als sie sich umdrehte, sah sie Nando im Joggingoutfit auf sie zulaufen. »Guten Morgen!«

»Na, Sie sind ja sportlich unterwegs. Ich habe gerade darüber nachgedacht, ob das nicht eine gute Idee wäre«, sagte sie.

Er hatte nur wenig geschwitzt und fuhr sich mit dem Handrücken über die Stirn. »Ich wollte noch rüber auf die andere Seite. Gestern bin ich hoch zum Wald und habe eine alte Kapelle entdeckt. Sehr hübsch haben Sie es hier.«

Sie ging weiter, und er fiel in ihren Schritt ein. »Danke, ja, wir leben gern hier. Die Kapelle haben Sie also auch schon entdeckt. Damit verbindet sich ein ziemlich dramatischer Teil unserer Familiengeschichte, was mich daran erinnert, dass Nonna Sie furchtbar gern sprechen würde.«

»Ihre Großmutter lebt hier bei Ihnen?«

»Oh ja, und wie sie hier lebt! Sie ist im Mai einundneunzig Jahre alt geworden, und glauben Sie mir, ihr entgeht nichts, was auf diesem Gut geschieht. Vor allem aber liebt sie gutes Essen und ist ganz hingerissen von Ihren Kreationen. Eigentlich müsste ich jetzt beleidigt sein.« Sie hielt kurz inne, warf ihm einen Seitenblick zu, doch er hörte einfach nur zu. »Aber ich kenne meine Grenzen, und ich habe schon einiges von Ihnen gelernt, das gebe ich gern zu.«

»Ein Kompliment aus Ihrem Mund ist mehr wert als die gestochenen Worte mancher Kritiker, denn Sie sind ehrlich. Danke.«

»Also, Sie hätten nichts dagegen, mit Nonna zu sprechen? Aber sagen Sie nicht, ich hätte Sie nicht gewarnt. Teresa Massinelli ist keine einfache Frau, um es milde auszudrücken.«

Nando lachte verhalten. »Ich verstehe, aber machen Sie sich keine Gedanken, ich bin von meiner neapolitanischen Großmutter aufgezogen worden, und die hatte wirklich Haare auf den Zähnen. Aber ich habe sie abgöttisch geliebt«, fügte er leise hinzu.

Während ihrer Unterhaltung hatten sie die Olivenplantage verlassen und die Straße überquert. Vor ihnen erstreckte sich die Pferdekoppel, und Bianca schnalzte mit der Zunge, um die braune Stute anzulocken, die allein dort graste. Die Stute hob den Kopf, witterte einen Augenblick, schüttelte sich und kam gemächlich auf sie zu.

»Ist sie nicht eine Schönheit?«, sagte Bianca. Das Pferd beäugte sie beide, ließ sich von Bianca über die Blässe streicheln und schien es auch zu genießen, zwischen den Ohren im Mähnenansatz gekrault zu werden.

»Ein sehr schönes Tier. Ist das Ihr Pferd?«, fragte Nando und klopfte der Stute den Hals.

»Oh nein! Das ist einer von Milenas Schützlingen. Chicabell. Ein furchtbarer Name, wer denkt sich nur so was aus, hm?« Sie hielt der Stute die Hand vor die Nüstern, weil sie es liebte, wenn die samtweiche Pferdenase sie abschnupperte und berührte. Schließlich stupste Chicabell sie energisch an. Bianca schmunzelte und holte den Apfel hervor. »Bitte schön und guten Appetit!«

Sie wischte sich die Hände an einem Taschentuch ab. »Mögen Sie Pferde?«

Er nickte. »Ja, obwohl ich nie geritten bin. Und dabei werde ich es wohl auch belassen. Man soll sein Glück nicht herausfordern.«

Für Bianca war das Reiten nach ihrem Unfall zu einer Art Therapie geworden. Es hatte ihr geholfen, das Bein auf sanfte Weise zu stärken und das Vertrauen in ihren Körper zurückzugewinnen. »Ihnen entgeht etwas, aber ich kann Sie verstehen. Wenn Angst mitschwingt oder auch nur ein gewisses Unbehagen, ist es keine gute Idee. Die Pferde spüren das.«

»Sie sind hier aufgewachsen, das ist etwas anderes. Ein Geschenk, würde ich sagen. Zumindest im Vergleich zu dem Viertel, in dem ich groß geworden bin.«

Seite an Seite folgten sie der mit Kieselsteinen übersäten Straße.

»Ich war einige Male in Neapel. Welches ist denn Ihr Viertel?«

Nach einem kaum spürbaren Zögern sagte er: »Die Vele.«

Sie sog scharf die Luft ein. »Oh.«

Die Vele, wie das verrufene Viertel in der Bevölkerung hieß, bedeutete Segel. Die Architekten hatten die Vele di Scampia in den Sechziger- und Siebzigerjahren mit dem Gedanken erbaut, einen leichten, humanen Sozialbau zu schaffen. Die Silhouetten der Türme erinnerten tatsächlich ein wenig an Segel. Doch der soziale Wohnungsbau des Architekten Franz di Salvo in diesem nördlichen Viertel Neapels war zu einer hässlichen Ansammlung von grauen Betonklötzen geworden. Grau und verkommen ragten die Wohnblöcke in den Himmel und waren längst eins der gefährlichsten Viertel der Stadt. Drogen, Korruption und die Camorra machten das Leben hier zur Hölle.

»Kein Grund, mich zu bedauern. Man kann sich nicht aussuchen, wo man geboren wird, aber man kann sich entscheiden, wie man leben will. Ich wollte nur raus aus dem Elend. Das Einzige, was ich wirklich gut konnte, war zu kochen, ein Talent, das ich von meinem Großvater, Aldo, geerbt habe. Meine Großmutter, Vala, hat mich darin bestärkt, nachdem mein Großvater bei einer Straßenschlacht zweier verfeindeter Banden von einem Querschläger getroffen wurde und starb.«

Bianca lauschte erschüttert und tief berührt, dass er ihr seine Lebensgeschichte anvertraute. »Das tut mir leid. Madonna, das wusste ich nicht.«

»Nein, woher auch. Ich gehe nicht mit meiner Familiengeschichte hausieren. Die Öffentlichkeit erfährt nur, was notwendig ist. Für die Leute bin ich ein Chef, der sich aus kleinsten Verhältnissen hochgearbeitet hat. Das mögen sie, weil es ihnen die Hoffnung vermittelt, dass jeder es schaffen kann. Es braucht nur ein wenig Talent, und man kann es nach ganz oben schaffen …« Er schnippte mit den Fingern, doch sein Lachen klang eine Spur zynisch.

»Aber Sie haben es doch geschafft«, sagte sie sanft.

Er blieb stehen und berührte wie zufällig ihren Arm. »Ich wollte Ihnen damit nur sagen, dass wir alle irgendeine Bürde mit uns herumtragen. Ich weiß nicht, welche Ihre ist, aber irgendetwas bedrückt Sie, und das sollten Sie nicht zulassen.«

Was wollte er von ihr? Sie suchte in seinem Gesicht nach Anhaltspunkten. Die Härte um seinen Mund verstand sie nun besser. Von seiner Mutter hatte er nicht gesprochen, nur von seiner Großmutter. Es gab wohl noch einige düstere Seiten seines Lebens, die er nicht gern aufblätterte, vermutete Bianca. Aber ihre gingen ihn nichts an. Sie wollte keinen Wirbelsturm in ihrem Leben.

»Danke für Ihr Interesse, aber es geht mir gut, ich komme klar. Meistens jedenfalls, also wenn mein Team vollständig ist. Es ist wirklich nett von Ihnen, sich so für uns einzusetzen.« Sie zögerte. »Doch ich verstehe das nicht. Ich meine, Sie könnten überall sein, warum ausgerechnet hier?«

Seine Freunde waren bereits abgereist, und er hätte ebenfalls in irgendeine Metropole reisen können oder nach Bali oder weiß der Henker wohin! Er hatte die Mittel und genügend Kontakte. Was hielt ihn hier im entlegenen Teil des Rufina, das nun wirklich nicht der Nabel der Welt war?

»Gehen wir weiter. Wohin wollen Sie überhaupt? Ich muss meine Runde noch beenden.«

»Oh bitte, ich will Sie nicht aufhalten. Laufen Sie nur«, ermunterte sie ihn.

»Heute steht Thunfisch auf dem Menüplan, nicht wahr? Was halten Sie von einem Bärlauchrisotto, und in einer anderen Variante machen wir ein Thunfischtartar und dazu ein Erdbeersalsa.«

»Wir haben keine Erdbeeren, und ob wir genug frischen Bärlauch im Garten haben, bezweifle ich.«

»Gut, dann fahren wir nachher gemeinsam nach Florenz und kaufen ein. Der Markt dort ist sehr gut, und in der Markthalle kocht ein Bekannter von mir. In einer Stunde? Ich sammle Sie vor dem Restaurant ein.« Er wartete ihre Antwort nicht ab, sondern lief einfach los.

Perplex blieb Bianca stehen und sah ihm nach. Er bestimmte einfach, was zu tun war! Über ihren Kopf hinweg entschied er den Plan für das Abendessen! Zugegebenermaßen waren seine Vorschläge interessant und würden die Karte auf neue Weise erweitern, aber er verstand einfach nicht, was Teamarbeit bedeutete. Man besprach sich, bevor eine Entscheidung gefällt wurde. Sie schaute nach vorn, wo der Weg zur Fattoria ihres Onkels und den Stallungen führte. Eine Stunde?

Es gab noch einiges zu organisieren, bevor sie fahren konnte.

9

MARKT IN FLORENZ

Der Maserati legte sich sanft in die Kurven und ließ die zahlreichen Unebenheiten der Straße vergessen. Anfangs hatte Bianca sich unwohl gefühlt, in ein derart teures Luxusgefährt zu steigen. Aber für Nando schien es selbstverständlich, in dem dunkelblauen Cabrio zu fahren, dessen Kühlergrill an ein Löwenmaul erinnerte. Das Auto war so konzipiert, dass sich kaum ein Haar während der Fahrt bewegte.

»Hübsche Farbe«, meinte Bianca. »Understatement, wenn das bei diesem Wagen überhaupt möglich ist.«

Nando warf ihr hinter seiner Sonnenbrille einen kurzen Blick zu. »Wer will denn Understatement? Ich liebe schöne Autos, und ich habe hart dafür gearbeitet, basta.«

»Tja, jeder so, wie er mag. Oh, Vorsicht!«, rief sie, als eine Ziege auf die Straße lief. Viele Ziegen lebten wild in den Hügeln und verursachten hin und wieder Unfälle auf den Landstraßen.

Nando trat kurz auf die Bremse, hupte und lenkte den Wagen schwungvoll um das erschrockene Tier herum.

Ihr Herz raste. Wann immer auf der Straße unvorhergesehene Ereignisse eintraten, geriet ihr Puls außer Kontrolle, und sie verfiel in Schnappatmung.

»Alles in Ordnung! Die Ziege hatte mehr Angst als wir.«

Er drosselte das Tempo und fuhr an die Seite, wo er den Wagen zum Stehen brachte. »Sie sind ja ganz blass geworden. Hier, trinken Sie einen Schluck.«

Aus einem Seitenfach holte er eine kleine Wasserflasche hervor, schraubte sie auf und reichte sie ihr. Dankbar trank sie mehrere Schlucke und schämte sich für ihre übertriebene Reaktion.

»Tut mir leid, das geht mir manchmal so. Es hat nichts mit Ihrem Fahrstil zu tun«, brachte sie leise heraus.

»Na, da bin ich beruhigt. Warum dann? Hatten Sie mal einen Unfall mit einem Tier? Ein Trauma kann tief gehen und holt einen immer wieder ein.«

Sie biss sich auf die Lippen und murmelte: »Ja, ich hatte vor Jahren einen Unfall. Das wird es sein. Wir können gern weiterfahren, wirklich, es geht mir gut.«

Er musterte sie nachdenklich, startete den Wagen und fuhr weiter. Bis sie Florenz erreicht hatten, sprachen sie ausschließlich über die Markthalle und das reichhaltige Angebot an Lebensmitteln, das es dort gab.

Bianca liebte Florenz, auch wenn es im Sommer schrecklich überfüllt war. Der Massentourismus hatte sich in eine bedenkliche Richtung entwickelt. Seit einiger Zeit brachten Busse nun auch die Passagiere der Kreuzfahrtschiffe für Tagestouren nach Lucca und Florenz. Wie ein Hornissenschwarm fielen die Gruppen im Schlepptau eines Reiseführers, meist erkennbar an einer gelben Sonnenblume oder einem bunten Fähnchen, in die Metropolen ein und verstopften die engen Gassen vor den Sehenswürdigkeiten. Manche ihrer Gäste auf dem Gut berichteten von Warteschlangen, die sich wie ein Bandwurm über die Piazza della Signoria vor den Uffizien zogen.

Nando kannte sich allem Anschein nach bestens in der Stadt aus, denn er ließ den Maserati sicher durch ein Labyrinth aus Nebenstraßen gleiten, um schließlich in eine Hauseinfahrt zu biegen. »Mein Privatparkplatz.« Er grinste.

Sie betrachtete die Fassade. Ein alter Palazzo, dessen Putz bröckelte, doch die Fensterläden sahen frisch gestrichen aus. »Wer wohnt hier?«

»Freunde von mir. Kommen Sie, lassen Sie uns gehen, bevor die besten Waren verkauft sind. Auf dem Markt muss man eigentlich vor fünf Uhr sein. Ich habe das Einkaufen früher selbst übernommen.«

Sie stieg aus, wobei ihr die neugierigen Blicke einiger Passanten nicht entgingen. Blicke, die nicht ihr, sondern Nando und seinem Luxusschlitten galten. »Als Sie wo waren?«

»Mein erstes eigenes Restaurant hatte ich in Neapel.« Er fuhr sich durch die Haare. »Das waren Zeiten – ich weiß gar nicht, wann wir überhaupt geschlafen haben. Unser Leben hat sich quasi im Restaurant oder auf dem Markt abgespielt. Ich kannte jeden Gemüsehändler und jeden Fischhändler, und die kannten mich!« Er lachte. »Als sie endlich wussten, dass ich nur das Beste einkaufe und mir keinen Mist unterschieben lasse, wurden wir die besten Freunde. Aber sie mussten ihre Lektion lernen.«

Skeptisch sah sie ihn an, während sie an einer Reihe eher vernachlässigter Häuser vorbeigingen und auf die Piazza del Mercato Centrale kamen. Es ging auf zehn Uhr zu, und der Markt war in vollem Gange. Unzählige Stände mit verschiedensten Waren verwandelten die Piazza in ein Labyrinth aus Leder- und Töpferwaren, Kleidern, billigem Plastikzeug, Süßwaren und Andenken jeglicher Couleur.

»Wie meinen Sie das?«

Nando bahnte ihr den Weg zu den Treppenstufen hinauf zur alten Markthalle. Der Eisen- und Glasbau aus dem neunzehnten Jahrhundert erhob sich unvermittelt auf der Piazza, die zu beiden Seiten von verwinkelten Gassen umgeben war.

»Wie? Na ja, wer mir einmal verdorbene oder minderwertige Ware untergeschoben hat, der hat sie wiedergesehen. Dino, damals meine Küchenhilfe, hatte dieses unerhört überzeugende Auftreten. Feiner Kerl war das. Stammte aus der Vele wie ich. So, nach Ihnen.«

Sie hatten die Stufen erklommen, und er hielt ihr die Tür auf. Im Erdgeschoss der ältesten und größten Markthalle von Florenz entfaltete sich ein unübersehbares Gewirr an Ständen, die sich in Ecken und Nischen und entlang der Gänge drängten. Es roch nach Schinken, Käse und auf der einen Seite nach Fisch. Gemüse in allen Variationen, Formen und Farben lag appetitlich drapiert auf den Tischen. Man fragte sich, wie die kunstvollen Aufbauten aus Äpfeln, Limonen oder Zwiebeln es anstellten, nicht dauernd durcheinanderzurollen.

Zielsicher steuerte Bianca auf einen kleinen Käsestand zu. Sie kannte die Familie, die eine Schafzucht mit einer Käserei betrieb. »*Ciao*, Francesca!«

Eine junge Frau kam hinter einem Stapel Kisten hervor und strahlte sie an. »Bianca, was für eine Freude! Was braucht ihr? Wir haben neuen Trüffelkäse, und dieser junge Pecorino ist ebenfalls sehr gelungen.« Sie schnitt zwei Stücke von den halben Käselaiben ab und reichte sie ihnen. »Der Honig kommt von den Kastanien. Piero hat ihn gemacht.«

Nando biss in den Käse, kaute intensiv und nickte bedächtig. »Sehr gut. Wo lasst ihr eure Schafe grasen? Das Aroma ist würzig.«

Francesca schnitt ihm ein Stück von dem Trüffelkäse ab. »Hier, bitte. Unsere Schafe grasen in den Hügeln südlich von Vallombrosa. Wir füttern kaum zu. Sie suchen sich die besten Kräuter, und das schmeckt man.«

»Der Trüffelkäse ist mir zu intensiv, weniger wäre da mehr gewesen. Aber den Pecorino nehmen wir«, entschied er.

Bianca räusperte sich, und er fügte hinzu: »Wenn Sie wollen?«

»Und von dem Kastanienhonig pack uns zehn Gläser ein. Wir holen alles nachher ab.« Sie zahlte und sah sich nach Nando um, der einen Gemüsestand ansteuerte.

»Wer ist das?«, wollte Francesca leise wissen.

»Unser Aushilfskoch«, erwiderte Bianca lapidar.

»Ach, komm schon …«

Bianca zuckte mit den Schultern und ließ die verblüffte Francesca stehen.

Nando Branconi war in eine Unterhaltung mit dem Gemüseverkäufer vertieft, der mit einem Bund Bärlauch herumwedelte.

»Ganz frisch, wenn ich es doch sage!«, pries der Mann seine Ware an.

Nando schien das wenig zu beeindrucken. Er zupfte ein Blatt aus dem Bund und rieb es zwischen den Fingern. »Nicht übel, aber heute ist der nicht geschnitten.«

»Heute? Ja, was denken Sie denn, was ich mache? Habe ich vielleicht nichts zu tun? Muss ich vielleicht nicht den Wagen bepacken, meine Kinder zur Schule fahren und mir das Genörgel meiner Frau anhören? Gestern Nachmittag haben wir den geschnitten! Gestern Nachmittag und sofort in die Kühlung gelegt. Nicht frisch genug für Sie?« Wütend warf der Mann das Bund in seinen Korb zurück und wandte sich einem anderen Kunden zu.

»Mussten Sie so unhöflich sein? Ich will hier noch öfter einkaufen!«, zischte sie Nando ins Ohr, doch der winkte ab und ging einfach weiter.

»Kommen Sie, hier, sehen Sie sich das an!«

Bianca musste zugeben, dass bei diesem Gemüsestand die Ware besser aussah.

Nando nickte dem Verkäufer zu und ließ sich den Bärlauch zeigen. Ein Lächeln zog über sein Gesicht, und er hielt Bianca die Blätter vor die Nase.

Sie schnupperte und war von der Intensität des Duftes überrascht. »Hm, hervorragend.«

»Die ganze Kiste bitte«, sagte Nando. »Und von den Erdbeeren ebenfalls. Zwei Kisten. Und haben Sie Brennnesseln?«

Als der Mann nickte, kaufte Nando auch davon eine kleine Menge.

»Wie viel macht das?«, wollte Bianca wissen und zückte ihr Portemonnaie.

Doch Nando kam ihr zuvor und drückte dem Mann ein paar Geldscheine in die Hand. Dann legte er kurz die Hand auf Biancas Schulter und lenkte sie in den Gang und von dort zur großen Treppe, die in den ersten Stock führte.

»Schön, dass Sie das alles so einfach regeln, aber das ist mein Restaurant, und ich habe das bisher auch gut allein geschafft«, murrte Bianca.

»Daran zweifle ich nicht, doch man kann immer noch etwas lernen, oder nicht? Wenn man aufhört zu lernen und nicht länger neugierig ist, was soll dann alles? Wollen Sie in einer Endlosschleife aus Wiederholungen einschlafen?« Er hatte sie losgelassen und sah sie mit einem amüsierten Lächeln an.

Es war diese selbstsichere Überheblichkeit, die ihr gehörig gegen den Strich ging. Was bildete er sich eigentlich ein! Sie hatte ihn nicht gebeten, sich huldvoll von seinem Starkochthron in ihre Gefilde herabzubegeben, um in einer Landhausküche seine Kunst auszuüben. Sie öffnete den Mund, doch er sagte schnell:

»Ich bin zwar kein Hellseher, aber Sie sind verstimmt. Schlucken Sie Ihren Ärger über mich einfach noch etwas hinunter und kommen Sie mit. Das wird Ihnen gefallen. Nachher können Sie mir alles an den Kopf werfen, was Ihnen auf der Seele brennt.«

Was sollte sie dem entgegensetzen? Also nickte sie widerstrebend. »Was wollen Sie mir zeigen? Die Kochshow?«

»Kommen Sie einfach mit.«

Im ersten Stock gab es einen Bereich für das Showcooking, und tatsächlich lotste er sie dorthin. Allerdings war keine Gruppe dort. Nur ein Koch und zwei junge Frauen arbeiteten an der hochmodernen Kücheninsel.

»Nando! Wie schön, dich zu sehen!«, rief der Koch, als er seinen Kollegen entdeckte.

Die Männer umarmten sich. Es folgte ein schneller Wortwechsel in neapolitanischem Dialekt. »Bianca Massinelli, das ist mein alter Freund Tiziano Leotta. Wir haben einiges zusammen erlebt!«

Tiziano grinste breit, ein großer, kräftiger Mann mit kurzgeschorenem Haupthaar und Kinnbart. »Ein Wunder, dass die uns nicht aus dem Interconti geworfen haben … Ella war so neben der Spur, dass …« Ein warnender Blick von Nando ließ ihn verstummen. »Alte Zeiten. So, liebe Bianca. Wir haben hier einiges vorbereitet, weil Nando von einem Thunfischgericht sprach. Wollen Sie mal schauen?«

Wer war Ella? Bianca trat an die Kücheninsel, ein beeindruckendes Edelstahlkonstrukt, ausgestattet mit allen Raffinessen moderner Küchentechnik. Tizianos Assistentinnen holten Platten mit Zutaten aus der Kühlung: Thunfischfilets, Pfeffer, Erdnussöl und Fleur de Sel.

Nando wusch sich die Hände und band sich eine Schürze um. »Kommen Sie, nehmen Sie diese, und dann machen wir uns an die Arbeit.«

»Für den Bärlauchrisotto brauchen wir ein Pesto, dafür

haben wir Pinienkerne, Bärlauch und Olivenöl«, erklärte Tiziano. »Außerdem machen wir eine Salsa aus roter Paprika.«

Sie gaben ihr hier eine Kochstunde? Bianca nahm zögernd die Schürze, vergaß aber schnell ihre Voreingenommenheit und ihren Stolz, denn die beiden Köche arbeiteten auf eine Weise, die ihr neue Möglichkeiten eröffnete. Timing und akkurate Vorbereitung waren alles. Es sprach nichts gegen ein wenig experimentelles Kochen, aber wenn das Restaurant voller Gäste war, sollte man tunlichst darauf verzichten und sich auf effektive Arbeitsabläufe konzentrieren. Sie bewunderte die Leichtigkeit und Geschicklichkeit, mit der Tiziano und Nando filetierten, Gemüse schnitten und Fisch brieten, während sie scherzten und sich unterhielten. Hin und wieder schaute Nando beiläufig zu ihr hin, korrigierte sie jedoch nicht. Sie war gerade dabei, den Thunfisch in Salz und anschließend in Pfeffer zu wenden, damit sich eine Kruste bildetet, als sie einen Mann an der Treppe bemerkte. Der Markttag ging seinem Ende zu, und hier oben war kaum noch Betrieb. Zwar blieb der eine oder andere Besucher stehen und sah den Köchen zu, doch da es sich nicht um eine offizielle Veranstaltung handelte, gingen die Passanten rasch weiter. Nur zwei Frauen waren kichernd stehen geblieben, nachdem sie Nando anscheinend als prominenten Koch erkannt hatten, trauten sich aber nicht, ihn anzusprechen.

Der Mann jedoch, der dort im Halbschatten vor einem bereits verschlossenen Informationsstand verharrte, weckte eine dunkle Erinnerung in Bianca. Ein kalter Schauer lief ihr über den Rücken, und sie drückte das Filet etwas fester in den Pfeffer.

»Was ist mit Ihnen, Bianca? Haben Sie einen Geist gesehen?«, fragte Nando sie besorgt.

»Vielleicht«, flüsterte sie und sah wieder zu dem Mann, der jetzt auf sein Handy starrte.

»Kennen Sie den Mann?«

»Ich weiß nicht.« Ihre Hände zitterten.

»Hey!«, rief Nando. Und war mit wenigen Schritten bei dem überraschten Mann.

»Was fällt Ihnen denn ein! Darf man hier nicht stehen? Die Küche hier oben ist für alle da!«, entrüstete sich der Fremde.

Als sie die Stimme hörte, horchte Bianca auf. Langsam wischte sie sich die Hände an der Schürze ab und winkte Nando. »Alles okay! Maurizio?«, rief sie.

Der junge Mann warf Nando einen verärgerten Blick zu. »Ich kenne Sie. Sind Sie ihr Leibwächter, oder was?« Abfällig musterte er Nando und ging forsch zur Kochinsel.

Tiziano, der neben Bianca stand, murmelte: »Auch das noch. Der junge Rossi. Ich kann den Kerl nicht leiden. Er kann nichts, ist faul und führt sich auf, als wäre er einer von uns.«

»Sieh an, wenn das nicht Bianca Massinelli ist!«, sagte Maurizio Rossi mit einem gönnerhaften Lächeln. »Was machst du hier? Ich dachte, du bekochst die Gäste in eurem Landhaus.«

Rossi war etwas kleiner als Nando und weniger sportlich. Sein Gesicht zeigte bereits Spuren eines exzessiven Lebenswandels, die Gesichtszüge waren weich und wenig konturiert.

Tiziano Leotta stieß sein Messer in eine Holplatte und sagte: »Na, wen haben wir denn hier, den kleinen Rossi. Hast du endlich kochen gelernt?«

Maurizio lief vor Wut rot an. »Ein Neapolitaner hat mir gar nichts zu sagen. Dort, wo du herkommst, weiß man nicht einmal, was die feine toskanische Küche ist. Ich bin der Chef im *Da Rossi*!«

Nando und Tiziano sahen sich an. »Na, dann wünsche ich eurem Restaurant viel Glück, denn das werdet ihr brauchen.« Nando grinste.

Bei diesem kleinen Schlagabtausch fühlte sich Bianca alles andere als wohl und rieb sich nervös die Hände.

»Da hast du dir ja feine Freunde ausgesucht, Bianca. Es gab Zeiten, da hätte aus uns etwas werden können«, meinte Maurizio und sah auf seine Uhr.

»Daran kann ich mich nicht erinnern«, erwiderte Bianca kühl.

»Tja, ich muss. Hat mich gefreut, trotz allem …« Er machte eine Geste in Richtung von Nando und Tiziano.

Als er sich umdrehte und gewichtigen Schrittes davonschlenderte, blieb Bianca mit einem flauen Gefühl im Magen zurück.

10

KÜCHENUNFALL

»Warum lässt du ihn da stehen, Bianca?« Teresa klopfte auf den Stuhl neben sich. »Hol uns einen Kaffee, während ich mich mit diesem Chef unterhalte. So eine Gelegenheit habe ich schließlich nicht oft. Wahrscheinlich nie wieder, bedenkt man mein Alter …«

Nando setzte sich folgsam auf den Stuhl neben Teresa Massinelli. Von der Terrasse vor der Villa aus überblickten sie die Weinberge und Täler. Im Weinberg waren die Männer in diesen Wochen mit den Laubarbeiten beschäftigt. Dieser Sommer war weniger heiß als der vorige, und die Trauben benötigten mehr Licht. Die Rosenbüsche standen in voller Blüte, und in den Beeten entlang der Rasenflächen reckten sich üppig wachsende Petunien, Malven, Wicken und andere zarte Sommerblumen.

Seit Florenz waren vier Tage vergangen, in denen sie unentwegt gekocht, geplant und vorbereitet hatte, denn das große Festessen stand vor der Tür. Nando war geblieben. Ohne viele Worte zu machen, hatte er seine Hilfe angeboten. Obwohl sie alle mit den Vorbereitungen beschäftigt waren, hatte sie Nonnas Bitte nicht vergessen und Nando gebeten, sie an diesem frühen Nachmittag zur Villa zur begleiten. Es schien ihm tatsächlich nichts auszumachen, und er hatte eine bezaubernde

Art, mit Teresa umzugehen. Neapolitanische Großmütter, erinnerte sich Bianca und lächelte in sich hinein.

»Signora Massinelli, es ist mir eine große Ehre, Sie kennenzulernen. Ihr Anwesen sucht seinesgleichen! Und Ihre Familie ist wunderbar. Selten habe ich mich so willkommen gefühlt wie hier.« Er schenkte ihr ein warmes Lächeln.

Wenn Bianca ihre Großmutter nicht besser kennen würde, hätte sie gedacht, dass sie errötete.

»Oh, Sie sind ein Schmeichler, junger Mann. Wo haben Sie so kochen gelernt? Sie stammen aus Neapel, nicht wahr? Das höre ich doch sofort! Ich bin dort geboren, auch wenn es beinahe ein Jahrhundert her ist.« Teresa Massinelli schüttelte gedankenverloren den Kopf. »Ein Jahrhundert, wer hätte das für möglich gehalten …«

»In welchem Teil Neapels sind Sie geboren, Signora?«, fragte Nando und beugte sich vor, um den Lavendel zwischen den Fingern zu reiben.

»San Giovanni a Teduccio«, kam es ohne Zögern von ihrer Großmutter. »Wir gehörten zu den Ärmsten, hatten aber noch eine Wohnung. Wir waren stolz darauf, keine Lazzaroni zu sein!«

Bianca hörte aufmerksam zu, denn Teresa Massinelli sprach so gut wie nie über ihre neapolitanische Herkunft.

»Ah, das liegt unten am Meer im Osten der Stadt. Damals sah es dort sicher noch etwas besser aus, heute muss man sich vorsehen.« Nando machte eine vage Handbewegung.

»Bah, sobald es dunkel wurde, hat mein Vater uns von der Straße geholt. Er war zwar nur ein einfacher Tagelöhner, aber er hat versucht, uns aus dem Dreck herauszuhalten. Ich war eins von den Scugnizzi, den Straßenkindern«, sinnierte ihre Großmutter. »*O dio*, was waren wir schmutzig, wenn wir abends nach Hause kamen. Meine Mutter hat uns jedes Mal ausgeschimpft, weil wir nur ein Kleid oder ein Paar Hosen besaßen. Die Arme musste alles waschen. Sie hat den ganzen Tag nur geputzt, geschrubbt, gekocht und geweint. Das änderte sich erst, als wir in die Toskana kamen. Auf dem Gut der Massinellis haben wir eine Unterkunft und mein Vater Arbeit gefunden. Wir haben uns wie die Könige gefühlt.«

Nonna schob ihre Tasse von sich. »Mach uns noch einen Kaffee, Bianca.«

»*Sì*, Nonna.« Sie erhob sich und nahm das Tablett mit. Auf halbem Weg begegnete sie Giulia, die sie skeptisch ansah.

»Alles in Ordnung? Was macht denn unser Superkoch bei Nonna? Hoffentlich vergrault sie ihn uns nicht. Habe ich dir schon erzählt, dass Harper nachher zusammen mit Graham kommt? Auch Jean Ducasse wollte morgen früh hier sein, und er bringt einen Freund mit.« Giulia lächelte und fuhr fort: »Ah, und Paul ist gerade nach Florenz gefahren, um Georgina May, die Redakteurin von *Montague Food & Wine Tours,* vom Flughafen abzuholen. Ist das nicht klasse? Er konnte sie kurzfristig gewinnen.« Giulia warf die langen Haare zurück und fuhr sich über die Stirn.

»Wow, wie hat Paul die denn an Land gezogen?«

»Ein Kontakt seines Vaters. Ich freue mich wirklich, dass Paul und Jack sich wieder nähergekommen sind.«

»Wann erwarten wir den Tester? Ich hab mir alles irgendwo notiert, aber du bist so viel besser mit Terminen.« Über der Küchenarbeit hatte sie den Überblick über die Buchungen verloren.

»Neil Gillray hat sich für morgen Abend angekündigt. Er kommt wohl mit dem Auto. Wahrscheinlich macht er eine Rundtour. Oh, das wollte ich doch erzählen – Mama und Papa kommen heute zurück! Die Nachricht habe ich erst vor ein paar Minuten erhalten.«

»Was? Aber dann haben sie ja kaum Urlaub gemacht!«

Giulia hob die Schultern. »Mehr als anbieten können wir ihnen die Auszeit nicht. Ich vermute, Papa hat es nicht länger in Deutschland ausgehalten, und Mama wollte ihn nicht allein fliegen lassen. Sie meinte, dass er noch nicht begriffen habe, was eine Herzdiät bedeutet.«

»Herrje, das ist typisch für ihn! Bis es ihm wieder schlecht geht. Na schön, immerhin ist er dann zu Hause. So, Nonna wartet auf ihren Kaffee. Oder sie wollte mich einfach aus dem Weg haben. Sie unterhält sich nämlich blendend mit unserem Superkoch. Sie sind ja beide aus Neapel!«

»Ach was, sie spricht über ihre Jugend in Neapel? Das ist ja mal was ganz Neues … Der Mann ist gut! Halt ihn dir warm, ich sag's dir, Bibi!« Giulia gab ihrer Schwester einen sanften Klaps auf die Schulter und verließ den Salon über die Terrasse. Bianca hörte sie mit Nando und Nonna sprechen. Als sie kurz darauf mit frischem Kaffee zurückkehrte, war Giulia bereits verschwunden.

Teresas Wangen waren gerötet, und sie wirkte so aufgekratzt wie lange nicht mehr. »Signor Branconi kennt das Viertel, in dem ich aufgewachsen bin. Er versteht, was es bedeutet, ein Straßenkind zu sein.«

Bianca stellte das Tablett ab. »Schön, dass ihr euch so gut versteht. Und welches seiner Rezepte hat dir am besten gefallen?«

»Der Thunfisch und das Bärlauchrisotto. Das solltest du in deiner Karte aufnehmen, Bianca. Und bitte, sei nicht zu stolz«, meinte ihre Großmutter.

»Wer ist denn stolz?«, erwiderte Bianca leicht pikiert.

»Nein, das dürfen Sie Ihrer Enkelin nicht vorwerfen. Außerdem ist sie selbst eine exzellente Köchin. Sie profitiert lediglich von meiner Erfahrung in großen Küchen. Da lernt man, effizient zu arbeiten«, kam Nando ihr zu Hilfe.

Der Blick, den er ihr zuwarf, wärmte ihre Seele. Biancas Telefon summte. Sie sah auf das Display. »Elena! Was gibt es?«

»Bianca, wir haben ein Problem! Kannst du bitte schnell kommen?«

»Was ist passiert?«

»Ivano hat sich geschnitten! Ich habe kein Auto, kannst du ihn zum Arzt fahren?«

Das hörte sich nicht gut an. »Hast du ihn verbunden? Du weißt ja, wo der Erste-Hilfe-Kasten steht.«

»Ja, nein, es … oh Bianca, komm schnell, bitte. Ah, da kommt Claudia, die kann das besser als ich.«

Die Verbindung wurde unterbrochen.

»Entschuldigt mich, ich werde oben im Restaurant gebraucht!« Bianca küsste ihre Großmutter auf die Wangen und wollte gehen, doch Nando hatte sich ebenfalls erhoben.

»Vielleicht kann ich helfen. Signora, es war mir ein Vergnügen!« Er gab Teresa Massinelli einen Handkuss, was diese mit einem vergnügten Kichern quittierte.

Vor dem Haus stand der Jeep der Villa. Der Schlüssel steckte, und Bianca sprang in den offenen Wagen und ließ den Motor an. Nando war mit einem eleganten Satz neben ihr und fragte: »Und was ist passiert? Finger ab? Fingerkuppe? So was kann schon vorkommen. Nicht schön, aber nicht ungewöhnlich.«

Sie gab Gas und ließ den Wagen über die Sandpiste holpern. »Keine Ahnung, was genau geschehen ist«, brüllte sie, um den Motorenlärm des altersschwachen Jeeps zu übertönen.

Mit quietschenden Bremsen brachte sie den Geländewagen in einer Staubwolke vor dem Restaurant zum Stehen. Auf der Terrasse saßen Gäste, die sie erstaunt beobachteten, doch Bianca hatte keine Zeit für Erklärungen und rannte ins Haus, wo sie als Erstes die unbesetzte Rezeption sah. Nando folgte ihr durch das Restaurant in die Küche.

»Oh, *Santa Vergine*!«, rief Bianca, als sie Ivano auf einem Stuhl am kleinen Esstisch sitzen sah. Der junge Mann war blass wie ein Laken, und vor seinen Füßen breitete sich eine Blutlache aus. Hemd und Hose waren ebenfalls voller Blut. Claudia kam mit einem feuchten Lappen und legte ihn ihm in den Nacken.

»So, gleich wird es besser. Wir fahren dich ins Krankenhaus, Ivano. Da kümmert man sich richtig um deinen Daumen.« Dabei sah sie Bianca mit sorgenvoller Miene an.

Die Rezeptionistin nahm Bianca am Arm und sagte leise zu ihr: »Er hat sehr viel Blut verloren, und der Schnitt ging tief. Sieht übel aus.«

Bianca sah zu Ivano, der sich den Arm mit dem verbundenen Daumen hielt und in seiner Muttersprache vor sich hin murmelte. »Bevor ein Rettungswagen hier ist, bin ich mit ihm in Valdisieve. Da haben sie eine chirurgische Ambulanz.«

»Gut«, meinte Claudia und sah zu Nando, der sich in der Küche umsah.

»Können Sie die Schicht übernehmen, bis ich zurück bin?«, wandte sich Bianca an Branconi.

»Selbstverständlich, aber Sie wollen doch nicht mit der alten Rostlaube fahren?«

Jetzt ließ sich auch Elena blicken. »Bianca, ein Glück, dass du da bist! Das sah ganz schrecklich aus. Ich stand neben ihm, als er den Prosciutto schnitt, und dann – zack – saß das Messer in seinem Daumen. Mir wird noch schlecht, wenn ich daran denke …«

Nando half Ivano auf die Beine. »Wir gehen jetzt langsam zum Wagen, und du ruhst dich einfach aus. Halt die Hand hoch, dann schmerzt es weniger.«

»Elena, du übernimmst den Service und die Bestellungen. Ich kann mich auf dich verlassen, ja?«, bat Bianca ihre Mitarbeiterin.

Die hatte nur Augen für Nando und nickte. »Ja klar, ich schaffe das schon. Luca und Ariano kommen ja nachher, und vielleicht hat Simone Zeit. Ich rufe sie gleich an.«

Heute war Simones freier Tag, aber die Deutsche war hilfsbereit und würde sicher aushelfen, wenn sie in der Nähe war. Mit einem letzten zweifelnden Blick in die Küche sagte Bianca zu Claudia: »Danke, dass du ihn so gut versorgt hast.«

Die junge Frau grinste. »Wenn man mit vier Geschwistern aufgewachsen ist, weiß man, wie Wunden versorgt werden, aber der Daumen muss genäht werden.«

Nando war mit Ivano bereits zur Küchentür hinaus und rief: »Wo steht Ihr Wagen? Sonst nehmen Sie meinen!«

Was? Der verrückte Mann wollte ihr seinen Sportwagen geben? Auf gar keinen Fall, dachte Bianca und lief hinaus. »Wir nehmen den kleinen blauen dort hinten.«

Gemeinsam gingen sie zum Parkplatz vor dem Olivenhain, wo Biancas Kleinwagen stand. Auch der war nicht mehr jugendlich, aber gut in Schuss. Bevor sie einstieg, hielt sie inne. »Hätten Sie mir wirklich Ihren Maserati gegeben? Das war ein Scherz, oder?«

Nando hatte Ivano ins Wageninnere verfrachtet und trat zu ihr. »Ich mache keine leeren Versprechungen, Bianca. Niemals. Und jetzt fahren Sie, bevor der arme Kerl in Ohnmacht fällt.«

Seine Worte und vor allem die Art, wie er sie dabei angesehen hatte, verfolgten sie bis kurz vor Pontassieve. Das kleine eingeschossige Hospital Valdisieve machte einen unscheinbaren Eindruck, doch das private Krankenhaus verfügte über eine gute chirurgische Abteilung und erfahrene Ärzte.

Als sie ausstiegen, stammelte Ivano: »Versicherung, nicht gut, kein Geld.«

»Das regle ich schon, mach dir deswegen keine Gedanken,

Ivano.« Bianca tätschelte ihm den Rücken und ging mit ihm zur Aufnahme.

Als sie vier Stunden später wieder auf den Hof vor ihrem Restaurant fuhr, war es bereits dunkel, die Terrasse erleuchtet, alle Tische besetzt, und ein munteres Plaudern erfüllte die warme Sommernacht. Sie hatte Ivano, der eine ambulante Operation tapfer überstanden hatte, bei seiner Familie abgesetzt und fühlte sich müde und abgeschlagen. Das änderte sich schlagartig, als sie ihre Mutter entdeckte, die mit zwei Tellern aus dem Haus trat und einen Tisch in der Ecke ansteuerte. Kaum zu Hause, und schon half Manuela wieder mit aus. Das geht so nicht weiter, dachte Bianca und wollte zu ihr gehen, wurde jedoch von einem Gesicht an einem der anderen Tische irritiert.

Erschrocken blieb sie stehen. Was machte der Kerl hier? Welch eine Frechheit, sich nach seinem Auftritt in Florenz hierherzuwagen! Niemand anders als Maurizio Rossi saß dort mit Freunden, von denen einer der junge Talone war. Valentino Talone, Sohn des großen Konkurrenten aus dem Chianti. Madonna, was für ein Tag!

11

GROSSES WIEDERSEHEN

Bianca und Giulia schleppten zusammen mit Milena Stühle nach draußen. Die Augustsonne brannte bereits am Himmel und hatte die Steine auf der Terrasse aufgeladen. Milena spannte einen weiteren Sonnenschirm auf und scherzte dabei mit Dario, ihrem Cousin. Dario Massinelli war vor einer Stunde aus Rom angereist. Ihn und die Massinelli-Schwestern verband eine gemeinsame Kindheit in der Villa und der benachbarten Fattoria. Darios Eltern, Salvatore und Bruna, führten den Hof und den Pferdestall, in dem Milena arbeitete. Salvatore war Lorenzos Bruder, doch die beiden hatten ein gespanntes Verhältnis. Ganz im Gegensatz zum Rest der Familie, der sich hervorragend verstand.

»Dario, erzähl uns von deinen neuen Fällen!«, bat Giulia. »Irgendwelche Betrüger, die du hinter Gitter bringen konntest?«

Dottor Dario Massinelli war ein angesehener Anwalt für Strafrecht und hatte in aufsehenerregenden politischen Fällen Erfolge erzielen können. Das hatte ihm mehr Feinde als Freunde eingebracht, doch er ließ sich nicht beirren und hatte sich einen Ruf als harter, unbestechlicher Anwalt erarbeitet. Zudem sah er unverschämt gut aus, und seine Mutter konnte nicht verstehen, warum er noch nicht verheiratet und Vater geworden war.

»Ah, ich will nicht über die Arbeit reden, nicht heute, Giulia. Lass uns diesen wundervollen Tag mit der Familie genießen. Ich freue mich so, dass wir alle nach langer Zeit endlich mal wieder zusammen sind. Eh, Lorenzo!« Dario umarmte seinen Onkel, der gerade durch die Tür nach draußen ging.

»*Ciao*, mein liebster Neffe!«, rief Lorenzo, der trotz der Kürze des Urlaubs erholt wirkte.

Manuela kam ebenfalls dazu und ließ eine burschikose junge Frau vortreten. »Bitte, Harper, wir sind alle hier draußen. Wie war London? Ich muss mal wieder hinfliegen, wenn ich nur Lorenzo dazu bewegen könnte.«

Harper Ford lachte. Ihre Augen leuchteten unter dem raspelkurzen hellblonden Haar, und sie strahlte vor Energie und Lebensfreude. Dass sie zu den begehrtesten Wirtschaftswissenschaftlerinnen der Welt gehörte, vermutete man kaum auf den ersten Blick. Wer sie nicht kannte, hielt sie eher für eine Extremsportlerin oder Bergsteigerin, was zu ihren vielen gefährlichen Hobbys gehörte. Sie brauche diesen Adrenalinkick, sagte sie, um Stress abzubauen.

Lorenzo knurrte: »Das habe ich gehört. Ich bleibe jetzt hier!«

»Manuela, komm mich doch einfach allein besuchen. Ich habe seit kurzem eine Wohnung in London mit schönem Gästezimmer. Im Westend gibt es eine spannende neue Produktion mit großartigen Schauspielern. Lass mich mal überlegen, Jeremy Irons – oder nein, Tom Hiddleston spielt mit!«, sagte Harper.

»Tom Hiddleston?«, rief Bianca und schob den letzten Stuhl an seinen Platz. »Hier ist es am kühlsten, hier kann Nonna sitzen.«

»Wer ist Tom Hiddleston?«, ertönte eine dunkle Stimme mit neapolitanischem Akzent. Nando Branconi und Jean Ducasse waren von außen auf die Terrasse getreten.

Fehlte nur noch Paul, doch der war mit Masato und dem alten Kellermeister, Alberto Fatta, in der Kellerei beschäftigt. Alberto Fatta hatte sich von seinem letztjährigen Unfall immer noch nicht richtig erholt, doch die Massinellis ließen ihn als Berater und Lehrmeister weiter seiner Arbeit nachgehen, wann immer er konnte. Alberto lernte den jungen japanischen Weinexperten Masato als seinen Nachfolger an, was ihm sichtlich Freude bereitete. Masato Tanaka hatte anfangs vor allem in der Kundenberatung und als Tourguide in der Kellerei gearbeitet. Da er jedoch ein Talent für den Weinausbau hatte und sehr engagiert und wissbegierig alles aufsaugte, was er von Paul, Lorenzo und Alberto lernen konnte, betraute man ihn mit immer größeren Aufgaben.

Jean Ducasse, ein Flying Winemaker und guter Freund von Paul, hatte sich bereits mit Nando bekannt gemacht. Während der dramatischen Ereignisse im vergangenen Sommer war Jean den Massinellis eine große Hilfe gewesen, und seitdem war der Kontakt nicht abgerissen.

»Hiddleston ist ein britischer Schauspieler, Nando«, erklärte Bianca. »Er hat in den neuen Shakespeare-Verfilmungen mitgespielt, sehr beeindruckend.«

»Ah, tatsächlich?« Es schien ihn nicht weiter zu interessieren. »Wie geht es Ivano? Kommt er heute zur Arbeit?«

Bianca sah ihn überrascht an. Er machte sich Gedanken um das Restaurant, als wäre er dafür verantwortlich. Nun, er war eben zu professionell, als dass er irgendeinen Aspekt außer Acht lassen würde, auch wenn er hier nur aushalf. »Ich habe gesagt, er soll noch zu Hause bleiben und dem Daumen Ruhe gönnen. Wenn er morgen Abend kommt, reicht das.«

Insgeheim hoffte sie inständig, dass Ivano bis morgen wieder arbeitsfähig war. Sie brauchten jeden Mitarbeiter, denn das Restaurant war bis auf den letzten Platz ausgebucht, und dann kamen ja auch noch die Tester. Allen voran Neil Gillray vom Reisemagazin, aber auch die Dame von den Food & Wine Tours durften sie nicht enttäuschen. Ein Fehler konnte sie auf Jahre aus den guten Gourmet- und Reiseführern werfen. Der Weinmarkt war hart umkämpft, und die Konkurrenz durch immer neue Landhotels wurde größer.

Es war schön, Familie und Freunde um sich zu haben. Bianca beobachtete ihren Vater, der bereits im Büro die Bestellungen durchgesehen hatte und sich von Giulia die Korrespondenz mit der Florentiner Hausbank hatte zeigen lassen. Aber Giulia hatte alles unter Kontrolle. Die Bank hatte ihren Businessplan akzeptiert, und dank ihrer privaten Einlage stand das Weingut wieder auf festem Grund. Die Kooperation mit Pauls kalifornischem Weingut wirkte sich bislang durchweg positiv auf den Vertrieb aus.

Über ihnen wurden die Fensterläden aufgestoßen, und Bianca trat auf den Rasen.

»Nonna, komm doch herunter! Es sind alle hier!«, rief sie, als Teresa Massinelli neugierig aus dem Fenster sah.

»Und warum hat man mir nicht Bescheid gesagt?« Verärgert winkte die alte Dame ab und verschwand wieder im Hausinnern, jedoch nur kurz. »Ist der Neapolitaner noch da?«, rief sie herunter.

Bianca grinste. »Ja, ist er.«

»Ich bin gleich unten.« Das Fenster wurde zugeschlagen.

Nando war neben sie getreten. »Ihre Nonna ist eine eigensinnige Signora. Aber ich mag sie.«

»Tatsächlich?«

Giulia, die mit ihrer Mutter in Hörweite stand, sagte: »Nonna hat einen neuen Freund. Wenn das kein Grund zum Feiern ist.«

Manuela lachte. »Wissen Sie, wie lange ich gebraucht habe,

bis diese störrische Frau mich überhaupt mit dem Vornamen angesprochen hat? Die Deutsche war ich bis nach der Hochzeit, und dann habe ich nur drei Töchter zur Welt gebracht, Himmel hilf!«

Sie lachten, und Bianca ertappte sich dabei, wie sie Nando beobachtete, der sich wie ein alter Freund der Familie verhielt. Ein kurzer stechender Schmerz in ihrem Bein erinnerte sie daran, wer sie war, und sie widmete ihre Aufmerksamkeit den anderen. Heute Nacht war sie wieder aus dem Schlaf geschreckt. Seit Sara und Maurizio erneut in ihr Leben getreten waren, häuften sich die Albträume. Die Vergangenheit hielt sie fest in ihren erdrückenden Klauen, und das gefiel Bianca ganz und gar nicht. Lange Zeit hatte sie die Geschehnisse verdrängt, was sie nicht weitergebracht, sondern ihr Leben in eine Endlosschleife gezwungen hatte. Zumindest fühlte es sich so für sie an. Auch Nando hatte das klar erkannt. Solange sie mit dem Unfall nicht restlos abgeschlossen hatte, würde sie nie frei sein, würden die Schatten sie nicht verlassen. Und deshalb musste sie den Unfallverursacher ausfindig machen.

»Ich hoffe, dass Sie mir irgendwann sagen, was Sie bedrückt, Bianca. Oft sehe ich Sie mit diesem abwesenden Ausdruck, und dabei wirken Sie viel zu traurig.« Nando reichte ihr ein Glas Weißwein. »Ich habe gefragt, aber weil Sie nicht geantwortet haben, habe ich den Weißen für Sie gewählt.«

»Danke«, antwortete sie verlegen. »Bei der Wärme bevorzuge ich tatsächlich den frischen Weißen.« Sie nippte an ihrem Glas. »Warum sind Sie noch hier, Nando?«, entfuhr es ihr ungewollt, und sie hätte sich auf die Zunge beißen mögen für ihre Unbedachtheit.

Sein Blick ruhte lange auf ihr, doch bevor er antworten konnte, klingelte sein Telefon. Er sah auf das Display, und seine Miene verfinsterte sich. »Verzeihung.«

Damit ließ er sie stehen und ging in den Garten, wo er ein hitziges Gespräch führte.

»Was ist los?« Milena war mit Dario neben sie getreten.

»Ihr habt ja ein unverschämtes Glück«, meinte Dario mit Blick auf den Chefkoch. »Um den reißen sich die besten Restaurants, und er versteckt sich hier im Rufina und kocht Bohneneintopf.« Dario grinste breit und hob abwehrend die Hände. »Nicht schlagen, Bianca, das ist nicht böse gemeint, einfach nur eine Feststellung. Hast du ihm irgendein Kraut verabreicht, damit er bleibt?«

Bianca streckte ihm die Zunge heraus, und ihre Schwester und ihr Cousin lachten.

»Wenn ich ihn mit unserer Bibi beobachte, braucht sie kein Kraut«, stellte Milena fest.

»Ach, so ein Unsinn. Er hat sich ein Jahr Pause von seinem Job genommen, und das Kochen hat ihm gefehlt. Ich denke, er langweilt sich und nutzt die Zeit hier, um sich darüber klar zu werden, was er als Nächstes tun will. Exzentrisch. Ein Starkoch eben. Wer weiß schon, was die so umtreibt.« Bianca beobachtete mit zunehmender Besorgnis, wie Nando hektisch gestikulierte und auf dem Rasen auf und ab lief.

»Tja, lassen wir uns überraschen. Jedenfalls bin ich auf das Abendessen gespannt – und vor allem auf morgen! Die Gästeliste liest sich gut. Presse kommt auch, dafür habe ich gesorgt.« Dario klopfte Bianca aufmunternd auf den Rücken. »Mach nicht so ein verzweifeltes Gesicht, das wird schon!«

Nando beendete abrupt das Gespräch, starrte kurz auf sein Telefon und eilte auf die Terrasse zu. Als sie seine Augen sah, in denen die blanke Wut zu lesen war, sank ihre Zuversicht, dass alles gut werden würde. Etwas Gravierendes musste vorgefallen sein.

»Es tut mir so leid! Bianca, ich muss sofort weg.« Nando

starrte sie an, schien nach Worten zu ringen, ließ hilflos die Hände sinken und fügte hinzu: »So weit ist ja alles vorbereitet. Die Menüs stehen. Wenn alles glattläuft, bin ich morgen Nachmittag zurück. Rechtzeitig zum großen Essen.«

»Wohin müssen Sie denn?«, fragte Bianca leise.

Beinahe unwirsch sagte er: »Nach Hause. Neapel.« Sein Telefon klingelte erneut. Als er auf das Display sah, entfuhr ihm ein unterdrückter Fluch. »Verzeihen Sie!«

Damit nahm er das Gespräch an und verließ die Terrasse. Bevor er um die Hausecke verschwand, hörte sie noch, wie er sagte: »*No*, Lucia, *maledizione*! Tausendmal habe ich dir gesagt, tu das nicht …«

Dario sagte lakonisch: »*Porca miseria!* Da geht er hin, dein Starkoch.«

»Ist Lucia seine Frau?«, fragte Milena.

Giulia, die in Hörweite gestanden hatte, mischte sich in das Gespräch. »Soweit ich weiß, heißt seine Frau Arianna. So steht es jedenfalls in den Zeitschriften. Aber sie leben getrennt.«

»Und wer ist dann Lucia?«, beharrte Milena.

Bianca kämpfte mit den Tränen. »Er kommt zurück«, flüsterte sie. »Er wird ganz sicher bis morgen Abend zurück sein.«

Sie hatte zwar viel gelernt, und das Menü war durchgeplant, aber es gab einige Gerichte, die sie noch nie allein gekocht hatte. Schon seine Anwesenheit hatte ihr in der letzten Zeit mehr Selbstvertrauen gegeben. Ivano war ausgefallen – und nun Nando. Wie sollte sie es nur allein bewältigen?

12

BLUT IST DICKER ALS WASSER

Kies und Sand wirbelte auf, als er aufs Gaspedal trat und den Wagen in halsbrecherischem Tempo über die schmalen Straßen des Rufina jagte. Erst als er die Schnellstraße erreicht hatte, entspannte er sich ein wenig. Lucia! Warum tat sie sich das an? Er hatte sie gewarnt! Tausendmal! Aber sie wollte nicht auf ihn hören, konnte nicht. Die Konsequenzen waren bitter, so furchtbar, dass er ihr nicht einmal einen Vorwurf machen konnte, obwohl sie es hätte besser wissen müssen.

Lucia, seine Halbschwester, seine einzige Verbindung zu einer Familie, die nicht existierte, nie existiert hatte. Seine Großmutter, Nonna Vala, hatte ihn großgezogen, ihn und Lucia. Niemand wusste, wer Lucias Vater war, genauso wenig, wie er wusste, wer sein Vater war. Diese Frage hatte er sich nie gestellt, nicht, nachdem er begriffen hatte, mit wem seine Mutter sich herumtrieb. Seine Mutter Serena war ein hübsches junges Mädchen gewesen und wäre heute eine schöne Frau, wenn sie sich nicht für die Drogen entschieden hätte. Er umklammerte das Lenkrad. Das Gift, die verfluchten Drogen machten die Leute kaputt, nahmen ihnen den letzten Rest Verstand, mit dem sie sich vielleicht aus ihrem Elend hätten befreien können. Aber wenn sie erst einmal vom Honig des Teufels gekostet hatten, waren sie ihm auf ewig verfallen.

Tiziano Leotta, sein Freund in der Vele, hatte genau wie er selbst nie auch nur einen Krümel von dem Dreckszeug angerührt. Sie hatten einen Pakt geschlossen, wie ihn nur kleine Jungen schließen können. Mit einem Messer hatten sie sich die Handinnenflächen geritzt und zugesehen, wie sich ihr Blut vermengte, während sie einander die Hand gaben und sich versprachen, immer füreinander da zu sein. Sollte einer von beiden an Drogen geraten, musste der andere ihn da rausholen. Was für ein unsinniger, kindischer Schwur! Wäre einer von ihnen abgerutscht, hätte es kein Zurück, keine Rettung gegeben. Nicht dort, wo sie gelebt hatten.

Nando trieb den Wagen mit brutaler Gewalt über die Schnellstraße. Er gestikulierte ungehalten mit einem Lastwagenfahrer, der kurz vor ihm die Fahrbahn wechselte. Wie oft schon waren sie an diesem Punkt gewesen. Zu oft! Er schlug mit der Hand auf das Lenkrad und drehte die Musik auf. Puccini. »*Quando me'n vo'*«, sang Musetta aus der Oper *La Bohème*. Verführerisch und tragisch zugleich klang der Sopran, der von Sehnsucht nach Liebe und Aufmerksamkeit durch den Geliebten sprach. Welche Schönheit lag in dieser Musik und welche Dramatik. Das Leben war ein ewiges Auf und Ab. Kaum glaubte man sich sicher, erwischte einen die nächste Welle und brachte alles, woran man geglaubt und worauf man gebaut hatte, zum Einsturz. Aber beschwor man die eigenen Katastrophen nicht selbst herauf?

Zumindest in Lucias Fall war es so. Gewarnt hatte er sie, immer wieder. Mit Engelszungen hatte er auf seine Halbschwester eingeredet und sie beschworen, sich Zeit zu lassen. Es war doch nicht mehr so, dass man sofort heiraten musste. Aber dann war sie schwanger geworden. Edoardo Esposito, dieser Ausbund an Schlechtigkeit, hatte triumphiert und war mit selbstsicherer, hämischer Miene an ihre Tür gekommen.

Nonna hatte ihm diese Tür bisher immer vor der Nase zugeschlagen. »Mit solchen Leuten wollen wir nichts zu tun haben!« Mutig hatte sich Vala Branconi dem Mitglied eines Camorra-Clans in den Weg gestellt. Ihre Nachbarn zitterten, sobald sie einen der Espositos sahen, doch Vala hob das Kinn, nahm die Schultern zurück und stolzierte an den Kriminellen vorbei, ohne sie eines Blickes zu würdigen. Vielleicht imponierte so viel Selbstbewusstsein den Gangstern, vielleicht amüsierte es sie, oder aber die Branconis waren einfach zu unbedeutend, und eine Reaktion auf den zur Schau getragenen Widerstand schien nicht notwendig.

Nach drei Stunden Fahrtzeit fuhr Nando einen Rastplatz an und trank einen Ristretto, konzentrierten Kaffee mit dem typischen, leicht bitteren Aroma. Zweimal hatte er während der Fahrt versucht, seine Halbschwester anzurufen, doch sie hatte nicht abgenommen. Das war kein gutes Zeichen. Meist ging in einer ähnlichen Situation eines ihrer Kinder ans Telefon. Er kaufte sich eine Flasche Wasser und stieg wieder in seinen Wagen. Wenn er damit in der Vele auftauchte, wussten sofort alle, dass er da war. Immerhin genoss er als Schwager von Esposito einen gewissen Schutz, und man ließ sein Auto unbehelligt. Der Verkehr wurde dichter, genau wie die Bebauung, die keinerlei Regeln folgte. Mietskasernen, Fabriken und verlassene Industriegelände, Autohöfe, Müllhalden und hier und dort ein prächtiges Anwesen, das sich wie aus dem Nichts gegen all den Schmutz und die architektonischen Scheußlichkeiten zu wehren schien.

Lucia war sieben Jahre älter als er. Als sie mit neunzehn Jahren schwanger wurde, war er erst zwölf Jahre alt gewesen. Zu jung, um sie vor ihrer Fehlentscheidung zu bewahren. Wenn er nur an das kantige Gesicht von Edoardo dachte, wurde ihm übel. Der Mann schreckte vor nichts zurück, nicht einmal vor

Mord, davon war Nando überzeugt, auch wenn sein Schwager noch nie verurteilt worden war. Man konnte sich seine Verwandten nicht aussuchen, seinen Lebenspartner schon. Edoardo war Lucias erste große Liebe gewesen, das war die einzige Entschuldigung, die Nando für die unglückliche Wahl seiner Halbschwester finden konnte. Der aufstrebende Kriminelle hatte dem schüchternen Mädchen teure Geschenke gebracht und ihr auf jede erdenkliche Art den Hof gemacht. Das hatte Lucia geschmeichelt, und in der Hoffnung auf eine bessere Zukunft hatte sie sich verführen lassen. Sie war keine gute Schülerin gewesen, fahrig und unkonzentriert, und hatte die Schule nach der neunten Klasse verlassen, um in einem Supermarkt zu arbeiten. Dort war der Filialleiter zudringlich geworden, und Edoardo hatte sie aus einer unangenehmen Situation gerettet.

Nando hatte die Schnellstraße verlassen und den Stadtteil Scampia erreicht. Die tristen Betonklötze ragten wie Mahnmale in den blauen Augusthimmel. Die Hitze ließ die Luft flirren. Der faulige Gestank von Abwässern und Müll hing über dem Viertel. Er schloss die Fenster und stellte die Klimaanlage höher. Zumindest seine Großmutter hatte er aus dem Elend herausholen und ihr eine schöne kleine Wohnung in Vomero kaufen können. Sie hatte sich lange gesträubt, in das sogenannte bessere Viertel zu ziehen, weil sie Lucia nicht im Stich lassen wollte, doch letztlich hatten der größere Komfort und der Meerblick sie überzeugt.

Seufzend steuerte Nando den Wagen durch die vertrauten und doch so fremden Straßenzüge. Neapel war ein Moloch, ein alles verschlingendes Ungeheuer, das sich tief in die Seele brannte und einen nicht losließ. Man konnte sich gewaltsam losreißen, doch etwas von dieser alten, vermoderten, verrohten, schmutzigen, brutalen, heißen, lebendigen und vibrierenden Stadt blieb immer in einem. Er hatte es geschafft, weil Nonna ihn stark gemacht hatte. Sie hatte ihm den Willen eingeimpft, mehr vom Leben zu wollen, ihn gelehrt, gegen alle Widerstände zu kämpfen. Aber das Wichtigste waren ihre bedingungslose Liebe, ihr Glaube an ihn gewesen. Er fuhr langsamer, denn ein Ball rollte auf die Straße. Er gehörte einem Jungen, der aus dem Roma-Lager neben der Metrostation gelaufen kam. Meine Güte, dachte Nando, noch immer hatten die Behörden es nicht geschafft, den Roma eine feste Bleibe zu geben.

Als er eines der kleineren Betonmonstren erreicht hatte, hielt er an und stieg aus. Ein junger Bursche löste sich aus einer Gruppe Halbstarker und kam gemächlich auf ihn zugeschlendert.

»Was willst du hier, Mann?«, fragte er in breitem neapolitanischem Slang.

»Meine Schwester besuchen«, erwiderte Nando in ähnlicher Manier.

»Eh? Wer ist das? So feine Pinkel haben wir hier nicht. Das ist die Vele!« Der Bursche trug ein Unterhemd, auf dem Schweißflecken zu sehen waren, die hageren Beine sahen aus abgewetzten Shorts hervor, doch an den Füßen glänzten brandneue Sneakers.

»Ich weiß. Ich gehe jetzt zu den Espositos, und wenn ich wiederkomme, steht mein Wagen noch hier, unversehrt, höchstens etwas sauberer als vorher.« Er fixierte den Jungen, der bei der Erwähnung des Namens zusammenzuckte und sofort zurückwich.

»Alles klar, Mann, alles klar. Wir passen auf deinen Wagen auf. Wirst schon sehen, der kriegt keinen Kratzer, nicht mal 'ne Fliege wird sich draufsetzen!«

Nando drückte auf die Fernbedienung seines Autoschlüssels, und der Maserati blinkte auf. »Gut.«

Er machte zwei Schritte und drehte sich plötzlich um. Der Junge wurde bleich und wedelte erschrocken mit den Händen. »Hey, Mann, alles easy!«

Nando eilte die Stufen zum Wohnblock hinauf, in dem die Espositos lebten. Müllsäcke, zerbrochene Fernseher, ausgediente Möbelstücke und Unrat jeglicher Form und Couleur säumten die ehemaligen Grünflächen unterhalb der Balkone. Selbige waren von wenig kunstbegabten Sprayern farbig gestaltet worden. Überhaupt gab es nirgendwo Mauerwerk, das nicht als Leinwand für obskure oder bedrohliche Botschaften verschiedenster Ethnien und Banden diente. Die Vele lebte, atmete den Überlebenskampf ihrer Bewohner durch jede verrottete Pore aus.

Das Geschrei eines Kleinkinds wies ihm den Weg. Das musste die kleine Pia sein. Nachdem Lucia ihrem Ehemann vier Kinder geboren hatte, drei Jungen und ein Mädchen, war sie mit vierzig Jahren noch einmal schwanger geworden und hatte die kleine Pia zur Welt gebracht. Es gab kein Entrinnen. Niemand verließ Edoardo Esposito und nahm ihm seine Kinder. Sein Erstgeborener, Mario, war bereits in die Fußstapfen des Vaters getreten und hatte mehr als vier Jahre seines noch jungen Lebens in Haft verbracht. Nando eilte den Gang entlang, ignorierte die abweisenden Blicke zweier alter Männer, die rauchend vor einer Wohnungstür standen, und klopfte schließlich an die vorletzte Tür auf dem offenen Gang, in dem sich die Hitze staute. Der Schweiß stand ihm auf der Stirn und rann ihm den Rücken hinunter. Ein Kinderwagen blockierte den Weg bis zum Ende des Ganges. Die Espositos bewohnten zwei Wohnungen, der einzige Luxus, den sich der Gangster leistete, der nicht besser scheinen wollte als seine Gefolgsleute.

Zum Weinen des Kindes gesellte sich das Schluchzen einer

Frau. Es polterte, ein Mann fluchte, eine Tür wurde zugeschlagen, und dann flog die Wohnungstür auf, und eine verweinte Lucia stand vor ihm.

»Oh, *mio fratello*! Du bist gekommen, du bist gekommen! Warum nur, du hättest nicht kommen dürfen, *amore*, nein, nein … Ich hätte nicht anrufen sollen, er ist da, oh Nando, er ist furchtbar wütend!«, brachte seine am ganzen Leib zitternde Halbschwester hervor und streckte die Arme nach ihm aus.

Nando drückte sie an sich, wobei sie aufstöhnte, als er ihre Seite berührte. »Was hat er dir diesmal angetan, Lucia?«

Sie sah älter aus als ihre zweiundvierzig Jahre. Sorge und Angst hatten ihre Augen umschattet und tiefe Furchen ins Gesicht gegraben. Die dunklen Locken waren von grauen Strähnen durchzogen und unordentlich zu einem Knoten aufgesteckt. Sie trug ein T-Shirt mit Leopardenprint und einen langen Rock, der die blauen Flecken an den Oberschenkeln verdecken sollte, wie Nando vermutete. So oft, wie Lucia angeblich die Treppe hinuntergefallen oder gegen ein Möbelstück gelaufen war, konnte ein Mensch gar nicht stolpern, es sei denn, er litt an dauerhaftem Drehschwindel.

»Nichts, gar nichts, Nando, ach, hätte ich Pia nicht, aber so … Ich kann ihn nicht verlassen. Er wird sie mir wegnehmen.« Sie machte sich von ihm los, wischte sich die tränennassen Augen und hielt sich die Seite. »Oh, diese Schmerzen«, murmelte sie.

Das klang ernst. »Vielleicht hat er dir eine Rippe gebrochen. Du kommst mit ins Krankenhaus, Lucia. Nimm deine Tochter, und dann fahren wir.«

Sie hatten in der offenen Wohnungstür gestanden, als es drinnen polterte und eine Männerstimme brüllte: »Komm her, du unnützes Stück! Wo bist du? Räum das hier auf, du bist schuld, dass es hier aussieht wie in einem Saustall!«

Die Stimme kam näher und verstummte dann. Edoardo Esposito war einen Kopf kleiner als Nando, doch dafür doppelt so breit in den Schultern. Bei einer körperlichen Auseinandersetzung mit diesem Straßenkämpfer hätte Nando keine Chance, das wusste Edoardo und stellte sich breitbeinig in Positur.

»Na, sieh an, wen haben wir denn da. Unseren Superkoch«, ätzte er und spuckte aus. »Hast du dein Halbbrüderchen angerufen, Lucia? Oh, du arme Frau, was habe ich dir nur angetan, he?« Er ahmte eine weinerliche Frauenstimme nach.

»Sie hat eine gebrochene oder geprellte Rippe. Deine Frau gehört in ein Krankenhaus. Das solltest selbst du einsehen, Esposito.« Nando sprach kühl und sachlich, alles andere wäre ein Fehler.

»Sie ist selbst schuld, sieh sie dir an. Sie wird fett und hässlich! Was soll ich mit ihr anfangen?« Edoardo hakte einen Daumen in den Hosenbund und stierte von Nando zu Lucia. Sein violettes Seidenhemd war von dunklen Schweißflecken durchtränkt. Die Augusthitze verlangte ihren Tribut. »Scheiße, der Strom ist schon wieder ausgefallen. Wie soll man da nicht verrückt werden. Du willst sie ins Krankenhaus bringen? Bitte, nimm sie mit und den Schreihals gleich mit. Aber ich zahle keinen Pfennig für die Scheißärzte!«

Der Mann drehte sich um und verschwand im Halbdunkel der Wohnung.

»Los, Lucia, pack deine Sachen, schnell, bevor er es sich anders überlegt«, sagte Nando und drängte seine Schwester in die Wohnung.

»Das geht nicht, Maria kommt nachher und …«, protestierte Lucia.

»Schick Maria eine Nachricht, dass sie bei einer Freundin bleiben soll, und jetzt los!«

Keine fünf Minuten später saß Lucia mit ihrer Tochter neben ihm im Wagen und konnte ihr Glück noch immer nicht fassen. »Wie hast du das nur gemacht, Nando? Er war so wütend heute, die ganze Nacht hat er nur gebrüllt und getobt. Ich hätte dich nicht angerufen …«

Er legte ihr die Hand auf den Arm. Das kleine Mädchen klammerte sich an seine Mutter, die weichen Haare klebten an seiner Stirn. »Du hast richtig gehandelt, Lucia. Ich war ja nicht weit weg. Aber stell dir vor, ich wäre im Ausland gewesen? Hast du denn keine Freundin, zu der du gehen kannst?«

Lucia schüttelte den Kopf. »Die haben alle viel zu viel Angst vor Edoardo und seinen Leuten.« Sie verzog das Gesicht, als er um die Kurve bog und sie mit dem Kind im Arm zur Seite sackte.

»Ich bringe dich in eine Privatklinik, wo sie dich gründlich untersuchen, und die Kleine nehme ich mit zu Nonna.«

Ein schwaches Lächeln glomm in Lucias Augen auf. »*O dio*, das tust du für uns, und wir haben es nicht verdient …«

Traurig sah er sie an und sagte sanft: »Was redest du denn da?«

13

EINE KÖCHIN IM RUFINA

Die Wohnung seiner Großmutter lag im vornehmen grünen Viertel Vomero in einem modernen Wohnblock. Vom Balkon aus hatte man einen atemberaubenden Blick, der bis hinunter zum Golf von Neapel reichte. Wenn das Meer blau in der Sonne glitzerte, die Schiffshörner tuteten und sich mit dem Lärm der Stadt mischten und vom nahen Park des Museo Duca di Martina der Duft der Bougainvilleen herüberzog, konnte man verstehen, warum Neapel trotz seiner Schattenseiten noch immer faszinierte.

Als sie den klimatisierten Wagen verließen, schlug ihnen die staubige Hitze mit voller Wucht entgegen. Er nahm das kleine Mädchen auf den Arm und trug es die enge Gasse hinauf, an deren Ende sich das Wohnhaus befand. Meist war oberhalb kein Parkplatz zu finden, weshalb er sich auf die breitere Straße unterhalb konzentriert hatte und mit einer Parklücke belohnt worden war.

Das schläfrige Kleinkind lag schwer an seiner Brust und nahm mit jeder Treppenstufe an Gewicht zu. Er hatte seine Großmutter kurz zuvor angerufen, und die alte Dame erwartete sie bereits im Hauseingang.

Vala Branconi war klein, untersetzt und trug, seit er sich erinnern konnte, schwarze oder geblümte Kleider. Heute leuchteten gelbe und rote Blumen der Karibik auf blauem Grund und wetteiferten mit Valas strahlenden Augen. Ihr Lächeln überzog ihr gesamtes Gesicht, als sie ihrem Enkel das Kleinkind abnahm. In tiefstem neapolitanischem Dialekt murmelte sie Koseworte und wiegte das Mädchen hin und her, das seufzte und sich an die Urgroßmutter kuschelte. Erst dann hob sie den Kopf und griff nach dem Arm ihres Enkels. »Komm, Nando, komm herein, mein Lieber.«

Im Treppenhaus duftete es nach Tomaten und Kräutern. »Hm, kochst du deine unnachahmliche Tomatensauce?«

Er schloss die Tür, um die Hitze draußen zu halten, und folgte ihr in den zweiten Stock, wo die Wohnungstür offen stand und der Duft sie noch intensiver empfing. »Warum riecht die Sauce bei mir nie so?«

Seine Großmutter lachte leise und legte das Kind im Wohnzimmer auf das Sofa, wo es sofort einschlief. Die Klimaanlage lief, stellte Nando erleichtert fest und rieb sich die verschwitzte Stirn.

»Deine Sauce schmeckt genauso, sogar besser als meine, aber du verbindest mit meinem Essen Erinnerungen, Nando. Das ist so mit gutem, einfachem Essen. Komm mit in die Küche.« Sie ging etwas schwerfällig, denn ihre Knie wurden von Arthrose geplagt.

Auf dem Gasherd – sie hatte sich geweigert, auf neumodischen Ceranfeldern zu kochen – standen zwei Töpfe. Die alte Dame hob den Deckel des kleineren Topfes, wedelte mit der Hand den Duft zu sich und schloss genießerisch die Augen. »Genau so muss es sein.«

Nando nahm einen Holzlöffel und kostete, dann gab er seiner Großmutter einen Kuss auf die Wange. »*Buonissimo!* Du bist hier der wahre Chef!«

Dann nahm er sie in die Arme und drückte sie sanft an sich.

Als er sie losließ, tätschelte sie ihm liebevoll die Wange. »Du bist ein guter Junge, ein guter Junge. Was hat er ihr wieder angetan? Jetzt kannst du es mir sagen. Ich weiß ja, was für ein Dreckskerl er ist.« Sie rang die Hände und machte dann eine Bewegung über ihre Kehle. »Den Hals sollte man ihm durchschneiden! Wie konnte sie nur ...«

»Dafür ist es jetzt zu spät, Nonna. Vor allem, seit Pia da ist. Er würde sie niemals mit den Kindern gehen lassen. Aus reiner Boshaftigkeit nicht.«

Nonna Branconi wandte sich dem zweiten Topf zu, in dem das Wasser sprudelte. »Ah, du kommst gerade rechtzeitig. Gib mir die Schüssel mit den Agnolotti aus dem Kühlschrank.«

Er nahm eine Schüssel mit vorbereiteten Nudeln heraus und schnupperte daran. »Woraus ist die Füllung? Lass mich raten!«

Die Füllung quoll an einer Stelle heraus, und er kostete. »Parmaschinken, Ricotta, Mozzarella, Oregano.«

Seine Großmutter nickte anerkennend. »Exakt. Wie lange wird Lucia im Krankenhaus bleiben?«

Nando goss Rotwein aus einer bereits geöffneten Flasche in zwei Gläser und reichte eines seiner Großmutter. »Zwei Tage wären gut, aber ich fürchte, sie wird sich morgen selbst entlassen. Sie hat Angst um Maria.«

Vala runzelte die Stirn. Ihre weißen Haare waren zu einem Knoten aufgesteckt und mit Schildplattkämmen gehalten. »So schlimm es sich anhört, aber Maria ist bereits verloren. Sie hat einen Freund, der für Edoardo arbeitet. Und ich denke, dass er das so eingefädelt hat, dieser Teufel.«

Entsetzt sagte Nando: »Sie ist vierzehn!«

»Alt genug. Was willst du tun, Nando? Wir konnten nicht einmal Lucia retten, wie sollen wir da das Mädchen aus seinen Klauen befreien? Nein, nein, so ist das hier, kein Entrinnen ...« Sie legte sacht die gefüllten Nudeln in das sprudelnde Wasser.

»Und wo kommst du überhaupt her? Wo treibst du dich herum, Nando? Du wolltest doch Urlaub machen. Kannst du das überhaupt?«

Sie kannte ihn viel zu gut. Er grinste. »Tja, es ist so eine Art Urlaub, aber …«

»Die Nudeln sind in zwei Minuten fertig, dann essen wir, und du erzählst mir alles«, entschied Vala Branconi.

Bald darauf saßen sie an dem kleinen Esstisch im Wohnzimmer, von dem aus sie über die Stadt schauten, diesen wilden, nie schlafenden Moloch. Die Abendsonne versank im Golf von Neapel und verzückte wahrscheinlich Tausende von Touristen, von denen viele mit Mobiltelefonen Selfies machten, anstatt ihre ganze Aufmerksamkeit diesem unvergleichlichen Schauspiel zu widmen.

»Salute, Nonna!«

Seine Großmutter nippte an ihrem Wein und deutete auf das Essen. »*Mangia, mangia*, bevor es kalt wird.«

Während des Essens wurde nicht gesprochen, dazu waren die gefüllten Agnolotti viel zu köstlich. Satt lehnte sich Nando zurück, legte die Serviette neben seinen Teller und blickte nach draußen. »Ist man jemals glücklich, Nonna? Gibt es das überhaupt, ein Gefühl vollkommener Zufriedenheit?«

Nonna kannte ihn gut genug, um zu wissen, dass er laut überlegte und keine Antwort erwartete.

»Als ich Arianna geheiratet habe, dachte ich, dass wir da etwas Besonderes haben, dass wir uns gemeinsam etwas aufbauen. Sie schien so begeistert von der Idee, ein Restaurant zu eröffnen …« Er hielt inne und dachte mit bitterer Miene an seine Frau, von der er sich vor zwei Jahren getrennt hatte. Die Scheidung war noch nicht rechtskräftig, weil Arianna um jeden Cent feilschte und ihm das Restaurant in Neapel nicht überlassen wollte. Dabei hatte sie keinerlei Interesse an dem kleinen Feinschmeckerlokal, ihr einziges Ziel war, ihn zu verletzen.

»Du hättest auf mich hören sollen, mein Junge. Aber in der Liebe sind wir oftmals blind oder wollen es sein. Ariannas Eltern sind reich. Warum sollte sie arbeiten wollen? Sie hat nie etwas anderes getan, als sich zu amüsieren. Sie wollte dich, und um dich zu bekommen, hat sie dir alles versprochen. Und wenn du ehrlich zu dir bist, hast du es gewusst. Es hat dir geschmeichelt, dass eine so schöne Frau aus der sogenannten besseren Gesellschaft dich wollte.« Nonna räumte die Teller zusammen. »Möchtest du einen Grappa?«

»Gern, Nonna.«

»Bleibst du heute Nacht hier?«

Er sah aus dem Fenster, wo sich die Dunkelheit über die Dächer der Stadt senkte. Seine eigene kleine Wohnung lag nicht weit von hier, doch er wollte nicht allein sein. »Ich glaube, ja. Dann kann ich morgen noch einmal nach Lucia sehen. Mach mein Glas voll, Nonna. Und ich koche uns einen Kaffee.«

Es war noch immer zu heiß, um die Fenster zu öffnen, und so setzten sie sich in die kleine Sofaecke, nachdem Nando den Espressokocher betätigt hatte. Auch da hatte Nonna auf ihrem einfachen traditionellen Gerät bestanden. Eine teure Espressomaschine kam ihr nicht ins Haus. Es musste der einfache kleine Stahlkocher sein, den man auf den Herd stellte. Seine Großmutter zog ihre Schlappen aus und legte die Beine auf das Sofa. Nando hatte in dem einzigen Sessel Platz genommen.

»Arianna macht also wieder Ärger? Ist es das?«, hakte Vala nach.

»Nein, daran bin ich gewöhnt, und meine Anwälte kümmern sich um alles. Sie bekommt das *Musetta* nicht.« *Musetta* war der Name seines Restaurants in der Via Pallonetto Santa

Chiara. Sein Restaurant nach der Kokotte aus Puccinis *La Bohème* zu benennen hatte er damals amüsant gefunden, und er tat es noch.

»Ich brauchte eine Pause von allem, um mich neu zu orientieren, um mir über einiges klar zu werden. Die letzten zwei Jahre waren hektisch, und oft war ich am Rand meiner Kraft – und das wollte ich nie, mich aufreiben für einen Job. Das Leben, mein Leben ist dabei zu kurz gekommen, und dir kann ich es ja ehrlich sagen – das Kochen hat mir keinen Spaß mehr gemacht. Das war das Allerschlimmste für mich! Ich bin in diese edlen Küchen gekommen, und alles hat mich gelangweilt. Und dann diese verwöhnten Gäste. Es musste immer noch ausgefallener sein, noch extravaganter, noch teurer, nur dann war es gut.«

Langsam drehte er das Grappaglas in seiner Hand und beobachtete, wie die klare Flüssigkeit hin- und herschwappte.

»Aber du hast mit diesen Gästen viel Geld verdient, sei nicht undankbar, Nando. Ohne sie würde ich nicht hier wohnen, und Lucia wäre nicht im Krankenhaus. Edoardo hat Respekt vor dir. Geld macht vielleicht nicht glücklich, aber es hat dir Türen geöffnet, neue Möglichkeiten für dich geschaffen, dich unabhängig gemacht. Ich bin stolz auf dich, Nando!«

Ein schwaches Lächeln huschte über sein Gesicht. »Du hast recht, Nonna, natürlich weiß ich die finanziellen Vorteile zu schätzen. Aber ich war an einem Punkt, an dem mir nichts mehr bedeutsam schien, das Lob der Kritiker war mir egal geworden. Nun, ich habe einfach aufgehört und bin für einige Monate abgetaucht. Ich brauchte Abstand von allem. Tut mir leid, Nonna, ich hätte dich besuchen sollen. Aber, nun, ich war bei verschiedenen Freunden. Zuletzt hat es mich mit Mailänder Bekannten ins Rufina verschlagen. Wir wollten ein paar Tage auf einem Weingut ausspannen, essen, schwimmen, reiten.«

Und dann war etwas geschehen, mit dem er nicht gerechnet hatte. Er hatte sich verliebt. Ausgerechnet in die spröde Köchin seiner Unterkunft. Die zarte blonde Bianca, die nichts von ihm wissen wollte und von einem traurigen Geheimnis umgeben war.

Nonna Vala hatte aufmerksam zugehört und sagte, als er weiterhin schwieg: »Du hast jemanden kennengelernt.«

»Ich bin ein offenes Buch für dich, nicht wahr?« Nando schmunzelte. Das Mädchen neben ihnen auf dem Sofa schlief tief und fest und seufzte nur manchmal.

»Ich nehme die Kleine nachher mit zu mir, dann kannst du hier schlafen.« Seine Großmutter dachte immer praktisch. »Und wer ist sie?«

»Ihr gehört das Restaurant auf dem Weingut. Sie selbst ist Köchin – und eine wirklich gute! Jetzt ist Hauptsaison, und allein kann sie es nicht schaffen. Ausgerechnet jetzt hat sie ihr Koch sitzen lassen. In der Saison ist das doppelt schwierig, weil alle guten Kräfte natürlich einen Job haben. Was übrig bleibt, will man nicht unbedingt einstellen, und nicht mal die bewerben sich zurzeit. Sie kann nicht sehr viel zahlen. Ihr größtes Problem ist eine wichtige Veranstaltung, zu der Vertreter eines Gourmetmagazins und eines Veranstalters für Weintouren angemeldet sind.« Nando holte tief Luft. »Da habe ich angeboten auszuhelfen, bis sie jemanden gefunden hat. Morgen ist das große Event, und ich muss bis zum Abend zurück sein, das habe ich ihr versprochen.«

Skeptisch sah die alte Dame ihren Enkel an. »Wie heißt die Frau?«

»Bianca Massinelli.«

»Bianca. Ein schöner Name. Und wie steht sie zu dir?«

»Äh, gar nicht, weil sie nicht weiß, dass ich mehr für sie empfinde. Ich kann es ihr nicht sagen, weil sie viel zu zurückhaltend und stolz ist. Es fällt ihr schwer, meine Hilfe anzunehmen, aber sie hat schon einiges gelernt. Sie könnte ein erstklassiges Restaurant führen, wenn sie nur …«

»Halt, Nando! Du willst die Frau doch nicht als deinen Lehrling, oder?«

»Nein, natürlich nicht, aber das eine schließt das andere doch nicht aus«, wandte er ein.

»Doch, das tut es. Zumindest, solange ihr euch nicht besser kennt, und das scheint ja der Fall zu sein. Sie ist also reserviert dir gegenüber.«

»Hm, ja.«

Nonna Vala lachte leise. »Und was willst du machen?«

»Ich weiß es nicht«, sagte er mit entwaffnender Ehrlichkeit. »Ich kann nicht ewig dortbleiben und den Aushilfskoch mimen, obwohl es mir Spaß macht. Das ist überhaupt das Beste an der ganzen Geschichte. In dieser bescheidenen Landhausküche habe ich wieder Freude am Kochen gefunden. Und das liegt nicht nur an der hübschen Bianca.«

Pia drehte sich und blinzelte. Bevor sie zu quengeln anfing, nahm Vala sie auf den Arm. »Ja, meine Süße, du bist müde. Wir gehen jetzt schlafen. Nando, lass alles so stehen. Ich räume das morgen auf. Du weißt, wo das Bettzeug liegt. Mach es dir gemütlich, und morgen beim Frühstück reden wir weiter. Eine Köchin im Rufina …«

14

WARTEN UND HOFFEN

Immer wieder starrte Bianca auf die Uhr. Es war bereits nach drei und von Nando keine Spur. Entnervt ließ sie die Schüssel mit dem Ricotta stehen und verließ die Küche. Zumindest war es heute nicht ganz so heiß, denn einige Wolken standen am Augusthimmel. Bianca dehnte sich und beugte sich nach vorn, um mit den Händen den Boden zu berühren. Die Dehnung tat gut, das Bein machte sich seit dem Morgen bemerkbar. Natürlich, wie könnte es auch anders sein. Es ließ sie immer dann im Stich, wenn sie es am meisten brauchte. Ivano war zwar erschienen, konnte jedoch nur mit einer Hand arbeiten, denn der Verband durfte keinesfalls nass werden, weshalb er einen Schutzhandschuh trug. Doch Bianca bestand darauf, dass Ivano nicht mit Wasser oder feuchten Lebensmitteln in Berührung kam.

Auf der Terrasse herrschte den ganzen Tag über reger Betrieb. Auch jetzt war fröhliches Stimmengemurmel zu vernehmen. Elena war in ihrem Element, flirtete mit den Herren, vor allem mit Jean Ducasse, und eilte mit vollen Getränketabletts hin und her. Wenn sie auch manchmal launisch und nicht immer pünktlich war, so konnte man sich in solchen Situationen auf sie verlassen, und das allein zählte, dachte Bianca und griff nach einer am Boden stehenden Wasserflasche. Während sie trank, beobachtete sie ein Paar, das durch den Olivengarten schlenderte. Das waren doch … Sie blinzelte. Aber ja, das waren die amerikanische Vertreterin der Gourmettouren und der Tester vom Reisemagazin. Wie hieß sie noch gleich, Georgina May. Der Tester, Neil Gillray, war erst vor einer Stunde eingetroffen und hatte sich unter seinem richtigen Namen eingetragen. Warum auch nicht, normalerweise hätte hier niemand gewusst, dass er für das Reisemagazin unterwegs war.

Sie hörte, wie Ariano und Luca sich lautstark über die Reihenfolge der Arbeitsvorgänge zu streiten begannen. Verzweifelt rang Bianca die Hände. »Das ist ja wie im Kindergarten!«

Den Blick von den gefürchteten Testern wendend ging sie zurück in die Küche. »Was ist denn hier los? Wir gehen nach Plan vor, genau so, wie wir es besprochen haben.«

»Nicht wir, er hat das angeordnet«, murrte Ariano und legte anklagend den Finger auf den Menüplan, der an die Tafel geklebt worden war.

»Du meinst Nando, unseren Aushilfskoch von internationalem Renommee, ja? Der Koch, von dem wir alle nur lernen können?«

Ariano rollte die Augen. »Ah, du kannst auch kochen, Bianca. Lass dich nicht unterkriegen von so einem. Da ist auch viel heiße Luft dahinter.« Mit seinem Fleischmesser tippte er auf einen Menüpunkt. »Parpadelle Toscane. Was soll das? Wir machen doch die Speck-Tortelli mit Brennnessel-Ricotta. Warum zweimal Pasta machen?«

»Weil der Gast eine Auswahl haben soll, Ariano. Das ist an einem solch besonderen Tag schon von uns zu erwarten. Wir wollen doch den bestmöglichen Eindruck machen. Bitte, helft alle mit, dass wir das heute glatt über die Bühne bringen!« Bianca sah bittend in die Runde.

Luca, der Beikoch, nickte und widmete sich dem Bistecca alla Fiorentina, für das er heute zuständig war. Eigentlich hatte Nando das übernehmen wollen. Simone kam mit einem Tablett voller schmutziger Kaffeetassen herein und trug sie in die Spüle, wo Angela, eine Bekannte von Mauro, sich ans Spülen und Einsortieren in den Geschirrspüler machte. Mauro hatte sie am Mittag neben einem Korb voller frischer Trüffel gleich mitgebracht, denn alle auf dem Gut wussten von Biancas personellem Engpass. Milena hatte sich angeboten, heute Abend beim Servieren zu helfen, was Elena zwar nicht gern sah, doch jede Hand war willkommen.

Die Tür schwang auf, und Manuela Massinelli kam herein. Als sie die ernste Miene ihrer Tochter sah, setzte sie ein ermunterndes Lächeln auf. »Bibi, es wird alles gut. Mach dir keine unnötigen Sorgen. Kann ich helfen?«

»Wir machen die Pasta?«

Ihre Mutter band sich eine Schürze um und wusch sich die Hände. »Eine meiner leichtesten Übungen.«

Mutter und Tochter lachten, wussten sie doch beide, wie lange es gedauert hatte, bis Nonna Teresa die hausgemachte Pasta der Schwiegertochter akzeptiert hatte. Zu dick, zu trocken, zu matschig, zu fad, zu klein, zu breit, zu lang …

Kurz vor achtzehn Uhr hatten sie den gesamten Pastateig vorbereitet und in die Kühlung gestellt. Erst wenn ein Gast bestellt hatte, wurde die Pasta in das sprudelnde Wasser gegeben und al dente gekocht. Luca hatte das teure Fleisch mariniert und liebevoll abgedeckt. Ihn brachte so schnell nichts aus der Fassung, auch nicht die Aussicht auf dreißig Gerichte, die beinahe zeitgleich serviert werden sollten. Seine schlaksige Gestalt bewegte sich ruhig zwischen dem Herd und den Arbeitsplatten hin und her, wohingegen Ariano rote Flecken auf den Wangen hatte und zweimal sein Messer fallen ließ.

Bianca sah immer wieder auf ihr Mobiltelefon, bis ihr einfiel, dass Nando ihre Nummer nicht hatte. Also lief sie rasch durch den Flur, um Claudia nach einem Anruf zu fragen. Als sie zwei Stufen auf einmal nahm, schoss ein stechender Schmerz von so großer Intensität durch ihr Bein, dass sie fluchte und kurz anhielt. »Verdammt, verdammt …«

Langsamer ging sie weiter und fand Claudia an der Rezeption im Gespräch mit ihrem Vater. »*Papà*, was machst du denn hier? Ihr sollt doch schon längst am Tisch sitzen und diesen Abend genießen!«

Lorenzo lächelte, doch als er sie genauer ansah, verschwand sein Lächeln, und er nahm ihren Arm. »Du hast wieder Schmerzen, Bibi. Das ist viel zu anstrengend für dich. Wo ist denn dieser Branconi? Herrgott, auch wenn er freiwillig aushilft, so hätte er doch zumindest anrufen können. Dann weiß man wenigstens Bescheid!«

Claudia suchte in ihren Papieren und sagte mit zerknirschter Miene. »Tut mir leid, er hat tatsächlich vor zwanzig Minuten angerufen. Er ist auf dem Weg, soll ich ausrichten. Hier war so viel los, Bibi. Verzeih mir, ja?«

Ein erleichterter Seufzer entfuhr Bianca. »Auf dem Weg! Das ist doch immerhin etwas. Hast du seine Nummer notiert? Dann ruf doch bitte zurück und frag ihn, wie lange es noch dauert, ja?«

Ihr Vater, der ein dunkles Hemd zur dunklen Hose trug, entspannte sich. »Gut, dann lass ich euch jetzt allein. Ich bin am Familientisch, falls ihr mich braucht. Paul ist sehr zuversichtlich, was diese Georgina von den Food & Wine Tours betrifft. Ich hätte nie gedacht, dass sich daraus mal ein solches Geschäft entwickeln würde.«

Eine junge Frau kam die Treppe herunter und grüßte im Vorbeigehen, wobei ihr Blick etwas länger an Lorenzo Massinelli hängen blieb, was Bianca nicht entging. Ihr Vater sah noch immer gut aus, und die Ruhe nach der Krankheit hatte ihm gutgetan. Und das sollte so bleiben. Sie mussten große Aufregungen nach Möglichkeit von ihm fernhalten, auch wenn das leichter gesagt als getan war. Auf einem Weingut dieser Größe gab es immer Überraschungen, unerwartete Schwierigkeiten, das brachte allein das Wetter mit sich. Dass es darüber hinaus auch zu folgenschweren Unfällen, die von rachsüchtigen Mitarbeitern verursacht wurden, kommen konnte, hatten sie im letzten Jahr durch den verbitterten Nico erfahren müssen. Bianca dachte an diesen ehemaligen Mitarbeiter und den mysteriösen Brief, den sie erhalten hatten. Eine leere Drohung oder das letzte Aufbäumen eines gedemütigten Versagers?

Claudia legte das Telefon zur Seite. »In einer Stunde kann er erst hier sein, Bibi. Es tut ihm schrecklich leid, aber er kam nicht eher aus Neapel weg und stand dann mehrfach im Stau.«

Bianca verlagerte ihr Gewicht auf das gesunde Bein und stützte sich am Schreibtisch ab. »Heute ist nicht mein Tag, in jeglicher Hinsicht.«

»Ach Bibi, was können wir denn nur tun? Setz dich in der Küche zumindest auf einen Hocker, wenn es machbar ist. Entlaste das Bein, wann immer möglich, ja? Versprich es mir!«

»Das ist nicht meine größte Sorge, Claudia. Wir haben die Cannelloni ripieni di cioccolato auf dem Menü, und mir graut davor, weil sie beim letzten Mal nicht gelungen sind. Dann das Steak alla Fiorentina, das war eigentlich Nandos Abteilung. Dieses teure Fleisch! *O dio*, wir können uns einfach keinen Fehler erlauben.«

Ihre Mutter kam aus der Küche zu ihnen. Ihre Wangen waren gerötet, die Schürze voller Mehl. »Bibi, wir müssen anfangen. Kommst du?«

Obwohl ihr zum Weinen zumute war, lächelte sie tapfer. »Bin schon da.«

Kaum hatte Bianca einige Schritte getan, nahm ihre Mutter sie am Arm. »Dein Bein?«

»Es geht schon. Wie weit sind wir mit dem ersten Gang?« Sie biss die Zähne zusammen.

Die beiden Nudelgerichte gelangen ihnen hervorragend, und alle Teller kamen leer zurück. Das gesamte Team arbeitete nun auf Hochtouren, und Bianca beobachtete mit Stolz ihre Mitarbeiter. Jeder Handgriff saß, nun ja, fast jeder, Zwiebeln verbrannten, und der Speck ging ihnen aus, konnte aber durch Parmaschinken ersetzt werden.

Nach dem ersten Gang kam Giulia zu ihnen in die Küche. »Ihr alle seid wunderbar!«, rief sie. »Wenn ihr die zufriedenen Gesichter der Gäste sehen könntet! Bravo, Bibi, du hast genau den richtigen Geschmack getroffen. Georgina May macht sich dauernd Notizen und lobt unseren Wein!«

Bianca fuhr sich mit dem Handrücken über die verschwitzte Stirn. »Sehr gut. Aber freuen wir uns nicht zu früh, erst am Ende der Schlacht werden die Toten gezählt.«

Giulia lachte. »Das muss von Nonna stammen. Sie isst auf ihrem Zimmer, weil sie sich heute nicht gut fühlte. Die Hitze setzt ihr zu. Aber die Gäste genießen den warmen Abend. Also, ich will euch nicht aufhalten, sondern nur die positiven Vibes vermitteln.«

Giulia warf ihnen eine Kusshand zu und ging wieder auf die Terrasse. Die Tische waren festlich gedeckt und mit Weinblättern und Blüten aus dem Garten der Villa geschmückt. Elena, Simone und auch Milena hatten sich große Mühe gegeben. Windlichter brannten auf den Mauern und in den Nischen rund um das Haus, so dass es malerischer nicht hätte aussehen können. Zumindest das Ambiente ließ keine Wünsche offen.

Luca hatte begonnen, das Steak zu braten, und die ersten Teller waren bereits nach draußen gegangen. Bianca und Ariano bereiteten die Seezungenfilets in Balsamico-Schaum zu. Ivano röstete das Knoblauchbrot, was auch mit einer Hand zu bewerkstelligen war. Die angerichteten Teller wurden jeweils von Bianca begutachtet, bevor sie von Elena und Simone serviert wurden.

»Die nächste Seezunge ist für die Gourmet-Lady!«, sagte Simone leise.

»Und das Steak geht an das Reisemagazin«, fügte Elena hinzu, die eben einen Stapel Teller von draußen hereintrug. Irgendetwas in Biancas Rücken lenkte Elena ab, die stolperte und die Teller fallen ließ. Mit lautem Krachen ging das gute Porzellan zu Bruch, und Bianca stöhnte.

Ihre Mutter eilte sofort hinzu und rief: »Angela! Besen und Schaufel und den großen Mülleimer! Schnell!«

Eine männliche Stimme ertönte: »Fegt die Scherben in die Ecke und dann weiter. Aufsammeln könnt ihr später.«

Nando! Bianca fuhr herum und erschrak über sein angespanntes Gesicht. Er musste einiges erlebt haben, aber er war hier!

»Tut mir leid, Bianca«, sagte er zu ihr, während er sich eine Schürze umband. »Ich erzähle Ihnen später, was passiert ist. Familie – und dann der Verkehr. So, wo sind wir?«

Er sah sich um, schnupperte und deutete auf Luca, der ihn mit missmutiger Miene musterte. »Ich brate die Steaks«, konstatierte Luca und hielt demonstrativ die Pfanne fest.

»Gut, aber das dort ist bereits zu dunkel«, stellte Nando kritisch fest, woraufhin Luca wütend an der Pfanne rüttelte.

In diesem Moment kam Simone mit einem Teller zurück, der noch drei viertel voll war. Bianca schluckte. »Was ist damit?«

»Versalzen, behauptet der Gast«, antwortete Simone betreten.

Bianca griff nach einer Gabel und kostete von dem noch warmen Fisch. Nando tat es ihr nach und verzog das Gesicht.

»Leider hat dieser Gast recht«, meinte er. »Schnell, bereiten wir einen neuen Fisch zu.«

»Welcher Tisch war das?« Bianca ahnte es bereits.

»Die Gourmet-Lady, und sie will keinen neuen Fisch, sondern das Dessert.«

Es war sehr still in der Küche geworden. Alle starrten Simone an, als hätte sie eine Nachricht vom Teufel persönlich überbracht.

»Hey, ich bin nur der Bote, seht mich nicht so an, Leute!« Die Servicekraft kippte das Gericht in den Müll und sah sich um. »Wo steht das Dessert?«

»Das ist noch nicht fertig!« Bianca wollte zum Kühlschrank gehen, stolperte über eine Scherbe und musste sich am Tisch abfangen. Ihr Bein hatte sich verdreht, und sie stöhnte vor Schmerz auf.

Nando war sofort an ihrer Seite. »Haben Sie sich verletzt? Alles in Ordnung?«

»Ja, es geht, danke. Das ist bei mir normal. Könnten Sie sich um die Schokoladen-Cannelloni kümmern? Das wäre phantastisch! Ich habe für heute mein Selbstvertrauen verloren.«

»Mache ich, aber sagen Sie so etwas nicht. Niemals aufgeben, hören Sie?«

Er stand neben ihr und berührte ihren Arm, nur sekundenlang, bevor er zum Kühlschrank ging.

»Als wenn ich jemals aufgegeben hätte …«, murmelte sie und meinte nicht das Kochen.

15

WENN ALLES SCHIEFLÄUFT …

Als Simone erneut in die Küche kam und wütend schnaufte, sank Biancas Hoffnung, dass dieser Abend erfolgreich verlaufen würde.

»Was ist los?« Sie schob den Teller mit der Trüffelpasta weiter, so dass Ariano ihn dekorieren konnte.

»Oh, diese Frau treibt mich in den Wahnsinn! Ich bemühe mich wirklich, freundlich zu bleiben, aber sie macht es einem nicht leicht. Sie will das Dessert. Sofort! Sie sagt, das müsse ja wohl möglich sein, und wenn nicht, dann können wir den Deal vergessen.« Verzweifelt umklammerte Simone ihr Tablett.

Nando, der gerade erst den Cannelloni-Teig ausrollte, schüttelte den Kopf. »Es dauert noch mindestens zwanzig Minuten. Spendiere ihr doch ein Glas Champagner. Das wirkt meistens Wunder!«

Manuela war ebenfalls wieder in die Küche gekommen. »Lass mich doch helfen, Bibi.«

Eigentlich wollte sie, dass ihre Eltern den Abend als Gäste erlebten, doch wie es aussah, konnte sie jede Hilfe brauchen. »Danke, Mama, die Füllung für das Dessert ist noch nicht ganz fertig. Nando, schneiden Sie die Panna cotta?«

Er nickte, ohne vom Teig aufzusehen, den er mit beneidenswerter Schnelligkeit hauchdünn ausrollte. »Das Eis ist aber fertig, ja?«

Luca rief von seiner Grillpfanne herüber: »Steht in der Kühlung unten rechts.«

»Simone, nimm den guten Champagner!«, rief Bianca. »Wo ist Paul überhaupt? Das ist doch sein Gast, warum kümmert er sich nicht um sie?«

Ihre Mutter machte eine ernste Miene. »Paul ist mit Masato im Barriquekeller, Bibi. Es gab mal wieder Probleme mit der Sprinkleranlage. Aber sag nichts Lorenzo, hörst du?«

Erschrocken hielt Bianca inne. »Wir haben doch erst vor zwei Wochen die neue Software bekommen. Wie kann das sein?«

Ihre Mutter schüttelte den Kopf. »Ich weiß es nicht. So, wo ist die Sahne?«

Erschüttert widmete sich Bianca dem nächsten Teller. In diesem Abend steckte der Wurm, und es fühlte sich an, als hätte sie Ähnliches bereits erlebt. Im vergangenen Jahr, dachte Bianca. Konnte es so viele Zufälle geben? Möglich war alles, aber trotzdem musste sie an Nico denken. Vorerst behielt sie ihre Bedenken für sich und stürzte sich in die Arbeit. Sie mussten die versalzene Seezunge wieder ausbügeln, wobei sie sich nicht vorstellen konnte, wie das passiert sein konnte! Sie hatte jeden Teller geprüft und die Fische eigenhändig gewürzt, denn sie wusste, wie leicht man zu viel Salz verwenden konnte. Da Ariano heute fahrig wirkte, weil er unter Druck anscheinend noch nicht gut arbeiten konnte, hatte sie selbst die zarten Fische abgeschmeckt und war sich zu hundert Prozent sicher, dass sie in Ordnung gewesen waren.

In weniger als zwanzig Minuten hatten sie die Cannelloni zubereitet, eine Meisterleistung, die nur durch die gemeinsame Anstrengung gelungen war. Das Dessert war nicht nur ein optisches Kunstwerk, sondern schmeckte himmlisch. Bianca schleckte sich die Reste der Schokomousse von den Fingern und strahlte Nando und ihre Mutter an.

»Wenn unsere Gourmet-Lady jetzt nicht schmilzt und ihr Herz wiederentdeckt, dann hat sie keins!«

Simone stellte den Teller auf ein hübsches Tablett aus Olivenholz und machte eine zustimmende Geste. »*Buonissimo!* Den Champagner hat sie jedenfalls getrunken.«

»Gut, gut, raus damit. Elena!«, rief Bianca ihrer zweiten Servicekraft zu, die eben durch die Küche eilte. »Was ist mit unserem Tester? Alles in Ordnung?«

»Er probiert eben sein Steak. Die Pasta hat ihm geschmeckt. Alle anderen sind sowieso begeistert von eurem Essen!« Elena warf Nando einen schmachtenden Blick unter langen getuschten Wimpern zu. Ihre Fingernägel leuchteten heute in einem kräftigen Pink, und ihr Rock war so kurz, dass wohl einige Herren in Schnappatmung verfielen, wenn die attraktive Bedienung sich vorbeugte. An einem anderen Tag hätte Bianca die unpassende Arbeitskleidung moniert, doch heute plagten sie andere Sorgen.

»Wenn wir das hier gut hinbekommen, spendiere ich euch allen einen extra Urlaubstag!«, rief Bianca. Das ließ sich bewerkstelligen, über große finanzielle Mittel verfügte sie nicht, aber ein freier Tag mehr kam immer gut an.

Sie drehte sich schwungvoll nach links, um das nächste Dessert anzurichten, als ihr Bein einfach unter ihr nachgab und sie zu Boden gefallen wäre, hätte Nando sie nicht geistesgegenwärtig aufgefangen.

Sein Griff war sanft und zugleich fest und sicher. »Manuela, übernehmen Sie, ich bringe Ihre Tochter kurz nach draußen. Die Hitze hier macht uns allen zu schaffen.«

Die Besorgnis in seiner Stimme war auf eine beängstigende Art rührend, dachte Bianca, die sich schwach und elend fühlte und sich dafür hasste. Sie hatte ähnliche Schwächeanfälle immer dann erlebt, wenn sie ihren Körper überanstrengt hatte. Vor der Tür nahm er sie einfach auf den Arm und trug sie zu einem der Liegestühle im Olivenhain. Ihr Gewicht schien ihm nicht das Geringste auszumachen. Nachdem er sie auf die Liege gebettet hatte, ging er neben ihr in die Hocke und nahm ihre Hand.

»Sagen Sie mir jetzt, was los ist, Bianca? Das ist doch nicht normal. Ich kenne Sie nun schon eine Weile und beobachte immer wieder, wie Sie das Gesicht verziehen, als hätten Sie Schmerzen. Leiden Sie unter den Folgen des Unfalls, von dem Sie sprachen?«

Verschämt schloss sie die Augen. Ausgerechnet heute erlebte er sie schwach und gebrechlich, und sie wollte ihm doch beweisen, dass sie genauso hart arbeiten konnte wie ihre männlichen Kollegen. Sie biss sich auf die Lippen. Das war gründlich schiefgegangen.

»Warten Sie!« Er stand auf und kam mit einem Glas Wasser zurück. »Hier bitte.«

Sie trank einen großen Schluck und sagte leise: »Ja, der Unfall. Mein Bein war kompliziert gebrochen, und manchmal zickt es herum. So, und jetzt muss ich weitermachen.«

Ihr Körper wollte ihr jedoch noch nicht gehorchen, und als sie ihre Beine schwungvoll von der Liege heben wollte, blieben sie hängen, und sie musste sich unbeholfen an Nando festhalten, um nicht zu stürzen. »Gehen Sie doch einfach weg. Haben Sie mich nicht genug in Verlegenheit gebracht?«

Sie legte sich einen Arm über die Augen und spürte die Feuchtigkeit aufsteigender Tränen in ihren Augenwinkeln.

»Bianca, was soll ich denn …«, rief Elena von der Küche herüber, wurde jedoch von Nando mit einer Geste zum Schweigen gebracht.

»Ich bin sofort bei euch!«, sagte er bestimmt, strich über Biancas Haare und wartete, bis sie den Arm von den Augen nahm. »Bleiben Sie bitte noch einen Augenblick liegen. Ich kümmere mich um alles. Aber unser Gespräch ist noch nicht beendet. So einfach gebe ich nicht auf.«

Sie starrte ihn ungläubig an. Was wollte er von ihr? Seine dunklen Augen ruhten einen langen Augenblick auf ihr, bevor er sich erhob und auf die wartende Elena zuging. Suchte er nach einem Abenteuer? Dafür war sie ganz sicher nicht die Richtige, und das würde sie ihm auch deutlich zu verstehen geben, sollte er sie weiterhin mit diesem unangebrachten Blick nervös machen. Sie atmete mehrere Male tief ein und aus, horchte in sich hinein, bis sie den Schmerz kontrollieren konnte, und richtete sich langsam auf. Der Schwindel war verflogen, und ihr Bein hatte seine Stabilität zurückgewonnen. In vielen Therapiestunden hatte sie gelernt, mit dem plötzlich auftretenden Schmerz fertigzuwerden. Und vielleicht würden diese Attacken irgendwann ganz verschwinden. Sie fuhr sich über die Augen, trank den Rest Wasser aus und stand auf. Es gab wichtigere Dinge als ihr nicht existierendes Liebesleben. Sie liebte ihre Familie über alles, und vom Erfolg dieses Abends hing viel für das gesamte Weingut ab.

Als sie die Küche betrat und in die Gesichter ihrer Mitarbeiter sah, wusste sie, dass etwas geschehen sein musste. Luca wich ihrem Blick aus, Ariano wischte so angestrengt auf einem Schneidebrett herum, dass es bereits glänzte, und Simone fingerte an einem Tablett herum. Wo waren Nando, ihre Mutter und Elena?

»Was ist los?«, fragte sie leise in die Runde.

Simone gab sich einen Ruck und sagte: »Gillray ist aufgestanden und gegangen. Er hat gesagt, dass er für dieses Essen nicht bezahlen wird und dass er sehr enttäuscht ist.« Die deutschstämmige Mitarbeiterin biss sich auf die Lippen. »Wir konnten ihn nicht aufhalten und umstimmen. Nachdem der Käfer aus seinem Salat gekrabbelt ist, war es aus.«

Ächzend stützte sich Bianca am Tisch ab. »Ein Käfer? Das darf doch nicht wahr sein!«

In Gedanken durchlief sie das Horrorszenario, das sich am Tisch des Testers abgespielt haben musste. Ganz sicher hatte er auch das Drama um den versalzenen Fisch mitbekommen, und dann krabbelte es auf seinem Teller! Sie schlug sich gegen die Stirn und schloss die Augen. »Und wo sind jetzt alle?«

»Bianca!«, hörte sie Nando sagen. »Machen Sie sich keine Sorgen! Es ist alles halb so schlimm!«

Sie hielt sich mit beiden Händen am Tisch fest und starrte auf die aufgereihten Dessertteller, die darauf warteten, dekoriert zu werden. Wie gelähmt stand sie da und konnte sich nicht rühren, bis sie eine Hand auf ihrem Rücken spürte. Warm und beruhigend lag Nandos Hand dort.

»So etwas passiert in den besten Restaurants. Ihre Mutter spricht gerade mit Gillray. Das renkt sich wieder ein. Natürlich machen solche Leute gern Wind um Kleinigkeiten, schließlich haben sie eine gewisse Macht, die sie gern auskosten.«

Sehr langsam wandte sie den Kopf in seine Richtung. »Ist das jemals in einem Ihrer Restaurants vorgekommen?«

Er zögerte, und sie antwortete an seiner Stelle: »Sehen Sie, das ist der Unterschied. Ich hätte Sie gar nicht hier kochen lassen dürfen. Es lief alles viel zu glatt, und wir sind leichtsinnig geworden. Ich habe nicht gut genug aufgepasst, nicht alles kontrolliert. Das hätte einfach nicht passieren dürfen.«

»Aber nein! Das ist Unsinn, Bianca …« Er nahm sie sanft an den Armen und wollte sie zu sich herumdrehen, doch sie machte sich von ihm los und wich von ihm zurück.

»Lassen Sie das, bitte.« Sie holte tief Luft, richtete sich auf und strich ihre Schürze glatt. »Das hier ist mein Restaurant, und ich muss für alles geradestehen, und nun lassen Sie mich bitte vorbei.«

Doch Branconi machte ihr keinen Platz. Ruhig erwiderte er: »Sicher sind Sie verantwortlich, aber in einer Küche arbeitet man im Team, und als solches trägt man gemeinsam die Verantwortung. Das ist etwas, was ich versucht habe, Ihnen beizubringen. Man muss delegieren und abgeben können. Ein Restaurant ist nur so gut wie das Team, das hinter dem Küchenchef steht.«

Ihre Verzweiflung wandelte sich in Wut. »Oh, das hilft mir gerade sehr. Mein Koch ist mir davongelaufen, erinnern Sie sich? Ich hatte leider kein funktionierendes Team, auf das ich zurückgreifen konnte.«

»Nein, das hatten Sie nicht.« Er funkelte sie streitlustig an.

»Bibi!« Ihre Mutter kam in die Küche, und Bianca drängte sich an Nando vorbei, um sich von ihrer Mutter umarmen zu lassen.

»Meine Süße, du bist ganz blass. Nando hat mir schon gesagt, dass es dir nicht gut geht. Ich habe mit Gillray gesprochen. Ein seltsamer, gewiss recht schwieriger Mensch, aber nicht bösartig, wenn ich ihn richtig einschätze.« Manuela Massinelli sah sich um und lächelte aufmunternd. »Was sollen diese Trauermienen? Es wird schon! Wo bleiben die Desserts? Die anderen Gäste warten!«

Diese Worte genügten, um die Belegschaft aus ihrer Trance zu reißen, und schon klapperten Löffel, klirrten Gläser, und Simone machte sich mit einem Tablett auf den Weg ins Restaurant.

»Hör zu, Bibi. Ich bin so mit ihm verblieben, dass er die Rechnung für das Essen nicht zahlen muss und wir ihm auch beim Zimmerpreis entgegenkommen. Außerdem hat Giulia ihm eine Flasche Vin Santo geschenkt. Ich weiß nicht, worüber er sich mehr gefreut hat, über den Vin Santo oder über Giulias Charme.« Manuela lachte.

»Du hast ihm nicht gesagt, dass wir wissen, warum er hier ist?«

»Natürlich nicht! Ich müsste mich sehr täuschen, wenn er uns in seinem Bericht zerreißt.«

Bianca stieß hörbar die Luft aus. »Das kann man nie wissen. Trotzdem vielen Dank, Mama! Du bist ein Engel. Wenn jemand mit solchen Leuten umgehen kann, dann du!«

Manuela beugte sich zu ihrer Tochter und sagte leise: »Aber wie konnte das passieren, Bibi? Das macht mir Sorgen.«

Bianca hob die Schultern. »Ich kann's mir auch nicht erklären. Vielleicht hat jemand …«

Ihre Mutter sah sie scharf an. »Hast du einen Verdacht?«

»Nein. Kann ja nur jemand von uns sein. Das ergibt keinen Sinn, obwohl …« Sie sah ihre Mutter bedeutungsvoll an.

»Was meinst du?«

»Letztes Jahr, Mama. Das ist doch wie verhext. Kaum kündigt sich eine wichtige Prüfung oder dergleichen an, spuckt uns jemand in die Suppe.«

Manuela runzelte unwillig die Stirn. »Nein, so was wollen wir gar nicht denken. So, und nun bringen wir diesen Abend zu einem guten Ende. Jean, Harper und Graham sind jedenfalls begeistert von deinem Menü.« Manuela sah sich nach Nando um, der bei den Desserts half. »Nando, wir können Ihnen nicht genug danken!«

Vielleicht war es ja doch noch mal gut gegangen, dachte Bianca, doch so recht daran glauben konnte sie nicht. Nachdem die letzten Teller ihren Weg zu den Gästen gefunden hatten, nahm Bianca die Schürze ab und verließ die Küche durch den kleinen Flur. Sie wollte noch nach den morgigen Reservierungen schauen, als sie Gillray zur Treppe gehen sah.

Er telefonierte und wähnte sich anscheinend allein, denn er sagte: »Hier lief wirklich gar nichts rund, ganz hübsch, aber sehr unprofessionell. Eher was für die Rubrik *hop oder top*, lass uns noch mal darüber sprechen. Morgen bin ich in …«

Er war im Treppenaufgang verschwunden, und Biancas Magen zog sich schmerzhaft zusammen. Hop oder top – und sie war schuld.

16

NEAPOLITANISCHE WURZELN

Zu seinem Leidwesen war der Abend anders verlaufen als geplant, aber er war sich nicht sicher, ob es an seiner Verspätung gelegen hatte. Ein Unfall auf der Autobahn hatte den Verkehr für Stunden zum Erliegen gebracht. In diesem Team stimmte etwas nicht. Seine Erfahrung sagte ihm, dass weder die versalzene Seezunge noch der Käfer im Salat ein Zufall waren. Nando ließ sich kaltes Wasser über die Arme laufen und fuhr sich mit den feuchten Händen durchs Haar. Es war noch immer warm, wenn auch erträglich. Dass die junge Servicekraft sich an ihn heranmachte, wo immer sie eine Möglichkeit fand, war ihm nicht entgangen. Eifersüchtige oder enttäuschte Frauen waren gefährlich, dafür war seine Nochehefrau das beste Beispiel. Er hielt nach Elena Ausschau und entdeckte die junge Frau im Durchgang zum Restaurant. Kokett warf sie die Haare zurück und schwang die Hüften beim Gehen. Wie lange war sie schon hier? Das sollte er Bianca fragen. Sie würde die Möglichkeit, dass einer ihrer Mitarbeiter das Essen sabotiert hatte, weit von sich weisen. Doch ausschließen konnte man nichts, dafür hatte er zu viel erlebt.

Bianca und ihre Familie waren etwas Besonderes. Lächelnd goss er sich ein Glas Wasser ein. Der Zusammenhalt zwischen den Familienmitgliedern war deutlich spürbar, und auch wenn oft heftig diskutiert wurde, fand sich anscheinend immer eine Lösung. Das bewunderte er an den Massinellis. Sie vergaßen nie den Respekt voreinander, und vor allem die Schwestern schienen einander sehr verbunden. Unwillkürlich dachte er an Lucia und holte sein Mobiltelefon hervor.

»Nonna? Habe ich dich geweckt?«

»*Ciao, amore*, nein, ich bin alt und schlafe nicht mehr viel. Dazu habe ich bald genug Zeit«, sagte seine Großmutter, und er hörte, wie sie in der Küche hantierte.

»Hast du von Lucia gehört? Als ich ins Krankenhaus kam, war sie schon verschwunden, und sie ist nicht an ihr Telefon gegangen. Der Arzt war besorgt, sagte aber, dass er solche Fälle nur zu gut kenne.« Nando seufzte und lehnte sich gegen die Tischplatte in der Ecke der Restaurantküche. Er hatte für die Behandlung seiner Halbschwester bezahlt und war zumindest erleichtert gewesen, dass ihre Rippen nicht gebrochen waren. Prellungen waren schmerzhaft, doch man hatte ihr Medikamente mitgegeben, und sie konnte sich notfalls erneut an das Krankenhaus wenden. Der Arzt hatte notiert, dass alle Rechnungen an Nando gesandt wurden. Nando mochte die Ruhe in der Küche nach einem aufreibenden Tag. Ariano war bereits gegangen, Luca hängte eben seine Schürze auf und nickte ihm zu, und Angela räumte die Spülmaschine aus.

»Sie hat sich kurz bei mir gemeldet. Ich wollte dich später noch anrufen. Du weißt ja, wie sie ist. Sie kann nicht aus ihrer Haut, aber sie ist dir unendlich dankbar für deine Hilfe, Nando. Natürlich schämt sie sich für ihren Mann. Es gibt keine Beschönigung für diesen widerwärtigen Schläger, aber er ist ihr Mann, und wir wissen beide, dass er sie niemals gehen lassen wird. Ach Nando, manche Dinge kann man nicht ändern. Wir können nur hoffen, dass er sie nicht …«

In ihr Schweigen sagte Nando: »Dass er sie nicht totschlägt, das meinst du doch? Es ist eine Schande, dass so ein Lump wie Edoardo mit allem durchkommt! Es ist einfach nicht richtig! Aber was sollen wir tun? Manchmal weiß ich selbst nicht, wie wir Lucia noch helfen können.«

Als Nonna Vala antwortete, klang ihr neapolitanischer Dialekt noch breiter. Sie war in dieser Stadt verwurzelt, wusste, wie der Moloch tickte, und war ein Teil des brutalen Systems. Sie hatte es schon vor Jahren akzeptiert, auch wenn sie es nicht offen aussprach. »Pia hat nach dir gefragt. Sie ist so ein entzückendes kleines Ding. Lucia hat sie mitgenommen, obwohl ich sie gern hierbehalten hätte.«

»Tu das nicht, Nonna, leg dich nicht mit ihm an. Du musst dich da raushalten. Es reicht, wenn ich mich einmische. Lucia hat ihre Wahl getroffen, aber du sollst nicht darunter leiden müssen. So, wie es ist, ist es schlimm genug für alle. Wir helfen, soweit sie es zulässt. Sie weiß, dass wir für sie da sind.« Nicht einmal die kleine Pia konnten sie aus dem Einflussbereich des brutalen Mannes heraushalten.

»Mein lieber Junge, du bist unser Schutzengel. Ich wünsche dir, dass du endlich dein Glück findest. Was ist mit deiner Köchin?«

Automatisch suchte Nando die Küche nach Bianca ab, doch die war nicht zu sehen, dafür kam ihre Mutter herein. »Ich melde mich morgen wieder, Nonna, pass auf dich auf!«

Manuela Massinelli kam direkt zu ihm. »Was müssen Sie nur von uns denken? Ich hoffe, Sie verlassen uns nicht sofort, obwohl ich weiß, dass diese Hoffnung vermessen ist.«

Er hatte die blonde Frau auf Anhieb gemocht. Sie strahlte eine unerschütterliche Ruhe aus.

»Nein, das habe ich nicht vor, aber ich fürchte, Ihre Tochter ist nicht so begeistert von meiner Anwesenheit hier.«

Biancas Mutter sah noch immer attraktiv aus, war schlank und voller Energie, wenn auch die Sorge um ihren Mann Spuren in ihrem Gesicht hinterlassen hatte. Eine starke Frau, dachte Nando und musste an Arianna denken, die in so vielem das Gegenteil war. Seine kapriziöse Exfrau war ihm damals als eine Art Trophäe erschienen. Dass hinter der schönen Fassade nicht viel mehr steckte als Überheblichkeit und eine kaum zu stillende Amüsiersucht, hatte ihn ernüchtert. Dabei konnte er weder ihr noch sich die Schuld für die gescheiterte Ehe geben. Sie waren grundverschieden und hätten es beide besser wissen müssen. Einzig ihre Rachsucht hatte aus der Scheidung ein bitteres Drama gemacht, das sich länger als nötig hinzog.

Manuela schob einen Stapel Teller zur Seite und wischte ein paar Krümel von der Arbeitsfläche. »Das würde ich nicht so sagen. Nando, ich kenne meine Tochter, und sie respektiert Sie.«

Respekt war nicht das, was er sich wünschte, aber es war besser als Ablehnung. »Hm, tja, die Umstände sind etwas ungewöhnlich und schwierig.«

Ein angedeutetes Lächeln huschte über Manuela Massinellis Gesicht, bevor sie wieder ernst wurde. »Meine Tochter hatte einen Unfall, wie Sie wahrscheinlich gehört haben. Es war alles sehr dramatisch, und der Unfallverursacher beging Fahrerflucht, Bibi lag monatelang im Krankenhaus, und ihr Bein ist zwar verheilt, aber längst nicht so belastbar, wie es wünschenswert wäre. Nicht dass sie das von irgendetwas abhält, aber … nun ja, so etwas prägt ein junges Mädchen.« Sie sah Nando offen an.

Er ahnte, was sie ihm zu sagen versuchte. Bianca hatte tiefe Narben davongetragen, seelische und körperliche. Wenn er sie tatsächlich für sich gewinnen wollte, musste er behutsam vorgehen. Warum diese zerbrechliche und zugleich so willensstarke junge Frau? Wahrscheinlich würde sie ihm auf den Kopf zusagen, dass er sich zum Teufel scheren solle, wenn er ihr seine Gefühle offenbarte.

»Sie sind ihr zugetan? Eine Mutter spürt so etwas.« Sanft berührte Manuela seinen Arm und drückte ihn kurz. Mittlerweile waren sie allein in der Küche. »Überlegen Sie gut, was Sie wollen, Nando. Verstehen Sie mich nicht falsch. Wir alle hier mögen und schätzen Sie, aber Ihr Leben spielt in der großen Welt da draußen, nicht auf einem kleinen Weingut im Rufina. Biancas Wurzeln sind hier, sie ist ein Familienmensch.«

»Nichts liegt mir ferner, als Ihrer Tochter Probleme zu bereiten, Signora Massinelli. Es ist ihr Glück, das mir am Herzen liegt«, versicherte er.

Manuela trat einen Schritt zurück. »Ich glaube Ihnen, Nando, aber manchmal liegen Glück und Leid sehr eng beieinander, und man weiß gar nicht, wo das eine beginnt und das andere endet.«

Giulia und Dario betraten die Küche. »Ah, hier bist du, Mama. Die Gäste sind alle weg. Paul kümmert sich um Georgina May, die einen Narren an ihm gefressen hat.« Giulia verdrehte die Augen, grinste aber. »Sie wird uns sicher nicht reinreißen, aber bei Gillray bin ich mir da nicht so sicher. Der schien mir mit Vorsicht zu genießen.«

Wie unterschiedlich die Schwestern doch waren, dachte Nando, während er die temperamentvolle Giulia betrachtete. Sie kam ganz nach ihrem Vater, hatte dieselben blitzenden dunklen Augen und eine vibrierende Ausstrahlung. Dass sie eine angesehene Wirtschaftswissenschaftlerin war, hatte er von ihrer Freundin Harper erfahren, die in abgehobenen wissenschaftlichen Sphären zu Hause war, dabei jedoch bodenständig und witzig war.

»Das Essen war außergewöhnlich, Nando. Ich wollte mich

noch persönlich bedanken«, sagte Dario und reichte ihm die Hand.

»Danke, das ist sehr freundlich, aber das Lob gebührt nicht mir, sondern Bianca und ihrem Team. Ich bin heute sowieso erst ganz spät aus Neapel zurückgekommen. Leider.«

Dario war etwas kleiner als er selbst und trug ein Poloshirt zur Stoffhose. »Ja, der Abend hat sich unglücklicherweise anders entwickelt als erhofft. Arme Bianca, das hat sie schwer mitgenommen. Sie ist eine Perfektionistin.«

»Wo ist sie jetzt? Ich würde gern noch kurz mit ihr sprechen.« Nando sah sich um, doch von Bianca war nichts zu sehen oder zu hören. »Darf ich Sie nach dem Unfall fragen, Dario?«

»Dem Unfall?«

Giulia und ihre Mutter waren in ein Gespräch vertieft und nahmen keine Notiz von den Männern.

»Die Fahrerflucht, nachdem Bianca verletzt worden war. Gibt es keinerlei Spuren? Ich kann mir vorstellen, dass das sehr belastend sein muss, den Täter nicht zu kennen.«

»Ah, das meinen Sie!« Dario nickte. »Aber ja, wir haben alles versucht, zumindest eine Zeit lang. Dann wollte Bianca nichts mehr davon hören. Aber das hat sich geändert, sie … ah, da ist sie.«

Bianca wirkte niedergeschlagen, hob jedoch das Kinn, als sich ihre Blicke kurz trafen.

»Warum machst du so ein Gesicht, Bibi? Gillray wird sich schon beruhigen. Er schien mit meinem Angebot zufrieden«, meinte Manuela.

Bianca schüttelte den Kopf und rieb sich die Schläfen. »Ganz und gar nicht. Ein hinterhältiger Mistkerl ist das. Ich habe zufällig mit angehört, wie er mit seiner Redaktion telefoniert hat. Er wird uns fertigmachen. Basta. Es gibt eine Rubrik, die heißt *hop oder top* oder so ähnlich. Und wir sind unprofessionell.« Sie vermied seinen Blick.

»Unprofessionell?«, entfuhr es Nando. »Bah, lassen Sie sich davon nicht verunsichern.«

»Nein?«, erwiderte Bianca angriffslustig. »Langsam reicht es mir mit Ihnen. Sie tanzen hier herein, spielen den großen Zampano und verschwinden, wenn es am unpassendsten ist. Nicht dass ich Ihnen etwas vorwerfen könnte, Sie sind uns nichts schuldig, im Gegenteil.«

»Bibi, was soll das denn jetzt? Es war ein anstrengender Tag, und wir sind alle erschöpft.« Ihre Mutter sah sie sorgenvoll an.

»Lasst uns für heute Schluss machen. Wir schlafen darüber, und morgen sieht gewiss schon alles anders aus«, schlug Giulia vor.

Dario nickte. »Es wird nichts so heiß gegessen, wie es gekocht wird. Passt doch, oder?« Grinsend klopfte er auf die Tischplatte. »Bis morgen, ihr Lieben. Ich muss mich fit halten für den Ausritt mit Milena. Sie hat einen Tagesausritt geplant, und ich will nicht das peinliche Schlusslicht sein.«

»Sie reiten alle?«, fragte Nando.

Giulia dehnte die Arme. »Mehr oder weniger. Ich habe lange pausiert, bevor ich wieder hierhergezogen bin. Aber mein Verlobter reitet leidenschaftlich gern, und hier bietet es sich einfach an. Reiten Sie, Nando?«

»Dass ich als Kind ein paarmal auf einem Pony gesessen habe, zählt wohl nicht.«

»Wenn Sie wollen, fragen Sie Milena, die bringt jedem bei, wie man sicher auf einem Pferd sitzt. So, und nun bin ich ebenfalls weg.« Giulia umarmte Bianca und nahm ihre Mutter am Arm. »Zeit zu gehen, Mama.«

Plötzlich stand er Bianca allein in der Landhausküche gegenüber. Die Spannung zwischen ihnen war so spürbar, dass er eine Glühbirne an den Funken hätte entzünden können. Bianca war wütend auf ihn, so viel war deutlich.

»Sie dürfen Ihren Frust gern an mir auslassen. Ich bin Kummer gewohnt«, versuchte er es scherzhaft.

Ihre Augen funkelten. »Ach ja? Sie mit Ihrem Maserati und dem Jetset-Lifestyle, Sie haben Sorgen! Ph … Wir kämpfen hier um unsere Existenz! So ein verdammter Schreiberling kann uns eine Menge Kunden kosten und unseren Ruf nachhaltig schädigen. Verdammte …« Sie verschluckte den derben Fluch und wechselte ihr Standbein. »Und sehen Sie mich an. Ich bin ja nicht mal in der Lage, diese Küche allein zu leiten. Es ist … ach …«

»Nicht, Bianca, bitte, verzweifeln Sie nicht. Dazu haben Sie keinen Grund.« Er trat zu ihr und wollte sie in den Arm nehmen, doch sie stieß ihn weg.

»Lassen Sie das! Was wollen Sie überhaupt von mir? Sie hatten Ihren Spaß mit uns kleinen Leuten, jetzt schwirren Sie wieder ab in Ihre Luxuswelt …« Tränen standen in ihren Augen.

Zum ersten Mal in seinem Leben stand er hilflos vor einer weinenden Frau und konnte sie nicht trösten, weil sie ihn ablehnte. Das wollte er nicht akzeptieren. »Hören Sie, Bianca. Sie haben ein vollkommen falsches Bild von mir. Ich mag Sie, sehr sogar, das müssen Sie gemerkt haben, oder nicht?«

Sie schniefte und sah ihn skeptisch an. »Schon, irgendwie, aber ich verstehe es nicht.«

Er lächelte. »Na schön, ich verstehe Ihre Zurückhaltung. Aber Sie haben nichts dagegen?«

»Dass Sie mich mögen?« Sie schnaufte. »Warum sollte ich. Das ist Ihre Sache.«

Ihm kam eine Idee. »Kommen Sie mit mir nach Neapel. Ich möchte Ihnen zeigen, woher ich komme und wer ich bin. Dann urteilen Sie erneut. Würden Sie das tun?«

Im Hintergrund klappte eine Tür.

Mit großen Augen musterte sie ihn. »Nein!«

»Nein? Warum nicht?«

»Ich fahre doch nicht mit Ihnen nach Neapel! Und wer kocht hier? Nein!«

Erneut klappte eine Tür, und diesmal kam Manuela Massinelli herein. »Ihr seid noch hier. Wir sitzen auf der Terrasse vor der Villa. Leisten Sie uns Gesellschaft, wenn Sie mögen, Nando. Sie sind herzlich willkommen.«

Bianca schnipste einen imaginären Fussel von ihrem Shirt. »Er möchte, dass ich mir sein Neapel ansehe. Was ist das schon wieder für ein Einfall!«

Ihre Mutter sah von ihr zu Nando und überlegte kurz. »Wann?«

»Ende der Woche?«, schlug er vor.

Manuela nickte. »Ich spreche mit Renata. Zwei Tage kommen wir hier klar. In dieser Woche haben wir keine weiteren Feiern.«

Entrüstet starrte Bianca ihre Mutter an. »Was soll das? Ich entscheide selbst, was ich will oder nicht will.«

»Gut. Aber eine kleine Pause täte dir gut und uns allen auch«, stellte ihre Mutter sachlich fest.

Bianca rang die Hände und ging ohne ein weiteres Wort davon.

»Sie kommt mit, glauben Sie mir«, sagte Manuela. »Aber denken Sie an meine Worte.«

Er lächelte. »Danke, Signora Massinelli.«

17

TERESA ERINNERT SICH

Am Tag nach dem misslungenen Essen hockte Bianca in einem der großen Korbsessel auf der Terrasse. Es war noch früh, die Vögel zwitscherten im dichten Sommergrün der Bäume rings um die Rasenfläche, und das Insektenhaus hatte regen Zulauf. Es schwirrte und summte rings um den Lebensturm. Seit einiger Zeit sichteten sie auch Wildbienen, ein gutes Zeichen für das funktionierende Ökosystem des Weinguts. Die kühle Morgenluft tat ihren aufgewühlten Gedanken gut.

Sie hatte kaum geschlafen in dieser Nacht, zermarterte sich mit Selbstzweifeln. Wie hatte es zu diesen Missgeschicken kommen können? Sie hatte hin und her überlegt, alle Möglichkeiten durchgespielt und keine plausible Erklärung finden können. Nur die Familie und die engsten Mitarbeiter hatten von den Testern gewusst, und keiner aus diesem Kreis hatte einen Grund, ihr oder dem Restaurant schaden zu wollen. Irgendwann war sie in eine Art Halbschlaf gefallen und hatte die Gesichter von Maurizio Rossi und Valentino Talone vor sich gesehen. Sara und ihre Schulfreunde waren ebenfalls aufgetaucht und hatten sie mit mitleidigen Blicken bedacht. Oh, wie sie diese Erinnerungen hasste. Seit Sara hier aufgetaucht war, hatte sich die Atmosphäre verändert. Vielleicht lag es auch nur an ihr selbst. Längst verdrängte Gefühle waren wieder aufgebrochen und hatten sie verwundbar gemacht. Sara war wie ein Staubsauger, der ihr alle positive Energie und ihr hart erarbeitetes Selbstbewusstsein raubte. Warum ließ sie es zu?

Das Klackern von Metall auf den Steinen ließ sie aufhorchen. Sie wandte den Kopf und sah ihre Großmutter langsam über die Steinfliesen gehen. Nonna Teresa wirkte älter und gebrechlicher als sonst. Ihre Bewegungen waren bedächtig, und es schien Bianca, als hätte Teresa Schmerzen. Sie stand auf und wollte ihrer Großmutter den Arm reichen, doch diese winkte ab.

»*Buon giorno*, Bianca. Lass das, hol uns lieber einen Kaffee. Meine alten Knochen sind heute Morgen etwas rostig, das ist alles. Komm du in mein Alter, dann wirst du an mich denken.«

Unbeirrt half Bianca ihrer Großmutter in einen der Korbsessel, richtete ihr das Kissen im Rücken und verschwand in den Salon, um zwei Tassen Espresso zuzubereiten. Paul saß bereits im Büro am Computer und winkte ihr zu. »Machst du mir auch einen, bitte?«

»Klar. Was ist mit der Sprinkleranlage? Habt ihr den Fehler gefunden?«

»Hm, liegt an der neuen Software, aber so richtig zufrieden bin ich mit der Lösung noch nicht. Das darf nicht wieder vorkommen. Aber was will man machen? Ohne die moderne Technik sind wir nicht konkurrenzfähig. Wir müssen mehr produzieren. Die Nachfrage ist gut, doch wenn wir nicht liefern können, verlieren wir Kunden. Ich habe schon mit deinem Vater gesprochen. Wir überlegen, ob wir noch einen Weinberg dazukaufen.«

»Und wie sollen wir das bezahlen?« Das Weingut hatte keine Rücklagen.

»Ist ja erst mal nur eine Überlegung.« Paul vertiefte sich in die Tabellen auf seinem Bildschirm.

Diese Neuigkeiten trugen nicht zur Verbesserung von Biancas Gemütslage bei. Die Zubereitung von Kaffee war ein Heilmittel für vieles. Sie schnupperte an den Bohnen, gab sie in die Maschine und lauschte dem Klang des Mahlwerks, gefolgt vom Rattern und Zischen, während das heiße Wasser durch das Pulver gepresst wurde. Die Crema war perfekt, und der konzentrierte Kaffee verströmte ein wohltuendes Aroma. Sie legte auf jeden Löffel ein kleines hausgemachtes Gebäckstück und stellte eine Tasse auf Pauls Schreibtisch.

»Danke«, murmelte er und starrte weiter mit gerunzelter Stirn auf den Bildschirm.

»Was hält mein Vater denn von der Idee?«

»Von welcher Idee?«, kam es abwesend zurück.

»Von dem Zukauf natürlich.«

»Er ist nicht abgeneigt. Giulia erstellt einen Finanzierungsplan, dann sehen wir weiter. Mach dir keinen Kopf deswegen, Bianca.«

Sie nahm die beiden Tassen, stellte sie auf ein Tablett und verließ das Haus. Keinen Kopf machen, das war leichter gesagt als getan. Ihre Großmutter saß auf ihren Stock gestützt in ihrem Sessel und schaute zur großen Zeder hinüber, dem Wahrzeichen der Villa.

»Danke, meine Kleine. Ein Kaffee weckt die Lebensgeister. Was ist das?« Sie beäugte das Gebäckstück und kostete, nachdem sie den Stock an den Tisch gelehnt hatte. Anerkennend hob sie die Augenbrauen, bevor sie von ihrem Kaffee probierte.

»Ich habe etwas mehr Mandeln und Amaretto untergemischt. Nicht zu süß?«

»Nein, gerade richtig. Deine Süßspeisen sind hervorragend, da macht dir so schnell niemand etwas vor.« Ein Aber hing in der Luft, und es dauerte nicht lange, bis Teresa fortfuhr: »Deine Pasta ist ebenfalls wundervoll, trotzdem solltest du diesem neapolitanischen Chefkoch noch ein wenig über die Schulter sehen. Dem reicht so schnell niemand das Wasser. Dieser Thunfisch und das Steak ...« Die alte Dame spitzte die Lippen und ahmte einen genussvollen Kuss nach.

»Ach Nonna, ich habe gerade andere Sorgen. Hast du nicht gehört, was gestern Abend passiert ist?«

Ihre Großmutter wedelte leicht mit der Hand durch die Luft, wobei ihr Chiffonschal einen Hauch von Vanilleduft verströmte. Der Duft gehörte zu Nonna wie die Zeder zur Villa, dachte Bianca.

»Nein, was denn, meine Kleine?«

Bianca fasste den Abend kurz zusammen. »Und wenn dieser Gillray uns in seinem Magazin fertigmacht, und das wird er, wird uns das lange anhängen. Und es ist alles meine Schuld!«

Teresa Massinelli schwieg eine Weile. Dann sagte sie bedächtig: »Dass du nicht die Schuld daran trägst, weißt du. Sei nicht so kindisch, Bianca. So was hat noch nie geholfen. Man muss sich dem Leben stellen, immer und jederzeit. Dein Chefkoch weiß das, er stammt aus Neapel. Lass mich dir eine Geschichte erzählen, Bianca, eine Geschichte, die ich noch nie jemandem erzählt habe.«

Ein Schauer lief Bianca über den Rücken.

Die Morgensonne wärmte bereits die Steine auf der Terrasse. In der Villa wurden Fensterläden geöffnet, und im Haus erklang leise Musik. Da ihr Vater morgens gern den Fernseher anstellte, um Nachrichten zu hören, tippte Bianca auf Harper, die ein Zimmer in der Villa bezogen hatte.

»*Scugnizzi* waren wir, kleine schmutzige Straßenkinder, die nichts anderes im Sinn hatten, als sich den Magen zu füllen. Damals hatten wir ständig Hunger«, begann Teresa Massinelli mit ihrer leicht heiseren Stimme zu erzählen.

»Wir waren eine große Familie. Das war normal damals. Meine Mutter war ständig schwanger, überlebt haben nur sechs von uns Geschwistern. Ich kann nicht einmal mehr sagen, wie viele Totgeburten sie hatte, fünf oder sechs. Sie wickelte die kleinen Körper in ein weißes Tuch und brachte sie zur Kirche. Das hat sie immer allein getan. Mein Vater war oft gar nicht zu Hause, wenn sie niederkam. Frauen aus der Nachbarschaft haben geholfen, wenn sie konnten. Bei Maruta ist es wieder so weit, sagten sie dann. Ich konnte das Mitleid in ihren Blicken sehen. Sonst war meine Mutter allein mit uns. Meine ältere Schwester musste dann das Wasser erhitzen und ein sauberes Tuch holen. Ein Tuch, das stelle man sich vor, wir hatten so wenig, dass meine Mutter nur ein Tuch für ihre Niederkunft hatte. Dieses eine Tuch hat sie immer benutzt.«

Der Blick von Teresa Massinelli schweifte abwesend durch den Garten, während sie ihren Schal durch die Finger gleiten ließ. Sehr zart befühlte sie den Stoff, strich ihn glatt und ließ die Hände, die in jungen Jahren so hart gearbeitet hatten, im Schoß liegen.

»Meine Mutter hatte es selbst mit Blumen bestickt, darin war sie sehr gut, auch wenn sie nur selten dazu kam. Für feine, unnütze Dinge hatten wir kein Geld, und meine Mutter hatte wenig Zeit, sich mit Büchern und dergleichen zu beschäftigen. Sie kämpfte jeden Tag darum, dass ihre Kinder satt wurden. Die roten Blumen sehe ich noch immer vor mir. Sie waren so rot wie das Blut, das aus meiner Mutter herausfloss, so rot wie die Nachgeburt, die ich in einer Schüssel auf Vollständigkeit untersuchen musste. Meine ältere Schwester, Natalina, kannte sich am besten mit dem Kinderkriegen aus. Einmal lag meine Mutter wieder darnieder, und wir Kleineren standen ängstlich um das Bett herum und beteten, so gut wir konnten, dass ihr nichts zustoßen möge. Natalina war sechs Jahre älter als ich und sehr hübsch. Sie hatte das Gesicht einer Madonna, oval, schmal, einen herzförmigen Mund und mandelförmige Augen. So wie auf den Gemälden in den Kirchen. Da sehe ich noch heute Natalina.«

Noch nie hatte Bianca den Namen der älteren Schwester aus dem Mund ihrer Großmutter gehört. Was brachte einen Menschen dazu, nie über die eigene Vergangenheit zu sprechen? Warum war sie so verschlossen? Von Giulia wusste sie, dass Teresa und ihr Mann Ettore während des Krieges für den Erhalt des Weinguts gekämpft hatten und dass Ettore kein einfacher Mensch gewesen war. Teresas Bruder Franco hatte auf Seiten der Resistenza gekämpft, sich als Partisan in den Wäldern des Rufina versteckt und Flüchtlinge weitergeschleust. Ettore hingegen war Mitglied der Schwarzhemden, der Milizen, gewesen. Bittere Zeiten, in denen die Politik Familien entzweite.

»›Teresa, komm her, schnell!‹, rief Natalina an jenem Nachmittag. Es war heiß und staubig. Draußen hörten wir die Männer schreien, weil die Esel die schweren Karren nicht ziehen wollten. Sie schlugen die Tiere, bis sie sich endlich bewegten, dann hupte eines dieser Automobile, die rücksichtslos und viel zu schnell durch die Straßen fuhren. Ich weiß nicht, wie viele da unter die Räder gekommen sind. Schlimme Beinbrüche habe ich gesehen und Tote. Ein Kind sollte solche schrecklichen Dinge nicht sehen müssen. Das macht uns roh. Du wirst die Bilder nie wieder los, nie wieder. Sie brennen sich in dein Gehirn. Manche kannst du verdrängen, sie belästigen dich nicht mehr. Andere holen dich immer wieder ein, ob du es willst oder nicht. Sie sind wie lästige Schmeißfliegen, die du jagst, aber nicht erwischst. Ich habe festgestellt, dass es hilft, wenn ich nicht darüber spreche. Worte ziehen Bilder nach sich. Einmal ausgesprochen kannst du Worte nicht zurücknehmen. Sie entfalten eine eigene Wirkung, die du nicht mehr beeinflussen kannst.«

Die alte Dame griff nach der kleinen Kaffeetasse und löffelte den Zuckersatz heraus. »›Jetzt musst du mir helfen, Teresa‹, sagte meine Schwester. ›Die Nachgeburt muss heraus, aber sie kommt nicht.‹ Das Neugeborene lag reglos in einem Korb auf einem Stuhl. Meine Schwester hatte es gewaschen, und jetzt sah es ganz furchtbar bleich aus. Als hätte sich ein Grauschleier über das schrumpelige, kleine Gesicht gelegt. Unsere Wohnung lag im ersten Stock, und die Fensterläden waren geschlossen, damit nicht der ganze Straßenstaub hereinwehte. Aber ganz schließen konnte man die Fenster nicht, sonst wäre man erstickt. Diese Hitze und der Gestank! Meine Mutter war ohnmächtig geworden, zumindest regte sie sich nicht. Sehr blass und schmal lag sie da auf dem Bett, das sie mit meinem Vater und mit den Jungs teilte. Jetzt waren die Jungs draußen. Die verzogen sich immer, wenn es ernst wurde. Nur der kleine Piero stand am Fußende des Bettes und starrte die ganze Zeit über stumm auf das, was sich da abspielte. Piero war taubstumm, aber er hatte sich selbst das Lesen beigebracht.

›Reiben musst du, Teresa, ganz sanft. Schau, so geht das.‹ Natalina zeigte mir, wie ich den Bauch meiner Mutter massieren musste. Und dann setzten die Nachwehen ein, und endlich wachte meine Mutter wieder auf, stöhnte schmerzvoll und presste noch einmal mit letzter Kraft, bis die Plazenta heraus war. So groß wie ein Kuchenteller war sie und weich und schwammig. Ich legte sie in die Schüssel, und gemeinsam mit Natalina schaute ich, ob alles da war. Bei einer Geburt hatte uns die Hebamme erklärt, worauf wir achten mussten. Es war reines Glück, dass meine Mutter überlebte. Sie muss eine Ochsennatur gehabt haben. Als meine Mutter wieder bei Kräften war, nahm sie das tote Kind, wickelte es in ein weißes Leinentuch und trug es zur Kirche hinüber. Die Priester waren komisch damals. Einige wollten Totgeburten nicht bestatten und verweigerten den Segen. Oh, da wurde meine Mutter fuchsteufelswild! Pater Antonio war auch so ein sturer und selbstherrlicher Mann, der sich für das direkte Sprachrohr des Herrn hielt. Meine Mutter hat sich mehrfach vor und nach der Messe laut mit ihm gestritten und ihn einmal sogar beschimpft. Verflucht hat sie ihn und ihm mit dem ewigen Höllenfeuer gedroht, wenn er ihre toten Kinder nicht ordentlich bestatten würde.«

Teresa hielt inne. Ein schmales Lächeln glitt über ihr von unzähligen Falten durchzogenes Gesicht, das noch immer die Schönheit der Jugend erahnen ließ. »Niemand verbietet Maruta Russo, ihre Kinder in geweihter Erde zu bestatten. Das hat meine Mutter zu Pater Antonio gesagt, und er hat ihren Wunsch erfüllt. Wir Russo-Frauen sind stark, genau wie ihr Massinelli-Frauen. Das Blut von Maruta Russo fließt in meinen und in deinen Adern. Vergiss das nie, Bianca.«

18

TRAUM ODER WAHRHEIT?

Teresas Worte klangen noch lange nach in Bianca. Sie dachte an die junge Teresa, deren Kindheit sich in den staubigen Straßen Neapels unter Bedingungen abgespielt hatte, die heute unvorstellbar waren. *Das Blut von Maruta Russo fließt in deinen Adern*, hatte ihre Großmutter gesagt, und tatsächlich fühlte sich Bianca bei diesem Gedanken stärker, wilder, unverwundbar. Wer war diese Maruta Russo gewesen, dass sie die Kraft gehabt hatte, sich gegen einen Priester zu stellen? In ihrer Zeit war solch ein selbstbewusstes und stolzes Verhalten ungewöhnlich und vielleicht auch gefährlich gewesen. Frauen gehorchten, waren dem Mann untergeben und widersprachen nicht. Das Wahlrecht hatten sich Frauen hart erkämpfen müssen.

Erst kürzlich hatte Bianca einen Film über die Suffragettenbewegung in England gesehen. Die Kaltblütigkeit und Arroganz der Gesellschaft, nicht nur der Männer, gegenüber den mutigen Frauen, die für das Wahlrecht gekämpft hatten, hatten sie erschüttert. Die Rolle der Frau war klar definiert gewesen, und wer gegen die herrschenden Regeln verstieß, wurde gnadenlos und nicht selten gewaltsam zur Räson gebracht. Was mochte Maruta Russo noch erlebt haben? Und was Teresa? Bianca hoffte und fürchtete zugleich, dass ihre Großmutter ihr bald mehr erzählen würde. Nonna darum zu bitten war zwecklos, das wusste sie aus Erfahrung. Überhaupt war es ein Wunder, dass Nonna so freimütig über ihre Vergangenheit sprach, das hatte sie nicht einmal mit ihren eigenen Söhnen getan.

Sie hielt inne und sah sich um. Zielloses Umherwandern war eigentlich nicht ihre Art, doch heute Morgen war sie unbewusst zur Kapelle hinaufgelaufen. Nicht ganz unbewusst, korrigierte Bianca sich, denn die Kapelle hatte eine besondere Bedeutung für ihre Großmutter. Die Sonne strahlte vom wolkenlosen blauen Augusthimmel auf die Hügel und Wälder des Rufina hinunter. Eine Eidechse sonnte sich auf der steinernen Mauer, die sich um die Kapelle zog, einen winzigen verwilderten Garten umschloss und an einem Schuppen endete. Ein Windhauch fuhr durch die Kastanien und ließ die Blätter leise rascheln. In den letzten Kriegsjahren war es hier an einem kalten Wintertag zu einer blutigen Katastrophe gekommen.

Bianca sah den schmalen Sandweg entlang, der sich durch den Wald hinunterwand. Auf der gegenüberliegenden Seite führte ein kaum breiterer Weg, der auch von Autos genutzt wurde, zu den Weinbergen hinunter. Von dort mussten die Mörder gekommen sein. Genau hier, auf den Stufen der Kapelle, hatte Teresa als Hochschwangere den blutüberströmten Körper ihres toten Schwiegervaters Luciano gefunden. Im letzten Sommer erst hatte Teresa Giulia die furchtbare Geschichte erzählt.

Luciano Massinelli war der Begründer des Weinguts gewesen, hatte die Villa Fiore für seine schöne und talentierte Frau Vittoria, eine berühmte Operndiva, gekauft. Gemeinsam hatten sie hier alt werden wollen. Doch der Krieg hatte all ihre Hoffnungen und Pläne zerstört. Anders als sein Sohn Ettore war Luciano nie Mitglied einer Partei gewesen. Er war ein

Freigeist, ein Kunstmäzen und Geschäftsmann, der einen Sinn für das Schöne hatte. Zu spät hatte Luciano erkannt, dass die Nationalsozialisten und die Faschisten keine vorübergehende Erscheinung waren, sondern ernst zu nehmende Feinde, welche die Welt ins Unglück stürzten. Luciano Massinelli hatte seine Frau geheiratet, ohne darüber nachzudenken, dass ihre jüdische Herkunft einmal eine Bedrohung für ihr Leben darstellen könnte. Doch so war es gekommen.

Die Eidechse huschte über die rauen Steine, bis sie die Stufen der Kapelle erreichte. Es war natürlich Unsinn, aber die dunklen Flecken im hellen Grau der Steine sahen aus wie getrocknete Blutflecken, dachte Bianca. Von Lucianos Blut war sicher nichts mehr zu sehen. Dafür hatten Regen und Wind und Hunderte von Schuhen, die den Weg in die bis vor wenigen Jahren noch genutzte Kapelle gefunden hatten, gesorgt. Lucianos Mörder waren nie gefunden worden. Teresa hatte von einem Verdacht gesprochen, doch es war nie zu einem Prozess gekommen. Ein Grund dafür war wohl auch die Angst Teresas um ihren Bruder Franco gewesen. Der Partisanenkämpfer hatte vielen Flüchtlingen auf dem Grund und Boden der Massinellis geholfen. Teresas Mann Ettore wusste davon, verriet jedoch nie einen der Flüchtlinge an seine Kumpane von der Miliz. Und dann war da noch Corrado Talone, dessen Rolle in diesem Drama Bianca nicht verstehen konnte. Talone war ein einflussreicher Mann in hoher Position gewesen, der faschistischen Regierung nahestehend und mit Verbindungen in verschiedenste Kreise. Dieser Mann war Opernliebhaber wie Luciano und machte dessen Witwe, Vittoria, einen Kondolenzbesuch. Er missbilligte den Mord aufs Schärfste und ließ verlauten, dass er Vittorias Familie geholfen hätte, wenn es nur in seiner Macht gestanden hätte. Vittoria zerbrach an der Tragödie und sang nie wieder. Als sie erfuhr, dass ihre Familie in ein Konzentrationslager deportiert worden war, nahm sie sich mit einer Überdosis Schlaftabletten das Leben.

Bianca wischte sich eine Träne aus dem Auge. Diesen Teil ihrer Familiengeschichte würde sie nie vollständig akzeptieren können, auch wenn Giulia der Meinung war, dass sie es dabei belassen sollten. Es mochte daran liegen, dass Teresa ihr von Neapel erzählt hatte, vielleicht auch an ihrer ohnehin aufgewühlten Gemütslage und der Tatsache, dass sie sich seit kurzem ihrer eigenen ungeklärten Vergangenheit zu stellen versuchte. Manchmal mussten erst viele Dinge zusammentreffen, um aus losen Enden ein Ganzes zu formen.

Das Geräusch sich nähernder Schritte ließ sie aufhorchen. Sie wischte sich die verräterischen Tränenspuren von den Wangen und atmete tief durch. Dann trat sie von der Kapelle zurück und wartete im Schatten des alten Kastanienbaums, wer den Weg hier herauf machte. Als ein weißblonder Haarschopf auftauchte, lächelte Bianca.

»Hallo, Harper!«

»Hi, Bianca! Mann, ihr habt es so schön hier, ich bin jedes Mal wieder überwältigt.« Harper Ford trug Shorts und ein ärmelloses Top, das ihre muskulösen Arme zeigte. Als sie vor Bianca stand, krauste sie die Stirn. »Du siehst geknickt aus. Doch hoffentlich nicht wegen gestern Abend?«

»Na ja, mit Ruhm bekleckert habe ich mich nicht. Es hätte kaum schlechter laufen können. Dieser Gillray wird uns eine hübsche Klatsche verpassen, und bis wir uns davon erholt haben … Verdammter Mist, ich weiß einfach nicht, wie mir das passieren konnte. Ich habe jedes Gericht kontrolliert!«

Harper stellte einen Fuß auf einen Stein und band die Schnürsenkel neu. »Logisch betrachtet muss der Verursacher also nach dem Punkt zu suchen sein, an dem du das Gericht durchgewinkt hast. Wer bleibt übrig?«

»Elena hat den Fisch serviert. Der Teller ging direkt raus, aber ob sie ihn zwischendrin einmal abgesetzt hat, weiß ich nicht. Jemand kann sie aufgehalten haben.«

»Genau, jemand könnte sie angesprochen und kurz aufgehalten haben, und dabei kam vielleicht das Salz auf den Fisch. Ein Unfall oder eher Absicht?«, überlegte Harper sachlich.

»Rein gefühlsmäßig sage ich, dass es Absicht war, dass mir oder uns jemand schaden will. Nur wüsste ich niemanden, und es ergibt überhaupt keinen Sinn.« Mit Harper konnte man wunderbar Gedankenspiele durchexerzieren. Bianca berichtete von ihrer ehemaligen Schulfreundin Sara, die überraschend aufgetaucht war, und von Maurizio Rossi und Valentino Talone, deren Anwesenheit sie ebenfalls irritiert hatte, da sie sonst nicht zu den regelmäßigen Gästen gehörten.

»Eine Häufung von Menschen aus deiner Vergangenheit, die plötzlich auftauchen. Das muss jedoch nichts bedeuten. Den Faktor Zufall darf man nie unterschätzen, auch wenn man dem Schicksal gern größere Bedeutung beimessen möchte. Bleiben wir bei der naheliegenden Möglichkeit, deiner Servicemitarbeiterin.« Erwartungsvoll sah Harper sie an.

Bianca schüttelte den Kopf. »Ich kann mir das nicht vorstellen. Elena ist schon so lange bei uns, ich mag sie, auch wenn sie ihre Macken hat. Die hat letztlich jeder.«

»Wie lange ist sie bei euch, und was weißt du von ihr?«

»Du denkst wie ein Anwalt«, meinte Bianca und überlegte kurz. »Zwei oder drei Jahre ist sie jetzt hier. Sie stammt aus Bibbiena, lebt aber schon länger in Pontassieve. Dort hatte sie anfangs einen Freund, aber das ging auseinander, soweit ich weiß.«

»Dass sie scharf auf deinen Chefkoch ist, ist nicht zu übersehen. Hast du daran mal gedacht? Eifersucht?«

»Eifersucht? Warum? Ich will ja nichts von ihm.«

Harper überprüfte auch den anderen Schuh. »Nein? Komisch, nicht nur ich habe den Eindruck, dass zwischen euch was läuft.«

»Quatsch! Und jetzt genug davon. Ich muss runter ins Restaurant und mich um die Planung kümmern. Begleitest du mich, oder wolltest du joggen?«

Harper trippelte auf der Stelle und grinste. »Yep, werde noch eine Runde laufen. Hier ist die Luft viel besser als in London. Im Sommer halte ich es dort nicht gut aus. Graham hat ein Haus mit Garten, der alte Schwerenöter. Da würde es mir auch gefallen. Er fand das Essen hervorragend und wird auch eure Weine wieder auf seiner Sommerparty verkosten. Also, alles im Lot!«

Ohne zu widersprechen, und mit einem schmalen Lächeln verabschiedete sich Bianca, ohne von Harpers Zuversicht angesteckt worden zu sein. Für die Weine mochte alles gut gelaufen sein, für das Restaurant nicht, und das fiel auch auf das Weingut zurück. Unglücklich spazierte Bianca zwischen den Bäumen hindurch. Und selbst wenn sie herausfand, wer ihr Essen sabotiert hatte, änderte das nichts am Resultat. Sie hatte ihre Familie enttäuscht. Alle kämpften so hart für den Erfolg der Villa Fiore, und sie schaffte es noch nicht einmal, ein wichtiges Essen reibungslos verlaufen zu lassen.

Ein Motorengeräusch ließ sie aufhorchen. Unterhalb des Pfades, der sie von der Kapelle durch ein Stück Wald zu den Weinbergen führte, verlief eine Landstraße. In der Hauptsaison fuhren manchmal Touristen hier entlang, die auf dem Weg nach Doccia zu einem der großen renommierten Weingüter waren. Doch es war nicht die Tatsache, dass ein Auto zu hören war, es war der Klang des Motors, der ihr einen kalten Schauer über den Rücken jagte. Genauso hatte der Wagen geklungen, der sie damals angefahren hatte. Wie eine Wahnsinnige begann sie zu rennen, ohne auf ihr Bein, die dornigen Beerensträucher, die ihre Hose zerrissen und sich in ihre Haut bohrten, zu achten. Als sie verschwitzt und mit brennender Lunge die Kurve erreichte, in der sie den Wagen vermutete, erstarb das Motorengeräusch. Es hatte einfach aufgehört. Wie konnte das sein? Der Wagen musste hier vorbeifahren. Es gab keinen anderen Weg, und wenden konnte man auf der gesamten Strecke bis zur nächsten Kreuzung nicht. Wurde sie langsam verrückt?

Ihr Puls raste, und sie atmete schwer, während sie die letzten Meter zur Straße hinunterkletterte. Steine und Sand folgten ihren hastigen Schritten. Die letzten Meter rutschte sie mehr, als dass sie lief, stützte sich mit den Händen an Ästen und Felsbrocken ab und kam endlich auf der einspurigen Straße zu stehen. Sie schaute in jede Richtung und horchte in den noch jungen Morgen. Nichts. Die Vögel zwitscherten, ein Hund bellte, Kirchenglocken ertönten – und plötzlich sprang der Motor wieder an. Es war wie in einem ihrer Albträume. Ihr Herzschlag raste, die Hände waren feucht und kalt, Angst schnürte ihr die Kehle zu. Ihr Körper gehorchte ihr nicht mehr, die Beine fühlten sich bleiern an, und sie öffnete hilflos den Mund, ohne jedoch einen Laut artikulieren zu können. Sehr langsam, so als wollte er sie foltern, näherte sich der Wagen, bis er wieder anhielt und nur das Tuckern des Motors hinter der nächsten Kurve bergabwärts zu hören war.

Warum fuhr er denn nicht weiter? Wer war das? Ihr verletztes Bein begann zu schmerzen, und Bianca weinte. Es waren Tränen der Wut und der Verzweiflung. Das Schluchzen schüttelte sie und brach die Starre, die sie an den Hügel fesselte. Ihre Kräfte sammelnd machte sie einen großen Satz nach vorn und stand nun in der Straßenmitte. Und dann begann sie zu laufen, immer schneller, bis sie die Kurve fast erreicht hatte. Kurz bevor sie sehen konnte, wer sich auf der Straße befand, heulte der Motor auf, Reifen quietschten, und der Wagen raste davon.

»Nein!«, schrie Bianca. »Nein, bleib stehen! Das kannst du doch nicht machen!«

Keuchend stand sie da und stemmte die Hände auf die gebeugten Schenkel.

»Bianca? Alles in Ordnung? Was ist denn da unten los?«, rief Harper von oberhalb des Hügels. »Warte, ich komme runter!«

»Nein, bleib, wo du bist«, rief Bianca, doch Harper kämpfte sich bereits den Abhang herunter und kam nicht weniger staubig und zerkratzt bei ihr an.

Die durchtrainierte Amerikanerin nahm keine Notiz von ihren eigenen kleinen Blessuren, sondern starrte Bianca an. »Meine Güte, bist du den Hang runtergerollt, oder was?«

Verlegen sah Bianca an sich herunter und ließ sich von Harper aufhelfen. Die Hose war blutverschmiert, ihre Hände aufgerissen, und in ihren Haaren hingen Blätter und ein trockener Zweig. »Ach, das war ein dummes Missgeschick.« Sie sah, dass Harper ein Telefon am Arm trug.

»Kann ich kurz telefonieren? Ich glaube, ich habe mir das Bein verdreht.« Auf Harpers Schulter gestützt, hielt sie sich aufrecht.

Sofort gab Harper ihr das Telefon. »Du fällst doch nicht einfach den Hang hier runter. Komm schon, Bianca, was ist passiert?«

Ihre Mutter nahm ab. »*Pronto?*«

»Tut mir leid, dass ich dich störe. Könntest du mich vielleicht abholen? Ich habe mir ganz blöd das Bein verdreht, nicht schlimm, aber zurücklaufen wird …«

»Wo genau bist du?«, war alles, was ihre Mutter wissen wollte.

Bianca erklärte, wo sie sich befand, und ihre Mutter legte auf. »O verdammt, jetzt macht sie sich unnötige Sorgen«, murmelte Bianca und gab Harper das Telefon zurück. In der Ferne war ein Traktor zu hören.

»Harper, du musst hier nicht mit mir warten. Lauf ruhig weiter, es sei denn, du willst mitfahren?« Bianca hatte ihr Gleichgewicht wiedergefunden, auch wenn das Bein höllisch schmerzte.

Die Amerikanerin hatte das Telefon wieder an ihrem Arm befestigt und dehnte sich. »Ich warte, bis du abgeholt wirst.«

Tatsächlich dauerte es nicht lange, und ein sattes Motorengeräusch erklang. Bianca stöhnte. »Oh nein, sie hat ihn geschickt! Das kann doch nicht …«

Der nachtblaue Maserati kam um die Kurve gerollt, beinahe lautlos fuhr er bis zu ihnen, hielt, und Nando stieg aus. »Harper, guten Morgen. Sehr sportlich!«

Harper grinste und berührte Bianca an der Schulter. »Wir sehen uns oben. Pass auf sie auf, Nando. Mir wollte sie nicht sagen, was los ist, aber irgendetwas stimmt nicht.«

Bianca rollte mit den Augen. »Herrje, kann man nicht stolpern und sich die Hose aufreißen? Viel Lärm um nichts!«

»Shakespeare hilft Ihnen nicht aus der Klemme, Bianca.« Nando verschränkte die Arme vor der Brust und musterte sie mit einer Mischung aus Besorgnis und Verärgerung, wobei erstere Regung zu überwiegen schien.

»Darf ich einsteigen, oder wollen Sie mir einen Vortrag halten? Warum hat mein Mutter Sie überhaupt geschickt?«

Er öffnete ihr die Beifahrertür, ohne Platz zu machen. »Wir sollten endlich das Siezen lassen. Zumal unter diesen Umständen.«

Sie hob eine Augenbraue und versuchte, einen Rest an Haltung zu bewahren, was in ihrem lädierten Zustand ein Kunststück war. »Von mir aus, wenn ich dann endlich einsteigen darf?«

»Bitte.« Er trat zur Seite, ließ sie einsteigen, und die Wagentür fiel mit einem satten Geräusch ins Schloss.

Der Ledersitz war weich und einladend, und ihr Körper entspannte sich ein wenig. Nando reichte ihr eine Wasserflasche. »Bianca, was ist los?«

»Was fragt ihr alle so viel …« Umständlich öffnete sie die Flasche und trank etwas Wasser.

»Wir machen uns Sorgen um dich. Soll ich dich zu einem Arzt fahren?«

»Nein! *Santa Vergine*, es sind nur ein paar Kratzer und mein verdammtes Bein. Normalerweise hätte ich mir den Staub von der Hose geklopft und wäre nach Hause gelaufen, genau wie Harper. Aber ich kann eben nicht … Was willst du also von mir, Nando? Macht es dir Spaß, mich so zu sehen?«

»Ganz und gar nicht, und das weißt du. Wenn du ehrlich zu dir selbst wärst, würdest du mich ansehen und wissen, warum ich noch hier bin.« Er saß neben ihr und roch nach Seife und sah so unverschämt gut aus. Und dieser Mann wollte ausgerechnet sie?

Sie biss sich auf die Lippen. »Ich verstehe es nicht, Nando.«

»Ich auch nicht, aber es ist so, und ich möchte herausfinden, warum. Ist das so schlimm?« Er beugte sich vor und strich sanft über ihre Wange und ihr Kinn. »Du bist wunderschön, Bianca.«

Seine Berührung kratzte an der Schutzmauer in ihr, und ihre Augen füllten sich erneut mit Tränen. »Es war der Wagen. Ich habe den Wagen gehört, der mich damals angefahren hat. Derselbe Motor. Dort unten hinter der Kurve hat er gestanden und gewartet. Als ich fast dort war, ist er umgedreht, glaube ich, und weggefahren. Und eigentlich ist das unmöglich. Da kann man nicht umkehren. Aber so hat es sich angehört.« Verzweifelt sah sie ihn an. »Ich bin doch nicht verrückt und bilde mir das ein!«

Nachdenklich sah er sie an, strich ihr übers Haar und ließ den Motor an. »Nein, und wir werden herausfinden, was hier vor sich geht.«

Bianca lehnte sich zurück und schloss die Augen. Wir, hatte er gesagt, und es klang beruhigend und selbstverständlich.

19

O dolce Napoli, o suol beato,
ove sorridere volle il creato!
O süßes Neapel, glückseliger Landstrich,
Wo die Schöpfung zu lächeln beschloss!

Santa Lucia (Canzone Napoletana)

Was für eine verzwickte Situation, dachte Nando und winkte einem entgegenkommenden Traktor, der abbiegen wollte. Der Landwirt bedankte sich mit einem Kopfnicken und lenkte sein ausladendes Gefährt in einen hangabwärts liegenden Weinberg. Es gab nur einen Weg, Bianca zu helfen, und der führte über ihre Vergangenheit. Und ob es nach so vielen Jahren überhaupt möglich sein würde, den Unfallverursacher zu finden, stand in den Sternen.

»Es gibt heute bessere Möglichkeiten, die Motorengeräusche unterschiedlicher Modelle zu identifizieren. Das Internet bietet da einiges. Hast du das schon einmal versucht?«

»Hm, ja, ein wenig, aber es gibt zu viele Autotypen. Das heute war genau der Motor. Meine Güte, du musst mich für vollkommen überdreht und hysterisch halten, aber du kannst dir nicht vorstellen, wie das damals war.« Bianca war tief in den Beifahrersitz gesunken und blinzelte in den Fahrtwind.

Ihr Gesicht war faszinierend. Die blauen Augen unter den

langen dunklen Wimpern ließen ihn nicht los. Sie konnten ihn ansehen und gleichzeitig in einer unbekannten Ferne weilen, ohne dass ihr Blick verletzend oder gleichgültig wirkte. Obwohl sie das wahrscheinlich dachte, hatte er kein Mitleid mit ihr. Dafür war sie zu stark und eigenwillig. Er wollte ihre Ängste kennenlernen und teilen, ihr helfen, sich von ihnen zu befreien, um sich endlich ganz dem Leben stellen zu können. Ihr verletztes Bein war eine willkommene Ausrede, hinter der sie sich bei Bedarf verstecken konnte. Ihr das zu sagen würde hart und schmerzlich sein, aber irgendwann würde er es tun. Die Wahrheit tat meist weh, aber wenn man ihr ins Gesicht sah, konnte man Entscheidungen treffen und handeln. Alles andere waren Ausflüchte.

»Wohin soll ich dich bringen? Ins Restaurant oder in die Villa?«

»Ins Restaurant. Oben habe ich meine Wohnung. Ich hätte meine Mutter nicht anrufen sollen. Jetzt macht sie sich wieder Sorgen.«

»Das ist so mit Müttern. Ich hatte keine, aber Nonna war für uns da. Jedes Kind braucht entweder eine Mutter oder eine Nonna.« Er sah sie an und schmunzelte, als er sie lächeln sah.

»Ich habe beides. Manchmal ist das ein wenig viel, aber ich beschwere mich nicht. Ich weiß nicht, was ich damals ohne meine Familie getan hätte.«

Sie fuhren die lange, meist einspurige Straße entlang, die sich durch die Hügel zog. »Hier gleich links, dann kommst du direkt zum Restaurant. Oh, sieh mal, da reiten Milena und Dario.«

Zwischen den Rebstöcken führte ein Weg hindurch, der von Wanderern und Reitern gleichermaßen genutzt wurde. Plötzlich schossen zwei Hunde aus einem vernachlässigten Gehöft.

Knurrend wollten sie sich auf die Reiter stürzen, doch Milena war darauf vorbereitet und ließ eine lange Gerte durch die Luft sausen. Dabei rief sie laut: »Hey, verschwindet! Na los, ab mit euch!«

Nando wollte beschleunigen, doch Bianca sagte: »Lass nur, sie kennt die Hunde. Die gehören Grasso, einem alten Bekannten. Ist ein Querulant, er und seine Sippe hassen uns. Das hat Tradition, hängt mit dem Krieg zusammen.«

Erstaunt fuhr er weiter. Noch waren sie auf der anderen Seite des Hügels. Das Restaurant befand sich oben hinter einer Reihe von Zypressen und weiteren schier endlos scheinenden Reihen von Rebstöcken.

»Mit welchem Krieg?«

»Dem Zweiten Weltkrieg. Nonna hat uns erst im letzten Jahr davon erzählt, nach dem ganzen Drama um unseren Kellermeister. Aber so ist das wohl. Jede Familie hat ihre Geheimnisse.«

Vorsichtig fuhr er über den mit Schlaglöchern gespickten Weg, und die Steine flogen unter den Reifen hervor. Der Meister in seiner Werkstatt würde ihm einen Vortrag halten, wie man sorgsam mit der besonderen Lackierung umging.

Teresa Massinelli war eine bemerkenswerte Frau. Sie hatte von einem gewissen Corrado Talone gesprochen, der während des Krieges und auch danach eine wichtige Rolle in ihrem Leben gespielt habe. Sie waren nicht dazu gekommen, eingehend über diese Zeit zu sprechen, doch es schien Nando, als wäre es wichtig, dass er genau das tat. Wichtig für Teresa, für ihn selbst, um die Massinellis besser zu verstehen, und für Bianca. Vielleicht konnten die alten Geschichten Licht in die verworrene Gegenwart bringen. Einen Versuch war es wert.

Er brachte den Wagen hinter dem Restaurant zum Stehen. Zwei struppige Hunde lagen im Schatten der Olivenbäume, und in den Korbsesseln saßen einige Gäste. Georgina May hatte sich auf einer Liege ausgestreckt und blätterte in einem Magazin.

Bianca seufzte. »Sieh nur, da liegt sie und überlegt wahrscheinlich, wie sie uns elegant loswird. Nach dem Abend wird sie darauf verzichten, uns Gäste zu schicken. Grauenvoll … Und jetzt sieh mich an. Was muss sie nur denken? So gehe ich da nicht vorbei.«

Tatsächlich hob die Amerikanerin gerade den Kopf und sah neugierig zu ihnen herüber. Vielleicht war es auch sein Wagen, der ihre Aufmerksamkeit erregte, aber verstehen konnte er Biancas Verlegenheit. Ihre Jeans sah übel zugerichtet aus, und sie wirkte sehr mitgenommen.

»Pass auf, ich steige aus und öffne dir die Tür, und dann gehen wir gemeinsam zum Haus, so als hätten wir es eilig.« Er beobachtete, wie Georgina das Magazin zuklappte und ihre Sonnenbrille ins Haar steckte. »Jetzt, bevor sie kommt.«

Er stieg aus und half Bianca beim Aussteigen. Als er ihren Arm berührte, stöhnte sie.

»Geschieht mir recht, was renne ich auch wie eine Blöde durch das Gestrüpp«, murmelte sie und ließ sich zum Hintereingang führen.

Im Haus trafen sie auf Claudia, die sie erschrocken ansah. »*O dio*, Bianca, was ist passiert?«

»Halb so wild, war mehr der Schock als alles andere. Ich ziehe mich um und bin gleich wieder da.«

»Aber du bist verletzt!« Die besorgte Mitarbeiterin sah sie skeptisch an.

»Kratzer, die säubere ich selbst. Wirklich, macht doch nicht immer so viel Aufhebens um mich«, antwortete Bianca leicht verstimmt.

»Ich möchte noch etwas mit dir besprechen, Bianca. Du findest mich in der Küche.« Nando hätte sie zwar gerne begleitet, aber er ahnte, dass ihr das nicht recht war.

»Hm, bis nachher.«

Als Bianca verschwunden war, sagte Claudia leise: »Wir dürfen uns Sorgen um sie machen, auch wenn sie das nicht mag.«

»Sie ist eine starke Frau, aber manchmal schafft man es nicht allein«, sagte Nando nachdenklich.

»Sie mögen Bianca sehr, nicht wahr?« Claudia lächelte. »Sonst wären Sie nicht so lange geblieben.«

»Sie ist einer der Gründe, ja, das gebe ich zu, aber ich habe hier viel gelernt. Vor allem über mich selbst. Und jetzt werde ich mich um das Menü kümmern.«

Gäste kamen herein, und Claudia wandte sich der Rezeption zu.

Nandos Telefon vibrierte schon seit längerem in seiner Hosentasche. Er schaute aufs Display und nahm das Gespräch an: »Ricardo, wie geht es dir?«

Ricardo Lenzi war ein langjähriger Freund und sein Anwalt. Er war Trauzeuge auf seiner Hochzeit gewesen. Hätte er damals auf ihn gehört, wäre ihm manches erspart geblieben. Ricardo selbst war seit zehn Jahren glücklich verheiratet und hatte drei Kinder mit seiner Frau Fabiola, einer Innenarchitektin.

»Mein Lieber, mir geht es gut, aber wie es um dich steht, ist eine andere Sache. Du bist ja kaum zu erreichen! Was treibst du nur da oben im Rufina? Es hat dich doch sonst nie lange an einem Ort halten können, und schon gar nicht auf dem Lande. Willst du dort ein Restaurant kaufen? Überleg es dir gut, mit dem *Musetta* hast du genug Ärger.«

Nando ahnte, was der Grund von Ricardos Anruf war. »Was gibt es? Ist sie wieder da?«

»Oh ja, und wie! Du solltest dich besser einmal hier blicken lassen. Sie hat deine Leute gegeneinander und natürlich gegen dich aufgehetzt und mein letztes Angebot erneut ausgeschlagen. Ich vermute, dass sie dich provozieren will. Und vielleicht will sie dich wirklich nicht verlieren, Nando.«

»Ich bin es so leid, Ricardo. Gib Arianna, was sie verlangt, und mach dem Spuk ein Ende!« Nie hatte er klein beigeben wollen, doch die Situation hatte sich geändert. Nando wollte klare Verhältnisse schaffen.

»Nein, das kannst du nicht wollen, Nando. Sie wird dir das *Musetta* nehmen!«, wandte Ricardo entrüstet ein. »Das hat sie nicht verdient – und das *Musetta* auch nicht.«

Nando fuhr sich über die Stirn und betrat die Küche. »Nein, du hast recht, dieses Restaurant ist mein Herzensprojekt. Was soll ich tun? Du hast dir doch sicher eine Strategie überlegt.«

Er sah seinen Freund vor sich – elegant, mit einem verschmitzten Lächeln, den Montegrappa-Füllfederhalter zwischen den Fingern drehend. »Komm her, dann erkläre ich es dir.«

»Gut.« Nando musste nicht lange überlegen. »Ich wollte ohnehin nach Neapel kommen. Vielleicht bin ich schon morgen da. Ich danke dir, mein Freund.«

»Keine Vorschusslorbeeren. Danke mir, wenn wir gewonnen haben. *A presto*, Nando!«

Es ging auf die Mittagszeit zu, und die Vorbereitungen für das Essen liefen auf Hochtouren. Manuela war mit Renata und Angela dabei, den traditionellen Bohneneintopf zu kochen.

»Ribollita, hm!« Nando schnupperte an der Brühe und sah zu, wie die Frauen das Gemüse zerkleinerten.

Manuela hob den Kopf und wischte sich die Hände an ihrer Schürze ab. Sie hatte nach ihrer Tochter gesehen und sagte nun: »Bianca scheint nicht weiter verletzt, und zum Arzt will sie nicht. Warum fahrt ihr nicht heute nach Neapel? Das wäre das Beste für Bianca. Sie muss den Kopf freibekommen. Wir schaffen das hier schon. Renata ist unsere Geheimwaffe, eh, Renata?«

Die ältere Köchin grinste und warf Hände voller weißer Bohnen in einen großen Topf. »*Sì, sì* …«

Biancas Mutter winkte Nando, ihr zu folgen. Ariano war nicht da, dafür stand Luca am Herd und bereitete ein Pilzgericht zu. Ivanos Daumen war zwar noch immer dick verbunden, doch der junge Mann schwenkte fröhlich seine bandagierte Hand. »Ich kann alles machen, kein Problem!«

»*Brava*, du bist sehr tapfer und wirst es weit bringen!«

»Wo ist der Rosmarin, Ivano?«, rief Renata.

»Hole ich jetzt, bin schon weg!« Ivano grinste und zwinkerte Nando zu, bevor er sich mit einem Messer und einer Schüssel nach draußen begab.

Manuela stand vor der geöffneten Tür zum Vorratskeller. »Was genau ist denn passiert? Bianca hat sich da sehr bedeckt gehalten.«

»Sie ist durch dorniges Gebüsch gestolpert, weil sie sich erschreckt hat.« Er berichtete von dem Wagen, der Bianca so aus der Fassung gebracht hatte.

Manuela legte eine Hand auf Nandos Arm. »Das muss doch irgendwann einmal ein Ende haben. Immer wieder diese alte Geschichte. Ich bin so froh, dass Sie hier sind, Nando. Es scheint mir so, als hätte der Himmel Sie geschickt. Vielleicht kommen Sie an Bianca heran. Ich bin ihre Mutter …« Seufzend lehnte sie sich an die Tür. »Wir haben so viel durchgemacht, und deshalb bin ich zu nachsichtig mit ihr. Nicht dass sie das nicht gebraucht hätte in der schweren Zeit nach dem Unfall. Aber jetzt ist es anders. Sie kann sich nicht ewig in ihrem Schneckenhaus verstecken.«

Hilfesuchend sah sie ihn an, und er nickte verständnisvoll. »Ich hätte sowieso nach Neapel fahren müssen. Mein Anwalt hat eben angerufen. Es gibt Probleme mit meinem Restaurant. Das ist eigentlich ein guter Anfang. Ich zeige ihr das *Musetta,* und sie lernt mein Team kennen.«

Manuelas Gesicht erhellte sich. »Eine wundervolle Idee. So machen Sie es!«

Am späten Nachmittag desselben Tages saß Bianca mit leicht säuerlicher Miene neben Nando im Wagen und tippte Nachrichten in ihr Mobiltelefon.

»Du hast dich mit meiner Mutter verschworen. Was sollen die anderen denn denken? Alle sind da, Jean, Harper, Graham …« Sie schaltete das Telefon aus und ließ es in ihre Handtasche rutschen. »Ganz zu schweigen von den Testern. Peinlich ist das …«

»Ganz im Gegenteil. Überleg doch mal, Bianca. Gillray ist abgereist. Seine Meinung steht anscheinend fest. Und um Georgina kümmert Paul sich«, stellte Nando fest.

»Ich wollte noch mit Elena sprechen, nicht dass ich glaube, sie hätte das Essen versalzen oder so. Einfach der Vollständigkeit halber. Aber sie kommt erst heute Abend zur Arbeit.«

»Sie würde alles abstreiten. Lass etwas Zeit verstreichen, und dann fragst du Elena ganz beiläufig nach dem Abend. Manchmal ist es gut, das Überraschungsmoment zu nutzen.«

Bianca hatte geduscht, die blonden Haare lose zusammengedreht und trug Jeans und eine weiße Tunika. So wirkte sie noch zerbrechlicher. Ihre Unterarme waren mit je zwei Pflastern beklebt. Die Kratzer im Gesicht hatte sie gesäubert und mit Sprühpflaster versorgt.

»Renata und ihre Ribollita. Aber die gelingt ihr immer«, sagte sie.

»Einfache Gerichte sind nicht unbedingt einfach zu kochen. Genauso, wie man eingängige Melodien unterschätzt. Dahinter steckt oft das größte Können. Das *Musetta* wird dir gefallen. Da habe ich angefangen. Nein …« Er runzelte die Stirn. »Angefangen habe ich in der Vele. Ich werde dir das wahre, ehrliche Neapel zeigen, Bianca, denn es ist ein Teil von mir.«

Er sah sie kurz an, und als ihre Blicke sich trafen, las er eine gewisse Überraschung und Unsicherheit in ihren Augen, doch die Neugier schien zu überwiegen.

»Die berüchtigte Vele. Willst du deine Schwester besuchen?«

Traurig schüttelte er den Kopf. »Nein, sie weiß, wo sie mich findet. Ich kann nur helfen, wenn sie mich lässt, es ist eine schwierige Situation, und ich will ihr Leben nicht noch komplizierter machen.«

20

EINE REISE NACH NEAPEL

Während der mehrstündigen Fahrt erfuhr Bianca viel über Nandos Werdegang zum international anerkannten Chefkoch und ein wenig über seine Familienverhältnisse. Er tat sich offenkundig schwer damit, über seine Zeit in der Vele zu sprechen, auch wenn er sich große Mühe gab, ihr diese Schattenseite seines Lebens nahezubringen. Verständlich, dachte Bianca und warf ihm einen verstohlenen Blick zu. In der Zeit, die sie Seite an Seite in ihrer Küche verbracht hatten, war ihr sein Gesicht vertraut geworden, und sie wusste genau, was es bedeutete, wenn sich seine Lippen kräuselten und er sich über das Kinn strich. Dann ging ihm etwas nahe, und er überlegte länger, bevor er sich äußerte. Vor allem mochte sie sein Lächeln. Es war warm und einnehmend und versetzte ihr einen kleinen Stich in der Magengegend.

»Wir sind gleich da, schau, dort ist die Universität«, sagte er, während sie durch die Innenstadt fuhren. »Dort drüben ist San Giovanni Maggiore, weiter unten liegt das Museo Nazionale. Ich muss zugeben, dass ich in der Beziehung ein Banause bin und viel zu selten Ausstellungen besuche. Ah, ich weiß nicht, ob du es gesehen hast, aber das Museo di Capodimonte ist wirklich phantastisch. Falls wir die Zeit finden, sollten wir uns das anschauen.«

»Neapel kenne ich nicht sehr gut. Capodimonte, das liegt auf einem Berg?« Sie sah sich um, doch im Häusermeer war es schwer, sich zu orientieren. Den Hafen und das türkisfarbene Meer konnten sie sehen und die Straßenfluchten mit den verblichenen Fassaden alter Palazzi und heruntergekommener Mietshäuser, die sich mit renovierten Gebäuden abwechselten. Diese Stadt war voller Kontraste, reich und arm, bunt, laut, schräg, schmutzig, kreativ, modern, traditionell, gefährlich, brutal, verträumt und vor allem lebendig. Sie ließ sich den warmen Fahrtwind ins Gesicht wehen und nahm die verschiedenen Gerüche wahr.

»Capodimonte war immer etwas Besonderes für Lucia und mich, weil Nonna uns oft dorthin geschleppt hat. Für uns Bewohner der Vele war der Hügel mit dem Park und dem Schloss wie ein Paradies, eine andere Welt, in der wir von einem besseren Leben träumen konnten. Vielleicht hat Nonna mit diesen Ausflügen den Wunsch in mir geweckt, einmal aus dem Dreck und der Kriminalität der Vele herauszukommen. Der Palazzo mit seiner prächtigen roten Fassade, den Palmen, die sich im Wind wiegen, und dem Blick über die Bucht ist an sich schon großartig. Aber wenn du erst drinnen die Farnesische Kunstsammlung siehst, dann wird einem bewusst, was Menschen zu schaffen vermögen.«

Langsam folgten sie den schmaler werdenden Straßen. »Hast du Hunger?«, fragte er.

Sie hatten unterwegs nur Kaffee getrunken und ein Panino gegessen.

»Es riecht hier überall so gut.« Gerade fuhren sie wieder an einer Pizzeria vorbei. »Ja! Sogar auf Pizza habe ich Appetit, und das ist eher selten.« Bianca lachte. Längst genoss sie den Ausflug, den sie so gar nicht eingeplant hatte. Je mehr sie in das Gewusel und den Lärm der Stadt eintauchten, desto weiter weg schienen die Sorgen der Villa und die Schatten, die sie nicht loslassen wollten. Nando war unterhaltsam und fürsorglich, ohne sie zu bedrängen. Sie fühlte sich wohl in seiner Gegenwart. Obwohl sie es noch immer nicht begreifen konnte, gab er ihr das Gefühl, sich ernsthaft für sie zu interessieren, sie attraktiv zu finden. Das schmeichelte ihr, machte ihr aber gleichzeitig Angst. Noch war sie nicht bereit, sich auf einen Mann einzulassen, und schon gar nicht auf Nando Branconi.

Er bog in eine Gasse ein. Das Pflaster schien so alt wie die Stadt selbst, zu beiden Seiten erhoben sich dreistöckige Häuserzeilen in verblassten Pastellfarben. Aus geöffneten Fensterläden lehnten sich Frauen und tauschten sich lautstark über die Straße hinweg aus.

»Das gefällt mir. Hier ist nicht alles touristisch geworden. Florenz hat kaum noch solche Straßen. Ich glaube, beinahe jeder vermietet dort inzwischen an Touristen.« Bianca beobachtete, wie ein kleiner Junge seinen Fußball unter den Arm nahm und in einem Hauseingang verschwand.

Im Schritttempo fuhr Nando zwischen Blumenkübeln, Stühlen, die zu kleinen Bars gehörten, und Metallpollern die Straße entlang. Sein Maserati passte gerade noch hindurch, und nach dreihundert Metern brachte er ihn in einer Ausbuchtung zum Stehen. Hier und dort parkten Wagen zwischen den Häusern und in winzigen Einfahrten. Nando stellte den Motor ab und ließ das Verdeck hochfahren. »Wer weiß, wie lange es hier noch so authentisch bleibt. Die großen Hotelkonzerne sind ganz wild auf Häuser in diesem Viertel. Es ändert sich viel. Die Kunstszene und einige Designer haben sich hier niedergelassen, was wiederum gute Lokalitäten und Geschäfte nach sich zieht.«

»Und die Mietpreise in die Höhe treibt …«, konstatierte Bianca trocken. Eine junge Frau kam mit einem winzigen weißen Hund vorbei. Notfalls hätte der Vierbeiner in ihre riesige Designerhandtasche gepasst, dachte Bianca und sah, wie die Frau Nando musterte. Ihre schlanken Beine bewegten sich sicher auf hohen Absätzen, und Bianca fühlte sich albern und hausbacken.

Vor einem senfgelben Haus, das einmal ein herrschaftliches Stadthaus gewesen sein musste, blieb Nando stehen. In geschwungenen Lettern stand *Musetta* über dem Eingang. Efeu rankte sich am Mauerwerk entlang, üppig bepflanzte Terrakottakübel flankierten die Tür zu Nandos Restaurant. Schilder aus poliertem Messing und ein dunkelroter Teppich auf den Stufen ließen keinen Zweifel am gehobenen Ambiente des Lokals.

Kaum hatten sie das *Musetta* betreten, als ein Raunen durch die anwesenden Gäste ging. Es war nach zwanzig Uhr, und fast alle Tische waren belegt. Nando nickte in die Runde und wurde von einer attraktiven jungen Frau in schwarzer Bluse und grün-gelbem Designerrock begrüßt.

»Nando! Was für eine schöne Überraschung! Ricardo war zwar hier und hat angedeutet, dass du eventuell kommen wirst, aber daran geglaubt haben wir nicht.«

Er küsste die Frau auf beide Wangen und schob Bianca vor. »Darf ich dir Bianca Massinelli vorstellen? Stefania, unser Organisationstalent, gute Fee, Empfangschefin. Kurzum, unentbehrlich.«

Die beiden Frauen gaben sich ebenfalls Wangenküsse, und Stefania musterte Bianca interessiert. »Ah, Sie müssen die Köchin aus dem Rufina sein, die unseren Nando dort oben festhält, ja?« Sie lächelte. »Ich freue mich, dass er sich dort wohlfühlt, denn in den letzten Monaten war er unausstehlich – die wenigen Male, die wir ihn zu Gesicht bekommen haben.«

Verlegen erwiderte Bianca: »Nun ja, es hat sich so ergeben. Unverhoffter Glanz in unserem kleinen Landhotel.«

»Sie ist viel zu bescheiden. Die Villa Fiore macht einen hervorragenden Wein, den wir übrigens in unsere Karte aufnehmen werden. Wo steckt denn Fazio? Das ist unser Sommelier.«

Stefania, die auch während des Gesprächs alles im Blick behielt, winkte einem Mann, der aus dem hinteren Teil des nicht allzu großen Restaurants kam. Die Einrichtung war eine Mischung aus Belle Époque und Moderne. Florale Lampen, Kristallleuchter mit viel Strass, farbenfrohe Bezüge auf Stühlen und Bänken, ausgefallene Tische und Dekorationen, die einem Palazzo in besten Zeiten alle Ehre gemacht hätten, verliehen dem Raum eine vibrierende und dennoch gemütliche Atmosphäre. Opernplakate aus dem vergangenen Jahrhundert, vor allem von Puccini Aufführungen, passten zum Thema.

»Wie gefällt dir unser *Musetta*?«, fragte Nando, während er einen Blick in Stefanias Gästeliste warf. Sie standen seitlich des Eingangs hinter einem kleinen Pult. Dahinter erstreckte sich die Bar mit antiken Spiegeln, auf dem Tresen stand ein altes Grammophon.

»Ich bin begeistert! Es hat Stil auf eine ganz eigene Art, ungewöhnlich, und gleichzeitig fühlt man sich willkommen«, sagte Bianca spontan.

Nando schmunzelte. »Das ist das beste Kompliment, das ich bisher gehört habe. Warte, bis du unser Essen gekostet hast. Was empfiehlst du heute, Stefania?«

Die Empfangschefin deutete auf eine Tafel, auf der in perfekter Schrift die Abendkarte vermerkt war. Die Auswahl war überschaubar, die Gerichte, wie Bianca es nicht anders erwartet hatte, waren ausgefallen und die Zutaten dekadent.

»Wachteleier?«, las sie laut und hielt erschrocken inne, denn es hatte nicht kritisch klingen sollen.

Stefania hob die Augenbrauen. »Sie mögen keine Wachteleier? Wir servieren sie zerstoßen zu den Ravioli und dem Prosciutto di pata negra.«

»Entschuldigung. Doch, natürlich …« Ein Geräusch hinter ihr ließ sie innehalten.

Die Tür des Restaurants stand offen, und man konnte die vorbeifahrenden Autos hören. Da war es wieder. Bianca erstarrte, murmelte »Verzeihung« und lief nach draußen. Es war bereits dunkel.

Sie erkannte den Motor sofort. Dieser Klang verfolgte sie in ihren Albträumen. Lange genug hatte sie dort unten gelegen, während der Fahrer bei laufendem Motor dort oben gestanden hatte. Warum ging sie eigentlich davon aus, dass es ein Mann gewesen war? Ihre Sinne waren getrübt gewesen, die Augen tränennass, es hätte genauso gut eine Frau gewesen sein können. *Santa Vergine*, dachte sie, in all den Jahren hatte sie vergeblich danach gesucht, und nun traf sie gleich zweimal hintereinander auf diesen Motor. Weil die Straße so schmal war und zu dieser Zeit viele Autos und Motorräder in allen nur möglichen Lücken parkten, war der Fahrer gezwungen, Schritttempo zu fahren.

Ihr Herz raste, als sie einen gelben Sportwagen erkannte. Es musste sich um einen Fiat handeln. Wenn sie sich doch nur besser mit Wagentypen auskennen würde!

»Das ist aber mal ein seltenes Exemplar von einem Pininfarina. Die wurden in den Neunzigern gebaut, wenn ich mich richtig erinnere.« Nando war ihr gefolgt und sah dem Wagen nach. »Schöner Oldtimer. Davon gibt es nicht mehr viele.«

Sprachlos sah sie ihn an.

Er stutzte. »Das war das Auto? Deshalb bist du hinausgelaufen? Ich dachte schon, du flüchtest vor den Wachteleiern.«

Ihre Hände waren eiskalt vor Aufregung. »Das war er, ja, ist das nicht ein Zufall? Heute früh und nun hier. Ich kann es gar nicht glauben.«

Er griff nach ihrer Hand und drückte sie sanft. »Du brauchst einen Drink und ein gutes Essen. Beides bekommen wir hier. Auf meinen Küchenchef ist Verlass. Den Autotyp schreiben wir auf, und dann kannst du recherchieren. Mit diesem seltenen Wagen sollte das nicht allzu schwierig werden.«

Nando hatte nicht zu viel versprochen, das Essen war so gut, dass Bianca aus dem Schwärmen nicht herauskam. Man konnte von den überteuerten Zutaten halten, was man wollte, die Küche des *Musetta* war exzellent. Sie hatte gerade das Hauptgericht beendet, als sie Stefanias Stimme hörte.

»Nein, bitte warten Sie hier, Signora. Ich werde nachsehen, ob er da ist.«

Nando hob alarmiert den Kopf. Sie saßen in einer Ecke, die durch einen Wandschirm vor den Blicken der anderen Gäste abgeschirmt war.

»So eine Unverschämtheit! Mich hier einfach stehen zu lassen. Das ist mein Lokal, genauso gut wie seins!« Die weibliche Stimme war scharf und befehlend.

Nando stand sofort auf. »Bitte, bleib sitzen und hör nicht hin, das könnte hässlich werden.«

Damit verschwand er im Restaurant. Bianca hörte, wie Stefania leise zu ihm sagte: »Sie ist hier, Nando, ich kann sie nicht hinauswerfen. Dann macht sie eine Szene.«

»Hm, ich kümmere mich darum. Geh du bitte zu Bianca und führe sie notfalls durch die Küche.«

Die Empfangsdame kam um die Ecke und schenkte ihr ein beruhigendes Lächeln. »Nando kann sehr gut mit kapriziösen Gästen umgehen, machen Sie sich keine Gedanken.«

»Wenn ich das richtig verstanden habe, handelt es sich aber um seine Frau, nicht wahr?«

Stefania nickte. »Bald Ex, aber das wissen Sie sicher. Wir beten täglich dafür, dass sie keinen Anteil am *Musetta* erhält, damit wir sie endlich los sind. Sie hat nicht den leisesten Schimmer davon, wie man ein Restaurant führt.«

Sie hörten, wie Nando leise auf Arianna einredete. »… und jetzt gehen wir gemeinsam hinaus. In der Öffentlichkeit bespreche ich nichts mit dir. Und alles andere regelt mein Anwalt. Woher wusstest du, dass ich hier bin?«

»Dein Auto hat dich verraten. Einer meiner Freunde hat es gesehen und mich angerufen. So weit ist es gekommen. Du wirst schon noch mit mir reden müssen, du überheblicher Mistkerl! Wofür hältst du dich eigentlich? Ich habe dich geheiratet, weil ich es wollte, und nicht umgekehrt. Verstehst du das? Ich wollte dich aus einer Laune heraus, die ich schnell genug bereut habe.«

»Bitte entschuldigen Sie uns, wir proben hier für ein Theaterstück«, sagte Nando zu den Gästen, die verhalten lachten.

Stefania seufzte. »Der arme Nando. Er war so gestresst in den vergangenen Jahren, dass er die Lust an dem verloren hat, was er kann wie niemand sonst – kochen.«

»Aber er war nicht immer hier, oder? Er hat doch weltweit gearbeitet.«

»Schon, aber eigentlich wollte er immer nur hier sein. Das *Musetta* ist sein Baby, sein Herzenskind, wie er gern sagt. Und das weiß sie. Deshalb will sie es ihm nehmen. Sie würde alles tun, um ihn zu verletzen.«

Erschrocken sah Bianca sie an. »Aber wenn das *Musetta* doch ihm gehört?«

»Leider nicht ganz. Ihr gehört ein Anteil, wie viel, weiß ich nicht genau, ein Drittel, glaube ich. Sie wollte unbedingt ein Teil seines Traums sein, bla, bla, bla, so hat sie ihm das früher ins Ohr gesäuselt, und er ist schwach geworden.«

»Oh«, entfuhr es Bianca, die mit einem Ohr den Streit verfolgte, doch Nando hatte es fertiggebracht, seine Nochehefrau aus dem Lokal zu lotsen.

Bianca spielte mit dem Stiel ihres Weinglases. Alles war im Stil des Art nouveau gehalten, die Weingläser und auch das Geschirr. Die Farbe des Rotweins war überraschend hell für seine leicht rauchige Note.

»Mundet Ihnen der Wein? Wir sind besonders stolz auf diese Sorte. Die Nerello-Mascalese-Trauben werden am Ätna angebaut. Die Rebstöcke wachsen auf einem Boden aus verwitterter Magma. Daher der außergewöhnliche Geschmack.«

»Wundervoll, wirklich!« Passte hier überhaupt ein rustikaler Landwein aus biologischem Anbau herein? War es das, was die Gäste hier wollten?

Als hätte Stefania ihre Gedanken gelesen, sagte sie: »Ob Sie es glauben oder nicht, aber von den Fiore-Weinen habe ich gehört. Die Nachfrage nach hochwertigen biologischen Weinen steigt. Und Ihre sind prämiert worden, Glückwunsch!«

»Danke, ich gebe das gern an meine Familie weiter.« Weiter kam sie nicht, denn plötzlich wurde es wieder laut im Restaurant, und an Stefanias Gesicht konnte Bianca ablesen, dass etwas gar nicht in Ordnung war.

»Kommen Sie mit mir, Bianca!«, sagte Stefania und stellte sich mit dem Rücken zum Speiseraum, doch Bianca hatte sich kaum erhoben, als sich eine Frau an Stefania vorbeidrängte und mit triumphierender Miene stehen blieb.

Eine Wolke teuren Parfums erreichte Biancas Nase, als sie Auge in Auge mit Arianna Branconi stand. Schön, selbstsicher und sehr wütend stand die Neapolitanerin vor ihr. Die dunklen Augen blitzten auf, als sie Bianca taxierten und Stefania ignorierten.

»Sie werden doch sicher am Empfang gebraucht, Stefania?«

»Arianna, lass das!« Nando tauchte mit düsterer Miene auf und suchte Biancas Blick. »Wir wollten gerade gehen. Ruf Ricardo an, seine Nummer hast du ja.«

»Wir sind noch lange nicht miteinander fertig!« Mit einem manikürten Fingernagel tippte sie gegen Nandos Brust. »Und Sie, Mäuschen, können sich warm anziehen.«

So eisig, wie die Stimme klang, war das vielleicht eine gute Idee, dachte Bianca mit einem Anflug von schwarzem Humor.

21

WENN DIE EX AUFTAUCHT

Ausgerechnet heute Abend musste Arianna hier erscheinen! Und wie sie ihren Auftritt genoss! Nando konnte Bianca ansehen, wie unangenehm ihr die Situation war, und dabei waren sie hergefahren, um Ablenkung zu finden. Nun ja, auf eine gewisse Art war ein Zusammenstoß mit Arianna sicher ein Erlebnis, und Bianca dachte gewiss zumindest in diesem Moment nicht an ihr Restaurant. Mit Biancas Hand in seiner verließ er das Restaurant durch die Küche und blieb bei Carlo, seinem Chefkoch und Stellvertreter, stehen.

»Carlo, darf ich dir eine Kollegin vorstellen? Bianca Massinelli von der Villa Fiore.«

Der kleine untersetzte Carlo Cataldi kam aus dem Piemont und war seit zehn Jahren mit einer Neapolitanerin verheiratet. Giuseppina würde ihre Heimatstadt niemals verlassen, es sei denn, mit den Füßen voraus, sagte sie immer. Und wer die resolute Giuseppina kannte, nahm sehr ernst, was sie sagte. Nando war über Carlos Mitarbeit überglücklich, denn der Piemonteser war zuverlässig und ein hervorragender Koch. Während der Arbeit ließ er sich kaum ablenken und wirkte auch jetzt eher unwirsch, weil man ihn störte.

»Freut mich, Bianca. Aber ihr seht, ich habe zu tun. Später, Nando. Geht nur, geht, hier läuft alles!«

Nando klopfte seinem Koch auf die Schulter. »Das weiß ich doch, mein Freund.«

»Ich kann ihn sehen, lassen Sie mich vorbei!«, ertönte Ariannas Stimme am anderen Ende der Küche.

Carlo grinste und hob die Kelle. »Jetzt geht, hier kommt sie nicht vorbei.«

Nando ergriff erneut Biancas Hand und zog sie energisch auf die Straße. Dort wandte er sich nach rechts, bog in die nächste kleine Gasse ein und hielt sich links, bis sie an einer mannshohen Mauer ankamen, die von Efeu und blühenden Kletterpflanzen überwuchert war. Es war lange her, dass er hier gewesen war, doch er erinnerte sich noch an die versteckte Tür, durch die man in den privaten Garten gelangte.

»Was machen wir hier?«, flüsterte Bianca und sah sich um.

»Ah!« Der rostige Haken gab nach, und er löste ihn aus der Verankerung. Sacht drückte er die schmale Pforte auf, wobei der überhängende Efeu raschelte und trockene Blätter und Insekten auf sie herabfielen.

»Iiiih, nein, nein …« Bianca schüttelte und wand sich, doch er zog sie durch die Öffnung und drückte die Pforte hinter ihnen zu.

»Warte«, sagte er leise und sah sie im Licht des Mondes und entfernter Lichter von umliegenden Häusern an.

Sie wischte sich über die Haare und zog an ihrem Kragen, ließ aber zu, dass er sein Telefon hervorholte, die Leuchte anstellte und sie nach unerwünschten Krabbeltieren absuchte. Eine Spinne von beträchtlicher Größe kroch ihr über die Schulter, doch bevor sie den Ausschnitt von Biancas T-Shirt erreichen konnte, schnippte Nando sie weg.

»Erledigt, so weit ich das sehen kann, krabbelt nichts mehr auf dir herum.« Er schaltete das Licht aus und steckte das Telefon in seine Hosentasche.

Vor der Mauer hörten sie Schritte. Eine Frau fluchte leise vor sich hin, dann knatterte eine Vespa vorüber. Er stand nur eine halbe Armlänge von Bianca entfernt und spürte ihren Atem an seinem bloßen Arm. Es war noch immer sehr warm, und hier in der Stadt war die Luft drückend, so dass es selbst nachts kaum abkühlte. Wenn der Strom und mit ihm die Klimaanlagen ausfielen, was in vielen Wohnblöcken Normalität war, konnte eine neapolitanische Sommernacht zur Folter werden.

»Okay, wo sind wir hier, und warum verstecken wir uns?«

Die Schritte kehrten zurück, und er hielt inne und legte einen Finger an die Lippen. Bianca runzelte unwillig die Stirn.

»Ach, komm schon, sie wird uns doch nicht verfolgt haben?« Bianca sah nach unten, wo es neben ihnen im Gras raschelte. Sie standen auf einer alten Steinplatte.

»Hier kriechen sicher Skorpione und Schlangen herum.« Sie sah sich vorsichtig um.

»Die sind weniger gefährlich als meine wütende Exfrau.«

»Ich dachte, ihr seid noch nicht geschieden?«

»Leider noch nicht, aber für mich ist sie seit zwei Jahren meine Ex, auch wenn sie das nicht wahrhaben will. Bianca, bitte, es tut mir so leid, dass du heute Abend …«

Doch sie schüttelte den Kopf. »Lass, dafür kannst du doch nichts. Ich habe, seitdem wir im *Musetta* waren, nicht mehr ans *Fiore* gedacht. Und irgendwie scheint es mir jetzt weiter weg, also, das ist es ja auch, herrje …«

Er trat so dicht an sie heran, dass er den Duft ihrer Haare wahrnahm. Honig und Vanille. Das passt zu ihr, dachte er, während er über ihre Wange strich und ihren Nacken mit den Fingerspitzen berührte. Sie zuckte kurz zurück, entspannte sich aber und blieb stehen. Ihre großen blauen Augen sahen ihn kritisch und fragend zugleich an.

»Was willst du von mir, Nando?«, flüsterte sie.

Mit seiner freien Hand zog er sie an sich und spürte, wie sie ihre Hände auf seine Brust legte. Ihr Körper war so weich und weiblich, wie er es sich vorgestellt hatte.

»Ich möchte dich küssen, Bianca.« Er spürte ihre Wärme, ihren schnellen Herzschlag und fühlte den Widerstand ihres Körpers. Sie rang mit sich.

»Und dann? Was kommt dann, Nando? Ich kann das nicht. Ich bin keine Frau für ein kurzes Abenteuer. Nicht für … ach. Tut mir leid.« Der Druck ihrer Hände verstärkte sich.

Im Halbdunkel des Gartens sah er ihre Unterlippe zittern, und Nando nahm sie sanft in die Arme. Er hielt sie einfach nur an sich gedrückt, bis er spürte, wie sie sich entspannte und leise weinte.

»Bianca, bitte, vertrau mir. Ich will dich nicht verletzen. Du bist eine wundervolle Frau, und ich glaube, das weißt du gar nicht. Ich möchte Zeit mit dir verbringen, nicht nur in der Küche«, murmelte er in ihren Haaren und strich über ihren Rücken.

Ein kleines Lachen ging durch ihren Körper. »Nicht nur in der Küche? Das ist hübsch.« Sie hob den Kopf und fuhr sich über die Augen. »Was willst du mit einer Heulsuse wie mir? Nando, ich verstehe es nicht. Ich bin nicht perfekt, ich …« Sie schluchzte unglücklich.

Er hielt ihre schmale Taille umfasst. »Dass du es nicht begreifen kannst, Bianca? Ich habe mich in dich verliebt, als ich dich mit roten Wangen aus der Küche kommen sah. Du warst in deinem Element, voller Energie und Leidenschaft für deine Gerichte. Und dein Himbeerparfait hat mich überwältigt.«

Er hielt ihr Gesicht mit den Händen, so dass sie ihm in die Augen sehen musste. »Es gibt kaum etwas Langweiligeres als Perfektion. Es sind unsere Makel, unsere liebenswerten

Schrullen, die uns besonders machen. Ich hoffe, dass ich deine kennenlernen darf und du mir meine verzeihen kannst.«

»Was hätte ich dir zu verzeihen?«

»Das hier zum Beispiel.« Bevor sie protestieren konnte, küsste er sie. Ihre weichen Lippen öffneten sich leicht, und er schmeckte ihre Süße, die ihn süchtig nach mehr machte. Es war lange her, dass er eine Frau so begehrt hatte wie Bianca. Und es war mehr als das, er empfand eine tiefe Zärtlichkeit für sie, die ihn verunsicherte und verletzlich machte. Aber war es nicht genau das, was Liebe ausmachte? Man öffnete sich jemandem, ohne etwas zu erwarten, man gab einen Teil von sich in der vagen Hoffnung, dass der andere genauso empfand.

Seine Hände umfassten ihre Taille und zogen ihren schmiegsamen Körper enger an sich. Als auch sie ihn an sich zog und seinen Kuss mit größerer Intensität erwiderte, musste er sich beherrschen, um nicht ihr Gesäß an sich zu pressen. Hier war nicht der richtige Ort für weitere Erkundungen.

Verträumt legte sie den Kopf in den Nacken. »Was ist das hier eigentlich für ein Garten? Ist das überhaupt ein Garten?«

»Hm, ja, einer der wenigen noch existierenden alten Gärten Neapels. Ich weiß gar nicht, wem er jetzt gehört. Als Junge habe ich ihn auf meinen Streifzügen durch die Stadt entdeckt. Da lebte noch ein alter Mann in der Wohnung dort oben. Der erlaubte mir hierherzukommen, wann immer ich wollte. Eine Zeit lang habe ich hier Kräuter angebaut und einen Rosenstrauch gehegt. Die Rosen habe ich Nonna mitgebracht.« Nando strich Bianca eine Haarsträhne aus dem Gesicht. »Sie wollte mir nicht glauben, dass es diesen Garten gibt, und behauptete, ich würde die Blumen stehlen. Bis sie sich selbst von seiner Existenz überzeugt hatte. Lass uns gehen, Bianca.«

»Finden wir jetzt noch Hotelzimmer?«

Nando hob die Augenbrauen. »Ich habe eine Wohnung hier. Mit Gästezimmer. Nebenan gibt es auch ein Hotel, wenn dir das lieber ist, reserviere ich dort für dich.«

Er konnte nicht erkennen, ob sie lächelte, doch sie schüttelte den Kopf. »Das wäre ja albern.«

Zur Bestätigung drückte er ihr einen flüchtigen Kuss auf die Stirn. »Ich kann mich benehmen.«

Sie gingen zu seinem Wagen und fuhren ins Vomero, wo Nandos Wohnung im Dachgeschoss eines vierstöckigen Hauses lag. Die Vorzüge der Zweizimmerwohnung lagen in der Dachterrasse, dem Tiefgaragenparkplatz und dem Blick auf die Bucht. Der Park der Villa Floridiana war nur zwei Querstraßen entfernt, und hohe Bäume in der Straße von Nandos Wohnung machten sommerliche Temperaturen um vierzig Grad ein wenig erträglicher. Als sie in der Tiefgarage ausstiegen, sagte er zu Bianca: »Nonna wohnt nur einige Minuten entfernt. Ich würde sie dir gern morgen vorstellen. Wenn du möchtest.«

»Sehr gern«, sagte Bianca leise und sah sich um.

Nando nahm beide Taschen aus dem Kofferraum. »Da entlang.«

Er wollte ihr zeigen, woher er kam, wer ihn geprägt hatte. Und er hoffte, dass Bianca verstand, dass sein Reichtum nur eine Äußerlichkeit war. Was er heute besaß, hatte er sich hart erkämpfen müssen, und deshalb hatte er ein Recht, stolz darauf zu sein. Er wusste, was es bedeutete, arm zu sein, und wie viel Glück er mit seinen Großeltern gehabt hatte. Inmitten der brutalen Realität der Vele hatten sie ihm Anstand und Moral beigebracht und ihm die Hoffnung auf ein besseres Leben gegeben.

Ein Fahrstuhl brachte sie in den vierten Stock. Auf seinem Flur war noch eine weitere Wohnung, ein Professor der englischen Literatur, der die Sommer im kühlen England verbrachte. Gemma, eine Freundin von Stefania, sah gelegentlich nach seiner Wohnung und nutzte sie nach Absprache für Besuch. Dafür machte sie sauber, goss die Pflanzen und hielt die Dachterrasse in Schuss. Sie schien heute hier gewesen zu sein, denn es roch frisch, und die Blätter des Ficus wirkten grün und saftig.

Bianca, die durch den breiten Flur ins Wohnzimmer getreten war, sagte: »Wunderschön!«

Er stellte die Taschen ab und schloss die Tür hinter sich. Mit der Einrichtung hatte er sich tatsächlich Mühe gegeben, denn er hatte Arianna nach der Trennung die große gemeinsame Wohnung überlassen. Ihr Geschmack war ihm ohnehin zu grell und luxuriös gewesen. Helle Grautöne und Ocker in den Durchgängen gaben seiner Wohnung den Charakter eines Lofts. Moderne Designermöbel und frische Farbakzente wie ein roter Stuhl von Ettore Sottsass und ein Glastisch von Ico Parisi in Verbindung mit einem werkstattgroben Fußboden aus Kunstharz schufen eine lichte Atmosphäre. Klare Formen und wohnliche Stoffe machten die Wohnung einladend.

»Danke, ich habe mich bemüht, hatte aber zugegebenermaßen Hilfe von einer Innenarchitektin. Von Altrosa als Wandfarbe konnte ich sie abbringen.«

»Altrosa? Ach nein.« Bianca ging zur Terrassentür. »Darf ich?«

»Natürlich, draußen ist sowieso mein liebster Platz. Ich bin viel zu selten hier«, sagte er mehr zu sich, als er ihr in die laue Nachtluft hinausfolgte. Im Golf von Neapel blinkten die Positionslampen der großen Schiffe.

Zwei Liegen und ein Sessel aus wetterfestem Rattan standen umgeben von Palmen und blühenden Sträuchern. Ein Limonenbaum und ein kleiner Feigenbaum fristeten ein eher bescheidenes Dasein in ihren Töpfen. Seine Kräuter machten einen vernachlässigten Eindruck.

»Morgen rufe ich eine Bekannte an, Bianca. Sie arbeitet für die Stadtverwaltung und kann vielleicht helfen, wegen des Pininfarina.« Sie standen nebeneinander an der Brüstung und sahen auf die blinkenden Lichter Neapels hinunter.

»Ob das wirklich noch etwas bringt? Die Polizei hatte damals keinen Erfolg.« Sie klang mutlos und verzagt.

»Manchmal ist es sogar von Vorteil, wenn etwas Zeit verstrichen ist. Neue Zuständige, die vielleicht mehr Interesse haben. Einen Versuch ist es wert.«

Sie legte ihre Hand auf seine. »Danke. Das bedeutet mir sehr viel.«

22

LIEBE UND ANDERE VERWICKLUNGEN

Bianca erwachte von ungewohntem Straßenlärm und dem Rufen von spielenden Kindern. Schlagartig wurde ihr bewusst, wo sie sich befand, und sie sah sich um, doch sie lag allein in ihrem wundervoll bequemen Bett. Nando hatte ihr gestern noch erklärt, warum diese Matratze so besonders war, aber nach zwei Gläsern Rotwein hatte sie die Einzelheiten vergessen. Er hatte sie geküsst, danach hatte er sie fürsorglich in sein Gästezimmer bugsiert und ihr eine gute Nacht gewünscht. Sie drehte den Kopf, der sich schwer anfühlte, und blinzelte in die Morgensonne. Als sie sich langsam aufrichtete, verspürte sie eine große Erleichterung – von Kopfschmerzen war sie verschont geblieben. Ihr Telefon summte. Sie schaute auf das Display.

»Giulia! Guten Morgen! Ist alles in Ordnung? Warum rufst du so früh an? Geht es Papa gut?«

»Wenn du aufhörst, Fragen zu stellen, verrate ich es dir!« Ihre Schwester lachte. »Geht es dir gut, Bibi? Wo bist du denn jetzt?«

»Alles in Ordnung, bin in Nandos Wohnung. In seinem Gästezimmer!«, betonte sie.

»Ach Bibi, genieß es doch einfach. Nando ist ein attraktiver Mann, warum also nicht?«

Bianca stöhnte und ließ sich zurück ins Kissen sinken. »Erstens hatte ich ein Glas Wein zu viel, und zweitens hast du gut reden. Versetz dich mal in meine Situation …«

»Mache ich ja, und ich hätte diesen Mann nicht von meiner Bettkante geschubst. Kochen kann er auch noch, was willst du mehr?«

»Du bist unmöglich, Giuli! Ich werde das Paul erzählen, wenn du nicht aufhörst.« Doch sie kicherten beide. Es tat gut, dass Giulia ihr Mut machte.

»Der ist inzwischen einiges gewohnt. Wer es mit den Massinellis aushält, den kann so schnell nichts erschüttern.« Im Hintergrund wurde Giulia gerufen. »Ja, ich spreche gerade mit ihr«, rief sie zurück, und zu Bianca sagte sie: »Wir haben eine neue Chance für das *Fiore* bekommen. Unsere Weine werden bestens angenommen, da haben wir keine Probleme, aber Mama hat ihre Brüder nach Kontakten zu deutschen Feinschmeckermagazinen gefragt und – tataaaa! Wir werden demnächst Besuch aus München bekommen, wann genau, wissen wir noch nicht, aber in den kommenden ein bis zwei Wochen.«

Sofort war Bianca hellwach und saß kerzengerade im Bett. Ihr Blick fiel auf die gegenüberliegende Wand. Was aussah wie Mauerwerk war eine bestickte Tapete. Neugierig kletterte sie aus dem Bett und trat an die weiße Tapete, die mit weißen Papierrechtecken bestickt war. »Das ist eine Tapete. Was es alles gibt …«, murmelte sie.

»Was? Hörst du mir überhaupt zu?«

»Entschuldige, ja, natürlich. Das ist ja eine super Nachricht! Wie heißt das Blatt? Soll ich sofort zurückkommen? Oh Mist, ob Nando uns noch ein wenig aushilft? Gemeldet hat sich vermutlich immer noch niemand auf unsere freie Stelle, oder?« Sie kontrollierte zwar ihren Mail-Account, doch die Bewerbungen konnten auch bei Claudia landen.

»Die Bewerber stehen hier Schlange. Wir wissen schon gar nicht mehr, wie wir das mit den Terminen regeln sollen. Schwacher Scherz, ich weiß, also, nein, kein einziger Koch hat angebissen. Bis auf deinen Superchef. Halte den bitte gut fest. Beim nächsten Essen wird alles glattlaufen, da bin ich mir sicher. Wann wollt ihr denn zurückfahren?«

»Heute, dachte ich. Ich rufe dich zurück, wenn ich mit ihm gesprochen habe.«

»Also, das Magazin ist ziemlich neu, jung und auf Slow Food ausgerichtet. Sollte passen. Ich schicke dir gleich den Link zur Website. Der Tester kommt diesmal ganz offiziell. Das macht die Sache etwas einfacher.«

Es klopfte an der Tür. »Ja!«, rief Bianca, und Nando schaute vorsichtig ins Zimmer.

»Gut geschlafen?«

Seine Haare waren noch feucht vom Duschen. Barfuß und in Shorts und einem zitronengelben Poloshirt stand er in der Tür.

Sie nickte. »Giulia ist dran, wir haben eine neue Chance für das *Fiore* bekommen. Ist das nicht großartig?«

»Erzähl's mir gleich. Kaffee ist fertig. Auf der Dachterrasse.« Nando verschwand wieder, ließ die Tür aber offen stehen.

»Oh, na dann will ich euch nicht weiter stören«, meinte Giulia. »Mama und Renata haben das gut gemacht gestern. Mach dir keine Sorgen, alle waren zufrieden.«

»Das ist großartig, aber ich habe ein furchtbar schlechtes Gewissen. Ich weiß doch, wie viel Arbeit das bedeutet. Harper ist noch da?«

»Ja, sie fährt übermorgen mit Graham nach London. Jean reist gleich ab. Also, Bibi, lass dir ruhig noch ein wenig Zeit, aber bring deinen Superchef mit.«

Die Schwestern verabschiedeten sich, und Bianca ging ins

Bad, um rasch zu duschen. In einer langen Leinenhose und mit einem ärmellosen Top trat sie wenig später nach draußen. Nando tippte auf seinem Handy und erhob sich, als er sie sah.

»Heute siehst du viel besser aus, erholter. Bitte, nimm Platz.« Er gab ihr einen Kuss auf die Wange und goss Espresso aus einem kleinen Kocher ein. Der elektrische Kocher war eines jener teuren High-End-Produkte, die sie nur aus Katalogen kannte.

Sie berichtete, was Giulia gesagt hatte, und fügte hinzu: »Ich mag dich nicht bitten, Nando, aber würdest du uns noch einmal helfen? Ich meine, wir fahren ja ohnehin gemeinsam zurück … Und ich kenne deine Pläne nicht, aber …«

Mit gerunzelter Stirn schob er ihr ein Glas Orangensaft zu. »Selbstverständlich werde ich euch helfen. Wir sollten vielleicht tatsächlich ein wenig planen.«

Erschrocken sah sie ihn an. Die ungewisse Situation hatte durchaus ihren Reiz, abgesehen von einem fehlenden Koch, den sie tatsächlich dringend brauchten, aber im Grunde wollte sie gar nicht wissen, wann er abreiste. Konnten sie nicht einfach so weitermachen? Die albernen Gedanken verwerfend nickte sie stattdessen. »Sicher, du kannst ja nicht im Rufina versauern, und wir nutzen dich schamlos aus.«

Er reichte ihr einen Teller mit süßem Gebäck. »Ich fühle mich sehr wohl im Rufina, und ausgenutzt hat mich noch niemand.«

Sie nahm sich ein kleines gefülltes Croissant. »Mhm, das duftet himmlisch, danke!« Das Croissant war knusprig und die Creme nicht zu süß. »Vermisst du denn nicht langsam dein Leben?«

»Mein Leben? Du meinst das *Musetta*?«

»Alles, deine Wohnung, deine Freunde, die Sternerestaurants in New York oder sonst wo. Du bist doch viel unterwegs und triffst immer neue interessante Menschen, Prominente, ach, du weißt schon, was ich meine. Bei uns im Rufina lebt es sich beschaulich.« Sie trank ihren Kaffee, der aromatisch und stark war, dabei fiel ihr Blick auf seine gebräunten Beine, die er neben ihrem Stuhl ausstreckte, während er nach seinem Saftglas griff. Automatisch strich sie über ihren Oberschenkel, den sie wie immer unter einer langen Hose versteckte.

Nando beobachtete sie. Das tat er anscheinend gern, und es machte sie verlegen.

»Ich habe eine Pause von meinem alten Leben genommen, weil ich leer und ausgebrannt war. Du kannst dir nicht vorstellen, wie hektisch es in den Küchen, in denen ich gearbeitet habe, zugehen kann. Der Ton ist rau, und das Arbeiten macht nicht immer nur Spaß. Du hast Konkurrenten, die dir deinen Erfolg nicht gönnen. Innerhalb des Teams kommt es oft zu Streitigkeiten. Alkohol- oder Drogenprobleme. Der Druck, die Ansprüche sind enorm hoch. Je mehr Erfolg man hat, desto größer sind die Erwartungen an einen selbst. Irgendwann stand ich in einem Hotel in Zürich am Herd und habe mich gefragt, warum ich das eigentlich mache. Das war schrecklich!« Sein Blick ruhte liebevoll auf ihr. »Du kochst in deinem Restaurant, für deine Familie, weil du es liebst, weil du ein Ziel hast. Ihr arbeitet alle zusammen, jeder gibt sein Bestes in seinem Bereich.«

»Nicht immer. Ich habe versagt«, sagte sie kaum hörbar.

»So ein Unsinn. Jeder macht Fehler, und ich bin mir noch nicht einmal sicher, ob du überhaupt einen gemacht hast. Bianca, du hast großes Glück mit deiner Familie.« Er leerte sein Saftglas und stellte es auf den Tisch, dessen Platte ein buntes Mosaik zierte. Die Bepflanzung der Dachterrasse war so geschickt angelegt, dass die Nachbarn kaum Einsicht hatten und der Blick über die Bucht ungestört war.

»Mit dem *Musetta* wollte ich mir etwas Eigenes aufbauen, gemeinsam mit Arianna. Und bin gescheitert.«

»Nein, das bist du nicht. Zu einer Beziehung gehören immer zwei. Und das *Musetta* ist doch erfolgreich und ein ganz besonderes Restaurant.« Sie hätte ihn gern in den Arm genommen und ihm versichert, dass er alles richtig gemacht habe, zumindest, was das Restaurant betraf, doch sie war unsicher. Was für ein Feigling sie doch war. Irgendwann würde der Augenblick der Wahrheit kommen, mit Nando oder einem anderen Mann. Giulia hatte ihr zwar versichert, dass der Anblick ihres vernarbten Beins keinen Mann in die Flucht schlagen würde, aber das war die Meinung ihrer Schwester. Milena fand die ganze Aufregung um die Narben ohnehin unsinnig. Ihre naturverbundene robuste Schwester hatte für solche Empfindlichkeiten kein Verständnis. Für Mila waren Unfälle und Verletzungen bei Mensch oder Tier Alltag. Sie therapierte traumatisierte Pferde und die Menschen gleich dazu. Denn fast immer hing das eine vom anderen ab.

Nando stieß einen tiefen Seufzer aus. »Ja, das ist wohl wahr. Aber heute wollen wir nicht nur vom Geschäft und von rachsüchtigen Ehefrauen sprechen. Was hältst du von einem Ausflug nach Capodimonte? Dort oben ist es angenehm ruhig und frischer als in der Stadt.«

Capodimonte war eine Welt für sich. Nando hatte nicht übertrieben. Bianca war hingerissen von dem Palazzo mit seinen blassrosa Außenmauern, vor denen sich Palmen malerisch im Wind wiegten. Die gesamte Anlage schien der Zeit entrückt und lud zum Träumen ein.

Sie hatten sich einen Teil der Gemäldesammlung angesehen und spazierten jetzt durch den Park. Nur wenige Menschen hatten heute den Weg hierherauf gefunden. Die meisten zog es ans Meer, doch Bianca mochte das satte Sommergrün der Bäume und das Rascheln der Blätter. Es erinnerte sie an die Hügel des Rufina. Sie hatten sich auf einer steinernen Bank niedergelassen und schauten auf das Häusermeer Neapels, das sich weiß und flimmernd bis ans Blau der Bucht erstreckte.

»Ich kann dich gut verstehen, Nando. Es ist wunderschön hier oben.« Sie warf ihm einen kurzen Seitenblick zu. Dieser gutaussehende erfolgreiche Mann saß hier mit ihr und hatte ihr sein Herz geöffnet und private Dinge mit ihr geteilt, die ihm viel bedeuteten.

»Danke, dass du es mir gezeigt hast.«

»Jetzt bist du an der Reihe, Bianca«, sagte er und wandte sich ihr zu.

Automatisch zog sie ihr Bein an sich und legte die Hand auf ihren Oberschenkel. »Ich, ich bin hier nicht zu Hause. Was sollte ich dir schon an geheimen Schönheiten Neapels zeigen?«

»Die interessieren mich nicht. Ich möchte dich kennenlernen, Bianca. Warum kannst du mir nicht ein wenig vertrauen?« Er nahm ihre Hand und streckte seine Finger durch ihre. Eine kleine Geste, die eine Welle von Gefühlen in ihr auslöste.

»Dieser Unfall hat mich verändert, Nando. Ich habe Albträume, werde nervös, wenn ich seltene Sportwagen höre, und mein Bein, nun, zu einer Misswahl werde ich wohl nicht mehr zugelassen werden. In der Küche kann ich nicht lange stehen, und das ist das Schlimmste von allem. Ich liebe meinen Beruf, ich habe mich dafür entschieden und mich trotz des leidigen Beins durchgekämpft, wollte nie, dass dieser Unfall mein Leben bestimmt. Und das wird er auch nicht!« Es sollte leicht und scherzhaft klingen, doch die Worte perlten bitter von ihren Lippen.

Mit einer sanften Bewegung zog er sie zu sich, so dass ihr Kopf auf seiner Schulter zu liegen kam. »Du hast etwas

Schreckliches erlebt, und das in einem Alter, in dem man unbeschwert das Leben genießen sollte. Natürlich hat dich das geprägt, aber es hat dich auch zu der liebenswerten Person gemacht, die du heute bist und die ich schätze.«

Sie hob den Kopf. »Du schätzt mich? Nando, ich kann das nicht …«

Weiter kam sie nicht, denn er küsste sie. Und weil er das auf eine Weise tat, die sie jegliche Argumente, die dagegensprechen konnten, vergessen ließ, schlang sie die Arme um ihn und erwiderte den Kuss. Ihr Körper übernahm das Denken für sie, indem er sich enger an diesen Mann schmiegte, der sie erstaunlicherweise begehrenswert fand.

Erst als sie Schritte und Stimmen hörten, lösten sie sich voneinander, und Bianca räusperte sich verlegen und zupfte an ihrem T-Shirt. »Deine Art der Argumentation ist sehr überzeugend, Nando«, murmelte sie.

»Endlich verstehst du mich.« Er lächelte zufrieden und strich über ihre Haare, als sein Telefon summte. Nachdem er auf dem Display herumgetippt hatte, sah er sie freudig an. »Gute Nachrichten von meiner Bekannten. Ein gelber Pininfarina ist auf den Namen Gallorini und ein roter auf den Namen Zanelli zugelassen. Dann gibt es noch einen bei den Avesanis aus Mailand und einen auf den Namen Talone. Wir sprechen von Zulassungen, die vor mindestens zwölf Jahren erfolgt sind.«

»Nein, das ist doch nicht möglich!«, rief Bianca aus, und ihr Magen verkrampfte sich. »Talone?!«

23

Glücklich wacht sie auf
während unversehrt
über versunkenen Gärten und Villen
aus dunklen Schatten der Morgen emporsteigt.

Lalla Romano *(Jung ist die Zeit)*

Noch auf dem Rückweg zu Nandos Wohnung rief Bianca ihre Schwester an, doch Giulia schien von der neuen Erkenntnis wenig beeindruckt.

»Das muss nichts bedeuten, Bibi. Ich kann mir beim besten Willen nicht vorstellen, dass der alte Talone oder sein Sohn am Steuer des Unfallwagens gesessen und Unfallflucht begangen haben. Ich meine, ich war zwar später nicht mehr hier, aber in all den Jahren habt ihr doch immer mal wieder mit ihm und Valentino gesprochen, und nie hat einer von beiden eine Andeutung gemacht oder irgendein Anzeichen von Betroffenheit gezeigt oder dergleichen, nicht wahr? Außerdem halte ich den alten Talone für einen Mann von Ehre. Manchmal vielleicht zweifelhaft, aber so was ist nicht sein Stil.«

Bianca konnte sich tatsächlich nicht entsinnen, von den Talones jemals anders als andere Familienmitglieder behandelt worden zu sein. »Ehre? Er ist ein knallharter Geschäftsmann, der kleine Winzer schon mal über die Klinge springen lässt«, wandte Bianca ein. »Für seine Menschenfreundlichkeit ist er jedenfalls nicht bekannt.«

»Schon, aber nur weil er ein harter Geschäftsmann ist, muss er menschlich nicht vollkommen verroht sein. Denk doch mal an Nonna und ihr Verhältnis zu Talone. Das hat mich immer gewundert. Sie hält etwas von ihm, und da wir wissen, dass sie viel mehr erlebt hat, als sie uns bisher erzählt hat, glaube ich, dass sie gute Gründe hat, ihn nicht zu verteufeln.«

»Aber sie war doch mit Corrado Talone bekannt, nicht wahr? Das war der Vater vom alten Talone, wenn ich mich richtig erinnere.«

»Mit Umberto Talone kann sie auch gut, das haben wir ja auf ihrer Geburtstagsfeier im letzten Jahr gesehen. Bibi, da bist du auf dem Holzweg. Ich finde es ja gut, dass du dich mit dem Unfall auseinandersetzt, das ist wichtig, aber was willst du denn machen? Guten Tag, Signor Talone, ach übrigens, waren Sie das damals, der mich von der Straße gedrängt hat und dann einfach abgehauen ist?«

Bianca musste lachen. »Ja, ja, schon gut. Ich wollt's dir nur erzählen. Alles gut bei euch? Morgen fahren wir zurück. Die arme Renata – und Mama soll auch nicht mehr diesen Stress in der Küche haben.«

Nando sagte: »Wir sind gegen Mittag zurück.«

»Danke«, flüsterte sie ihm zu und sagte zu ihrer Schwester: »Ab morgen Mittag übernehmen wir wieder.«

»Mach dir nicht immer so viele Gedanken, Bibi, hier läuft alles rund. Elena ist eine echte Perle. Sie kümmert sich um die Gäste und arbeitet für drei. Und ich bin jetzt mit Harper verabredet. Wir wollen den letzten Abend genießen und gehen in Florenz feiern. Paul kommt auch mit. Wo steckt er denn nur? Also, bis morgen, kleine Schwester!«

Bianca ließ das Telefon sinken und dachte nach.

»Wenn ich raten sollte, würde ich sagen, dass du dir gerade eine Strategie überlegst?« Nando parkte den Wagen in der Tiefgarage des Apartmenthauses.

»Hm, ja. Aber wenn ich einfach so anrufe …«

»Gib dich als Käuferin oder Sammlerin aus und verwickle die Leute in ein Gespräch«, schlug er vor und stellte den Motor ab.

»Ausgerechnet ich, die gerade Kupplung und Bremse unterscheiden kann …«

»Dann rufe ich an, mache ich gern.«

Sie nahm ihre Handtasche und sah ihn an. »Das würdest du tun? Ich weiß gar nicht, wie ich mich jemals für deine Hilfe revanchieren soll.«

Nando lächelte, drückte ihr einen flüchtigen Kuss auf die Wange und half ihr, die Tür zu öffnen. »Na komm, lass uns den letzten Abend nicht in der Tiefgarage verbringen.«

Als sie nach einem einfachen köstlichen Pastaessen, das Nando rasch zubereitet hatte, auf der Dachterrasse saßen und den Geräuschen des sich verabschiedenden Tages lauschten, griff Bianca das Thema wieder auf: »Und was machen wir, wenn tatsächlich einer der Besitzer mit dem Wagen in der Nähe von Florenz war? Können wir die Leute dann einfach ausfragen? Ich glaube, meine Idee war ziemlich naiv. Ich werde nie erfahren, wer mir das hier angetan hat, und vielleicht ist das auch gut so.«

Sie streckte das Bein aus und schaute über die Brüstung auf das prachtvolle Panorama. Noch konnte man einige Segelschiffe in der Abendsonne ausmachen, ein Kreuzfahrtschiff lag in der Bucht vor Anker.

»Wenn du damit leben kannst?«

Sie seufzte. »Was bleibt mir anderes übrig?«

»Die Frage ist doch, wie du damit umgehst.« Er erhob sich und nahm ihre Hand. »Zeig es mir, bitte.«

Sie ließ sich von ihm aufhelfen und spürte, wie ihre Beine zu zittern begannen. »Nein«, flüsterte sie, und Tränen stiegen ihr in die Augen.

Doch er nahm ihr Gesicht in die Hände und küsste sie sanft. »Zeig es mir, Bianca. Lass mich sehen, was dich davon abhält, das Leben zu genießen.«

Ihr Magen verkrampfte sich, ihre Hände wurden kalt, und sie wäre am liebsten davongerannt. Aber sie war hier, es war ihre Entscheidung gewesen, ihn zu begleiten. Vielleicht hatte sie es herausfordern wollen. Stumm nickte sie und ließ sich von ihm in die Wohnung führen. Sein Schlafzimmer war kühl, ein Deckenventilator summte leise und verbreitete einen frischen Hauch. Nando streifte sein Poloshirt über den Kopf und warf es achtlos zur Seite. Bei jeder Bewegung spielten die Muskeln seiner Arme, und sie fuhr sich mit der Zunge über die Lippen, als sie seinen festen Bauch sah, an dem sich die dunklen Brusthaare vereinten und als schmale Linie in seinen Jeans verschwanden.

Vorsichtig streckte sie die Hand nach ihm aus und ließ ihre Fingerspitzen über seine Schultern und seine Brust gleiten, wobei er die Augenlider senkte und schließlich ihre Hand festhielt. »Fühlst du das?«

Er führte ihre Finger vorsichtig an seinen rechten Rippenbogen, wo sie eine leichte Erhebung der Haut ertasten konnte. Sie sah genauer hin und entdeckte eine etwa fünfzehn Zentimeter lange Narbe, die sich halbmondförmig um seine Seite zog.

»Was ist passiert?«, fragte sie und strich langsam die leicht wulstige Narbe entlang.

»Mein Gegner hatte ein Messer und war schneller als ich«, meinte er grinsend. »Ohne die Hilfe meines Freundes Tiziano hätte es übel ausgehen können. Die Klinge hat meinen Lungenflügel nur knapp verfehlt. Tizianos Arm hat einen bösen Schnitt davongetragen.«

»So was macht nur ein echter Freund oder ein Bruder.«

»Tito ist wie mein Bruder. Wir haben einander geschworen, den anderen niemals im Stich zu lassen. Und wäre einer von uns an Drogen geraten, hätte der andere ihn da rausgeholt.« Seine dunklen Augen blickten ernst. »Mit allen Mitteln. Aber dazu ist es glücklicherweise nie gekommen.«

»Wie alt wart ihr?«

»Zwölf.«

»So jung? *Santa Vergine!*«, entfuhr es ihr.

»Meine Kindheit war nicht immer leicht, aber sie war dennoch gut. Nonna und mein Großvater haben alles für uns getan. Wir wurden geliebt, und das war entscheidend.«

»Ohne meine Familie hätte ich den Unfall und alles, was danach kam, kaum überstanden. So viele Operationen, Nando, diese Schmerzen. Manchmal wollte ich nicht mehr, aber dann waren sie da und haben mich aufgefangen.«

»Du vertraust ihnen, weil du weißt, dass sie dich kompromisslos lieben.«

Bianca schluckte. »Sie sind meine Familie. Ich würde auch alles für sie tun.«

»So wie ich für dich, Bianca.« Er zog sie an sich und küsste sie, strich über ihren Rücken und ihre Hüften. Als seine Hand das verletzte Bein berührte, zuckte sie automatisch zurück.

»Habe ich dir wehgetan?«

»Nein, nicht so, nicht körperlich«, murmelte sie, holte tief Luft und nahm all ihren Mut zusammen. Mit zitternden Fingern öffnete sie ihren Hosenbund und ließ die Leinenhose zu Boden gleiten. Sie sah nicht hin, denn sie kannte jeden hässlichen roten Wulst der Narben auf ihrem Oberschenkel. Von ihrer Hüfte bis kurz vor dem Knie verliefen die roten Striemen, jeder stand für einen Eingriff, eine weitere schmerzhafte Behandlung. Weil bei einer der Operationen ein Nerv beschädigt worden war, konnte sich ein Strang des Quadrizeps nicht vollständig entwickeln. Selbst bei regelmäßigem Training hatte der Muskel nur sehr langsam reagiert, und man konnte den Unterschied noch immer deutlich sehen.

»Welches Bein meinst du?«

Er wollte die Situation entkrampfen, es ihr leichter machen, aber ihr war nicht nach Scherzen zumute, sie fühlte sich entblößt und verletzlich. »Das hässliche, das, an dem der Muskel sich nicht mehr trainieren lässt, weil ein Nerv verletzt wurde. Das verdammte schwache Bein, das mich in der Küche bei Stress und Hitze im Stich lässt. Das meine ich.«

Sie blinzelte gegen die Tränen, doch sie flossen ihr einfach über die Wangen. Nando sah sie an, und plötzlich hob er sie hoch und trug sie zu seinem Bett. Ihr Gewicht schien ihm nicht das Geringste auszumachen, denn er legte sie sacht ab, zog die Tagesdecke zurück und ließ sie unter die kühlen Laken gleiten. Er zog die Jeans aus. Als er sich zu ihr unter das Laken legte, spürte sie seinen nackten Körper an ihren Beinen.

»Du musst verzeihen, aber ich schlafe immer nackt. Bei dieser Hitze sowieso.« Seine kundigen Hände streichelten ihre Schulter und ihren Bauch und zogen sie enger an sich.

»Und jetzt wollen wir schlafen. Wir müssen morgen früh raus. Ich muss noch im *Musetta* vorbeischauen, und Nonna wollen wir ebenfalls besuchen.« Seine Hand schob sich unter ihr Shirt auf ihren Bauch, und er schien es für das Natürlichste zu halten, so mit ihr einzuschlafen.

Sie trug keine besonders schöne Unterwäsche, doch all das schien ihn nicht zu interessieren. Dieser attraktive Mann hatte sie in sein Bett getragen, störte sich nicht an ihrem Bein und wollte keinen Sex. »Du willst jetzt schlafen?«

Seine Lippen berührten ihren Nacken. »Du nicht? Ich bin flexibel.«

Sie drehte sich zu ihm, so dass sie ihn ansehen konnte, und schob ein Bein zwischen seine. Es fühlte sich gut an, ihm nahe zu sein, und sie strich über seine Wange und küsste ihn. Bevor er den Kuss intensivieren konnte, löste sie sich von ihm und sagte leise: »Ich habe das nicht erwartet. Du bist anders, als ich es mir vorgestellt hatte.«

»Im positiven Sinne, hoffe ich.«

»Sonst läge ich nicht hier. Es ist lange her, dass ich das Bett mit jemandem geteilt habe, Nando, sehr lange, ich brauche noch ein wenig Zeit.«

Tatsächlich beschränkten sich ihre Erfahrungen auf unbedeutende Flirts und eine kurze Affäre mit einem Freund ihres Cousins, doch über unverbindliche Zärtlichkeiten war es nie hinausgegangen.

»Wir haben alle Zeit der Welt, Bianca. Ich weiß, was ich will, und ich gebe nie auf.« In seinen Augen stand ein Versprechen, aber genauso las sie darin sein Begehren.

Seine Berührungen und die Nähe seines Körpers weckten lange zurückgehaltene Gefühle in ihr, ließen sie entspannt und vibrierend vor neu erwachten Sehnsüchten sein. Alles zu seiner Zeit, dachte Bianca, küsste ihn und drehte sich auf die Seite, so dass er sie an sich ziehen konnte.

»Ich habe auch nie aufgegeben …«, murmelte sie und schloss die Augen. Der schwere Wein, die Hitze und die Anstrengungen der letzten Tage verlangten auf einmal ihren Tribut.

»Du bist eine Kämpferin, aber man kann nicht immer gewinnen. Manchmal ist auch eine Niederlage etwas Gutes.«

»Hm, ich weiß nicht. Auf jeden Fall mag ich es, wie du mich ansiehst. Ohne Mitleid und …« Die Müdigkeit erfasste sie mit

Macht, und sie gab es auf, nach weiteren Worten zu suchen, die sich in ihrem schläfrigen Hirn versteckten.

Sonnenstrahlen und der Duft von Kaffee weckten sie am nächsten Morgen. Sie streckte sich, und dann fiel ihr ein, dass sie letzte Nacht nicht allein in diesem, seinem, Bett gelegen hatte. Sofort war sie hellwach und setzte sich auf.

»*Buon giorno!*« Nando kam mit einem Tablett ins Schlafzimmer, das er neben ihr auf dem Bett abstellte. Er war barfuß und trug Jeans, so dass sie die halbrunde Narbe an seinem Rippenbogen sehen konnte. Letzte Nacht war nichts weiter geschehen, sie war einfach eingeschlafen.

»*Buon giorno*, habe ich wirklich bis jetzt geschlafen?« Verlegen griff sie nach einem der beiden Saftgläser. »Danke.«

Er setzte sich zu ihr auf die Bettkante. »Du hast im Schlaf gesprochen. Richtig verstehen konnte ich es nicht, aber es klang, als wärst du in Not. Der Unfall?«

Sie strich ihm über den Arm. »Bestimmt, meine Albträume drehen sich fast immer darum, und ich habe es satt. Deshalb hoffe ich so sehr auf die Suche nach dem Auto.«

Ihr Telefon summte. Auf dem Display erschien Saras Name. »Was will die denn schon wieder?« Bianca schaltete das Handy aus und trank ihr Saftglas leer.

»Falls du ein Croissant vermisst, wir besuchen Nonna, da musst du essen, sonst ist sie tödlich beleidigt. Du kannst natürlich gern hier essen, aber sag nicht, ich hätte dich nicht gewarnt.« Nando leerte seine Espressotasse und schob das Tablett zur Seite, um sie in die Arme nehmen zu können.

Daran könnte ich mich gewöhnen, dachte Bianca, schloss die Augen und überließ sich seinen Küssen. Als seine Hand über ihre Hüfte glitt, zuckte sie nicht zusammen, doch der Gedanke an ihr Bein war sofort wieder präsent, und sie riss die Augen auf. Nando richtete sich auf. »Na komm, Nonna weiß, dass wir kommen, und wartet sicher schon.«

Es war erst neun Uhr, die Stadt erwachte langsam. Das Haus von Vala Branconi lag nur wenige Straßen entfernt, und als sie das Treppenhaus betraten, kam ihnen der Duft von frischem Gebäck entgegen.

»Hm, Mele in crosta, wenn ich mich nicht täusche«, mutmaßte Bianca. Sie liebte Äpfel im Teigmantel, eine Süßspeise, die Teresa früher gern zubereitet hatte.

Nando lachte. »Ihr werdet euch gut verstehen, keine Frage. Bitte, es ist gleich hier vorn.«

Kaum hatten sie den Treppenabsatz erreicht, kam seine Großmutter auch schon zur Tür heraus. Mit ausgebreiteten Armen ging sie auf Nando zu und herzte ihn ausgiebig, bevor sie sich Bianca zuwandte. »Du bist also die Köchin aus dem Rufina. Lass dich ansehen.«

Die alte Dame trug unter ihrer Schürze ein geblümtes Kleid, die Haare waren ordentlich aufgesteckt, und die etwas krummen Beine und geschwollenen Füße steckten in offenen Sandalen. Nichts an Vala war aufgesetzt oder affektiert, sie war eine typische Neapolitanerin des alten Schlags. Bianca konnte sich sofort vorstellen, wie diese resolute Person in der Vele für ihre Kinder und Enkel gekämpft hatte. Wahrscheinlich hatten sogar die Drogenhändler Respekt vor ihr gehabt. Mit festem Griff packte Vala Biancas Arme und drehte sie so, dass das Licht auf sie fiel.

»Hübsch, zu dünn, wie alle jungen Frauen heutzutage. Das können wir ändern. Kommt herein, nur herein, es gibt Mele in crosta. Die habe ich extra für Nando gemacht, weil er die früher so gern gegessen hat. Jetzt sehe ich ihn so selten, da nutze ich die Gelegenheit, ihn zu verwöhnen, wenn er schon mal hier ist.«

Sie redete in einem fort, während sie vor ihnen in ihre Wohnung ging und zielstrebig die Küche aufsuchte. Bianca war von Valas Backkünsten begeistert und fragte sie nach den Besonderheiten bei der Zubereitung. Nachdem die alte Dame ihr im Detail erklärt hatte, worauf es bei der Herstellung des Teigs ankam, scheuchte sie Bianca und Nando in ihr Wohnzimmer.

»Setzt euch, ich bringe gleich alles heraus.«

»Aber nein, lassen Sie mich doch bitte helfen«, bat Bianca.

»Du kannst mich einfach duzen, Mädchen. Ich mag dich. Nando hat mit seiner Frau einen schlechten Griff getan. Das habe ich ihm gleich auf den Kopf zugesagt.« Die alte Dame warf ihrem Enkel einen vorwurfsvollen und gleichzeitig liebevollen Blick zu und ging mit Bianca zurück in die Küche.

»Das ist sehr schönes Porzellan«, sagte Bianca und stellte die Teller auf ein Tablett. »Vintage, heute hat das sogar Sammlerwert.«

»Tatsächlich? Ich habe es von meinem seligen Aldo zur Hochzeit bekommen. Das und ein Kochbuch mit eintausend Rezepten. Damals war das so.« Nandos Großmutter nahm eine große Dose und streute großzügig Puderzucker über einen Teller mit Ricciarelli.

»Die hast du auch heute früh gebacken?« Anerkennend nahm Bianca eines der zarten Mandelgebäckstücke und schnupperte daran.

»Iss nur, iss!«, forderte Nonna Vala sie auf und sah gespannt zu, wie ihr Gast in den handtellergroßen Mandelkeks mit weicher Füllung biss.

Die weiche Mandelmasse war nicht zu süß, zerging auf der Zunge, und die Hülle war leicht knusprig. »Perfekt!«

»Du liebst das Kochen. Liebst du auch meinen Nando?«

Vor Schreck hätte Bianca beinahe den Keks fallen lassen.

»Äh, wir kennen uns noch nicht lang, und eigentlich sind wir mehr Freunde. Ich schätze deinen Enkel sehr und …«

Vala Branconi unterbrach sie mit einer energischen Handbewegung. »Zu viele Worte. Ich sehe, was ich sehe, und weiß, was ich weiß. Nimm jetzt das Tablett, und dann wird gefrühstückt.«

24

DIE FURIE

»Schau!«, rief er, »die Erinnyen, die grimmen.«

Dante Alighieri, *Die Göttliche Komödie,* IX. Gesang, Verse 37–42

Auf seinem Telefon hatte sich eine Reihe von Nachrichten angesammelt. Viele löschte er, ohne sie ganz zu lesen. Die meisten waren Anfragen von noblen Restaurants oder Luxushotels, mit Küchen, in denen er sich schon lange nicht mehr wohlfühlte. Er hatte alles erlebt und erreicht, was man als Spitzenkoch erreichen konnte. Die berühmten Michelin-Sterne erschienen ihm nicht länger erstrebenswert. Sie bedeuteten nichts als Ärger, Stress und einen Druck, dem er beim Kochen nicht mehr ausgesetzt sein wollte. Selbst erstaunt über die plötzliche Klarheit seiner Entscheidung sah er Bianca an, die neben ihm im Wagen saß und mit ihrer Schwester telefonierte. Bianca war mitfühlend und nahm Anteil auch an seinen zugegebenermaßen zerrütteten Familienverhältnissen. Sie fragte nach seiner Schwester und sorgte sich um die Kinder, ohne Ratschläge geben zu wollen.

Nonna hatte sie nur ungern gehen lassen und sie mit einem Korb voller Gebäck versorgt, der eine ganze Schulklasse satt gemacht hätte. Die junge Köchin aus dem Rufina hatte seiner Großmutter gefallen, und Nando lächelte, als er an Nonnas aufmunternde Blicke dachte. Das hatte sie noch nie getan. Er beobachtete, wie Bianca konzentriert mit Giulia über Gäste sprach, die eine Familienfeier planten, sich dabei mit der Zunge über die Lippen fuhr und sich die Haare aus dem Gesicht strich. Ihr Nacken war lang und ihre Haut dort so weich, dass er sie gern gestreichelt hätte, doch er wollte sie nicht stören und ließ stattdessen den Motor an.

Zehn Minuten später rollte der Maserati langsam in die Gasse hinter dem *Musetta*. Anders als die kleinen Bars und Cafés hatten die Restaurants noch geschlossen. Vor einigen Hintereingängen standen Kisten mit Gemüse und Obst, und ein streunender Hund machte sich an einem Bund Bananen zu schaffen, das auf die Straße gefallen war. Bianca stieg aus und wollte zu dem Hund gehen, der sich jedoch knurrend mit seiner Beute davonmachte.

»Oh, er sollte die Schale nicht fressen. Ich wollte sie ihm doch nur abpellen …«, beschwerte sich Bianca mit einem breiten Grinsen.

»Für ihn bist du nichts als ein Konkurrent. Und gebissen werden möchtest du sicher nicht. Na komm. Heute kann ich dir die Küche ganz in Ruhe zeigen.« Er nahm ihre Hand und führte sie zum Hintereingang des *Musetta*, dessen Tür durch eine hölzerne Weinkiste aufgehalten wurde.

Nando hatte den Morgen im Restaurant immer gemocht. Oft war er allein mit den frischen Waren und experimentierte mit den Zutaten eines neuen Gerichts. Manchmal kam Carlo dazu, und sie warfen die unwahrscheinlichsten Komponenten in eine Sauce. Oft gelangen ihre Versuche, oft jedoch auch nicht, und sie waren um eine Erfahrung reicher. Heute war Carlo noch nicht zu sehen, auf dem Herd standen keine Töpfe oder Pfannen, und auch die Musik war aus. Wenn Carlo kochte, hörte er immer irgendetwas, keine Opern wie Nando selbst, sondern Cantautore wie Gianmaria Testa und Fabrizio de André. Stefania verdrehte regelmäßig die Augen, wenn sie in die Küche kam, und murrte, dass man durchaus etwas zeitgenössische, moderne Musik hören könne.

Bianca betrachtete die Kupferpfannen und Töpfe. »Edel, da können wir natürlich nicht mithalten. Vermisst du diese professionelle Ausstattung nicht?«

»Im Gegenteil. Ich frage mich, ob das alles so wichtig ist. Man kann mit den einfachsten Zutaten und simplem Kochgeschirr hervorragende Speisen zubereiten.« Bianca verstand ihn, weil sie das Kochen liebte. Vielleicht war er manchmal ungerecht Arianna gegenüber gewesen.

»Ich wünschte, ich hätte dich vor Arianna getroffen, Bianca«, entfuhr es ihm.

»O Nando, sag das nicht. Euch hat etwas Besonderes verbunden, sonst hättet ihr nicht geheiratet.«

»Nicht genug. Das war der Fehler. Uns hat nichts genug verbunden. Du liebst das Kochen, verstehst, was es bedeutet, ein Restaurant zu führen und Gäste mit den eigenen Kreationen glücklich zu machen. Arianna hat das nie wirklich verstanden. Für sie ist alles ein aufregender Spaß. Das habe ich gewusst und es verdrängt. Für mich war von Anfang an klar, dass ich meine Zeit und Energie in meine Projekte stecken werde, und dabei habe ich meine Ehe vergessen. Das war nicht fair. Ich hätte es besser wissen müssen.«

Sein Handy summte, und er schaute auf das Display. »Entschuldige, Bianca, das ist meine Schwester.«

Sie nickte und spazierte neugierig weiter.

»Lucia, was gibt es? Alles in Ordnung? Du hättest im Krankenhaus bleiben sollen.«

»Ach Nando. Dann wäre er nur noch schlimmer. Es geht mir gut und den Kindern auch. Nun ja, Pia hat einen Schnupfen, und Maria will nicht mehr zur Schule gehen. Oh, was soll ich nur mit diesem Mädchen machen? Sie ist intelligent und könnte etwas aus ihrem Leben machen, aber seit sie mit diesem Kerl, Edoardos Geldeintreiber, zusammen ist, komme ich gar nicht mehr an sie heran.«

Was sollte er sagen? Sie wusste, was zu tun war. »Lucia, ich bitte dich, nimm die Kinder und verlass Edoardo. In einer anderen Stadt kannst du ein neues Leben anfangen. Ich helfe dir, das weißt du doch!«

»Nein, nein, aber bitte, sprich du mit ihr. Maria!«

Eine kurze Diskussion mit ihrer Tochter folgte, die endlich ans Telefon ging. »Ja?«, sagte sie gelangweilt.

»Hallo, Maria, wie geht es dir?«

»Was soll das? Willst du Smalltalk machen, oder wie? Ich geh nicht mehr in die verdammte Schule, basta!« Es folgten einige Kraftausdrücke, die Nando überhörte.

»Und was hat dich zu dieser Entscheidung bewogen? Hast du einen Job gefunden?«

»Ach, komm schon, Onkel Nando, lass den Mist. Schule ist Zeitverschwendung. Da lernen wir nichts, was wir wirklich gebrauchen, später. Soll ich vielleicht im Supermarkt stehen und ein paar Kröten verdienen, von denen keiner leben kann? Die dicke Kohle machen Leute wie Papa oder der Principe. Pasquale sagt, dass ich nie wieder arbeiten muss, wenn wir verheiratet sind. Dann haben wir ein Haus, schicke Autos und all das, was du auch hast. Also lass mich zufrieden.«

Die Stimme des jungen Mädchens klang abwehrend und angespannt und eine Spur zu aggressiv.

»Tja, wenn es das ist, was du willst, Maria. Siehst du nicht, wie es deiner Mutter ergeht? Einen brutalen Schläger oder gar

Killer als Ehemann, der jederzeit im Knast landen kann. Dann stehst du wohl allein da oder wirst der Mittäterschaft angeklagt und gehst vielleicht auch ins Gefängnis. Und deine Kinder, denn die werdet ihr sicher haben, verteilen dann Drogen oder gehen auf den Strich. Ich wünsche dir eine schöne Zukunft, Maria. Wenn du dich anders entscheidest, weißt du, wo ich bin, und jetzt gib mir bitte deine Mutter.«

»Nein, Onkel Nando! Warte! Kannst du mir nicht etwas Geld leihen?«

»Wofür?«

»Ich brauche ein neues Telefon.«

Wenn das keine Lüge war, dann war Pecorino kein Käse, sondern ein Berg. Ein Telefon konnte ihr Freund ihr sicher mit allergrößter Leichtigkeit besorgen. »Wofür?«, wiederholte er seine Frage stattdessen und behielt gleichzeitig Bianca im Auge, deren Aufmerksamkeit von einem Geräusch im Speiseraum erregt wurde.

»*Dannazione*, für ein Tattoo! Dafür bekomme ich von Mamma kein Geld. Dabei bin ich alt genug!«

»Du bist vierzehn, Maria, jetzt gib mir bitte deine Mutter.«

Ein weiterer Fluch folgte, dann sprach seine Schwester ins Telefon: »Tut mir leid, Nando, trotzdem danke für deine Mühe. Sie wird sich nicht tätowieren lassen, jedenfalls nicht, wenn ich es verhindern kann.«

»Überzeug sie lieber davon, die Schule nicht zu verlassen. Gib ihr einen Anreiz. Wünscht sie sich irgendetwas, das nichts mit dem neuen Freund zu tun hat? Einen Auslandsaufenthalt oder die Teilnahme an einem Projekt?«

»Was für ein Projekt?«

»Hat Maria nicht früher davon geträumt, einmal Tierpflegerin zu werden? Sie könnte in einer Auffangstation für Wildtiere in Kenia einige Wochen ein Praktikum machen. Ich zahle ihr den Flug.«

»Oh, ach Nando, ich werde es versuchen. Wie kann ich dir nur danken …« Lucia schluchzte.

»Indem du sie überzeugst. Deine Tochter hat vielleicht nur diese eine Chance.«

Er zuckte zusammen, als eine wohlbekannte Stimme aus dem vorderen Teil des Restaurants ertönte. Bianca war nicht mehr zu sehen, und er befürchtete das Schlimmste. »Mach's gut, Lucia!« Er steckte das Telefon in die Hosentasche und eilte nach vorn.

Arianna stand wild gestikulierend in der Mitte des Speiseraums und überschüttete Bianca mit einem Schwall absurder Vorwürfe.

»… Nando wollte zu mir zurückkommen, und Sie sind schuld daran, dass er uns hier im Stich gelassen hat. Ich habe mich erkundigt. Glauben Sie nur nicht, dass ich mich so einfach ausbooten lasse! Das haben schon ganz andere versucht. Und dann kommt so ein kleiner Trampel, so ein Landei daher und denkt …«

»Arianna!«, brüllte Nando durch den Raum, stürmte auf seine Frau zu und zerrte sie mit sich zum Ausgang.

»Lass mich los, du brutaler Kerl! Ich verklage dich wegen Körperverletzung! Wollen ja mal sehen, wie du dich herauswinden willst. Dann siehst du nicht einen Stein von deinem geliebten *Musetta*. Nicht einen Kochtopf wirst du hier heraustragen, dafür sorge ich!« Sie spie ihm die Worte ins Gesicht, und er fragte sich, wie er diese Furie einmal hatte begehren können. Er ließ sie los und rieb sich die Hand, als hätte er sich verbrannt.

»Bianca, ist alles in Ordnung?« Nando drehte sich um und ging zu der jungen Frau, die mit zitternden Händen dort stand, wo Arianna sie verbal angegriffen hatte.

»Was ist denn hier los? Man hört euch ja bis auf die Straße!«

Stefania kam zur Tür herein und stellte ihre Handtasche auf dem Empfangstresen ab. Die junge Mitarbeiterin mit dem frechen, asymmetrischen Haarschnitt und ihrem engen bunten Kleid brachte frischen Wind in sein Restaurant. »Ich war nur kurz bei meinem Wagen, und schon bricht hier die Hölle los!«

Er nahm Biancas Hand und drückte sie sanft. Ihr Zittern wurde weniger, und die Farbe kehrte in ihre Wangen zurück. »Es geht schon, danke. Ich war nur so überrascht.«

»Ach was, Sie Herzchen!«, ätzte Arianna, die ihnen gefolgt war. Eine Wolke teuren Parfums umgab sie, während sie sich mit beringten Fingern die dichte Mähne aus der Stirn strich und den Sitz ihrer Sonnenbrille überprüfte. Ihr perfekter Körper steckte in einem grünen Kleid, dessen Label sicher gerade angesagt war.

Nando sah, dass sie ihren Ehering trug. Was hatte sie nur vor, und wie um Himmels willen hatte sie herausgefunden, wer Bianca war? »Lass Bianca in Ruhe. Wenn du dich streiten willst, tu es mit mir. Zumindest darin waren wir immer gut.«

Er hielt Biancas Hand weiterhin fest und stellte sich dicht neben sie, so dass kein Zweifel darüber aufkommen konnte, wie vertraut sie miteinander waren. Ariannas Augen blitzten auf. Er wappnete sich für den Angriff.

»Nun, kannst du mich aber nicht aus deinem, nein, unserem Restaurant werfen. Stefania, was stehen Sie da herum! Haben Sie nichts zu tun?«

Nando bedeutete seiner Mitarbeiterin mit einer beschwichtigenden Geste, dass sie sich nicht um die kapriziöse Arianna kümmern sollte. »Was führt dich also zu dieser für dich doch eher frühen Stunde her, Arianna?«

»Mein Gespür für den richtigen Moment. Ich habe sofort gewusst, dass du noch einmal kommst. Wir waren einmal sehr verliebt und haben dieses Restaurant gemeinsam aufgebaut, schon vergessen? Ich kenne dich besser als sonst ein Mensch, mein lieber Nando.«

»Du übertreibst maßlos. Du hast mich nie verstanden, und gemeinsam aufgebaut haben wir gar nichts. Das *Musetta* war immer mein Traum und mein Projekt. Du hast dir lediglich Anteile erbettelt, weil du mir angeblich nahe sein wolltest. Dabei wolltest du nichts anderes, als mich zu kontrollieren. Wenn ich eines bereue in meinem Leben, dann, dich geheiratet zu haben.«

Ariannas Lippen wurden schmal. »Das hast du nicht umsonst gesagt. Wir sehen uns vor Gericht, Nando. Zieh dich warm an. Und deine kleine Landpomeranze gleich mit. So ein Landgasthof lebt von seinem guten Ruf, und der kann rasch zerstört sein.«

Mit einer schwungvollen Drehung verließ Arianna erhobenen Hauptes das Lokal. Zurück blieben eine lähmende Stille, ein Hauch von Patschuli und das Gefühl drohenden Unheils.

25

Köche machen keine Fehler,
sie erfinden neue Rezepte.

Elizabeth Briggs

»Du bist so schweigsam, Bianca. Bitte, mach dir keine Gedanken wegen Arianna. Die kriegt sich schon wieder ein.«

Sie waren zügig durch den Verkehr gekommen und hatten Arezzo bereits hinter sich gelassen. Bianca seufzte. Es fiel ihr schwer, die wütende Ehefrau und deren Drohungen zu vergessen. Nach allem, was bereits schiefgelaufen war im *Fiore*, wollte sie nicht auch noch für einen Rufmord durch die intrigante Arianna verantwortlich sein. Das Beste würde sein, wenn Nando sie verließe und sich wieder seinem alten Leben widmete. Es konnte ohnehin keine Zukunft für sie beide geben. Dafür waren sie zu verschieden.

»Nando, ich möchte einfach nicht, dass …«

Doch er hob die Hand, um sie zu unterbrechen. »Ich kann mir vorstellen, was du sagen möchtest, Bianca. Bitte, übereile deine Entscheidung nicht. Arianna will mich verletzen, sich an mir rächen, nicht an dir. Glaub mir das, bitte! Ich kenne diese Frau lange genug. Sie wird schnell wütend und kann sehr ausfallend sein. Aber sie ist sprunghaft und launisch, und schon morgen hat sie dich vergessen.«

Daran hatte Bianca ihre Zweifel. »So klang das ganz und gar nicht. Sie denkt doch, dass du meinetwegen im Rufina geblieben bist, nicht wahr? Dann gehöre ich auch zu ihren Feinden. Ich möchte mir nicht vorwerfen müssen, dass meinetwegen eine Rufmordkampagne gegen das *Fiore* veranlasst wird.« Nervös knetete sie ein Taschentuch in den Händen. Der warme Fahrtwind brachte zumindest ein wenig Erfrischung. Die Temperaturen waren auch heute wieder über dreißig Grad geklettert.

»Dazu wird es nicht kommen. Das verspreche ich dir.« Er griff nach ihrem Arm, und sie sah ihn an.

Seine Miene war ernst und zuversichtlich.

»Ach Nando, es tut mir so leid. Wie kannst du mir das versprechen? Sie scheint mir der Typ Frau, der nicht aufgibt und sich nichts fortnehmen lässt.«

»Wir sind seit zwei Jahren getrennt. Du kannst also keinerlei Anteil an unserem Zerwürfnis haben. Arianna reagiert irrational und impulsiv. Alles, was sie tut, ist dramatisch und übertrieben.«

Das mag so sein, dachte Bianca, aber es heißt nicht, dass Arianna nicht zu boshaften Handlungen fähig ist.

»Bianca, sie wird nichts gegen dich und dein Restaurant unternehmen. Darauf gebe ich dir mein Wort!« In seinen Worten lag so viel Nachdruck, dass sie ihn überrascht ansah.

»Wie willst du sie davon abhalten?«

»Lass das meine Sorge sein. Ich habe etwas, das sie will, und wenn es nicht anders geht, wird sie es bekommen.« Er schenkte ihr ein zuversichtliches Lächeln.

Ein schrecklicher Verdacht beschlich sie. »Du willst ihr doch nicht das *Musetta* geben? Ist es das, was du meinst?«

Nando schüttelte den Kopf. »Belassen wir es einfach dabei. Ich regle die Sache, und du musst dir keine Sorgen machen.

Wäre ich doch nur schon geschieden! Himmel, was macht der dann da?« Er hupte und gestikulierte, weil ein Kleinbus sich zwischen ihn und den Vordermann drängte, plötzlich bremste, nur um dann zu blinken und doch nicht abzubiegen.

Bianca fühlte sich elend. Ihretwegen durfte er sein geliebtes Restaurant nicht verlieren.

Sie fand ihre Familie im Salon der Villa Fiore versammelt. Sogar Nonna Teresa saß in einem Sessel und drehte ein Weinglas hin und her. Ihre Mutter stand auf und kam ihr entgegen.

»Mein Liebling, wie schön, dass du wieder da bist. Wo ist Nando?« Manuela umarmte und küsste ihre Tochter und führte sie zum großen Tisch.

»Er ist in seinem Zimmer und führt einige Telefonate. Danach wollte er direkt in die Küche. Mamma, das geht so nicht weiter. Wir brauchen einen richtigen Koch!«

Ihre Mutter tätschelte ihren Arm. »Das wird sich schon alles regeln. Renata und ich sind ganz wunderbar zurechtgekommen. Aber ich freue mich, dass du nun wieder übernimmst. Meinen Desserts fehlt einfach die Raffinesse, und ganz einwandfrei war das eine oder andere auch nicht.«

»Du weißt doch, Mamma, Köche machen keine Fehler, sondern erfinden nur neue Rezepte.« Sie drückte ihrer Mutter einen Kuss auf die Wange. »Ich bin dir so dankbar, dass du das machst!«

Ihr Vater und Paul waren in eine Unterhaltung vertieft und bemerkten sie erst, als Manuela einen Stuhl dazustellte.

»Bibi, komm, setz dich. Probiere den neuen Roten. Ungefiltert! Ha, da ist uns wieder was gelungen!« Lorenzo Massinelli goss einen Schluck Rotwein aus einer nicht etikettierten Flasche in ein Glas und schob es Bianca zu.

Paul lächelte zufrieden und hielt dabei Giulias Hand. Die

beiden wirkten so glücklich miteinander, und Bianca freute sich von Herzen für ihre Schwester.

Biancas Telefon meldete sich. »Pronto?«

»*Ciao*, Bianca, wie geht es dir? Ich hatte schon mehrfach versucht, dich zu erreichen.« Sara klang vorwurfsvoll.

»Tut mir leid, aber ich hatte den Kopf voll mit tausend Dingen, die noch immer nicht geklärt sind. Was gibt es denn, Sara?«

»Oh, du hast es vergessen! Wir wollten doch ausreiten und, wenn dein Promikoch noch da ist, bei euch essen.«

Vergessen? Sie hatten nichts abgesprochen! »Äh ja, nun, das ist momentan schwierig. Ich muss ein wichtiges Menü planen. Aber du kannst doch einen Ausritt mit Milena buchen, und wenn es passt, schließe ich mich an. Und essen kannst du natürlich gern bei uns. Nando ist noch hier. Du hast Glück.«

»Nando, hm?«, kam es vielsagend von Sara. »Hast du es gut, so ein toller Mann und ein Sternekoch dazu. Schön, dann machen wir es so. Ich bin noch ein paar Tage länger hier. Es geht meiner Mutter derzeit nicht sehr gut, und wenn ich schon hier bin, wäre es doch sträflich, wenn wir uns nicht sehen. Zufällig habe ich auch Marco wiedergetroffen. Du erinnerst dich noch an ihn?«

»Marco Campucci, ja sicher. Was macht er?«

»Er ist Lehrer. Hättest du das gedacht? Der stille Marco. Ich mochte ihn immer gern, aber dass er sich einmal gegen eine Horde von Schülern durchsetzen könnte, hätte ich ihm nicht zugetraut. Physik und Biologie sind seine Fächer.«

»Tatsächlich? Alle Achtung. Und wo lebt er?«

»In Siena. Er war bei seinen Großeltern in Pontassieve zu Besuch. Da sind wir uns über den Weg gelaufen. Vielleicht kommt er mit, ich glaube, er hätte große Lust dazu. Wir sind womöglich ganz spontan.«

Ganz spontan, dachte Bianca und verdrehte die Augen. Es schien unmöglich, der Vergangenheit zu entkommen. Vielleicht sollte es so sein. Marco hatte sie immer gerngehabt, doch war er einer der Ersten gewesen, die sich von ihr zurückgezogen hatten. Den Schmerz über die Zurückweisung hatte sie nie verwinden können. Natürlich hatte sie sich nichts anmerken lassen, aber vergessen und verziehen hatte sie ihm sein Verhalten nie.

»Ich kann ihn nicht davon abhalten. Bring mit, wen du willst, Sara. Ich muss jetzt Schluss machen. Wir sind in einer Besprechung.«

»Entschuldige, ich will natürlich nicht stören. Bis bald, meine Liebe!«

Irritiert starrte Bianca das Telefon an. Sara hatte sich ja förmlich überschlagen vor Freundlichkeit.

»Hast du gekostet? Was hältst du von unserem neuen Roten, und zu welchem Menü würdest du ihn servieren?« Ihr Vater sah sie ungeduldig an.

»Oh, Moment.« Sie betrachtete den leicht granatfarbenen Wein und schnupperte zuerst am Bouquet. »Rote Waldfrüchte, Vanille, leichte Würze und ein Hauch von Tabak«, murmelte sie mehr zu sich, bevor sie einen Schluck trank.

In ihrem Mund entfaltete der Rotwein weitere Aromen und zeigte seine Qualität in einem reichen Körper. »Seidige Tannine, beinahe süß, obwohl er trocken ist. Wundervoll! Herzlichen Glückwunsch!«

Ihr Vater nickte glücklich, und Paul grinste.

»Bin ich froh, dass du nichts anderes gesagt hast!«, stöhnte Giulia gespielt theatralisch. »Die zwei freuen sich schon den ganzen Tag wie die Kinder über diesen Wein und sehen ihn mit Goldmedaillen prämiert.«

»Das traue ich ihm zu«, meinte Bianca und fing den prüfenden Blick ihrer Großmutter auf, die in einem Sessel am Fenster klein und zerbrechlich wirkte. Doch ihre Augen waren so wach und interessiert wie immer. Ihr Körper mochte sich dem Alter beugen, der Geist dieser starken Frau nicht.

»Hast du den Wein probiert, Bianca?«, rief Teresa Massinelli mit ihrer harten dunklen Stimme und verzog abwertend den Mund. »Der ist ungefiltert. So was geht doch nicht! Neumodischer Humbug!«

»Ich habe dir erklärt, warum wir das nicht tun«, sagte Lorenzo und wandte sich an seine Tochter. »Zweiundzwanzig Monate haben der Sangiovese und der Cabernet Sauvignon in Barriquefässern geruht, Bianca. Wir haben auf das Filtern ganz bewusst verzichtet und die Feinhefe in Suspension gehalten.«

»Damit noch weniger Sulfite in den Wein gelangen?« Bianca drehte das Glas hin und her, um die Schattierungen des Rottons sehen zu können.

»Auch, ja sicher. Die Hefe selbst ist ein natürliches Antioxidans, und wenn später eine kleine Ablagerung auf dem Boden der Flaschen entsteht und der Wein nicht perfekt im Glas glänzt, dann sind das Beweise für die Naturbelassenheit unseres Weins«, sagte Lorenzo stolz. Seine Augen glänzten.

Bianca tätschelte den Arm ihres Vaters. »Der ist euch gelungen! Und ich würde ihn zu einem Wildgericht servieren. Auch zu anderen herzhaften Gerichten und sehr reifem Käse. Die Aromen würden sich wundervoll ergänzen.«

»Wir könnten den Wein als Überraschung dem Mitarbeiter des Feinschmeckermagazins vorsetzen«, schlug Manuela vor.

Ein Schauer lief Bianca über den Rücken. »Steht inzwischen fest, wann genau er kommt?«

»In zwei Wochen ungefähr«, meldete sich Giulia zu Wort. »Hannes Oberdorfer heißt er und scheint recht nett. Mamma und ich haben mit ihm telefoniert. Er war sehr interessiert und freut sich aufs Kommen.«

Paul lachte. »Tja, warum auch nicht. Diese Leute haben einen tollen Job, dürfen sich verwöhnen lassen und werden dafür bezahlt.«

»Na ja, immerhin müssen sie einen Artikel schreiben und etwas von der guten Küche und Weinen verstehen«, meinte Bianca.

»Bianca!«, rief Teresa Massinelli und winkte ihr.

Manuela flüsterte ihrer Tochter zu: »Ich weiß nicht, was sie hat, aber seit Tagen ist sie so aufgekratzt und holt alte Fotoalben hervor, in denen sie allein herumblättert. Sie hat von ihrer Kindheit gesprochen, das hat sie sonst nie getan. Vielleicht ist es das Alter …«

Bianca hatte ihre eigene Theorie zu Teresas plötzlichem Interesse an ihrer frühen Jugend. Es hing mit Nando und Neapel zusammen. »Lass nur, ich gehe zu ihr.«

Sie stand auf, während ihr Vater zu Paul sagte: »Du hattest absolut recht mit den süßen Mannoproteinen, die von den Hefezellen abgegeben werden. Der Körper des Weins hat dadurch gewonnen und …«

Bianca ging vor ihrer Großmutter in die Hocke und legte ihr die Hände auf die knochigen Knie. »Was gibt es denn, Nonna? Geht es dir gut?«

Unwirsch wischte Teresa die letzte Frage ihrer Enkelin fort und deutete auf den Sessel ihr gegenüber. »Setz dich da hin, sonst fühle ich mich krank. Noch kann ich allein gehen, und schwerhörig bin ich auch nicht. Behandle mich nicht wie eine Patientin oder eine dieser verrückten Alten, die man ins Heim sperrt.«

Schmunzelnd tat Bianca wie ihr geheißen. Dabei sah sie auf die Uhr und zuckte zusammen. Kurz vor sechs, und sie sollte eigentlich in der Küche sein, wo sich Nando nun um alles kümmerte.

»Sitz still, Kind, was zappelst du herum? Bist du nicht gerade erst zurückgekommen?« Teresa sah sie streng an und ignorierte, dass die übrige Familie am Tisch in Aufbruchsstimmung geriet.

»Schon, aber eigentlich muss ich mich um das Abendessen kümmern. Weißt du, Nando, also Signor Branconi, ist ja nur eingesprungen und wird uns bald wieder verlassen. Das ist sehr schade, lässt sich aber nicht ändern.« Ihre Stimme sollte fest klingen, doch sie war brüchig und wurde von einem drückenden Gefühl in ihrem Magen begleitet.

»Papperlapapp. Alles kann man ändern, wenn man will. Willst du?«

Perplex sah Bianca ihre Großmutter an, deren klare helle Augen sie fixierten. »Äh, nein, ja, ich weiß nicht …«

»Ha! Weiß nicht, weiß nicht! Sicher weißt du, was du willst. Dieser Mann ist ein Geschenk des Himmels! Seit Jahren sehe ich dich das erste Mal wieder lächeln, wenn ein Mann dich ansieht. Außerdem ist er Neapolitaner, eh!« Teresa schnippte mit den Fingern. »Ich bin Neapolitanerin. Wir sind stark, wir wissen, was wir wollen. Mein Blut fließt in deinen Adern, vergiss das nie! Na ja, deine Mutter ist eine Deutsche. Dieses ständige Grübeln und Zaudern und alles richtig machen wollen … bah! Hör auf dein Herz, Bianca. Ich bin alt, aber ich weiß genau, was es bedeutet zu lieben.« Die alte Dame legte ihre Hand auf ihre Brust, und tatsächlich lief ihr eine Träne über die Wange.

»O Nonna, nicht!« Bianca beugte sich vor und wollte die Hände ihrer Großmutter ergreifen, doch die schniefte nur kurz und hatte sich wieder gefangen.

»Es gibt Liebe und Liebe. Die eine große Liebe, die dich im

Sturm ergreift und dein Herz zerreißt, wenn sie zerbricht, diese eine Liebe, die vergisst du nicht, weil sie dich lebendig macht. Deswegen leben wir, Bianca. Ich muss nur an ihn denken, und mein Herz schlägt noch heute schneller. Ach, was für ein Mann!«

»Du hast ihn sehr geliebt, deinen Ettore, Nonna. Es tut mir unendlich leid, dass er so früh gestorben ist«, sagte Bianca tröstend.

»Ettore? Machst du Witze? Ihn habe ich geheiratet, aber geliebt habe ich einen anderen. Ach Mädchen, du musst noch viel lernen. Hör mir zu, dann erzähle ich dir von der wahren großen Liebe.«

26

DIE GESCHICHTE EINER GROSSEN LIEBE

Ein tiefer Klang ist im Blut
Ich wusste es seit deine Hände
die meinen zum ersten Mal streiften
Von jenem Tag an hörten wir
es wie einen Wind aufsteigen
mit dem Brausen einer Orgel
bis uns endlich gezähmt
beugte wie reife Ähren jener Wind.

Lalla Romano (1906–2001)

Der Krieg war endlich vorbei! Die Menschen atmeten auf und hofften auf einen Neuanfang. Doch so einfach war das nicht. Zwar waren die verhassten deutschen Besatzer nun fort oder dabei, das Land zu verlassen, die Spaltung der italienischen Bevölkerung war damit jedoch noch lange nicht aufgehoben. Teresa Massinelli schob den Kinderwagen mit ihrem kleinen Sohn über den Feldweg, der sich den Monte Fiore hinaufwand. Der Hügel mit der Kapelle der Heiligen Jungfrau gehörte zum Besitz der Massinellis.

In einer schrecklichen Winternacht kurz vor Kriegsende

hatte der abgelegene Ort seine Unschuld verloren, denn das Blut von Luciano Massinelli war über die Eingangsstufen geflossen. Ihr Schwiegervater war hinterrücks von Strauchdieben oder politischen Gegnern erschlagen worden. Darüber sprechen mochte kaum jemand, doch hinter vorgehaltener Hand verdächtigte man Grasso, einen der Pächter der Massinellis auf der anderen Seite des Hügels.

Es war warm an diesem Maitag, die Vögel zwitscherten, Insekten sirrten, und die Natur schien Teresa zeigen zu wollen, dass es weiterging, dass das Leben sich seinen Weg bahnte. Die Geburt ihres Sohnes war schwer gewesen und hatte Teresa viel Kraft gekostet. Der Schock, als sie den toten Luciano dort auf den Stufen hatte liegen sehen, das viele Blut, die Angst und die Trauer um ihren Bruder, der bei den Partisanen gewesen war, hatten sie an den Rand dessen gebracht, was sie zu ertragen fähig war. Doch als das neue Leben sich aus ihrem Körper gequält und so fordernd geschrien hatte, kehrten auch ihr Lebenswille und ihr Kampfgeist zurück. Teresa hatte den kleinen rotgesichtigen Jungen in die Arme genommen und sogleich eine tiefe Liebe für dieses winzige Wesen verspürt, das sie mit unschuldigen Augen ansah.

Lorenzo war ein hübsches Baby, das sagten alle, und sie war eine stolze Mutter. Immer wieder beugte sie sich während des Spaziergangs vor, spitzte die Lippen und machte schmatzende Laute, auf die ihr Sohn mit einem Lächeln reagierte, das sie einhüllte wie ein wärmendes Tuch. Wer hätte gedacht, dass ein Kind eine solche Veränderung bewirken könnte. Ihre Mutter hatte nie sehr glücklich ausgesehen, und Teresa hatte die Schuld für das harte Leben der Mutter immer bei sich und ihren Geschwistern gesucht. Aber das war es nicht allein. Das Leben in Neapel war wesentlich schwieriger gewesen als ihres hier in der Toskana. Sie hatte einen wohlhabenden Mann geheiratet, den Sohn eines Gutsbesitzers. Das machte den Unterschied. Und wieder nicht, dachte Teresa.

Der Sand und die Kieselsteine knirschten unter ihren Schuhen und den Rädern des Kinderwagens. Ettore, ihr Ehemann, hatte sich verändert. Sicher, der Krieg hatte bei ihnen allen Spuren hinterlassen. Sie hatten überlebt, sie waren die Sieger, aber gewonnen hatte niemand. Ihr Bruder Franco war mit seiner Partisaneneinheit in einen Hinterhalt geraten und erschossen worden. Dieser Verlust wog schwer, denn mit Franco hatte sie immer ein besonderes Band verbunden. Er war ihr Beschützer und ihr Vertrauter gewesen. Mit ihm hatte sie über ihre heimlichen Sehnsüchte und Träume gesprochen. Und er hatte ihr von einer Ehe mit Ettore abgeraten.

Heirate ihn nicht, Tessa, meine kleine Schwester, hatte er gesagt, der Mann wird dich unglücklich machen. Geld ist nicht alles, und du bist so hübsch, du findest leicht einen anderen. So hatte sonst niemand mit ihr gesprochen, nur Franco. Aber Franco war tot. Luciano war tot und nun auch noch seine Frau Vittoria, die Diva. Vittoria, die Opernsängerin, die unnahbare Schwiegermutter, die Herrin des Hauses, hatte sie spüren lassen, dass sie nicht dazugehörte, dass sie ein Mädchen der Unterschicht war. Teresa hob das Kinn und schob den Kinderwagen energisch den ansteigenden Hügel hinauf. Rechts und links wurde der Weg von Zypressen und Haselsträuchern gesäumt. Frisches, zartes Grün spross überall hervor, und in der Nähe wieherten Pferde. Die Massinellis besaßen noch eigene Pferde, was die Ausnahme darstellte, denn fast alle kleinen Höfe hatten ihre Tiere den Deutschen geben müssen. Die verfluchten Nazis! Und nicht weniger brutal waren die Schwarzhemden gewesen, die Faschisten, die dem Duce nachtrauerten.

Welch unsägliches Leid hatte dieser Krieg allen gebracht.

Die Nation war gespalten, und Teresa konnte sich nicht vorstellen, wie sich die Menschen jemals miteinander aussöhnen sollten. So viel Hass, Gewalt und Verrat hatten Familien und Freunde auseinandergerissen und vergifteten das Leben. Die Partisanen waren noch immer stark und präsent. Teresa hatte die Arbeit ihres Bruders unterstützt und insgeheim auf der Seite der Partisanen gestanden. Doch ihr Mann gehörte zu den Besitzenden, der Bourgeoisie, und er war den Faschisten beigetreten. Wie hätte sie sich aktiv auf die Seite der Freiheitskämpfer schlagen sollen? Ihr Mann und seine Familie wären dadurch in große Schwierigkeiten geraten. Ettore hatte nie etwas gesagt, wenn Franco nachts mit abgerissenen Gestalten in den Hof geschlichen kam und sie ihm Nahrung und Kleidung zugesteckt hatte. Im Grunde trug Ettore das Herz auf dem rechten Fleck, nur war er schwach und leicht beeinflussbar. Außerdem hatte er stets unter seinem intelligenten und erfolgreichen Vater gelitten, der so hohe Erwartungen in seinen Sohn gesetzt hatte.

Schwer atmend schob Teresa den Kinderwagen die letzte Anhöhe hinauf und blieb auf der Lichtung vor der Kapelle stehen. Niemand war hier, wie meist. Ein leichter Wind rauschte durch die Wipfel der Zypressen, Kastanien und Platanen, die sich von hier über den gesamten Hügel erstreckten und den Wald der Villa Fiore bildeten. Holz bedeutete Kapital, und die Massinellis hatten gut gewirtschaftet. Man hatte viel Holz in den kalten Wintern benötigt, doch Luciano hatte dafür Sorge getragen, dass stets aufgeforstet wurde, so dass der Wald dicht und intakt blieb.

Das Klappen einer Tür ließ sie zusammenfahren. War der Priester heute hier? Sie drehte sich um und sah einen Mann die Stufen heruntersteigen. Die Sonne blendete sie, so dass sie nicht sofort erkennen konnte, um wen es sich handelte. Seine

Bewegungen und die große Gestalt waren ihr entfernt vertraut.

»*Buon giorno*, meine liebe Teresa«, sagte Corrado Talone und trat zu ihr, um sie herzlich zu begrüßen.

Er war groß und schlank, hatte ein schmales, beinahe aristokratisches Gesicht, und er trug eine Brille. Seine Umgangsformen waren ebenso makellos wie seine gepflegte Erscheinung, und er wusste immer eine unterhaltsame Geschichte zu erzählen. Nach jenem furchtbaren Unglück war Corrado Talone zu ihnen gekommen und hatte sich um Vittoria gekümmert. Alles in seiner Macht Stehende hatte er unternommen, um sie aufzumuntern und ihr Nachrichten von ihrer Familie zu übermitteln. Teresa hatte ihm seine Anteilnahme geglaubt, als er Vittoria mit Tränen in den Augen von der Deportation ihrer Familie in ein Konzentrationslager berichten musste. Es gab Dinge, die konnte auch ein Corrado Talone nicht aufhalten, und dazu gehörten die Güterzüge der Nazis, in denen Menschen wie Vieh in Konzentrationslager transportiert und getötet worden waren.

Nicht nur äußerlich war er das Gegenteil von Ettore, der stämmig und eher bäuerlich wirkte. Talone war ein Schöngeist, belesen und eloquent. Seit er einmal mit Teresa gesprochen und erfahren hatte, dass sie gern las, aber nicht wusste, welche Autoren ihr gefallen könnten, ließ er manchmal ein Buch auf dem kleinen Tisch im Salon liegen. Gedichtsammlungen, Kurzgeschichten und Theaterstücke waren darunter. Talone schien keinen Unterschied zwischen italienischen und ausländischen Autoren zu machen, denn neben Dantes *Göttlicher Komödie* und Giovanni Vergas *Sizilianischen Novellen* fand sie Romane von Kafka, Hemingway und James Joyce. Nicht mit allen Schriftstellern konnte sie auf Anhieb etwas anfangen, doch je mehr sie las, desto sensibler wurde sie für die literarischen Feinheiten und die oftmals verschlungenen Gedankengänge der Autoren.

Niemals hätte sie Ettore gegenüber die Bücher erwähnt, denn ihr Mann war eifersüchtig und jähzornig. Zwar tat er ihr keine körperliche Gewalt an, doch seine verbalen Attacken waren verletzend genug. Er selbst nahm sich das Recht heraus, anderen Frauen hinterherzusehen, und pflegte wohl auch die eine oder andere Affäre, doch von seiner Frau erwartete er Treue und Gehorsam. Damit war Ettore weiß Gott keine Ausnahme, so war die Rollenverteilung angelegt, und Teresa hütete sich, ihrem Mann Anlass zum Tadel zu geben. Andererseits wusste sie, dass Ettore sie aufrichtig liebte und stolz auf ihren Erstgeborenen war.

»Signor Talone, wie schön, Sie zu sehen, aber was führt Sie zur Kapelle?«

»Corrado, meine Liebe, mit dem Signore haben wir doch schon lange aufgehört. Es käme mir auch seltsam vor nach allem, was wir erlebt haben. Wie geht es Ihnen heute? Darf ich Ihren Sohn anschauen?« Er trat an den Kinderwagen und gab dem Baby seinen Finger, nach dem das Kleinkind zu greifen versuchte.

»Er ist entzückend. Nicht wahr, kleiner Lorenzino, du wirst einmal groß und stark und stehst deiner Mamma zur Seite!«

Das Kind gluckste und schmatzte. Teresa zog die Spitzendecke glatt und lächelte verlegen. »Er ist mein Engel, mein Sonnenschein in diesen schweren Zeiten. Ich vermisse meinen Bruder jeden Tag, obwohl ich weiß, dass er gefährliche Missionen durchgeführt hat und dem Tod meist näher war als dem Leben.«

Corrado Talone reichte ihr seinen Arm, schob wie selbstverständlich den Kinderwagen ein Stück weiter, bis sie sich im Schatten einer Kastanie auf eine Holzbank setzen konnten. Die

Bank war nichts anderes als ein gespaltener Baumstamm gegenüber der Kapelle. Er bot jenen Platz, die Ruhe und einen Moment der Kontemplation suchten.

»Der Krieg ist zwar vorbei, aber die Arbeit beginnt jetzt erst richtig. Auf welcher Seite auch immer wir gestanden haben, wir müssen tun, was für unser Land das Beste ist. Und ich bin der Meinung, dass wir das besser wissen als die Roten, die von Moskau gesteuert werden. Das bereitet mir derzeit die größte Sorge, Teresa. Die Partisanen haben viel geleistet, und wir haben den tapferen Kämpfern einiges abzubitten. Sie haben in vielen Städten zu Volksaufständen aufgerufen und bereits eine Verwaltung aufgebaut. Das ist gut und richtig, aber wir dürfen nicht zulassen, dass die sozialrevolutionären Strömungen überwiegen.«

Teresa hörte ihm zu und nickte, obwohl sie von der großen Politik nicht viel verstand. Doch sie begriff, dass die Linken, die Kommunisten, radikale Ideen hatten, die eine neue Gesellschaft schaffen würden. »Wir hatten schon einigen Ärger mit Landarbeitern, die bei den Roten sind und unsere guten Leute aufhetzen.«

Corrado Talone runzelte die Stirn. »Das ist nicht gut. Wir wollen keine soziale Revolution wie in Russland. Da hat man ja gesehen, was geschieht. Tausende von Toten, und am Ende gibt es neue Hierarchien. Irgendjemand hat immer die Macht, ob er sich Genosse oder Baron schimpft. Ach Teresa, wir werden aufpassen müssen auf unser Italien, dass es uns nicht verloren geht.«

Ein einheitlicher Block waren die Partisanen nie gewesen. Vielmehr war die Mehrheit kommunistisch, ein Teil waren Sozialisten, ein anderer Konservative, und dann gab es noch die Monarchisten und die Linkskatholiken. Immer wieder kam es zu Auseinandersetzungen innerhalb der Partisanen. Während des Krieges war die Regierung Badoglio im Norden gegen streikende Arbeiter vorgegangen. Die Niederschlagung des Streiks hatte fünfundneunzig Tote gefordert, und Teresa erinnerte sich an die Schlagzeilen in der Presse, in denen von Klassenkampf und antifaschistischem Widerstand die Rede gewesen war. Damit würde noch lange nicht Schluss sein, das war abzusehen.

Ihr Herz zog sich zusammen. »Nein, aber nein, das darf nicht passieren! Wir müssen doch alle von vorn anfangen, unser Land bestellen, uns um unsere Familien kümmern, die Tiere versorgen. Ettore will mehr Wein anbauen, hat er gesagt. Ich halte das für eine gute Idee. Was sagen Sie?«

Die Familie Talone besaß Ländereien in der südlichen Toskana und im Chianti, dem Zentrum des traditionellen Weinbaus. »Wein ist immer eine gute Idee! Vor allem, wenn man den richtigen Boden dafür hat, und den haben Sie. Was gehört eigentlich alles zur Villa Fiore, Teresa, wissen Sie das?«

Er sah von der Kapelle zum Wald und zur Villa hinunter, die man hinter den Bäumen nur erahnen konnte.

»Nicht genau, nein, dieser Hügel und auch die andere Seite, aber ich weiß nicht, ob dort Wein angebaut werden kann, denn die Grassos sind Pächter dort und machen dauernd Ärger.«

»Immer noch? Ich dachte, dass das Familienoberhaupt getötet worden wäre. Loris Grasso, hieß er so?«

Teresa versetzte den Kinderwagen in wippende Bewegungen, damit der kleine Lorenzino weiterhin ruhig an seinen Fingern sog und vielleicht einschlief. »Loris, dieser Widerling. Ich sollte so nicht sprechen, aber er hat den Tod verdient. Wir sind uns sicher, dass er hinter dem feigen Mordanschlag auf Luciano steckt.«

Corrado Talone wartete einen kurzen Moment, bevor er antwortete: »Dessen bin ich mir sogar gewiss, Teresa.«

Überrascht sah sie auf. »Wie? Aber ist er nicht bei einem Überfall in Doccia von Partisanen erschossen worden?«

»Luciano war mein Freund, Teresa, ich habe ihn sehr geschätzt, und Sie denken doch nicht, dass ich seinen Mörder hätte davonkommen lassen.« Er sah sie durchdringend an und nahm ihre Hand. Es dauerte einen Moment, bis sie begriff, was er andeutete.

»Versprechen Sie mir, dass das, was ich Ihnen anvertraue, unter uns bleiben wird?«

Stumm nickte sie.

Er schob seine Brille etwas höher und holte tief Luft. Als er zu sprechen begann, sah er nicht sie, sondern die Kapelle an. »*Santa Vergine,* vergib mir!« Corrado bekreuzigte sich und legte die gefalteten Hände ans Kinn. Es war die Pose eines nachdenklichen Menschen oder die eines Schuldigen, der sein Gewissen erleichtern musste.

»Es hat keinen Überfall der Schwarzhemden auf einen Hof bei Doccia gegeben. Die ganze Sache war inszeniert.« Seine Stimme war rau, und er fuhr sich mit der Zunge über die Lippen.

»Nein! Aber es hieß doch, dass den Frauen Gewalt angetan worden wäre!« Teresas Hand umklammerte den Griff des Kinderwagens.

»Theater. Wir haben das gesamte Szenario vorbereitet und Loris Grasso und seine beiden Kumpane unter einem Vorwand dorthin gelockt. Das war sehr einfach, viel zu einfach. Der Krieg war zu Ende. Wir alle befanden uns in einer Art Ausnahmezustand. Die meisten waren im Rausch der Freude über das Ende der Gewalt, aber es gab auch diejenigen, die das Kriegsende bedauerten. Dazu gehörten Grasso und seine Männer. Ich habe während meiner Zeit als Comandante der Hauptverwaltung in Florenz viele Männer dieses Typus kennengelernt. Wenn es mir möglich war, habe ich ihnen Posten gegeben, an denen sie möglichst wenig Schaden anrichten konnten. Aber Gewalt findet ihren Weg, und ein Krieg ist für solche Männer die beste Gelegenheit, sich auszuleben.«

Sie fühlte, wie ihr das Blut aus dem Gesicht wich und ihr Magen in Aufruhr geriet. »Franco hat auch getötet, aber er hat es nicht gern getan, Corrado, das müssen Sie mir glauben.«

»Arme Teresa, was müssen Sie nur von uns denken. Nein, selbstverständlich würde ich Ihren seligen Bruder nicht mit einem Mörder vergleichen wollen. Soldaten töten, Freiheitskämpfer töten. Ob es recht ist? Darüber muss eine höhere Instanz richten. Das steht uns nicht zu. Aber ein Mord aus dem Hinterhalt und aus niederen Beweggründen ist ein schweres Verbrechen. In meinen Augen die größte Sünde, die ein Mensch begehen kann, denn ein Leben ist unwiederbringlich. Es gibt keine Sühne, keine Entschuldigung, keine gerechte Strafe. Wer mordet, hat sein Leben verwirkt. Ein Auge für ein Auge, ein Leben für ein Leben. So steht es im Alten Testament.«

Sie wollte ihn nicht so sprechen hören, nicht diesen feinsinnigen, gebildeten Mann, auf den sie so große Stücke hielt. »Nicht, Corrado, Sie müssen mir das nicht erzählen«, flüsterte sie und lauschte in den Wind, der die Blätter rauschen ließ. Doch sie waren allein, ohne Zeugen, nur die Äste der alten Bäume knarrten, und auf den Stufen der Kapelle sonnte sich eine Eidechse.

»Sie wollen es nicht wissen, Teresa?« Er berührte ihren Arm, und als sie ihn ansah, entdeckte sie Tränen in seinen Augen.

Kaum hörbar erwiderte sie: »Doch, doch, ich will, dass Sie es mir sagen.«

Sie nahm ihr Taschentuch und tupfte eine Träne von seiner Wange.

»Ich kann mir nicht helfen, Teresa, in Ihrer Gegenwart bin ich hilflos, möchte ich ein guter Mensch sein.« Ein zaghaftes Lächeln umspielte seine Lippen, um gleich darauf wieder zu ersterben. »Was ich getan habe, macht mich ebenfalls zum Mörder, aber ich musste es tun. Loris Grasso hat meinen Freund getötet, und vielleicht hätte er auch Ihnen und Ihrem Sohn etwas angetan. Er war so voller Hass. Sie haben ja keine Ahnung.«

Mit bebenden Fingern hielt sie das Taschentuch und sah ihn an. Ihr Sohn war eingeschlafen und gab zufriedene, schmatzende Laute von sich. Lorenzino war so unschuldig, und doch würde er irgendwann zu einem Mann heranwachsen und sich einer Welt stellen müssen, die ihm seine kindliche Unschuld, aber vielleicht nicht den Glauben an das Gute im Menschen raubte. Wenn es in ihrer Macht stand, würde sie ihre Kinder zu aufrechten Menschen erziehen. Die Familie stand an erster Stelle. Wenn man das beherzigte, konnte man darauf bauen.

»Meine Mitstreiter werde ich nicht verraten. Mein Ziel war Grasso, der in betrunkenem Zustand mit seiner abscheulichen Tat geprahlt hatte. Zufällig hat einer meiner Freunde davon gehört und es mir zugetragen. Faschisten, Kommunisten, Teresa, die Fronten sind fließend geworden, und viele wechseln ihre Überzeugung wie ihr Unterhemd. Es sei, wie es sei, ich wusste also aus sicherer Quelle, dass Grasso sich des Mordes an Luciano schuldig gemacht hatte. Als er in jener Nacht auf dem Hof in die Scheune trat in der liederlichen Absicht, sich an den Frauen zu vergehen, die dort angeblich allein waren, trat ich ihm offen entgegen. Nie werde ich diesen Ausdruck in seinem Gesicht vergessen. Zuerst musterte er mich höhnisch, dann dämmerte ihm, dass er in eine Falle geraten war, und Angst stand in seinen Augen. Grasso war ein Feigling.

Wo denn die Frauen seien, wagte er noch zu fragen. Ich erwiderte nichts, sondern breitete die Arme aus, um ihm zu zeigen, dass wir allein waren. Meine Leute hatten seine beiden Kumpane draußen abgefangen. Es war sehr still auf diesem Hof in jener Nacht. Zu still. Wir standen uns gegenüber. Er wusste, wie ich zu Luciano gestanden hatte, und seine Hand zuckte in Richtung seiner Brusttasche, wo er seinen Revolver versteckte. Ich wollte es aus seinem Mund hören und ihm die Chance für eine Erklärung geben. ›Warum hast du Luciano Massinelli getötet? Hat er dir ein Leid angetan?‹

Grasso spuckte aus und zog höhnisch die Oberlippe hoch. Er war kräftig und muskulös. In einem Zweikampf wäre ich seiner brutalen Kraft und seiner regellosen Art zu kämpfen unterlegen. Seine Haltung veränderte sich. Er wirkte plötzlich, wie eine Katze vor dem Sprung. ›Er hat mir mein Land nicht geben wollen. Ich habe das Land bestellt, und es steht mir zu. Aber er hat mich nur ausgelacht und gesagt, dass ich nicht gut genug arbeite und meine Erträge zu gering seien. Was ich erwirtschafte, würde nicht einmal die Pacht decken, und er hätte es satt, immer wieder nachsichtig sein zu müssen.‹

Seine Augen wurden schmal, und er schien nach einem Fluchtweg zu suchen, entschied sich dann aber für die direkte Konfrontation. ›Männer wie er sind nicht länger tragbar. Heiratet eine überhebliche Ausländerin, die uns behandelt wie den letzten Abschaum. Hätte ich gekonnt, ich hätte seine Frau zuerst getötet. Aber sie hat mir die Arbeit später ja abgenommen, das dumme Weibsstück.‹

Da habe ich nicht länger an mich halten können, meine Waffe gezogen und ihn erschossen.«

Corrado Talone schluchzte, und Teresa nahm ihn in den Arm, strich ihm beruhigend über die Schulter und sagte: »Wäre ich an Ihrer Stelle gewesen, ich hätte nicht anders gehandelt.«

Sie gab ihm das Taschentuch, mit dem er sich die Augen trocknete. Rasch hatte er sich wieder beruhigt. »Entschuldigen Sie mein unangemessenes Verhalten, Teresa. Aber ich war gerade hier, um für Luciano zu beten, und dann sah ich Sie und seinen Enkel.«

Teresa legte ihm die Hand auf den Unterarm. »Ich danke Ihnen für Ihr Vertrauen, Corrado. Ihr Geheimnis ist bei mir sicher.«

Da beugte Corrado Talone sich vor und küsste sie auf die Wangen. Teresa schloss die Augen, als seine Lippen sie sanft berührten, und seufzte leise. Als hätte er nur auf diesen einen kleinen Laut, diese kaum hörbare Aufforderung gewartet, nahm er sie in die Arme und drückte sie an sich. Teresa begriff in diesem Moment, dass sie Ettore hintergehen würde, denn ihre Gefühle für Corrado Talone waren stärker als alles andere.

27

DER PININFARINA

Nando betrat die Küche des *Fiore*, band sich eine der schwarzen Schürzen um die Hüfte und warf einen Blick in die Runde. Es war ein gutes Gefühl, wieder hier zu sein. Diese unprofessionelle, doch übersichtliche und gut ausgestattete Küche war ihm vertraut geworden und beinahe so lieb wie das *Musetta*.

»Hallo, Luca, was machen wir heute Abend?«, wandte er sich an den Beikoch, der ihm einen mürrischen Blick zuwarf.

»Wir haben schon alles vorbereitet. Steht dort auf der Tafel.« Der stille Mann aus Doccia hackte Zwiebeln.

Ariano schlug Eier in einer Schüssel auf, und Ivano wusch und zerkleinerte Auberginen.

»Es ist schön, dass Sie zurück sind, Signor Branconi«, sagte Ivano und schwenkte strahlend die Hand, an der nur noch ein kleiner Verband zu sehen war. »Ich bin wieder ganz wie neu.«

»Der Schnitt war tief, Ivano, sei vorsichtig, dass die Wunde sich nicht infiziert. Zieh dir bitte einen Handschuh an.« Nando ging zur Tafel, auf der einer der Beiköche das Menü notiert hatte. Laut las er vor: »Rührei mit Trüffeln, Zwiebeln und Sultaninen, gebackene Auberginen mit Ricotta, Hähnchenbrust auf Fenchelgratin und Zabaglione.«

Er drehte sich um und sah in die Runde. »Wer hat das entschieden?«

Luca und Ariano sahen sich an. »Wir!«, erwiderte Ariano mit einem aggressiven Unterton.

»Nur ein Hauptgericht? Gibt es kein Wild? Hier in den Wäldern gibt es doch Wildschwein. Warum steht das nicht auf der Karte?« Diese Auswahl war dürftig und entsprach nicht dem Niveau des *Fiore*, wie er es sich vorstellte.

Ariano wischte sich die Hände an einem Tuch ab und stellte sich breitbeinig vor Nando auf, der ihn um einen Kopf überragte, was den Römer jedoch nicht störte. »Sie waren nicht hier. Bianca war nicht hier. Signora Massinelli hat genug um die Ohren, da mussten wir entscheiden, und wir haben so entschieden. Was ist daran nicht gut? Das sind beliebte Speisen, die jeder mag.«

»Unsere Gäste mögen die bodenständige Küche und erwarten nichts anderes«, fügte Luca hinzu.

Nando zählte innerlich bis fünf. »Wir müssen zumindest einen zweiten Hauptgang anbieten. Welches Fleisch haben wir?«

Ariano verschränkte die Arme vor der Brust. »Sehen Sie doch selbst nach, Signore.«

»Das werde ich«, erwiderte er sehr ruhig. »Ich bin enttäuscht von euch. Nach allem, was wir bereits zusammen gekocht haben, hätte ich euch mehr zugetraut. Ein klein wenig mehr Raffinesse schadet nicht und macht aus einer rustikalen Landhausküche kein Sternerestaurant. Aber kleine ungewöhnliche Details und Gerichte, die so nicht zu erwarten sind, überraschen die Gäste und fordern sie heraus. Das macht ein gutes Restaurant aus. Man bekommt nie genau das, was man erwartet, sondern wird jedes Mal aufs Neue verführt.« Nando hob die Schultern und ging an Ariano vorbei zu den Kühlräumen.

»Äh, also, so habe ich das nicht gesehen, das ist …«, stotterte Ariano.

Luca hackte weiter Zwiebeln und murmelte etwas, das Nando nicht verstand, aber es klang nach Wildschweingulasch.

Letzteres fand Nando tatsächlich in der Kühlung. Das Fleisch war von hervorragender Qualität und schien am Vortag geschnitten worden zu sein. Er stellte die Schüssel in der Küche auf einen Tisch neben der Spüle. »Sehr schön, damit können wir gut arbeiten. Und ich habe Beeren gesehen, die richten wir mit der Zabaglione an, oder hattet ihr eine andere Idee?«

»Nein, aber darauf wären wir auch gekommen«, meinte Luca und stieß sein Messer in die Holzplatte.

»Dann hättet ihr es auf der Tafel vermerken sollen.«

Er erntete einen Blick aus zusammengekniffenen Augen und suchte nach einem Messer.

»Oh, unser Starkoch ist zurück!«, rief Elena und tänzelte ein Tablett balancierend auf ihn zu.

Ariano gab ein verächtliches Schnaufen von sich und widmete sich wieder den Eiern, während Elena das Tablett abstellte und Nando mit Wangenküssen begrüßte. Ein süßliches Parfum stieg ihm in die Nase.

Nando rückte zur Seite. »In der Küche ist Parfum tabu. Das überdeckt die Düfte der Speisen und verfälscht unsere Wahrnehmung.«

»Ach ja?« Beleidigt nahm sie das Tablett auf und stellte das Geschirr lauter als notwendig auf dem Gitter ab.

»Wo sind denn die Vorspeisen? Drei Tische sind besetzt. Die Getränke sind raus.« Neugierig spazierte Elena an den Arbeitsplatten vorbei und sah den Männern über die Schulter. »Ich liebe Uova strapazzate al tartufo! Heb mir eine Portion auf, ja, Ariano?«

Sie warf dem Römer eine Kusshand zu und lehnte sich neben Nando an einen schmalen Schrank. »Sollte es heute nicht Huhn geben?«

Nando schnitt das Fleisch in exakt gleich große Stücke und gab sie in eine Pfanne. »Abwechslung, Elena, nichts weiter.«

»Hm, ja sicher, das ist wichtig. Wir bekommen übrigens eine neue Chance mit einem Magazin aus Deutschland. Nicht so toll wie die beiden anderen, aber immerhin. Diesmal versauen wir es nicht.« Sie lehnte sich leicht vor und gewährte ihm einen Blick auf ihr Dekolleté.

»Ich verstehe ja immer noch nicht, wie es zu diesen Pannen kommen konnte, Elena, du?«

Sie warf ihm einen vielsagenden Blick unter langen Wimpern zu. »Wenn ich es nur wüsste! Die arme Bianca. Wie geht es ihr denn jetzt? Ist sie nicht mitgekommen? Es geht ihr doch gut, nicht wahr? Sie ist ja nicht so gesund, aber sie verbirgt das ganz gut, die Arme.«

Er hatte genug von Elenas subtilen Sticheleien. »Luca, wie weit bist du mit den Vorspeisen? Sind die Sardinen angerichtet?«

»Ich bin dabei, aber zwei Portionen stehen bereits hier«, rief der Beikoch.

Widerwillig schwang Elena sich vor, streifte Nandos Arm und nahm die Teller entgegen.

»Hat sie keinen Freund?«, meinte Nando und sah Ariano grinsend an.

Dieser würzte gerade das Rührei. »Das weiß man bei ihr nie so genau. Immerhin hat sie gute Laune!«

Nando lachte, und die Atmosphäre in der Küche wurde deutlich entspannter. Als Bianca eine halbe Stunde später dazukam, war das Abendessen bereits in vollem Gange. Es dampfte und duftete aus Töpfen und Pfannen, und Elena trug mit hochroten Wangen gerade zwei Teller mit Wildschweinragout hinaus.

»Stopp!«, befahl Bianca und warf einen prüfenden Blick auf den Teller. »Luca?«

Doch der Koch deutete stumm auf Nando, der sich gerade die Stirn abwischte und ein Glas Wasser trank. Bianca nickte anerkennend und ließ Elena passieren.

»Wir und vor allem die Gäste werden dich schmerzlich vermissen, Nando«, sagte Bianca.

»Noch bin ich ja hier.« Und er hatte nicht vor, sie so bald zu verlassen. Das musste sie doch begriffen haben.

»Ich habe eben mit Nonna gesprochen. Sie hat mir ein paar unglaubliche Dinge erzählt«, sagte sie leise zu ihm und zog ihn am Arm mit nach draußen, wo die Luft frisch und deutlich kühler war.

Nando sah sie aufmerksam an. Er liebte es, wie ihre blauen Augen sich verdunkelten, während sie sprach.

»Nur kurz, aber es war so beeindruckend. Nonna hat über die Vergangenheit unserer Familie, ihr Leben erzählt. Mein Gott, ich hatte ja keine Ahnung.« In knappen Sätzen erzählte sie ihm von einer jungen Teresa, die in ihrer Ehe nicht glücklich gewesen war und sich in Corrado Talone verliebt hatte. Dieser wiederum hatte den Mord an Teresas Schwiegervater gerächt.

Nando stieß hörbar die Luft aus. »Es waren andere Zeiten, und der Krieg war kaum vorbei. Wir dürfen niemanden verurteilen.«

»Nein, das tue ich auch nicht, aber ich fürchte, dass Nonna mir noch längst nicht alles gesagt hat.«

Er nahm ihre Hand. »Bereitet dir das Sorge, Bianca?«

»Ein wenig. Es scheint, als wollte Nonna sich alles von der Seele reden. Erst bei Giulia und nun bei mir. Ich wünschte nur, sie hätte das früher getan. Dann hätten wir sie besser verstanden.«

Nando lächelte: »Für sie ist jetzt die richtige Zeit, um euch ins Vertrauen zu ziehen. Respektiere das, Bianca. Für uns ist vieles einfacher. Wir reden über Dinge, über die unsere Großeltern niemals auch nur ein Wort verloren hätten.«

Sein Telefon meldete sich. Eine Nachricht von seiner Bekannten in der Stadtverwaltung. »Es gab noch einen Pininfarina damals.« Er runzelte die Stirn. »Der Wagen war auf Duccio Rossi zugelassen.«

Bianca starrte ihn an. »Rossi? Der Rossi? Maurizios Vater?«

»Ja, genau der. Hast du Maurizio je mit einem solchen Wagen fahren sehen?«

Sie schüttelte den Kopf. »Nein. Daran hätte ich mich doch erinnert!«

Diese Wende in der Geschichte mit dem Pininfarina gefiel ihm gar nicht. Er wusste nicht, ob es an Rossi selbst lag, den er nicht mochte, oder an der Art, wie Bianca auf die Nachricht reagiert hatte.

»Hattest du mit Maurizio früher Kontakt oder gar Probleme?«, fragte er sie deshalb.

Sie sah ihn abwesend an. »Nein, er war eigentlich ganz in Ordnung, etwas angeberisch. So richtig dazugehört hat er nie, vielleicht hat ihn das geärgert. Ich kann gar nicht einmal genau sagen, warum ihn keiner wirklich mochte. Er war ein Angeber, ja, aber auch einfach zu bemüht. Und er hat sich oft überschätzt.«

Elena ließ klirrend einen Stapel Teller in die Spüle gleiten. »Wo ist denn Angela? Soll ich das vielleicht auch noch machen? Das schaffe ich nun wirklich nicht.«

Abrupt aus ihren Gedanken gerissen erwiderte Bianca

knapp: »Das verlangt ja auch niemand von dir. Sie müsste jeden Augenblick hier sein. Laut Plan hat sie heute später Dienst.«

»Na schön, ist ja auch nicht ganz so viel los wie gestern«, meinte Elena, wobei sie Nando und nicht Bianca ansah. Sie wischte sich die Hände an einem Tuch ab. »Oh, da hat jemand nach dir gefragt, Bianca. Die war schon einmal hier, glaube ich. Sara, kann das sein?«

»Sara, aber ja. Ist sie allein?«

»Nein, mit einem Mann.« Elena sah zu Luca. »Zweimal Hähnchenbrust brauche ich gleich. Einmal ohne Fenchelgratin. Kannst du was anderes machen, Luca?«

»Auberginen?«

»Wird schon passen.« Mit einem letzten Blick auf Nando tänzelte die Servicekraft durch die Küche und verschwand im Restaurant.

»Sara«, stöhnte Bianca. »Ich glaube, sie will sowieso nur dich sehen, Nando.«

»Wir können doch später gemeinsam unsere Runde machen. Jetzt muss ich mich um das Wildschweinragout kümmern. Bist du mit dem Dessert zufrieden?« Er hatte ihr noch nichts von seinen Änderungen erzählt, war jedoch davon überzeugt, dass sie seine Einschätzung teilen würde, sobald sie das Menü genauer begutachtet hätte.

Nachdem sie die Tafel überflogen hatte, meinte sie: »Ich werde einen Beerenschaum machen, um der Zabaglione die geballte Süße zu nehmen. Wessen Idee war das überhaupt mit der Zabaglione? Ich konnte diesen Weinschaum noch nie leiden. Aber jetzt müssen wir liefern.«

Zufrieden widmete sich Nando seinem Hauptgang. Es könnte funktionieren. Aber bevor er ihr seinen Vorschlag unterbreitete, musste er sie davon abbringen, sich unnötige

Gedanken um ihr Bein zu machen. Ein solcher Unfall mochte zwar traumatisch gewesen sein, aber es gab keinen Grund, dass diese wundervolle Frau sich wegen einer lächerlichen Narbe verstecken sollte.

28

Ein Lügner muss ein gutes Gedächtnis haben.

Pierre Corneille, *Der Lügner* (IV, 5)

Langsam gingen Nando und Bianca zwischen den Tischen des *Fiore* hindurch, wechselten ein paar Worte mit den Gästen, die sich allesamt begeistert von dem heutigen Menü zeigten, und kamen schließlich an den Tisch von Sara de Gennaro. Ihr gegenüber saß ein Mann, den Bianca ohne Saras Hinweis kaum wiedererkannt hätte.

Marco Campucci war nur wenig älter als sie, doch seine Haare waren bereits ergraut, und er hatte zugenommen, was ihm nicht besonders gut stand. Noch immer trug er eine runde Brille, und als er lächelte, kam ein wenig von dem spitzbübischen Charme des ehemaligen Klassenkameraden zum Vorschein. Er stand auf und begrüßte Bianca herzlich. Für einen Moment hielt er sie an den Schultern vor sich und sah sie bewundernd an. »Meine Güte, Bibi, du bist noch hübscher geworden. Wie machst du das nur? Ich werde grau und fett und du … Es freut mich, dich so wohlauf zu sehen.«

Sie wollte nicht an alte Zeiten erinnert werden. Warum nur schleppte Sara nun ständig Freunde von damals hier heraus? Freunde, die sich als Enttäuschung erwiesen hatten. »Marco«, sagte sie etwas verhalten. »Das ist ja eine Überraschung. Darf ich euch Nando Branconi vorstellen? Wir sind sehr glücklich, dass er derzeit bei uns ist und unserer Küche ein wenig auf die Sprünge hilft.«

Sie trat von Marco zurück und machte Nando Platz.

Sara nutzte die Gelegenheit, stand auf und strahlte ihn an. »Ich freue mich ja so, dass ich noch einmal in den Genuss Ihrer Kochkunst kommen durfte! Ein exzellentes Menü!«

Bianca hatte sich bereits an Nandos Anziehungskraft auf das weibliche Geschlecht gewöhnt und wunderte sich eigentlich nur über Saras Unverfrorenheit. Ihr Blick fiel auf Unkraut, das sich zwischen den Steinen der kleinen Mauer entlang der Terrasse breitmachte. Wenn man nicht alles selbst erledigt, dachte Bianca und nahm sich vor, gleich morgen früh mit dem Zimmermädchen oder Simona zu sprechen. Eine von beiden hatte sicher Zeit, sich um den Außenbereich des *Fiore* zu kümmern. Simona war ohnehin lieber draußen tätig.

»Das Kompliment gilt Bianca und ihrem Team weitaus mehr als mir. Ich bin es, der hier über die Schulter guckt und lernt«, hörte sie Nando bescheiden erwidern, und dann legte er auch noch demonstrativ den Arm um ihre Schulter und küsste Bianca auf die Schläfe.

Sara erblasste, räusperte sich und setzte sich wieder auf ihren Stuhl. »Na, da hast du aber Glück, Bianca.«

Ohne sie loszulassen, sagte Nando: »Andersherum, denn ich habe das Glück, hier geduldet zu werden.«

»Oh, nun reicht es aber. Ohne Nando wären wir aufgeschmissen gewesen, und unsere Speisekarte konnte etwas frischen Wind durchaus vertragen. Was habt ihr gegessen? Huhn oder Wildschwein?«

»Wildschwein«, antwortete Marco. »Und ich weiß wirklich nicht, wo ich zuletzt so etwas Zartes und fein Abgeschmecktes vorgesetzt bekommen habe. In Siena zumindest nicht.«

»Hast du Familie, Marco?«, erkundigte sich Bianca.

Seine Augen strahlten. »Zwei bezaubernde Töchter. Sie sind jetzt fünf und neun. Meine Frau besucht gerade mit ihnen ihre Familie in Apulien. Ich wäre gern mitgefahren, aber ich musste noch zwei Konferenzen vorbereiten und meine Großeltern besuchen. Dann traf ich Sara und freue mich, dass ich endlich den Weg in dein Restaurant gefunden habe.«

Nandos Telefon klingelte. »Entschuldigung. Es hat mich gefreut«, sagte er kurz zu Sara und Marco, bevor er Bianca mit einem warmen Blick bedachte und ging.

Bianca winkte Elena und lud ihre Gäste zu einem Glas Wein ein. »Für mich nichts, danke, Elena.«

»Willst du dich nicht kurz zu uns setzen? Fast wie in alten Zeiten, oder?« Sara nahm ihre Handtasche von einem Stuhl, und Bianca setzte sich notgedrungen.

»Es war ein langer Tag, ich bin nicht sehr gesellig heute. Wir waren in Neapel, und bei dieser Hitze war das nicht das reine Vergnügen.«

Sara hob eine Augenbraue. »Du warst mit ihm in Neapel?«

Es war ihr herausgerutscht, und sie bereute, dass sie der Versuchung nachgegeben hatte, Sara mit dieser Neuigkeit zu beeindrucken, denn das war ihr nun wahrlich gelungen. »Nur kurz, Nando hatte dort einiges zu erledigen, und ich brauchte einen Tapetenwechsel.«

Sara runzelte in übertriebener Manier die Stirn. »Hat er dort seine Frau sehen wollen? Er ist verheiratet, wenn ich das richtig gelesen habe. Aber nun, ich kenne nur das, was in der Klatschpresse steht, und darauf ist ja wenig Verlass …«

Bianca ignorierte die spitze Bemerkung. »Mir hat der Ausflug gutgetan, weil ich in letzter Zeit öfter an den Unfall denke.«

Sofort veränderte sich Saras Haltung. »Oh ja, das sagtest du bereits bei unserer ersten Begegnung. Das muss einfach schrecklich sein. Immer wieder diese Bilder und die Ungewissheit, wer dir das angetan hat.«

Marco schien sich verschluckt zu haben, denn er hustete und stellte sein Weinglas ab. »Eine schlimme Sache. Erst gestern habe ich mit meinen Großeltern darüber gesprochen, und wir haben uns gefragt, wer so kaltschnäuzig einfach davongefahren sein konnte. So was macht man doch einfach nicht!«

»Ich hätte sterben können oder gelähmt bleiben. Das war versuchter Totschlag.«

»Na, das ist ja nun etwas stark«, meinte Marco. »Hast du mal daran gedacht, dass der Fahrer das vielleicht gar nicht mitbekommen hat? Möglicherweise hat er dich für ein Wildtier gehalten.«

»Und mein Motorroller lag dann ganz zufällig da, oder wie?« Bianca betrachtete die Flamme eines der Windlichter, die rings auf der niedrigen Mauer standen. »Ich habe mich übrigens an den Wagen erinnert, der damals dort gehalten hat, als ich verletzt am Abhang lag.«

»Nein! Wie das? Unglaublich. Nach so vielen Jahren? Wie kannst du dir da sicher sein?«, wollte Sara wissen.

Marco rieb sich die Hände mit der Stoffserviette ab. »Und was könnte das helfen?«

»Das wird sich zeigen. Es war ein Pininfarina. Dieses Motorengeräusch hat sich in mein Hirn eingefressen, und dann habe ich es plötzlich erneut gehört. In Neapel.«

»Ein Pininfarina. Gab es davon viele?«, wollte Sara wissen. »Hat jemand aus der Gegend hier damals einen gefahren? Obwohl, was sollte das beweisen. Es könnte ja auch ein Fremder durchgefahren sein. Ach Bibi, mach dir doch das Leben nicht noch schwerer, indem du deine Energie auf die Suche nach dem Auto und seinem Fahrer verschwendest.«

Marco nickte. »Ich finde, da hat Sara recht. Schließ ab mit der ganzen Sache. Es geht dir doch wieder gut. Unfälle passieren. Was würdest du überhaupt machen, wenn du den Fahrer findest? Dich rächen?«

»Keine schlechte Idee«, meinte Bianca grinsend. »Aber nein. Der Täter soll wissen, was geschehen ist, sich der Schuld bewusst sein und dafür vor Gericht gebracht werden. Ich will nur Gerechtigkeit.«

Sara und Marco wechselten einen beinahe mitleidigen Blick, der Bianca verärgerte, so dass sie sich erhob. »Danke für euren Besuch, aber ich werde noch gebraucht. In einem Restaurant hört die Arbeit nie auf. Nach dem Essen beginnen die Vorbereitungen für den nächsten Tag.«

»Sehen wir uns morgen beim Reiten, Bianca?«, fragte Sara. »Ich habe einen Ausritt mit Milena und einer kleinen Gruppe gebucht.«

»Dafür werde ich keine Zeit haben, aber es wird dir gefallen. Milena macht das großartig. Sie versteht die Pferde wie kaum jemand, den ich kenne.«

Als sie den Flur zur Küche betrat, atmete sie tief durch und schüttelte das unangenehme Gefühl von sich ab. Die Schwingtür glitt geräuschlos auf, und für einen Augenblick genoss Bianca den Anblick ihrer Küche. Das Aufräumen und Abwaschen waren in vollem Gange, ihre Mitarbeiter wirkten gelöst und arbeiteten flink, um noch etwas vom verdienten Feierabend haben zu können. Die Gerüche des Abendessens hingen in der Luft, und das Klappern und Stimmengemurmel übten eine beruhigende Wirkung auf Bianca aus. Sie hielt nach Nando Ausschau und hörte seine Stimme durch die offene Hintertür. Sie winkte Luca zu, der seine Schürze abnahm.

»Bis morgen, mein Lieber. Das war gute Arbeit heute!«, sagte Bianca.

Ein halbes Lächeln glitt über das Gesicht des Kochs. »Schon gut, musst nicht übertreiben, er hat ja recht mit seiner Kritik. Wieder was gelernt heute. Bis morgen.«

Sie biss sich auf die Unterlippe. Es sollte nicht sein, dass Luca sich nicht wertgeschätzt fühlte, denn der Beikoch machte seine Sache gut, und sie war froh, ihn zu haben. Was für ein Tag, dachte Bianca seufzend. Nando brachte Unordnung in ihr so sorgsam organisiertes Leben – und nun auch noch Teresa mit ihren unerwarteten Geschichten aus der familiären Vergangenheit. Das alles musste sie erst einmal sacken lassen.

»Schon gut, das ist mir egal. Wenn es nicht anders geht, setz den Vertrag neu auf, Ricardo«, hörte sie Nando sagen und fand ihn unter den Olivenbäumen hin und her gehend, während Elena rauchend an einen Stamm gelehnt stand und Nando beobachtete.

»*Maledizione*, Elena, wie oft muss ich das noch sagen! Hier wird nicht geraucht!« Im Sommer konnte ein Funken einen Flächenbrand entfachen, das wusste jeder.

Mit einer kaum hörbaren Entschuldigung schlenderte Elena zurück ins Haus. Sich über die freche Art der Mitarbeiterin aufzuregen brachte wenig, weshalb Bianca sich weitere Ermahnungen sparte und sich am Anblick des nächtlichen Olivenhains und des romantisch erleuchteten *Fiore* erfreute.

Nando beendete sein Gespräch, kam zu ihr und legte die Arme um sie. »Es ist so still hier draußen bei euch. Auf dem Land erlebt man sich und das Leben neu, anders, intensiver. Die Nacht hat ihren eigenen Geruch.«

Sie standen locker aneinandergelehnt. Eigentlich wollte Bianca ihm viele Dinge sagen, doch die passten nicht zu diesem ruhigen intimen Moment. »Ich bin früher oft noch spät durch den Weinberg spaziert und habe mir vorgestellt, wie es früher hier gewesen sein mochte. Lange vor unserer Zeit, als der Wein noch wild wuchs und der Wald den Tieren und Menschen zugleich gehörte.«

Er zog sie ein wenig näher und streichelte ihr den Rücken. »Hat er das jemals? Glaubst du, dass es damals besser war? Ich bezweifle das. Wir Menschen haben uns immer zu viel genommen und zu wenig gegeben.«

Sein Herz schlug stark und gleichmäßig, und sie konnte nicht anders, als den Duft seiner Haut einzusaugen. Das war nicht richtig, sie wollte sich nicht von diesem Mann angezogen fühlen. Er würde gehen. Vielleicht nicht morgen oder übermorgen, aber irgendwann würde er gehen. Ihr Zuhause war hier und würde es immer sein. Ihr Herz schlug im Takt mit dem Land, auf dem sie geboren war, und mit ihrer Familie, die hier lebte. Sie konnte sich nicht vorstellen, von hier fortzugehen. Aber sie konnte sich eine Nacht mit ihm stehlen. Nur eine Nacht, danach würde sie ihm sagen, dass es keine Zukunft für sie geben konnte.

Sie lehnte sich ein wenig nach hinten, so dass er ihr in die Augen sehen konnte, und flüsterte: »Ich möchte dir etwas geben, Nando.«

Seine dunklen Augen hefteten sich auf sie. »Du schuldest mir nichts, Bianca.«

»Nein? Ich denke doch.«

Sie öffnete die Lippen, und als er sie küsste, verschwammen die Konturen der alten Olivenbäume um sie, erstarben die Geräusche des *Fiore*, und sie hörte nur das Rauschen des Blutes in ihren Adern.

29

DER STREIT

Bianca erwachte vom Geräusch eines Traktors, der ganz in der Nähe vorbeifuhr. Sofort war sie hellwach und zog das Betttuch etwas höher, denn entgegen ihrer Gewohnheit war sie nackt. Natürlich war sie das, denn sie hatte die vergangene Nacht mit Nando verbracht. Langsam wandte sie den Kopf und fand ihn schlafend neben sich. Er lag auf dem Rücken und atmete tief und gleichmäßig. Sie war versucht, die Konturen seines Gesichts mit den Fingerspitzen nachzufahren, so wie sie es vor wenigen Stunden getan hatte, als er sie geliebt hatte. Sie schloss die Augen und spürte ihren Körper, der noch müde von den Aktivitäten der Nacht war. Niemals hätte sie es für möglich gehalten, dass ein Mann sie so zärtlich und leidenschaftlich berühren und sie das verdammte Bein vergessen lassen könnte. Und ausgerechnet dieser gutaussehende Kerl aus Neapel, der nur mit dem Finger zu schnippen brauchte, um weitaus attraktivere Frauen als sie in sein Bett zu bekommen, hatte ihr gezeigt, was es bedeutete, begehrt zu werden. Ein leiser Seufzer entfuhr ihr, und sie rekelte sich.

Ihre Bewegung musste ihn geweckt haben, denn er streckte sich und zog sie zu sich.

»Hm«, murmelte er. »Guten Morgen.« Seine Lippen berührten ihren Nacken, und seine Hand glitt von ihrer Schulter über ihren Arm und die Hüfte und blieb auf ihrem Bauch liegen.

Ohne Zweifel war er sehr wach, und als er sein Knie zwischen ihre Beine schob, entrang sich ihr ein wohliges Stöhnen. »Nando, ich …«

Doch er wollte nicht sprechen, sondern intensivierte seine Küsse und Liebkosungen, so dass ihre Gedanken sich verflüchtigten und sie sich dem Moment hingab. Als sie später leicht außer Atem nebeneinanderlagen und die Sonne bereits hell in das Zimmer schien, nahm Bianca all ihren Mut und ihre Willenskraft zusammen und sagte leise: »Ich kann das nicht, Nando.«

Es dauerte eine Weile, bis er antwortete: »Den Eindruck hatte ich nicht.«

»Das meine ich nicht.«

»Was dann?«

Sie biss sich auf die Lippe und fühlte Tränen aufsteigen. Es war so verflucht schwer! Ihre Gefühle für ihn waren durch die gemeinsame Nacht noch stärker geworden. Sie hatte einen großen Fehler gemacht, aber damit musste sie allein fertigwerden. Es war nur fair, dass sie es ihm jetzt sagte und ihn nicht länger hinhielt, denn wenn sie ihn vielleicht nach dem nächsten erfolgreichen Testessen verließ, könnte man denken, sie hätte ihn nur ausgenutzt.

»Das mit uns kann nicht funktionieren.« Sie drehte sich zu ihm um. »Wir kommen aus verschiedenen Welten. Für dich ist das hier eine Episode, eine nette Auszeit. Du hast ein eigenes Restaurant und andere Verpflichtungen. Aber ich lebe hier im Rufina. Für mich ist dieser Flecken Erde alles, und das könnte er für dich nie sein. Es wäre einfach nicht genug.«

Mit jedem Satz verfinsterte sich seine Miene weiter. »Aus verschiedenen Welten? Du meinst, weil ich aus dem Elendsviertel von Neapel stamme, kann ich mir nicht vorstellen, wie es ist, auf einem Landgut zu leben?«

»Nein, das ist ja Unsinn. Das meine ich nicht!« Verzweiflung stieg in ihr auf. Sie fühlte sich elend. »Es tut mir leid!«

»Ach, jetzt tut es dir auch noch leid, dass du mit mir geschlafen hast?«

»Nein!«, rief sie lauter als beabsichtigt und hoffte, dass die anderen Gäste oder gar die Mitarbeiter des Gutes sie nicht hörten.

»Wenigstens etwas«, meinte er mit einem Anflug von Humor, der jedoch sofort wieder verschwand. Er strich über ihre Wange und sah sie mit einem unergründlichen Ausdruck an. »Warum hast du überhaupt mit mir geschlafen, wenn du mich jetzt aus deinem Leben wirfst, denn das ist es doch, was du willst, oder?«

»Ich weiß es nicht …«, flüsterte sie unter Tränen. »Ich hätte es nicht tun sollen.«

Seine Miene wurde weich, und er nahm sie in die Arme. »Nicht weinen, Bianca, bitte, nicht weinen.«

Sie schluchzte. »Verzeih mir, Nando. Du bist ein wundervoller Mann und verdienst eine bessere Frau als mich.«

»Ich habe mich für dich entschieden, Bianca, warum willst du das nicht verstehen?« Er strich ihr die Haare aus dem verweinten Gesicht und küsste sie. »Diese Zeit hier bei euch war genau das, was ich brauchte, wonach ich gesucht habe, ohne es zu wissen.«

Es wäre so leicht, ihm nachzugeben, aber sie durfte nicht zulassen, dass er das *Musetta* ihretwegen verlor.

»Deine Frau hasst mich, Nando. Sie kann dem Gut schaden und damit der ganzen Familie. Das kann ich ihnen nicht antun. Ich habe schon genug Mist gebaut.«

»Ach, lass doch Arianna da raus. Wenn die Scheidung erst

durch ist, kann sie gar nichts mehr machen, und das wird sie auch nicht. Sie spielt sich gern in den Vordergrund, und andere Menschen zu schikanieren gehört zu ihren Hobbys. Aber sobald sie mich nicht mehr in der Hand hat, ist der Spuk vorbei. Dann sucht sie sich ein neues Opfer.«

Bianca hatte Arianna erlebt und konnte sich nicht vorstellen, dass die Frau so leicht aufgeben würde. »Nando, ich danke dir für alles, was du für uns getan hast, aber …«

Wütend ließ er sie los und setzte sich auf. »Entschuldige mal, willst du vielleicht sagen, dass du aus Dankbarkeit mit mir geschlafen hast?«

Madonna, in was hatte sie sich da nur hineinmanövriert?! Alles lief vollkommen verkehrt! Erschüttert setzte sie sich ebenfalls auf und presste das Laken an ihren Körper. »Natürlich nicht! Ich empfinde so viel für dich, aber ich habe einfach Angst, dass du hier nicht glücklich wirst.«

»Wer sagt denn, dass ich ewig hierbleiben wollte? Hast du gedacht, ich mache dir einen Antrag, und dann kochen wir Seite an Seite im *Fiore* bis ans Ende unserer Tage? Du siehst zu viele romantische Filme, Bianca.« Seine Stimme war eisig und schneidend, und seine Worte waren so verletzend, dass sie zusammenzuckte.

Hätte er sie geschlagen, der Schock hätte nicht tiefer sitzen können. Wären sie in ihrer Wohnung gewesen, hätte sie ihn jetzt hinausgeworfen. Da sie sich in seinem Apartment befand, musste sie einen möglichst würdevollen Abgang hinbekommen. Sie rutschte an die Bettkante und bückte sich nach ihrem Hemd, das sie sich mit zitternden Händen über den Kopf streifte. Ihre Augen füllten sich erneut mit Tränen, doch sie schluckte und wischte so heftig, bis der Tränenstrom versiegte. Würdevoll, Bianca, befahl sie sich und knöpfte ihre Hose zu. Dabei trat sie auf einen ihrer Schuhe, die ebenfalls vor dem

Bett lagen, und sackte zur Seite, fing sich jedoch gerade noch ab und fand ihr Gleichgewicht wieder.

Sie drehte sich um und sah ihn auf dem Rücken und mit hinter dem Kopf verschränkten Armen im Bett liegend. Das Laken bedeckte nur knapp seine Körpermitte. Sein gut gebauter Oberkörper mit dem festen Bauch, den sie heute Nacht so gern gestreichelt hatte, und die langen Beine lagen entspannt auf dem weißen Betttuch. Er war sich seiner Wirkung auf sie bewusst und selbstsicher genug, es sie spüren zu lassen. Verschämt wandte sie den Blick ab und hob ihr Telefon vom Tisch auf.

»Willst du jetzt einfach so gehen?«, fragte er kühl.

»Nein, das möchte ich eigentlich nicht, aber ich weiß nicht, was ich dir noch sagen könnte, ohne dass du mich weiterhin missverstehst, Nando.« Ihre Stimme hatte eine gewisse Festigkeit wiedererlangt, und ihre Atmung ging gleichmäßiger. Nur ihr Herz raste nach wie vor, und ihr Magen drehte und krampfte sich zusammen.

»Aha, es handelt sich also um ein Kommunikationsproblem zwischen Mann und Frau, ja?«

Sie nestelte an ihrem Telefon. »Nein, das denke ich nicht.«

»Was ist es dann, Bianca? Ich hatte den Eindruck, dass wir uns sehr gut verstanden haben, in der Küche wie auch im Bett. Ich würde sogar sagen, da waren wir richtig gut.«

Sie errötete. »In der Küche?«

Er grinste breit. »Nein, da könnte ich dir noch eine Menge beibringen. Im Bett nicht. Da bist du ein Naturtalent.«

Warum war sie nicht so kapriziös wie Arianna? Oder zumindest so stark und selbstbewusst wie Giulia? Stattdessen suchte sie nach einer schlagfertigen Antwort und brachte nur ein lahmes »Ich muss jetzt gehen, Nando« heraus.

»In deine Küche? Und ich? Schickst du mich jetzt weg?«

Seine Stimme, in der so viele unausgesprochene Fragen mitklangen, zerriss ihr das Herz. »Du kannst bleiben, solange du willst, Nando.« Leise fügte sie hinzu: »Ich würde dich niemals fortschicken.«

Aber ich muss, dachte sie, und bevor die Traurigkeit sie erneut überfiel, rannte sie aus dem Zimmer. Mit jedem Schritt, der sie von Nando entfernte, fühlte sie sich elender. Sie wusste, dass sie den größten Fehler ihres Lebens gemacht hatte. Doch es konnte keine Lösung für sie geben. Nicht ohne dass einer von ihnen etwas Bedeutsames von sich aufgeben musste.

Als sie am späten Vormittag ihr Apartment im *Fiore* verließ und die Treppe hinunterstieg, sah ihr Claudia mit einem verwirrten oder vielleicht enttäuschten Ausdruck entgegen.

»Bibi, komm doch mal her. Hier läuft irgendetwas gar nicht gut.« Die Rezeptionistin winkte sie zu sich hinter den großen Schreibtisch in der Eingangshalle.

Bianca trat hinter den Schreibtisch und warf einen Blick auf den Belegungsplan und die Anmeldungen für das Restaurant. »Nicht genügend Reservierungen heute?«

»Tja, es gab Absagen. Das ist schon ungewöhnlich. Gleich drei für heute und morgen, und eine Gruppe hat eine Feier am kommenden Wochenende storniert. Kannst du dir das erklären?«

»Ich habe keine Ahnung. Womöglich ein Zufall. Und was ist das?« Sie deutete auf den Schlüssel von Nandos Apartment, der auf dem Schreibtisch lag.

Claudia sah sie an. »Das wollte ich dich fragen. Er kam vorhin zu mir und wollte seine Rechnung begleichen. Als ich ihm erklärte, dass er unser Gast sei und nichts zu bezahlen habe, zuckte er mit den Schultern, murmelte irgendetwas und rauschte davon. Ist er jetzt weg?«

Der Stich in ihrer Magengrube schmerzte so sehr, dass Bianca Halt am Schreibtisch suchte. »Ich fürchte ja, und es ist meine Schuld«, sagte sie kaum hörbar.

»Es ist deine Schuld? Himmel, Bianca, was hast du denn zu ihm gesagt? Er sah ganz verstört aus. Meine Güte, da kommt mal so ein großartiger Mann und himmelt dich an, und dann jagst du ihn davon? Ist etwas passiert?« Claudia griff nach ihrem Arm. »War er nicht nett zu dir?«

Seufzend antwortete Bianca. »Ganz im Gegenteil. Er war sogar sehr nett …« Sie presste sich die Hände vors Gesicht, atmete tief durch und sagte: »Ich habe einen großen Fehler gemacht, Claudia.«

Mitfühlend betrachtete die Rezeptionistin sie. »Das scheint mir auch so. Ihr habt die Nacht zusammen verbracht, nicht wahr?«

Bianca nickte.

»Oje, und dann hast du Schluss gemacht? Warum?«

»Vorhin schien es mir die richtige Entscheidung. Jetzt nicht mehr. Ich bin ein Idiot, Claudia.«

»Das kann man wohl sagen.« Claudia lächelte einem Paar zu, das hereinkam. »Kann ich helfen?«

»Danke, wir wollten uns nur kurz umsehen. Dürfen wir einen Blick in das Restaurant *Fiore* werfen? Meine Frau möchte dort so gern ihren Geburtstag feiern. Wir haben gehört, dass Nando Branconi derzeit hier kocht.« Der Mann war um die vierzig, seine Frau etwas jünger, und sie sprachen Italienisch mit Akzent. Bianca tippte auf Schweizer.

Claudia schenkte dem Mann ein strahlendes Lächeln. »Signor Branconi war nur kurzzeitig hier. Aber unsere Chefköchin wird sie ebenfalls nicht enttäuschen. Signorina Massinelli ist die Inhaberin des *Fiore*.«

Die Frau rümpfte die Nase und zog ihren Mann am Ärmel. »Ach, dann lassen wir es. Komm, Schatz, war nur eine Idee.«

Der Ehemann lächelte entschuldigend. »Herzlichen Dank, wir melden uns wieder.«

Nachdem die beiden den Raum verlassen hatten, stöhnte Bianca: »Na, das kann ja heiter werden. Jetzt erwarten die Leute tatsächlich, dass Nando kocht, und werden enttäuscht sein, wenn sie hören, dass nur ich hier die Töpfe bewege.«

»Also jetzt übertreibst du! Vorher hast du ja auch allein gekocht, und die Gäste sind gekommen.« Claudia griff zum Telefon, das aufblinkte und klingelte.

»Hat Nando keine Nachricht hinterlassen?«, fragte Bianca rasch.

Claudia hielt die Hand über den Lautsprecher. »Nein, tut mir leid. Er war sehr schweigsam und eher mürrisch.« Sie runzelte die Stirn. »Du musst ihn aber ganz schön erwischt haben … Einen Moment noch, bitte«, sagte Claudia und wandte sich wieder an Bianca. »Giulia wollte mit dir sprechen. Sie war vorhin beim Vin Santo.«

Der Dessertwein, Lorenzo Massinellis ganzer Stolz, lagerte in einem Keller nicht weit vom Restaurant. Giulia hatte mit dem Vin Santo wenig zu tun, aber man konnte nie wissen, was Paul für Ideen entwickelte, wenn es um den Ausbau des Weins ging. Pauls innovativer Geist hatte den Weinen der Villa Fiore bereits mehrere Medaillen beschert, darunter eine Goldmedaille, und auch im nächsten Jahr spekulierten die Massinellis auf eine Auszeichnung auf der LWC, der London Wine Competition, einem der renommiertesten Weinfestivals der Welt.

Im Gehen schaute Bianca auf ihr Mobiltelefon, grüßte abwesend ein paar Gäste und war enttäuscht, als sie keine Nachricht von Nando fand. Hatte sie tatsächlich erwartet, dass er sich nach diesem Streit noch bei ihr melden würde? Konnte er denn nicht verstehen, dass es besser so für sie beide war? Ihre Entscheidung ersparte ihm viel Kummer. Bianca hob den Kopf. Er war fort. Und wenn es ihm tatsächlich so ernst mit ihr war, warum war er dann so überstürzt abgereist?

Ihre Sandalen knirschten auf dem sandigen Kies. Die Wälder knisterten bereits vor Trockenheit, und die Weinreben kamen an ihre Grenzen. Ihr Vater und Paul waren der Überzeugung, dass die Rebstöcke stärker wurden, wenn man sie nicht zusätzlich wässerte. Doch wenn die Nutzpflanzen zwischen den Weinreben eingingen und die Rosenstöcke auf den Weinbergen vertrockneten, mussten auch die Massinellis wässern. Am Fuße dieses Hügels hatten sie einen künstlichen Teich angelegt, in dem sie das Regenwasser und das recycelte Wasser der Kellerei sammelten und wiederverwendeten.

Eine der Hofkatzen schlief im Schatten des Vin-Santo-Kellers, einem niedrigen Gebäude, das aus Steinen der Region erbaut worden war, und zuckte kaum mit der Schwanzspitze, als Bianca sie freundlich grüßte. »Na, Mieze, hast du heute schon eine Maus gefangen?«

Die Tür des Kellers wurde aufgestoßen, und Giulia kam heraus, das Mobiltelefon in der Hand. »Bibi, komm her, lass dich umarmen!«

Die Schwestern küssten sich auf die Wangen, doch Giulia hielt inne und musterte Bianca eingehend. »Du hast geweint. Claudia hat es mir erzählt. Der Neapolitaner ist weg. Okay, komm rein, da ist es schön kühl. Und dann erzählst du mir alles.«

Kaum legte Giulia den Arm um ihre Schultern, stiegen die Tränen erneut in ihr auf, und sie schämte sich für ihr unsensibles Verhalten Nando gegenüber. Giulia hörte aufmerksam zu, als Bianca ihr erklärte, was genau sie zu Nando gesagt hatte.

Sie saßen einander gegenüber auf zwei Weinfässern in einem Keller bescheidenen Ausmaßes. Es gab einen kleinen Spitzboden, auf dem der Vin Santo sein letztes Reifestadium durchlief, doch dort war es warm und stickig. Bianca beobachtete, wie ein Skorpion zwischen den porösen Steinen verschwand. Im Grunde waren die Tiere friedlich. Man durfte sie nur nicht erschrecken oder barfuß auf sie treten.

Giulia sah sie ernst an. »Kein Wunder, dass der arme Mann abgehauen ist. Du hast ihn ja quasi aus dem Haus getrieben. Das hat er nicht verdient! In diesem Fall bin ich ganz auf seiner Seite.«

»Aber versteh doch, Giuli!« Bianca rang die Hände. »Er wäre sowieso irgendwann gegangen! Er hat selbst gesagt, dass er nicht vorhatte, ewig hierzubleiben.«

»Nein, nein, Bibi, das hat er erst gesagt, nachdem du ihn so vor den Kopf gestoßen hast. Der Mann liebt dich. Da bin ich mir sicher. Er ist deinetwegen hiergeblieben. Es findet sich immer ein Weg, wenn man es wirklich will. Sieh dir Paul und mich an. Wer hätte gedacht, dass wir das schaffen? Ich vielleicht? Nie im Leben!« Giulia lachte.

Nervös pulte Bianca an der Plakette auf ihrem Fass. »Ich kann ihn jetzt nicht anrufen. Ich schäme mich viel zu sehr, und außerdem bin ich nicht so zuversichtlich wie du.«

Ihre Schwester seufzte schwer. »Das mag wohl sein. Aber wenn du Nando nicht überzeugen kannst und auch sonst keinen Koch findest, sehe ich einfach nicht, wie du weitermachen willst. Das hältst du körperlich nicht durch, und es wäre unverantwortlich, wenn du dich überanstrengst und dir noch etwas passiert. Ein Unfall in der Küche kann übel ausgehen. Das weißt du ja selbst.«

»Schon gut. Ich bemühe mich um einen Koch!«

»Solltest du auch, denn wir werden uns anstrengen müssen,

um diese Scharte auszubügeln. Ich wollte es dir nicht zeigen, aber du erfährst es ja ohnehin.« Giulia tippte auf ihrem Telefon und hielt es ihrer Schwester hin. »Die Kritik des Reisemagazins. Dass Gillray eine so miese Ratte ist, hätte ich nicht gedacht.«

Geschockt nahm Bianca das Smartphone entgegen und überflog die wenigen, aber bitterbösen Zeilen des Restaurantkritikers. Dilettantisch, chaotisch und vom Charme einer gehobenen Landhausküche weit entfernt, stand dort zu lesen. Bestenfalls für einen schnellen Lunch geeignet, wenn man keine hohen Erwartungen hätte. Ansonsten empfahl der Kritiker die Bar im nächsten Dorf, in der es zumindest einen gut gekühlten Landwein gäbe.

Mit hochroten Wangen rief Bianca: »Dieser Mistkerl, das ist ja eine Unverschämtheit! Oh, wenn ich den noch mal sehe, dem kippe ich seinen Landwein sonst wohin!«

»Ich hätte da auch einige nette Ideen für diesen Menschen, aber das ändert nichts an der Tatsache, dass wir für den nächsten Termin mit dem deutschen Tester perfekt aufgestellt sein müssen. Und nun ist unsere Geheimwaffe abgerauscht.« Giulia faltete die Hände und sah Bianca flehentlich an. »Hol ihn zurück, Bibi! Nein, das meine ich nicht ernst, ein Scherz.«

Bianca schluckte. Ein Scherz, vielleicht. Sie fühlte sich furchtbar, und ihr Bein schmerzte, doch wenn sie Nando jetzt bat zurückzukommen, bestätigte sie seine Vermutungen, dass sie ihn nur hatte ausnutzen wollen. »Nein, Giuli, das kann ich nicht. Aber ich werde die Familie nicht im Stich lassen. Darauf hast du mein Wort.«

Sie schluchzte, und Giulia sprang auf und nahm sie in die Arme. »Das weiß ich doch, Bibi. Wir finden eine Lösung. Die Massinellis haben noch immer alles zusammen hinbekommen.«

In den Armen ihrer Schwester fühlte Bianca sich tröstlich geborgen, und sie dachte auch an die Worte ihrer Großmutter: *Das Blut von Maruta Russo fließt in meinen und in deinen Adern. Vergiss das nie, Bianca.*

Wir sind starke Frauen, dachte Bianca und drückte ihre Schwester an sich.

30

NANDO GIBT NICHT AUF

Nando stand auf der Dachterrasse seiner Wohnung und nippte an einem Glas Rotwein. Der Verkehrslärm drang nur gedämpft zu ihm herauf. Im nahen Park spielten Kinder, und Hunde bellten. Das Leben ging weiter. Und irgendwo im Norden gab es eine junge, verbohrte Köchin, die nicht sehen wollte, was er für sie empfand, die nicht mutig genug war, sich der Liebe zu stellen. Nein, das war ungerecht. An ihren Gefühlen für ihn zweifelte er nicht, aber sie hatte Angst. Sie versteckte sich hinter ihren Verletzungen und benutzte ihre unterschiedlichen Lebenswege als Vorwand, ihn aus ihrem Leben zu verbannen. Er verstand ihre Bedenken durchaus. Aber wenn man liebte, machte man Zugeständnisse. Anders war eine Beziehung zwischen zwei Menschen nicht möglich, die Kunst war, das Gleichgewicht dabei zu bewahren.

Es hatte die ganze Nacht über geregnet, und der Boden dampfte noch immer Feuchtigkeit aus, die er riechen konnte. Neapel war seine Stadt, und dennoch wollte er nicht hier leben. Er würde immer zurückkehren, allein seiner Großmutter wegen, doch leben musste er hier nicht, um glücklich zu sein. Eine Arbeit, die ihn erfüllte, und ein Mensch, den er liebte, das waren die entscheidenden Dinge für ihn. Und beides hatte er im Rufina gefunden.

»Nando, ich kann das einfach nicht. Als dein Anwalt rate ich dir entschieden davon ab, und als Freund sage ich dir ehrlich, dass ich dich für dämlich halte, wenn du das tust! Ich habe hin und her überlegt, was ich dir raten soll, aber deine Verluste wären einfach zu groß, wenn du Arianna alles überlässt.«

Nando löste sich aus seinen Gedanken und wandte sich Ricardo zu, der vor einem Aktenstapel am Tisch saß und ihn mit wachsender Verzweiflung ansah.

»Ich will die Scheidung so schnell wie möglich. Siehst du einen anderen Weg, Arianna zum Unterschreiben zu bringen, dann bitte, erhelle mich!« Er wollte das *Musetta* nicht weggeben, und schon gar nicht an Arianna, die das Restaurant nicht liebte. Carlo wäre der Einzige, dem er sein Restaurant anvertraut hätte. Für Carlo war das Kochen Lebensinhalt, Leidenschaft, Berufung. So, wie es das für ihn selbst einmal gewesen war. Nur war seine Leidenschaft für das Kochen irgendwann auf dem Weg von einem Spitzenrestaurant zum nächsten erloschen. Vielleicht wäre es nicht so weit gekommen, wenn er sich intensiver um das *Musetta* gekümmert hätte. Doch die Streitereien mit Arianna hatten ihn fortgetrieben.

Ricardo klappte den Aktendeckel zu, erhob sich und griff nach der offenen Rotweinflasche, die auf einem Papierstapel stand und einen nassen Rand hinterließ. »Der hier ist wirklich gut. Möchtest du noch?«

Wortlos hielt Nando ihm sein Glas hin.

Auch sich selbst schenkte Ricardo nach und hob sein Glas. »Lass uns auf das Glück trinken, Nando.«

»Das Glück?«, fragte Nando irritiert. »Und das von einem Anwalt, der jeden Beweis zehnfach hinterfragt, bevor er ihn in die Verhandlung einbringt. Etwas Handfesteres wäre mir lieber.«

»Ich war noch nicht fertig. Das Glück, dass unsere Freundschaft die Jahre überdauert hat, das Glück, ein privilegiertes Leben führen zu dürfen, das Glück, gesund zu sein, das Glück, eine Familie zu haben …«, zählte der Anwalt auf. Ricardo Lenzi hatte blaue Augen und ein offenes, gerade geschnittenes Gesicht.

Lächelnd sagte Nando: »Schon gut, ich verstehe.«

»Eines habe ich noch vergessen, auf das Glück, die richtige Frau gefunden zu haben.«

»Hm, da bist du mir einen großen Schritt voraus«, meinte Nando.

»Nicht mehr. Du willst plötzlich die Scheidung um jeden Preis. Sogar das *Musetta* würdest du opfern. Das tust du doch für sie, nicht wahr?«

Er hatte Ricardo noch nichts vom Streit mit Bianca erzählt, so dass sein Freund nicht wissen konnte, warum er es plötzlich so eilig hatte.

»Hat sie dir die Pistole auf die Brust gesetzt? Ah, das ist nicht gut, du …«, ereiferte sich Ricardo, wurde jedoch von Nando unterbrochen.

»Nein! So ist es ganz und gar nicht. Bianca will nicht, dass ich das *Musetta* aufgebe. Deshalb hat sie sich von mir getrennt.« Er trank einen großen Schluck Rotwein und stellte das Glas auf den Tisch.

»Oh, das … Mann, das konnte ich ja nicht ahnen. Aber dann darfst du es doch erst recht nicht der Hyäne in den Rachen werfen! Das wäre das Ende des *Musetta,* und du hättest einen Traum verloren.«

»Ach Ricardo, Träume ändern sich. Ich kann ein neues Restaurant aufbauen, mir eine neue Existenz schaffen, aber eine Frau wie Bianca finde ich nicht noch einmal.«

Ricardo klopfte ihm mitfühlend auf die Schulter. »Dich hat

es aber erwischt. Und wie willst du die Geschichte wieder ins Lot bringen? Immerhin hat sie sich von dir getrennt.«

»Das ist kompliziert. Ein traumatischer Unfall überschattet ihr Leben, und ich verstehe ihre Bedenken. Deshalb muss ich Tatsachen schaffen.« Nando sah seinen Freund an. »Ich will ihr als freier Mann gegenübertreten. Und ich muss etwas herausfinden, und dabei kannst du mir vielleicht helfen.«

Gespannt rieb sich Ricardo die Hände. »Ein Fall? Sehr gut, ich bin dabei. Über das *Musetta* sprechen wir noch. Lass uns nichts überstürzen.«

Nachdem Nando ihm den Unfallhergang und Biancas Ängste dargelegt hatte, rieb Ricardo sich nachdenklich das Kinn. »Das wird schwierig. Nach so vielen Jahren da noch jemanden dranzukriegen ist fast aussichtslos.«

»Aber sie hat sich an den Wagen erinnert. Ist das kein Hinweis?«

»Ein Hinweis auf was? Dass sie oben einen Wagen hat vorbeifahren hören, während sie verletzt und vielleicht schon vom Schmerz umnebelt dort unten lag. Sie hat das Fahrzeug nicht einmal gesehen. Sie hat den Fahrer, der dort oben angeblich gestanden hat, nicht gesehen, und sie hat nicht gesehen, wer sie von der Straße gedrängt hat. Außerdem gibt es anscheinend keine Zeugen. Hat man sich damals darum bemüht, Zeugen zu finden?« Ricardo schoss seine Fragen routiniert hervor.

»Nein, glaube ich zumindest. Es hatte den Anschein, als ob die Ermittlungen bald eingestellt worden waren.« Offiziell kam man nicht weiter, dachte Nando, also musste er andere Wege gehen.

»Hey, ich kenne dich, mein Freund.« Ricardo hatte ihn beobachtet. »Wenn du dir Beweise auf illegale Art besorgst, sind sie vor Gericht nicht zugelassen.«

»Das nicht, aber wenn es sowieso keine Chance gibt, den Fall zu gewinnen, dann kann ich ihr wenigstens die Genugtuung verschaffen, den Täter zu kennen.«

»Ist es das, was sie will? Dann muss sie damit leben, dass er ungestraft davonkommt. Wäre es nicht besser, es dann nicht zu wissen?«

»Nicht für sie«, erwiderte Nando.

»Sei dir da nicht so sicher. Ich habe schon viele Menschen erlebt, die an der Wahrheit zerbrochen sind. Mit der Unwissenheit zu leben ist oftmals gnädiger«, gab Ricardo zu bedenken.

Womöglich stimmte das sogar, dachte Nando, der die Meinung und die Erfahrung seines Freundes schätzte. Aber es war nicht an ihm, für Bianca zu entscheiden. Er würde ihr helfen, soweit es in seiner Macht stand, und dann konnte sie mit den Informationen tun, was sie für richtig hielt. Das war eine gute Lösung, fand er.

»Wann ist der Termin mit Arianna?«

»Morgen Vormittag.« Ricardo bückte sich nach seiner Aktentasche. »Ich muss jetzt los. Überleg dir gut, was du ihr morgen sagst. Sie nimmt nicht den Brocken, sondern beißt dir den Arm ab.«

Nando lachte trocken. »Wem sagst du das. Wir werden sehen, in welcher Stimmung sie ist, und danach entscheide ich.«

Nachdem Ricardo gegangen war, setzte sich Nando mit seinem Telefon in einen der bequemen Terrassensessel. Irgendwo musste er anfangen. Warum nicht mit diesem Namen. Talone. Valentino klang nicht überrascht, von ihm zu hören, aber das lag auch nicht in seiner Natur. Der Sohn des begüterten Umberto lebte sorglos in den Tag hinein, trieb sich in Galerien und Auktionshäusern der ganzen Welt herum, um seine

Kunstsammlung zu vervollständigen, und war ein notorischer Partygänger. Dabei war er eine schillernde und durchaus nicht unsympathische Figur, die jede Gesellschaft bereicherte. Valentinos leichte und unverbindliche Art und seine oftmals zur Schau getragene Arroganz taten seiner Beliebtheit auf den Gästelisten der Modedesigner, Schmuck- und Uhrenhersteller keinen Abbruch. Tatsächlich hatte Valentino in der jüngeren Vergangenheit durchaus Einsatz für die Weingüter der Familie gezeigt, und Nando hatte den Eindruck, dass aus dem Leichtfuß eines Tages ein ernst zu nehmender Winzer werden könnte.

»Nando, was verschafft mir die Ehre?«, meldete sich Valentinos leicht gelangweilte Stimme.

»Mein lieber Valentino, wie geht es dir? Wo treibst du dich gerade herum? Bist du in Rom?«

»Bei der Hitze? Mach keine Witze! Das hält ja kein Mensch aus. Ich bin in unserem Haus auf Capri. Das war auch nicht die beste Idee, zu viele Touristen. Hilfe, es wird immer voller hier, aber der Blick ist einfach unbezahlbar, und ich liebe die Insel nun einmal. Wir feiern morgen unsere große Sommerparty. Komm doch vorbei, wenn du in der Nähe bist. Du bist immer gern gesehen, das weißt du ja, Nando. Besonders bei den Damen.« Valentino lachte, und Eiswürfel klirrten in einem Glas.

»Ich bin tatsächlich gerade in Neapel«, erwiderte Nando und beschloss, seine Befragung auf den nächsten Abend zu verschieben. In geselliger Stimmung und mit einem bunten Drink in der Hand löste sich die Zunge schneller.

»Ja, herrlich, mein Bester, dann sehen wir dich morgen hier. Weiß ist das Motto der Nacht, nicht vergessen.«

Die Verbindung wurde unterbrochen, und Nando schüttelte grinsend den Kopf. Das war typisch für Valentino.

Als Nächstes rief er eine Freundin in Mailand an. Jessy war eine englische Fotografin, die der Liebe wegen nach Italien gekommen war und hier als Modefotografin Karriere gemacht hatte.

»Hi, Nando, wie schön, mal wieder von dir zu hören!«

»Wie ist die Auftragslage? Hast du bei diesen Temperaturen nicht Sehnsucht nach dem nassen England?«

»Du liebe Güte, nein! Ich liebe die Sonne. Ich fliege nur noch nach England, um meine Familie zu besuchen. Meine Schwester ist vor zwei Wochen Mutter von Zwillingen geworden. Sie tut mir jetzt schon leid!« Jessy lachte. »Aber ihr Mann ist selbst ein Zwilling, der weiß, was auf sie zukommt.«

»Unbekannterweise alles Gute! Wie geht es deinem Mann?« Francesco war Zahnarzt.

»Bestens, danke. Er nörgelt zwar immer herum, ich solle endlich kürzertreten und mich mehr um ihn kümmern, aber darauf kann er lange warten. Im Grunde ist er stolz auf meinen Erfolg, doch er will eben Kinder, und ich bin noch nicht bereit dazu. Aber genug von mir, du hast doch etwas auf dem Herzen, oder nicht?«

Die praktische Jessy. »Ja, tut mir leid, ich plaudere immer gern mit dir, und wir sollten uns mal wieder treffen. Sag, kennst du die Avesanis?«

»Lass mich kurz nachdenken. Aber ja, die haben ein Familienunternehmen, das Pasta herstellt. Natürlich kenne ich die. Mattia, der Sohn, modelt, und ich hatte ihn mehrfach vor der Linse.«

Nando horchte auf. »Wie alt ist der Sohn? Entschuldige, ich erklär's dir später.«

»Keine Ahnung, Mitte zwanzig, würde ich sagen. Bisschen zu mager, wie die meisten Models, aber noch relativ bodenständig.«

»Hast du seine Telefonnummer?«

»Willst du ihn buchen? Dann gebe ich dir seine Agentur.«

»Nein, nein, etwas Persönliches. Es geht um ein Auto, das er vor Jahren eventuell mal gefahren ist. Einen Pininfarina.«

»Einen Pininfarina? Sind das nicht diese kleinen Sportwagen aus den Siebzigern?«

»Nicht ganz so alt, aber Sportwagen ja.«

Jessy suchte die Nummer heraus, und Nando versuchte es bei Mattia, der nach kurzer Zeit an Telefon ging. »Ja?«, kam es zögerlich.

Nando stellte sich vor und erklärte, dass er auf der Suche nach einem Pininfarina als Geschenk für seine Freundin sei.

»Ja und? Wieso rufen Sie da mich an? Ich hatte mal so einen, aber das ist lange her. Den habe ich zu Schrott gefahren, mein Vater war stinksauer, und ich konnte die Scheißkarre über zwei Jahre abzahlen.«

Mattia Avesanis Eltern klangen vernünftig, fand Nando. »Darf ich fragen, welche Farbe der Wagen hatte? Und waren Sie damit mal in Florenz, vor elf Jahren vielleicht? Meine Freundin hat sich dort nämlich in solch einen Wagen verliebt.«

»Was sind das denn für komische Fragen? Mann, gehen Sie jemand anders damit auf die Nerven.«

»Halt, bitte, nicht auflegen. Es ist wirklich wichtig. Ich wollte das Modell finden, das meiner Freundin so sehr gefällt. Bitte, überlegen Sie doch noch einmal.«

Der junge Mann war hörbar verärgert. »Ich bin gleich dran, sitze hier noch in der Maske. Also schön, Ihre Freundin muss ja was ganz Spezielles sein. Die Karre war gelb mit schwarzen Felgen. Ich habe damals in Verona gelebt. Ob ich in Florenz war? Keine Ahnung, kann sein. Den Unfall hatte ich übrigens am Comer See.«

Jemand rief Mattias Namen, und der junge Mann sagte:

»Fragen Sie doch meinen Vater, der kennt sich besser mit den alten Karren aus.«

Das Besetztzeichen zeigte Nando, dass der junge Avesani das Gespräch beendet hatte. Enttäuscht sank Nando in die Kissen. Es würde schwierig werden, doch aufgeben wollte er noch nicht.

31

Es gibt mehr als eine Wahrheit.

Nelo Risi (1920–2015), *Alles Staub*

Zwei Tage waren seit Nandos Abreise bereits vergangen. Bianca ertappte sich dabei, dass sie öfter auf ihr Handy schaute. Die letzten Teller des Abendessens waren gerade rausgegangen, und da die Desserts bereits vorbereitet in der Kühlung standen, konnten sich alle ein wenig entspannen. Luca leerte ein ganzes Glas Wasser in einem Zug, Ariano nahm seine Zigaretten und ging nach draußen, und Ivano putzte die Beeren für die Dekoration des Desserts. Elena stellte einen Stapel Teller auf der Ablage neben der Spüle ab und zeigte mit ihrem blau lackierten Fingernagel auf Biancas Telefon.

»Was starrst du dauernd drauf? Ruf ihn an. Du bist so stur! So ein toller Mann. Es ist deine Schuld, dass er weg ist. Ich hätte ihn nicht so einfach ziehen lassen.«

»Es reicht, Elena! Das ist meine Sache. Außerdem brauchen wir ihn nicht. Bald haben wir einen neuen Koch, und bis dahin schaffe ich das. Nicht wahr, Luca? Wir sind doch ein gutes Team!«

Der toskanische Koch warf ihr einen mürrischen Blick zu. »Hm, wie du meinst. Branconi war zwar ein Besserwisser, aber er versteht seinen Job.«

Bianca stemmte die Hände in die Hüften. »Was willst du damit sagen, Luca? Dass ich keine Ahnung habe?«

»Habe ich das gesagt? Nein, aber Branconi hat mir ’ne Menge Dinge beigebracht, die ich von dir nicht gelernt habe. Ist einfach so.« Luca drehte sich um und räumte seine Messer zusammen.

»Sind fertig, die Beeren«, meldete sich Ivano und sah zaghaft lächelnd in die Runde.

»Danke, Ivano. Dann machen wir die Desserts fertig, und unsere reizende Elena serviert, wenn das nicht zu viel verlangt ist«, meinte Bianca etwas schnippischer als gewollt.

Elena reagierte mit einem beiläufigen Achselzucken und ging zu Ivano, um ihm zu helfen.

Es war kurz nach Mitternacht, als Bianca die Stufen zu ihrem Apartment hinaufstieg. Müde schloss sie die Tür auf und öffnete die Fensterflügel. Der Mond stand hell am sternenklaren Himmel, vor dem die alten Zypressen wie die Wächter vergangener Zeiten aufragten. Was hatten diese Bäume schon gesehen!, dachte Bianca. Generationen von Menschen hatten auf diesen Hügeln gelebt, das Land bearbeitet, Weinreben und Olivenbäume gepflanzt, sie gehegt, mit jedem Jahr auf eine gute Ernte gehofft und waren oft genug enttäuscht worden. Doch aufgegeben hatten sie nie. Das Leben ging weiter, es fragte nicht nach dem Warum, es nahm sich und gab, wie es gerade kam. Bianca stützte sich auf das Fensterbrett und lauschte den Grillen. Auf der anderen Seite des Hauses saßen noch Gäste draußen, und das leise Gemurmel drang bis zu ihr. Inwieweit konnte man das eigene Leben überhaupt beeinflussen? War es nicht ein Trugschluss zu glauben, man könne irgendetwas kontrollieren oder planen? Immer kam etwas dazwischen. Es gab keine Sicherheit. Nur den Moment des Glücks, der Zufriedenheit. Für diese kostbaren Augenblicke leben wir, dachte Bianca. War das genug? Man musste sich damit zufriedengeben.

Sie streifte sich das T-Shirt über den Kopf und warf auch die anderen Kleidungsstücke achtlos auf einen Stuhl. Im Badezimmer stand sie vor dem Spiegel und sah ihren Körper mit weniger Missfallen als sonst an. Nando hatte sie geliebt, hatte jeden Zentimeter ihres Körpers liebkost, und sie hatte sich geborgen gefühlt in seinen Armen. Sie drehte sich so, dass sie das vernarbte Bein sehen konnte. Narben sind Kunst am Körper, hatte Nando gesagt, sind Zeichen, dass man gelebt hat. Mit den Fingerspitzen glitt Bianca über die erhabenen Linien auf ihrem Oberschenkel. Eine Träne tropfte auf ihre Hand, und Bianca wischte sich rasch über die Augen und stellte die Dusche an. Zeit, ins Bett zu gehen. Am nächsten Tag warteten neue Aufgaben auf sie.

An diesem Morgen verdunkelten Regenwolken den Himmel, und als Bianca das Hotel verließ, traf sie auf ein deutsches Paar, das verdrossen nach oben sah.

»Was machen wir denn bei dem Wetter? Die Wandertour können wir wohl abhaken«, meinte die junge Frau.

»Das würde ich nicht tun an Ihrer Stelle«, sagte Bianca auf Deutsch, woraufhin die Gäste sie überrascht ansahen. Sie konnten nicht wissen, dass sie zweisprachig aufgewachsen war.

»Guten Morgen, Signora Massinelli«, sagte der Mann und hob seinen Rucksack. »Wir sind auf alles vorbereitet.«

»Ach, die Wolken verziehen sich noch. Spätestens in zwei Stunden beklagen Sie sich über die Hitze. Ich wünschte, es würde regnen, aber im August hoffen wir darauf oft vergeblich.«

Die Frau zog ihre Regenjacke aus. »Na schön, dann ziehen wir los. Wir wollen nach Doccia laufen und dort eine Weinverkostung mit Essen machen.«

»Viel Spaß. Sicher bei Tantoni?«

»Ja, genau, wir haben das Schild an der Straße gesehen. Ist das eine gute Adresse?«, wollte der Mann wissen.

»Da können Sie nichts falsch machen. Die bauen biologisch an, genau wie wir. Grüßen Sie Giovanni von mir!« Bianca verabschiedete sich und schlug den Weg quer durch den Weinberg ein, um zum Frühstück mit der Familie in der Villa zu sein. Seit ihre Eltern zurück waren, versuchten sie, den Tag gemeinsam zu beginnen.

Die morgendliche Zusammenkunft war nicht wirklich ein Frühstück, denn gegessen wurde wenig, der Kaffee war entscheidend. Vielmehr wurde der Tag durchgesprochen, und wenn größere Projekte oder Ereignisse anstanden, diskutierten sie gemeinsam Lösungswege.

Es gab viele Winzer und genauso viele Güter, die auf den Fremdenverkehr angewiesen waren und ähnliche Konzepte fuhren wie die Massinellis. Deshalb war es umso wichtiger, dass Bianca mit ihrem Restaurant eine zusätzliche Attraktion schuf. Seufzend trat sie durch das schmiedeeiserne Tor in den Park der Villa. Hier hatte sich seit der Zeit von Teresas Schwiegereltern, Luciano und Vittoria, nicht viel geändert. Niemand aus der Familie wäre auf die Idee gekommen, den wunderschönen Park zu verkleinern und Teile zu bebauen. Ein junger Gärtner ging mit einem Trimmer zu den Hecken und winkte Bianca zu. Ein Hund bellte, und schon sprang ein struppiges Ungetüm aus den Büschen.

»Hallo, Pino!«, rief Bianca und streichelte den zotteligen Trüffelhund. Sein Herrchen Mauro sprang mit einem eleganten Satz über einen Busch und kam zu ihr. Der schweigsame Bursche mit dem verschmitzten Lächeln und den wilden Locken kam besonders bei den weiblichen Gästen gut an. »*Buon giorno*, Bianca. Ich habe gleich eine Tour. Schau dir den Pino an. Eh, du Ungeheuer, hast einen Trüffel gefressen, und dabei bist du schon rund genug.«

Pino wedelte mit dem Schwanz und tanzte um sie herum.

»Viel Erfolg, ihr beiden, und bringt mir ordentliche Trüffel mit!«

Frische Trüffel verbreiteten einen unvergleichlichen Duft und verfeinerten alle Arten von Speisen. Auf dem Weg zur Villa überlegte sie bereits, was sie damit anstellen konnte, als sie eine kleine Gestalt in einem der Korbsessel entdeckte.

»Nonna, *buon giorno*! So früh schon hier draußen?«

Sie nahm eine Wolldecke von einer der Bänke am Haus und legte sie ihrer Großmutter auf die Knie.

»Danke, meine Liebe. Setz dich zu mir, komm, komm.« Teresa Massinelli klopfte mit ihrem Gehstock gegen einen Sessel.

Wenn Teresa etwas auf dem Herzen hatte, mussten die anderen warten. Gehorsam nahm Bianca Platz.

»Du siehst müde aus, Kind«, sagte Teresa Massinelli und sah sie prüfend an. »Warum hast du den Neapolitaner weggeschickt? Das war ein Fehler!«

Konsterniert richtete Bianca sich auf und wappnete sich für weitere Anschuldigungen, doch ihre Großmutter sah sie fragend an. Nichts, was auf dem Gut geschah, blieb vor Nonna verborgen. Die alte Dame musste ein Netzwerk aus Spitzeln haben, dachte Bianca. »Ich habe ihn nicht fortgeschickt. Er ist von selbst gegangen. Es war ja auch gar nicht geplant, dass er überhaupt so lange bleibt.«

»Ach, was redest du da. Branconi ist deinetwegen hiergeblieben und nur deinetwegen. So einen Mann verprellt man doch nicht! Hast du denn gar nichts verstanden, Bianca? Du bist alt genug!«

»Bei allem Respekt, Nonna, aber …«, begann Bianca, wurde

jedoch von einer knappen Handbewegung ihrer Großmutter unterbrochen.

»Respekt? Wenn du ihn respektiert hättest, wäre er noch hier. Liebe ist etwas anderes. Der Mann liebt dich, und du?«

»Ach Nonna, ich weiß es doch selbst nicht«, brach es aus Bianca heraus, und ihre Stimme zitterte.

»Meine Kleine. Du weißt es. Liebe ist einmalig, wenn man überhaupt das Glück hat, ihr zu begegnen. Dann muss man mutig genug sein, sie anzunehmen, egal, welche Konsequenzen man zu tragen hat.« Die alte Dame, die eine Bluse und eine kurze hellblaue Wolljacke trug, beugte sich vor. »Denn wenn man es nicht tut, wird man es sein Leben lang bereuen.«

»Du und Corrado Talone«, sagte Bianca leise. »Er war deine große Liebe, nicht wahr?«

»Corrado war der Mann, für den ich brannte. In unserer Leidenschaft waren wir einander ebenbürtig, aber der Preis für unsere Liebe war hoch.« Teresa sah ihre Enkelin an und schien plötzlich so viel jünger an Jahren, weil ihre Augen leuchteten. »Und dennoch bereue ich nichts, Bianca.«

VILLA FIORE 1951

Teresa betrachtete ihren kleinen Sohn voller Stolz. Ein schöner kleiner Junge war ihr Lorenzino geworden und mit seinen eineinhalb Jahren bereits ein aufgewecktes Kind. Liebevoll strich sie ihm über den Kopf, doch der Junge lachte und duckte sich. Er wollte allein laufen, was Teresa auf der Straße für zu gefährlich hielt.

»Lorenzino, das geht nicht. Schau, da kommt ein Auto. Wollen wir nachsehen, wer das ist? Vielleicht kommt Papa heute früher nach Hause.« Obwohl er noch nicht antworten konnte, sprach Teresa ständig mit ihm als verstünde er sie. Nun, er verstand das Wort Papa, denn er jauchzte und hüpfte.

Ettore vergötterte seinen Sohn und brachte ihm immer etwas mit. Bei dem Gedanken an die häufiger werdenden Ausflüge ihres Gatten in das nahe gelegene Florenz sog Teresa scharf die Luft ein. Er würde es ihr nicht sagen, doch sie wusste, dass er seit Monaten eine Geliebte dort hatte. Und nicht nur das, er spielte um Geld an Spieltischen in verrauchten Hinterzimmern. Das konnte er nicht leugnen, denn ein vertrauter Weineinkäufer hatte ihr erzählt, dass ihr Mann sehr viel Geld an illegalen Spieltischen verlor und seine Gläubiger ihm zusetzten. Es war die Warnung eines Freundes gewesen, die Teresa sich zu Herzen genommen hatte.

Als sie jedoch Ettore auf eventuelle finanzielle Schwierigkeiten ansprach, hatte dieser sie unwirsch abgekanzelt und ihr verboten, sich in seine Angelegenheiten zu mischen. Ihre Aufgaben im Haus beschränkten sich auf das Erstellen des Menüplans oder Planungen von Abendessen, wenn Gäste geladen waren. Ettore feierte gern und gab sich stets als großzügiger Gastgeber. Diese Ausgaben schlugen ebenfalls zu Buche, doch ihren Mann schien das nicht zu stören. Er pflegte den Lebensstil eines Großgrundbesitzers, vergaß dabei aber leider, dass mit Besitz auch Pflichten und Verantwortung verbunden waren.

»Lorenzino, du wirst einmal ein besserer Gutsbesitzer als dein Vater. Verantwortung muss man lernen, da führt kein Weg dran vorbei. Ich hatte nie etwas«, sagte sie mehr zu sich, während sie mit ihrem Sohn, den sie in den Kinderwagen gesetzt hatte, auf der feuchten Straße zur Villa spazierte.

Tagsüber waren die ersten Frühlingstage warm, doch es regnete oft, und man musste sich vor kühlen Winden vorsehen. Sie zog ihren Schal etwas enger und blinzelte, um den Wagen, der sich langsam näherte, besser erkennen zu können. Das war nicht Ettores dunkler Alfa Romeo, sondern ein blauer Sportwagen. Ein Cisitalia, wie Teresa mit Kennerblick feststellte. Sie hing nicht an den alten Zeiten, in denen Pferdefuhrwerke die Straßen dominiert hatten. Pferdestärken in Form von Automobilen waren deutlich praktischer, bequemer und schneller. Sie musste unbedingt einen Führerschein machen, wenn nur Ettore sich nicht dagegenstellen würde.

Ihr Herz schlug schneller, als sie die vertraute Gestalt von Corrado Talone am Steuer erkannte. Sie schob den Kinderwagen etwas schneller und wartete am Tor der Villa Fiore auf den Besucher. Einige Arbeiter schoben Karren mit Mist zu den Weinstöcken, die jetzt gedüngt wurden. Auf einem anderen Hang war man dabei, die einjährigen Rebstöcke zu biegen und festzubinden. Im Weinberg gab es ständig etwas zu tun, und Teresa fand die Pflege der sensiblen Pflanzen faszinierend. Noch interessanter wurde es, wenn es um den Ausbau des Weins ging, doch da ließ man sie nicht mitreden. Sie durfte beim Anstechen des Weins dabei sein, auf ihre Meinung allerdings legte man keinen Wert, das machten die Männer unter sich aus. Dabei konnte sie die verschiedenen Aromen durchaus unterscheiden.

Lorenzo winkte aufgeregt, als der Wagen neben ihnen anhielt. »Nein, mein Schatz, das ist nicht Papa.«

Corrado stellte den Motor ab und stieg aus. Sie hatten sich lange nicht gesehen. Ihre letzte Begegnung hatte an der Kapelle oben auf dem Hügel stattgefunden. Dort hatte Corrado ihr offenbart, dass er Lucianos Ermordung gerächt hatte. Ob er gedacht hatte, dass sie ihn nun nicht mehr achtete? Dass sie sich von ihm abgewandt hatte? Niemals könnte sie das, dachte Teresa mit klopfendem Herzen.

Sie trug ein fliederfarbenes Kleid, einen etwas dunkleren

Mantel und einen weißen Schal. Auf ein gepflegtes Äußeres legte sie großen Wert, denn Ettore mochte es, wenn sie schöne Kleider trug. Dann wisse jeder, dass es ihnen gut ging, sagte ihr Mann. Die Schmuckstücke und Pelzmäntel, die er ihr aus Florenz oder Bologna mitbrachte, hatten für Teresa allerdings einen bitteren Beigeschmack. Sein schlechtes Gewissen trieb ihn zu überteuerten Geschenken, die sie nicht wollte. Sollte er lieber einen neuen Traktor für die Felder anschaffen oder sich um den Ausbau des Weinkellers kümmern, der dringend saniert werden musste.

»Teresa, Sie sehen blendend aus. Die Mutterschaft bekommt Ihnen.« Der große Mann wirkte in seinem eleganten Anzug noch schlanker. Oder hatte er abgenommen? Seine Gesichtszüge waren ein wenig schmaler geworden. Alle hatten Sorgen.

Der Krieg hatte dem Land und seinen Menschen viel abverlangt. Es würde dauern, bis sich die Wunden schließen würden. Und manche Wunden ließen sich nicht schließen, so wie der Verlust von Franco, ihrem geliebten Bruder. Ettore hatte seine Eltern verloren, und Teresa vermutete, dass sein zügelloses Leben, seine Ausschweifungen auch darauf zurückzuführen waren. Er fühlte sich hilflos ohne seinen Vater, der ein erfolgreicher Geschäftsmann gewesen war, mit einem untrüglichen Gespür für gute Investitionen. Luciano Massinelli hatte das Gut gekauft, es renoviert und in neuem Glanz erstrahlen lassen. Seine Frau Vittoria, die umjubelte Operndiva, hatte der Villa Fiore einen Hauch von Extravaganz und Klasse verliehen. Ihre Freunde waren aus aller Welt gekommen, und die Feste in der Villa waren legendär gewesen. Künstler und Musiker hatten die ländliche Idylle des Rufina mit ihrem Esprit und ihrem Talent bereichert. All das war nun verloren. Teresa mochte die meisten von Ettores Freunden nicht. Viele waren nichts anderes als Schmarotzer, die den Weinkeller leer tranken und den Dienstmädchen nachstellten. In den Nachwehen des Krieges drohte das Weingut zu verfallen, und Teresa musste tatenlos zusehen, denn sie war nur eine Frau, und ihre Stimme hatte kein Gewicht.

»Danke, Corrado. Was führt Sie zu uns? Darf ich Sie zu einer Tasse Kaffee ins Haus bitten?«

Corrado Talone beugte sich vor und strich Lorenzino über die roten Wangen. »Ein hübsches Kind. Aber das ist ja auch kein Wunder, bei einer so schönen Mutter. Wo ist denn Ettore? Ich wollte etwas mit ihm besprechen.«

Unglücklich bewegte Teresa den Kinderwagen ein Stück nach vorn, so dass Talone ihr folgte. »Ich weiß nicht, wo er schon wieder steckt. In Florenz vermutlich. Manchmal sagt er mir, wohin er fährt, manchmal nicht. Es tut mir leid.«

Talone hob einen Zweig an, der dicht über der Einfahrt hing, und wartete, bis sie mit dem Wagen hindurch war. »Nein, Teresa, mir tut es leid. Aber ich nehme Ihr Angebot gern an. Ich komme gerade aus Perugia und habe noch nichts gegessen. Es ging ziemlich hektisch zu.«

»Dann sollen Sie den Weg zu uns nicht umsonst gemacht haben. In der Küche werden wir sicher etwas Gutes für Sie finden.« Ihre Stimmung hob sich merklich.

Gemeinsam gingen sie über den gepflasterten Vorhof, auf dem der Milchwagen stand. Zwei Männer waren mit dem Abladen der Milchkannen beschäftigt und nickten Teresa höflich, aber knapp zu. Sie hatte sich mit ihrer direkten und gerechten Art im Umgang mit den Dienstboten und Arbeitern des Gutes einen gewissen Respekt erworben, doch man ließ sie nie vergessen, dass sie nur die Tochter eines Tagelöhners aus Neapel war.

Corrado half ihr, den Kinderwagen die zwei Stufen zum

Eingang hinaufzutragen. Als er den Wagen absetzte, sagte er: »Ich bin nicht umsonst gekommen, Teresa.«

Seine Stimme war so sanft und berührte ihre verletzte Seele wie ein Seidenschal, dass sie erschauerte.

32

TOSKANA 1951

Come un fanciullo
cade ogni sera addormentato e stanco
e noi vediamo illanguidire il cielo
lontano, dietro cupi archi di foglie.
Wie ein müdes Kind
schläft sie jeden Abend schnell ein,
und wir sehen den Himmel matt werden
hinter dunklen Blätterbogen.

Lalla Romano, *Giovane è il tempo (Jung ist die Zeit)*

Teresa hatte das Essen im Salon servieren lassen. Weder die Köchin noch die anderen Hausangestellten schienen sich daran zu stören, dass Teresa allein mit einem männlichen Gast zu Abend aß. Talone war kein Fremder und zu Lucianos Zeiten oft in der Villa zugegen gewesen. Nur Assunta maß Teresa mit kritischem Blicken. Sie hatte viele Jahre für Luciano und Vittoria als eine Art Hausdame gearbeitet. Mittlerweile war sie über sechzig und ihre Gelenke waren steifer, weshalb sich ihr Aufgabenbereich stark eingeschränkt hatte. Im Grunde behielt Ettore die ältere Frau mit der strengen Miene nur aus

Sentimentalität und Loyalität seinen Eltern gegenüber. Assunta war alleinstehend und bewohnte ein Zimmer zwischen Küche und Wäscherei.

Heute schien sich Assunta bemüßigt zu fühlen, selbst den Kaffee zu servieren. Das faltige Gesicht mit der leicht gebogenen Nase und den stets blinzelnden Augen ragte auf einem sehnigen Hals aus einem gestärkten weißen Kragen hervor. Wenn man es nicht besser wüsste, hätte man annehmen können, die Hausangestellte entstammte einem aristokratischen Haushalt des vergangenen Jahrhunderts. Das silberne Tablett zitterte ein wenig in den knotigen Händen, und die kleinen Mokkatassen hüpften bedenklich hin und her, während die Alte über die Teppiche zum Esstisch schlurfte.

Teresa hatte sich umgezogen und trug ein feineres Kleid aus dunkelblauer Seide. Dazu hatte sie Diamantohrringe und ein passendes Armband angelegt. Mancher mochte denken, dass sie den neuen Reichtum schätzte, weil sie aus ärmlichen Verhältnissen stammte, doch sie zog schlichte Eleganz dem überladenen Auftritt vor. Vittoria mochte eine Diva gewesen sein, von der man einen glänzenden Auftritt erwartete, sie setzte auf ihre natürliche Schönheit.

Klirrend landete das Tablett auf dem Tisch. »Danke, Assunta. Das mache ich schon. Warum bist du noch auf? Geh doch zu Bett, es ist schon spät.«

Der verächtliche Blick der Alten traf sie ins Mark. »Ich mache meine Arbeit, wie ich es immer getan habe. Der selige Signor Massinelli hat sich nie beklagt.«

»Niemand beklagt sich, Assunta. Aber du bist nicht mehr die Jüngste und solltest dir einfach mehr Ruhe gönnen. Gute Nacht!«

»Wie die Signora wünscht. Bleibt der Signore über Nacht? Soll ich das Gästezimmer herrichten lassen?«, erkundigte sich Assunta mit einem vorwurfsvollen Unterton.

»Danke, ich fahre nach dem Essen«, antwortete Corrado Talone.

Nachdem Assunta den Salon verlassen hatte, holte Teresa eine Flasche Grappa von der Kredenz und goss ihnen zwei Gläser ein.

»Diese Frau mochte mich nie. Sie kommt mir vor wie eine Krähe, die nur darauf wartet, sich auf mich stürzen zu können.« Teresa hob ihr Glas, und Corrado tat es ihr gleich.

»Auf die Lebenden und die Toten!«, sagte sie mit Tränen in den Augen.

»Auf das Leben, Teresa, und auf die Schönheit!« In Corrados Blick mischten sich Bewunderung und Mitgefühl und etwas, das Teresa verdrängte: Begehren.

Er setzte sein Glas ab. »Ich werde mich jetzt auf den Rückweg machen, bevor man Ihnen vorwerfen könnte, sich nicht korrekt verhalten zu haben.«

Corrado erhob sich, und auch Teresa stand auf, um ihn hinauszubegleiten. »Ich …«, begann Teresa leise.

Er hielt inne und blieb vor ihr stehen. »Ja?«

Waren es die Sanftheit in seiner Stimme und seine Aufmerksamkeit ihr gegenüber? Ettore hatte nur am Anfang um sie geworben und behandelte sie nun mit beinahe grober Selbstverständlichkeit.

»Danke, Corrado. Sie geben mir das Gefühl, mehr als nur ein dekorativer Gegenstand in diesem Haus zu sein. Wenn ich meinen Sohn nicht hätte, wüsste ich nicht, was ich täte. Der Krieg hat alles verändert. Mit Luciano ist alles Gute aus diesen Mauern verschwunden. Und Vittoria war so kultiviert und elegant, auch wenn wir uns nicht besonders verstanden haben.« Die Worte brachen aus ihr heraus, und sie hoffte, dass er sie nicht für töricht hielt, aber er war der einzige Mensch, der sie zu verstehen schien. Ihre Eltern würden sie für eine Närrin halten, wo es ihr doch gut ging in dem großen Haus. Sie hatten Angst, die durch Teresas Heirat gewonnene finanzielle Sicherheit wieder zu verlieren, was durchaus verständlich war.

»Ich spüre ihre Schatten. Besonders Vittoria scheint mir immer präsent zu sein.« Teresa ging zu dem glänzenden Flügel, auf dem eine aufgeschlagene Partitur stand. »Ihre Noten, ihr Flügel, ihre Gardinen, ihre Gemälde. In ihrem Zimmer liegt jeden Morgen ein neues Kleid auf dem Bett ausgebreitet. Assunta pflegt das Andenken ihrer Herrin wie einen Schrein. Manchmal höre ich Vittorias Stimme, die mich ermahnt, nur ja nicht hochmütig zu werden.« Wurde sie vielleicht verrückt? Es gab viele Verrückte seit dem Krieg. Vor allem Frauen, denen Gewalt angetan worden war, verkrochen sich in ihre eigene Welt, zu der niemand mehr Zugang hatte. Die Soldaten und Kämpfer waren ebenfalls nicht mehr sie selbst. Wie auch, dachte Teresa, wie sollte man das Grauen vergessen, das wie eine verheerende Flutwelle über das Land gerollt war. Zurückgeblieben waren Trümmer und kaputte Seelen.

»Teresa, sehen Sie mich doch an!« Corrado hatte ihre Hände genommen und drückte sie sanft. »Wo waren Sie nur mit Ihren Gedanken?«

Er zog sie sacht an sich und hielt sie umfasst, wie man einen kranken Vogel halten würde, nicht zu fest, um ihn nicht zu zerdrücken. Seine Lippen berührten ihre Stirn. »Lassen Sie nicht zu, dass die Schatten der Toten Sie vereinnahmen. Die Toten sind tot und begraben. Wir sind am Leben! Sie haben einen Sohn, der Ihre ganze Kraft und Ihre Liebe braucht. Seien Sie stark für Lorenzino, Teresa.«

»Ja«, flüsterte sie. »Ich will es versuchen.«

»Nicht versuchen, Teresa, Sie werden es tun. In Ihnen steckt viel mehr, als Sie ahnen. Ich habe das sofort erkannt, als ich Sie das erste Mal gesehen habe.« Er löste die Umarmung und strich über ihre Schultern, wo seine Hände für einen Moment ruhten.

Teresa hob den Blick, zaghaft, spürte die Wärme seiner Berührung, die durch ihren Körper floss, obwohl sie wusste, dass es nicht richtig war, so zu empfinden.

»Aber da waren Sie bereits mit Ettore verheiratet.«

»Ohne Ettore hätten Sie mich nie bemerkt, Corrado. Ich war nur eine von vielen Landarbeiterinnen. Eine arme Tochter neapolitanischer Tagelöhner. Nichts weiter.« Ihre Stimme war kaum hörbar.

»Eine stolze junge Frau von betörender Schönheit. Ettore wäre ein Idiot gewesen, Sie nicht zu heiraten.«

»Vielleicht war es ein Fehler, den er bereits bereut. Warum sonst bleibt er seiner Familie fern und hat andere Frauen?«, entfuhr es ihr verbittert.

Corrado Talone berührte ihr Kinn mit den Fingern und wartete, bis sie ihm in die Augen sah. »Ich möchte Sie nicht in Verlegenheit bringen, Teresa, und ich möchte Ettore nichts nehmen, was …«

»Ich gehöre niemandem, Corrado«, erwiderte sie leise.

»Nein, Sie nicht, Teresa«, flüsterte Corrado, während er den Kopf neigte und sie küsste. Vorsichtig zuerst, als erwartete er Gegenwehr, und als diese ausblieb, vertiefte er den Kuss, zog sie an sich und strich über ihren Rücken bis hinunter zum Ansatz ihres festen Gesäßes. Teresa seufzte und öffnete die Lippen, um sich ganz diesem unerwarteten Kuss hinzugeben, der ihre Gefühle durcheinanderwirbelte und sie ihre Trauer um Franco, die Wut auf den untreuen, rücksichtslosen Ehemann und die Angst vor einer ungewissen Zukunft vergessen ließ.

»Oh, Teresa, was machen wir nur?«, murmelte Corrado nach einer Weile, und sie lehnten ihre Köpfe aneinander.

Ihr Körper war erhitzt, sie spürte, wie ihre Wangen zu glühen begannen, und schämte sich ihrer Leidenschaft. »Es tut mir leid.« Sie machte einen Schritt zurück und wäre über den Stuhl gefallen, hätte Corrado sie nicht festgehalten.

»Nein, wenn es jemandem leidtun sollte, dann mir. Ich habe Sie in diese prekäre Lage gebracht. Ich werde jetzt fahren, und Sie vergessen, was gerade geschehen ist.« Corrado Talone ging zur Tür, doch bevor er sie erreichte, sagte Teresa: »Das möchte ich nicht.«

Er blieb stehen und drehte sich um. »Was möchten Sie dann?«

»Ich möchte niemals vergessen, wie es sich anfühlt, von Ihnen geküsst zu werden, und ich möchte wissen, wie es ist …« Ihre Hand glitt zum Hals und blieb auf ihrem Dekolleté liegen.

Seine schön geschwungenen Lippen verzogen sich zu einem wissenden Lächeln, und er nickte. »Dann finden wir einen Weg, Teresa, und ich schwöre Ihnen bei meinem Leben, dass Sie nichts bereuen werden. Niemals.«

33

DAS ENDE EINES SOMMERS

Gebannt hatte Bianca den Worten ihrer Großmutter gelauscht, die nun erschöpft die Augen schloss. Ihr Atem ging leise rasselnd, und Bianca betrachtete die alte Dame ein wenig sorgenvoll. Manchmal wirkte Teresa sehr zerbrechlich, doch kaum schlug sie die Augen auf, erwachte ihr Kampfgeist und strafte ihr Äußeres Lügen.

»Hast du etwas zu bereuen, Nonna?«, wollte Bianca wissen.

»Nein und ja, Bibi. Alles hat seinen Preis. Gibt es schon Kaffee?« Teresa erhob sich umständlich. Ihre Enkelin nahm ihr die Decke ab und reichte ihr den Gehstock.

»Was ist aus dir und Corrado Talone geworden?«

»Ah, hier bist du!« Giulia kam um die Hausecke und wedelte mit einem Notizblock. »Nonna, so früh auf? Habt ihr schon gefrühstückt?«

»Das wollten wir gerade tun«, antwortete Bianca. Ihre Fragen an Teresa mussten warten.

Die folgenden Tage waren ausgefüllt mit intensiven Diskussionen aller Familienmitglieder über die Marketingstrategien für die Villa Fiore. Jeder brachte Ideen ein, wenn auch Giulia und Paul das letzte Wort hatten, was das Weingut betraf. Bianca traf die endgültigen Entscheidungen rund um das *Fiore*, und Milena stellte das Programm für die Ausritte zusammen.

In der Hauptsache arbeitete Milena mit Problempferden auf dem Hof des Onkels, Salvatore Massinelli. Der hatte sich nach dem großen Streit im vergangenen Jahr rargemacht in der Villa, und vor allem Manuela war dafür dankbar, denn sie wollte jede Aufregung von ihrem Mann fernhalten.

Der August neigte sich seinem Ende zu, die größte Hitze hatten sie überstanden, doch in der Küche war es nach wie vor heiß, wenn Pfannen und Töpfe auf dem Herd standen und der Backofen noch dazu in Betrieb war. Eine Klimaanlage einzubauen war mit hohen Kosten und großen Umbaumaßnahmen verbunden. Irgendwann würden sie das vielleicht einmal in Angriff nehmen, dachte Bianca und wischte sich mit dem Handrücken den Schweiß von der Stirn. Seit gestern stand sie nur mit Luca und Ariano als Beiköchen in der Küche. Renata, die hatte aushelfen wollen, war mit ihren Enkelkindern im Schwimmbad gewesen und hatte dort einen Kreislaufzusammenbruch erlitten.

Besonders wenn sie die Speisekarte für den Abend vorbereitete, dachte Bianca oft an Nando. Ein wenig mehr Raffinesse hatte sich in ihre Kreationen eingeschlichen, auch wenn sie weiterhin auf regionale Zutaten und deren Herkunft aus biologischem Anbau achtete. Die Aufträge für Familienfeiern waren ein wenig zurückgegangen, und es hatte weniger Buchungen von amerikanischen Gästen gegeben, was Bianca auf die vernichtende Kritik des Reisemagazins zurückführte. Giulia und auch Claudia beruhigten sie zwar und meinten, dass die Nachfrage schon wieder anziehen würde, ein Trost war das jedoch nicht. Elena streute zudem immer wieder Salz in die Wunde, indem sie dauernd nach Nando fragte und meinte, dass sie sich vielleicht umorientieren werde.

Die Servicekraft stand neben dem Kühlschrank und trank ein Glas Limonade, die Bianca frisch zubereitet hatte. Die

Limonen waren teuer, und sie sah es nicht gern, dass Elena sich großzügig an dem Getränk bediente, das für die Gäste bestimmt war. Weil sie es sich jedoch nicht leisten konnte, diese Mitarbeiterin zu verlieren, schwieg sie. Stattdessen widmete sie sich weiter den Tagliolini, die mit Butter und Trüffeln serviert wurden. Luca hatte die Trüffelcremesuppe übernommen, und Ariano bereitete die geschmorten Kartoffeln mit Tomaten zu.

»Die Gäste an Tisch fünf hätten lieber Huhn zu den Kartoffeln anstelle der Seezunge«, sagte Elena und setzte ihr Glas ab.

»Haben wir genug Huhn, Luca?«, rief Bianca über den Herd, um die Geräuschkulisse zu übertönen, die eine Küche mit sich brachte.

»Nein, die letzten beiden Portionen sind vorbestellt. Gibt nur noch die Seezunge.« Luca arbeitete präzise und verschwendete nach Möglichkeit keine Lebensmittel, was Bianca ihm hoch anrechnete.

»Du hast es gehört, Elena? Seezunge oder Tagliolini!«

Elena puderte sich gerade die Nase und klappte die Dose zusammen. »Das wird die Gäste nicht freuen, aber ich sag's ihnen.«

»Hör mal zu, Elena. Du arbeitest für mich und nicht für die Gäste. Also sei freundlich, und dann ist das schon in Ordnung«, ermahnte Bianca die flapsige junge Frau.

Mit beleidigter Miene warf Elena die Puderdose auf die Fensterbank und wollte gehen, doch Bianca sagte scharf: »Nimm das da raus. Kosmetika haben nichts in meiner Küche verloren, das weißt du doch!«

Ihr Bein schmerzte, und sie reagierte übertrieben scharf, das wusste sie selbst. Nachdem Elena mit säuerlicher Miene verschwunden war, fing sie einen kritischen Blick von Luca auf.

»Was ist? Habe ich etwas Falsches gesagt?«, entfuhr es Bianca.

Der Koch senkte seinen Blick und arbeitete wortlos weiter. Ivano rannte wie immer eifrig hin und her und half, wo er gebraucht wurde. An der Spüle stand heute Li, eine Freundin von Ilaria, einem der Zimmermädchen. Die junge Vietnamesin war als Studentin nach Italien gekommen und dankbar für einen Job in den Semesterferien. Sie arbeitete flink und ohne zu murren, wenn Elena sie mit Tellerstapeln überhäufte. In solchen Momenten kam Ivano oft dazu und wollte der zierlichen Vietnamesin helfen, die ihn jedoch kichernd fortjagte. Zwischen den beiden bahnt sich etwas an, dachte Bianca und unterdrückte einen Fluch, weil der Schmerz sie unvorbereitet traf. Sie suchte Halt an der Tischplatte und atmete tief ein und aus. Der stechende Schmerz verebbte, und ihre Muskeln entspannten sich.

Hinter ihr klappte eine Tür, und hastige Schritte durchquerten die Küche. »Bianca!«

Ihre Mutter eilte zu ihr. »Bianca, dein Vater!«

Sofort richtete Bianca sich auf, wischte sich kurz die Schweißperlen von der Stirn und drehte sich um. »Was ist passiert? Oh nein, braucht er einen Krankenwagen?«

Ihre Mutter sah blass aus und ergriff ihren Arm. »Das nicht, aber du kennst ihn ja, er ist so schrecklich stur und uneinsichtig, wenn es um ärztliche Behandlungen geht. Ich fahre jetzt mit ihm nach Florenz ins Krankenhaus. Dort muss er sich in ärztliche Kontrolle begeben, bis die Krise überstanden ist. Ich mache das hier nicht mehr mit.«

»Hatte er denn einen Anfall?«

Ihre Mutter seufzte. »Kleine Schwächeanfälle, die er mit seinen Tabletten gut in den Begriff bekam, aber jetzt scheint es mir schwerwiegender. Die Aufregungen wegen der Medaillen für den neuen Roten waren schon etwas viel für ihn. Und dann kam die Sache mit dem missglückten Testessen. Das bereitet ihm große Sorgen. Die Krise im vergangenen Jahr war schlimm – und jetzt schon wieder ein Einbruch, das wäre fatal.«

»Er sollte sich eine Weile ganz aus dem Tagesgeschäft zurückziehen, Mama, anders kann er sich nicht erholen.« Bianca biss sich auf die Lippen. Das schlechte Gewissen, eine Mitschuld am Zusammenbruch des Vaters zu tragen, setzte ihr zu.

»Ich kann dich doch jetzt nicht hier allein lassen, ach Bibi, mein Schatz, was machen wir denn nur?« Ihre Mutter klang verzweifelt.

»Mama, hier läuft schon alles, fahrt los, verliert keine Zeit und ruft an, sobald ihr etwas wisst. Wo ist Papa jetzt?«

»Er wartet draußen im Wagen.« Zögernd sah Manuela sich um.

»Signora Massinelli, wir schaffen das, kümmern Sie sich nur um den Signore«, ermutigte Luca sie und schwenkte eine tiefe Pfanne mit Pfirsichen und braunem Zucker.

Bianca umarmte ihre Mutter und drückte sie fest an sich. »Ich komme mit raus und verabschiede mich von Papa.«

Ihre Mutter küsste sie auf die Wange. »Ruf Nando an, Bibi, bitte, ruf ihn an, er wird dir helfen!«

»Hm, es hat sich schon ein Koch gemeldet. Aus Arezzo, das passt doch vielleicht«, log Bianca und ging schnellen Schrittes voran.

Ihr Vater saß mit mürrischer Miene auf dem Beifahrersitz. Um Nase und Mund wirkte er sehr blass, und allein die Tatsache, dass er brav im Wagen saß, war kein gutes Zeichen. Als er sie sah, wollte er aussteigen, doch Bianca beugte sich zu ihm und umarmte ihn. »Mach keine dummen Geschichten, Papa. Du musst jetzt ins Krankenhaus. Vielleicht verschreiben sie dir nur andere Tabletten, und dann geht es besser. Man weiß ja nie.«

Lorenzo Massinelli standen Tränen in den Augen, als er Bianca auf Wange und Stirn küsste. »Ja, meine Kleine, es wird schon wieder. Deine Mutter übertreibt immer ganz fürchterlich. Aus jeder Mücke macht sie zwei Elefanten!«

Manuela ging um den Wagen herum und klopfte auf das Dach. »Wenn's nur eine Mücke ist, kannst du dich aufregen, vorher nicht.«

»Giulia weiß Bescheid?«

»Ja, ich habe in der Villa mit ihr gesprochen. Milena ist noch bei den Pferden. Sagst du es ihr?«, bat ihre Mutter.

Bianca nickte und bemühte sich um ein Lächeln, was nicht einfach war, denn der Schmerz kehrte zurück und bohrte sich in ihren Oberschenkel. Um eine weitere Operation würde sie auf Dauer nicht herumkommen, aber nicht in der nächsten Zeit. Jetzt musste ihr verdammtes Bein durchhalten.

»Nun fahrt schon! Aber vorsichtig!«, rief Bianca und trat vom Wagen weg, wobei sie ein wenig unsicher auftrat, sich jedoch sofort wieder fing.

Wenn ihre Mutter etwas bemerkt hatte, ließ sie es sich nicht anmerken.

Bianca winkte, bis ihre Eltern in der Auffahrt verschwunden waren, und lehnte sich dann an das Gebäude, in dem der Vin Santo gelagert wurde. Sie stützte die Hände auf die Oberschenkel und stieß den Atem stoßweise aus. Dabei konzentrierte sie sich nur auf ihre Bauchatmung, so wie einer ihrer zahlreichen Physiotherapeuten ihr es gezeigt hatte. Und falls das alles nicht half, konnte sie die Schmerztabletten nehmen, die sie für den Notfall hatte.

Am nächsten Morgen kam Bianca nur schwer aus dem Bett, denn sie hatte am Abend zuvor tatsächlich zu einer der starken Schmerztabletten greifen müssen. Vor ihren Mitarbeitern wollte sie nicht schwach erscheinen, vor allem vor Elena nicht.

Außerdem hatte sie wieder einen ihrer Albträume gehabt. Ihr Telefon gab einen Signalton von sich. Bianca warf einen raschen Blick auf das Display und stöhnte. Auch das noch! Heute kamen Sara und Marco zum Ausreiten, denn den letzten Termin hatten sie absagen müssen. Immerhin waren sie nicht zum Essen angemeldet, aber das konnte noch kommen.

Den Vormittag verbrachte Bianca mit Einkäufen auf dem Markt von Pontassieve. Sie hatte auch Luca mit einer Liste losgeschickt, denn der Koch kannte heimische Landwirte, die qualitativ hochwertiges Gemüse aus biologischem Anbau verhältnismäßig günstig abgaben. Touristen zahlten selbstredend andere Preise und Freunde eben auch. Es gab so vieles zu bedenken und zu organisieren. Für die Gästezimmer benötigten sie neue Seifenablagen, die Bianca eigentlich in Florenz gemeinsam mit ihrer Mutter hatte kaufen wollen. In diesen Dingen war Manuela sehr viel sicherer, denn Bianca hatte sich nie für Mode interessiert. Viele Jahre lang hatte sie einen schlichten Kleidungsstil gepflegt, in dem sie sich sicher und nahezu unsichtbar fühlte, was natürlich absurd war. Doch wenn sie keine Blicke auf sich zog, musste sie auch keine Erklärungen bezüglich ihres Beins abgeben.

Bianca fuhr hinten herum zur Küche und öffnete ihren Kofferraum. »Ivano? Kannst du uns bitte beim Ausladen helfen?«, rief sie in die Küche.

Der junge Mann kam sofort heraus und packte mit an. »Alles wieder heil!« Stolz reckte er den Daumen, an dem nur noch die Narbe zu sehen war.

»Großartig, aber sieh dich mit den Messern vor, Ivano!«, sagte Bianca lächelnd.

Ihr Telefon klingelte, und da sie eine Tüte mit Süßkartoffeln trug, zog sie das Telefon hervor, ohne nachzusehen, wer anrief. »Pronto?«

»Bianca, wie geht es dir?«

Nando! Sie stellte die Papiertüte auf die Mauer vor der Küchentür und ging in den Olivengarten. Wie lange hatten sie nicht miteinander gesprochen? Es kam ihr wie eine Ewigkeit vor. »Danke, es geht mir gut, und dir?«

»Okay, hör zu, Bianca, ich habe mich umgehört und bin mit dem Pininfarina weitergekommen. Das willst du doch noch immer wissen, nicht wahr?«

Sie schluckte, und ihre Hand zitterte leicht. »Ja!«

Nichts weiter. Keine Vorwürfe, keine Fragen, dieser Mann war außergewöhnlich.

»Du erinnerst dich daran, dass eine Familie Avesani in Mailand einen solchen Wagen hatte? Sohn Mattia hat den Wagen zu Schrott gefahren und war keine Hilfe, aber sein Vater schon. Avesani senior hing wohl mehr an dem Wagen als sein Sprössling und erinnerte sich noch genau daran, dass Mattia und der Sohn eines prominenten Restaurantbesitzers in Florenz, der ebenfalls einen Pininfarina besaß, sich gern Straßenrennen geliefert hatten.«

»Straßenrennen? Nein!« Sollte sie durch ein sinnloses Wettrennen zweier verwöhnter Jungen beinahe ums Leben gekommen sein?

»Genau. Die gab es schon immer. Avesani wusste das so genau, weil er seinen Sohn des Öfteren von der Polizeistation in Florenz holen musste. Da hat er wohl ziemlich viel Geld gelassen, um das Bürschchen freizukaufen. Jedenfalls hat er bei diesen Gelegenheiten den Vater des Konkurrenten getroffen, und das war kein anderer als Duccio Rossi. Maurizio Rossis Vater.«

Maurizio sollte es gewesen sein? Meinte er das? »Und du denkst, Maurizio?«

»Nein, ich vermute nichts, Bianca. Aber es ist eine Möglichkeit. Aber dann ist da noch der gelbe Wagen der Gallorinis. Industriellenfamilie mit Wohnsitzen in Mailand, Arezzo und Rom. Gavino und seine Zwillingsschwester Maruta waren damals für ihre wilden Partys bekannt, zu denen sie gern einluden, wer reich und berühmt oder hübsch und sexy war. Der Wagen gehörte Maruta. Sie hat ein Faible für die Farbe Gelb. Heute entwirft sie Geschirr. Gelbes Geschirr.«

Bianca lachte. Es tat so gut, seine Stimme zu hören. »Und davon kann man leben? Gelbes Geschirr?«

»Wenn man geerbt hat, auf jeden Fall. Ich werde sie demnächst auf einer Vernissage treffen. Dorthin hat mich Valentino eingeladen. Wir haben uns auf Capri in seinem Haus recht nett unterhalten. Weiß war das Motto des Abends, und irgendwann musste ich passen, weil es mir zu weiß wurde …« Sie hörte, wie er vielsagend die Nase hochzog.

»Valentino Talone, die hatten doch auch einen Pininfarina!«

»Ja genau, aber an dem Abend konnte ich keine tiefergehenden Fragen stellen. Aber wie gesagt, das hole ich auf der Vernissage nach. Was sagst du zu meinen Nachforschungen? Mache ich mich gut als Detektiv?« Er lachte leise und fuhr fort: »Und wie läuft es im *Fiore*?«

»Alles bestens. Du hast das *Musetta* doch nicht weggegeben?«

Es dauerte einen Moment, bis er sagte: »Ich muss Schluss machen, Nonna klingelt. Wir kochen zusammen, und da ist nicht mit ihr zu spaßen. Wir hören voneinander. Mach's gut!«

Aufgewühlt hielt sie das Telefon fest. Nando hatte sich für sie eingesetzt, trotz allem. Sie musste die Flut an Informationen erst einmal sortieren. Und vor allem wollte sie wissen, ob er das *Musetta* noch besaß.

34

DA ROSSI

An einem warmen Augustabend glich die Treppe an der Piazza di Spagna einer Tribüne in einem Stadion. Die Zuschauer waren Touristen, die Akteure auf der Piazza Straßenkünstler, Straßenverkäufer und weitere Massen an Touristen. Nando ging mit steinerner Miene über den Platz, und keiner der fliegenden Händler wagte es, ihm einen Selfiestick oder eine Sonnenbrille anzubieten. Gemächlich bog Nando in die Via del Babuino ein, nahm die erste Gasse zu seiner Rechten, blieb wie immer, wenn er in Rom war, vor dem kunstvoll dekorierten Schaufenster eines Antiquitätengeschäftes stehen und fragte sich nicht zum ersten Mal, woher die seltenen Artefakte wohl stammen mochten. Wie viele ungeöffnete Gräber konnte es noch in Ägypten geben?

Da hielt er sich lieber an zeitgenössische Kunst, für die er eine große Schwäche, aber nicht genug Platz hatte. Die Menschentraube vor dem ART 1 war beachtlich, was für den Status des Galeristen sprach. Wenn Raffael Lacobelli Einladungen zu einer Vernissage versandte, war das eine Ehre, eine Art Ritterschlag der Kulturszene – oder schlicht die Anerkennung eines gut gefüllten Bankkontos, dessen Besitzer in Kunst investierte. Valentino Talones schlaksige Gestalt überragte die meisten Besucher. Sein ausgefallener Modestil trug ebenfalls dazu bei, dass man ihn nicht übersah. Heute trug der Sohn des Besitzers eines der größten Weinimperien Norditaliens ein hellgrünes Leinensakko zur ausgefransten Jeans und handgenähte Slippers. Das Champagnerglas in der manikürten Hand war leer, als er es hob und Nando winkte.

»Mein lieber Freund!«, rief Valentino, und eine Reihe Köpfe drehte sich nach dem Neuankömmling um.

Nando erkannte vertraute Gesichter, warf ein Lächeln in die Runde und begrüßte Valentino.

»Warum bist du letztens auf Capri so zeitig gegangen? Du hast einiges verpasst!« Valentino lachte und stellte sein Glas auf das leere Tablett einer attraktiven Hostess. »Meine Schöne, bring uns doch zwei Gläser auf deiner nächsten Runde vorbei!«

»Für dein Programm siehst du gut erholt aus, Valentino«, frotzelte Nando.

»Die Regenerationszeiten werden länger und die Kliniken teurer, aber für ein langweiliges, vernünftiges Leben bin ich noch zu jung«, erwiderte Valentino mit einem Augenzwinkern.

»Ich habe meine wilden Zeiten hinter mir. Jugendsünden, auf die ich nicht stolz bin, aber die haben wir alle begangen …«, warf Nando ihm den Köder hin in der Hoffnung, das Gespräch auf Florenz und den Pininfarina bringen zu können.

»Sünden kenne ich nicht, und was ich heute tue, ließe jeden Beichtvater rot anlaufen, dabei hören die eine Menge unschicklicher Dinge, davon kannst du ausgehen. Ich sage mir immer, tu, was dir gefällt, solange sich niemand dran stört und du niemandem wehtust.« Valentino fuhr sich durch die halblangen Haare, wobei eine schwere goldene Uhr an seinem Handgelenk blitzte. »Und wenn, dann nur mit Codewort …« Er grinste süffisant.

Nando wurde diese Unterhaltung zunehmend unangenehm, in die Tiefen von Valentinos buntem und sicher nicht jugendfreiem Leben wollte er nicht eintauchen. »Tja, wenn man das immer so abschätzen könnte. Manchmal tut man Dinge, von denen man gar nicht weiß, dass sie jemandem schaden.«

Valentino runzelte die Stirn. »Was meinst du damit? Hat sich eine der Frauen über mich beschwert? Die Rothaarige? Die ist mit dir gegangen, oder?«

Nando grinste. »Nein, der war schlecht, deshalb ist sie gegangen. Ich habe sie noch zur Fähre begleitet, doch dann hat sie wieder umgedreht und wollte woanders weiterfeiern.«

»Ach so, na dann.« Valentino beobachtete abwesend die weiblichen Gäste.

»Bist du früher mal Autorennen gefahren? Ich weiß auch nicht, wie ich darauf komme. Wegen der Jugendsünden wahrscheinlich. Wir haben das in unserem Viertel gemacht, mit gestohlenen Wagen. Davon weiß Nonna bis heute nichts. Sie hätte mich grün und blau geprügelt und in eine Besserungsanstalt gesteckt.«

»Illegale Rennen meinst du? Ph, ja, ab und an sind wir nach Deutschland reingefahren und haben die Autobahnen unsicher gemacht. Aus einer Tour quer durch Europa ist dann nichts geworden, zum Glück, denke ich, denn einer meiner Freunde ist bei einem Unfall ums Leben gekommen. Ich bin gern etwas verrückt, aber nicht lebensmüde.« Valentino sah einer jungen Frau mit dunklen Locken entgegen, die ihr offen über die Schultern fielen. »Ach, sieh mal, wer da kommt. Die kleine Maruta Gallorini. Hübsches Ding, aber mit dem Vater ist nicht zu spaßen, von der lasse ich die Finger.«

Nando strich insgeheim Valentino von der Liste der potenziellen Unfallfahrer.

»Valentino!« Maruta Gallorini ließ sich von Valentino umarmen und betrachtete Nando mit Interesse. »Ah, der berühmte Koch, *complimenti*! Meine Eltern halten große Stücke auf dich«, sagte sie, nachdem Valentino sie einander vorgestellt hatte.

Überhaupt schien sie Gefallen an Nando zu finden und wich ihm während der Eröffnungsrede und beim folgenden Rundgang durch die Ausstellung nicht von der Seite. Sie kannte sich in der Kunstszene erstaunlich gut aus.

»Lass mich raten, Maruta, du malst selbst, oder du studierst Kunst?« Sie standen vor einem Triptychon, dessen Neonfarben den Betrachter schier blendeten.

»Beides. Ich hatte schon einige Gruppenausstellungen und eine Einzelausstellung. Nicht hier, sondern in Mailand.« Sie schürzte die Lippen und verschränkte die Arme vor der Brust. »Ich gebe zu, dass die Kontakte meines Vaters geholfen haben, aber ganz ehrlich, das hier haut mich jetzt auch nicht um, und dann sieh dir den Preis an. Lächerlich!« Sie hielt ihm die Preisliste hin, auf der eine fünfstellige Summe stand.

»Wirklich?« Nando sah sich die mit groben Strichen bemalten Holzpaneele an und grinste. »Nun ja, wer ein Fan von grellen Farben ist, wird seine Freude daran haben. Dabei fällt mir ein, dass meine Freundin unbedingt einen grellgelben Pininfarina haben möchte. Der Himmel weiß, warum.«

Maruta warf ihm einen schwer zu deutenden Blick zu. »Ach ja? Ich hatte mal einen, eigentlich gehörte er meinem Bruder, aber der hat den Wagen dann zu Schrott gefahren, was meinem Vater gehörig gegen den Strich ging. Mein Vater liebt diese klassischen Sportwagen.«

»Sie sind schon elegant. Ich finde sie auch schön, obwohl mir mein Maserati lieber ist. Der moderne Komfort und die elektronischen Spielereien würden mir fehlen.«

Sie gingen zum nächsten Werk, einem Kronleuchter aus Pfauenfedern und Messinglöffeln. Der Leuchter drehte sich und tauchte den Raum in ein phantastisches Spiel aus Licht und Schatten.

»Ausgefallen, aber auf die Dauer anstrengend. Wie soll man dabei ein Buch lesen?«, meinte Nando lapidar.

Maruta lachte. »Am besten, du gibst ein Kunstwerk in Auftrag!«

»Niemals, dann wäre es mehr Dekoration als eine originelle Arbeit, nein, nein, das nun auch wieder nicht. Für meine Freundin nach einem alten Sportwagen zu suchen ist mir lieber. Sie stammt übrigens aus Florenz und hat sich vor elf Jahren in so einen Wagen verguckt, nur konnten ihre Eltern ihr keinen schenken.«

Wieder sah Maruta ihn irritiert an. Da Nando beim besten Willen keine plausiblen Überleitungen zu dem Sportwagen und Florenz vor elf Jahren einfielen, gab er es auf und wollte sich gerade einem abstrakten Gemälde zuwenden, als Maruta seinen Arm berührte.

»Da fällt mir eine Geschichte ein, die dich vielleicht interessiert, wo du doch dauernd von diesem Pininfarina redest.«

Sein Nacken kribbelte. »Ja?«

Maruta warf die langen Locken zurück und zupfte am Träger ihres grau schimmernden Kleides. Sie begutachtete das Gemälde ebenfalls. »Das gefällt dir, oder? Finde ich auch sehr gut. Kein Wunder, ich kenne den Künstler. Der hat bei uns an der Uni schon mal eine Meisterklasse gegeben. Da war ich noch zu frisch, heute würde ich gern bei ihm studieren.«

Nando sah Valentino mit zwei Begleitern kommen und befürchtete, dass der Moment verstreichen würde. »Ja, was wolltest du zu dem Wagen sagen, Maruta?«

»Ach so, ja, das war eine große Sache. Es gab damals eine

Gruppe von jungen Leuten, die illegale Autorennen gefahren sind, auch in den Hügeln im Osten von Florenz. Dabei kam es zu mehreren schweren Unfällen. Eine Bekannte von mir hat ihren Bruder verloren, und es gab wohl auch einmal eine Schwerverletzte, die erst später gefunden wurde. Das fand ich am übelsten, denn der Fahrer hat sie einfach da liegen lassen.«

Nando wollte sofort nachfragen, doch Maruta kam ihm zuvor.

»Frag mich nicht, wer dabei war, ich weiß es nicht. Mit denen wollte ich nie etwas zu tun haben und mein Bruder auch nicht. Ah, halt, warte, der eine war ein Sohn von einem Restaurantbesitzer. Unsympathischer Junge, mit dem wollte keiner was zu tun haben. Jedenfalls keiner von unserer Clique. Wir waren da mal essen. Im Dossi oder so ähnlich.«

»Im *Da Rossi* vielleicht?«, sagte Nando.

»Ja genau, so hieß das.«

»Das gibt es heute noch, und der Sohn leitet es jetzt, Maurizio«, sagte Nando.

»Tatsächlich? Gut zu wissen, da gehe ich nicht hin«, meinte Maruta, richtete ihre Aufmerksamkeit jedoch ganz auf Valentinos Begleiter, einen mittelgroßen Grauhaarigen in einem weiten tunikaartigen Hemd.

»Signor Lacobelli, was für eine großartige Auswahl Sie getroffen haben!« Maruta strahlte, und Nando überließ sie dem Gespräch mit dem Galeristen.

Er hatte keinen Tisch reserviert, denn er wollte Maurizio überraschen. Zwei Tage nach der Vernissage in Rom stand Nando am frühen Abend vor dem Restaurant von Duccio Rossi, das in einer Nebenstraße der Piazza della Signoria lag. Beste Lage, ein renovierter Palazzo, Duccio hat es weit gebracht, dachte Nando anerkennend, als er das noble Restaurant betrat. Man fand einen kleinen Tisch für ihn, denn es war noch vor der Hauptessenszeit. Nur wenige Touristen verirrten sich in das teure Etablissement. Da Nando hungrig war, bestellte er eine Suppe, eine interessante Variante erschien ihm die Erbsensuppe mit Jakobsmuscheln, und anschließend wählte er die Linguine al sugo di capretto, obwohl er eigentlich nicht gern Zicklein aß. Die Suppe war besser als das Hauptgericht, stellte er kritisch fest. Das Fleisch war nicht zart genug, und der Koch hatte sich beim Chili vergriffen.

Die Bedienung war freundlich und professionell. Als sie die Teller abräumte, sagte die Frau: »Signore, verzeihen Sie mir, aber sind Sie nicht der Chef, der im Schweizer Fernsehen gekocht hat?«

Nando schmunzelte. »Ja, das stimmt. Aber diese Sendungen wurden gar nicht im italienischen Fernsehen ausgestrahlt.«

Die junge Frau lächelte. Sie mochte Mitte dreißig sein und hatte ein offenes, intelligentes Gesicht. »Ich habe fünf Jahre in der Schweiz gearbeitet, da habe ich Sie gesehen, Signor Branconi. Ich wollte eigentlich selbst Köchin werden, aber dann wurde mein Mann krank, und wir sind zurück in die Heimat.«

»Das tut mir leid«, sagte Nando mit ehrlicher Anteilnahme.

»Tja, das Leben fragt nicht, es geschieht einfach. Aber ich will Sie nicht stören. Haben Sie noch einen Wunsch?«

»Sagen Sie, ist Signor Rossi heute anwesend? Hat er gekocht? Ich würde ihn gern zu seiner Zuppeta beglückwünschen.«

Die Frau hob überrascht die Augenbrauen. »Ja, da wird sich der Chef freuen. Ich sage es ihm.«

Es dauerte nicht lange, und Maurizio persönlich kam in einer maßgeschneiderten hellgrauen Kochjacke, auf deren Brusttasche goldene Initialen eingestickt waren. Die hochmütige Miene des jüngeren Mannes konnte dessen Nervosität nicht verbergen.

»Signor Branconi.«

Nando lehnte sich in seinem Stuhl zurück und spielte mit dem Weinglas. Der Rotwein stammte aus einem Keller Talones und war kaum mehr als durchschnittlich.

»Die Zuppeta war gut, eine überraschende Kombination. Ihre Kreation?«

Maurizio zögerte. »Ja, sie gehört zu unseren besonders beliebten Vorspeisen.«

»Der Wein ist leider nur mäßig, genau wie das Capretto, aber das wissen Sie sicher selbst. Schade, nach der Vorspeise war ich voller Hoffnung auf ein gutes Essen.«

Maurizios Miene verdüsterte sich. »Ich nehme Ihr Lob gern an, und die Kritik gebe ich an unseren Koch weiter. Sie hätten sich ja einen anderen Wein aussuchen können, Signor Branconi.«

»Dieser ist mir empfohlen worden. Ich nehme an, weil er im Einkauf recht günstig ist. Nun, ich kam ohne große Erwartungen her und bin deshalb durchaus positiv überrascht. Eigentlich wollte ich mit Ihnen über die Autorennen sprechen, an denen Sie in Ihrer Jugend teilgenommen haben.«

Die unerwartete Konfrontation verfehlte ihre Wirkung nicht. Maurizio wurde blass und ballte die Hände zu Fäusten, doch bevor er antworten konnte, erklang eine tiefe Stimme aus dem Halbdunkel hinter ihnen. Duccio Rossi, Maurizios Vater, trat hinzu und fixierte Nando mit drohendem Blick.

»Du sagst kein Wort, Maurizio, und Sie verlassen unser Lokal, Signor Branconi. Das Essen geht aufs Haus.«

35

OFFENE FRAGEN

Fünf gesattelte Pferde grasten friedlich am Rand des Weinbergs. Milena und Bianca hatten eigens für die Pausen während der Ausritte einen Holzzaun errichten lassen, an dem man die Pferde anbinden konnte. So hatten die Reiter die Möglichkeit, sich auf der Terrasse des *Fiore* zu erholen und eine Kleinigkeit zu essen, wenn ihnen danach war. Bianca konnte die Pferde aus dem Fenster ihres Apartments sehen, wo sie sich an ihrem Schreibtisch mit der Menüplanung für den deutschen Tester plagte. Sie wälzte alte Rezeptbücher und überlegte hin und her, welche Kombination am meisten Eindruck machen könnte, als ihr Telefon klingelte.

»Ja, Claudia? Was gibt es?«

»Diese Sara ist hier und fragt nach dir. Diesmal hat sie eine Freundin mitgebracht, die dich wohl auch kennt. Kommst du runter, oder hast du keine Zeit?«

Seufzend ließ Bianca den Stift fallen. »Ja, okay, ich komme.«

»Ich kann dich auch entschuldigen, das macht mir nichts aus.«

»Nein, nein, sie gibt ja keine Ruhe. Bin gleich unten.«

Bianca fragte sich, wen Sara jetzt wieder angeschleppt hatte und warum Marco nicht mitgekommen war, der doch unbedingt hatte reiten wollen. Sie griff nach den Schmerztabletten, spülte eine mit einem Glas Wasser hinunter und machte sich auf den Weg.

Die Reitergruppe auf der Terrasse war unschwer an ihren Stiefeln, Chaps und staubigen Hosen zu erkennen. Milena sah sie zuerst und stand auf, um sie zu umarmen.

»Ein reiner Mädelsausflug ist das diesmal, aber immerhin wissen sie sich alle halbwegs im Sattel zu halten«, flüsterte sie ihrer Schwester ins Ohr.

Bianca drückte Milena kurz in stillem Einvernehmen und sagte laut: »Ja, hallo, was für ein schöner Tag für einen Ausritt! Ich beneide euch um die Gelegenheit, durch unsere herrlichen Weinberge zu reiten. Und noch dazu mit Milena. Ihr könntet keine bessere Reitlehrerin haben.«

Die Frauen klatschten. Neben Sara saßen zwei Französinnen, die sich angeregt unterhielten. Eine dritte Frau hatte sich nach unten gebeugt und wühlte in ihrer Tasche. Als sie sich aufrichtete, stockte Bianca der Atem.

»Mia!«, rief sie.

Rabenschwarzes Haar, Piercings in Nase, Mund und Augenbraue und mit bunten Tattoos geschmückte Arme konnten nicht von den graublauen Augen ablenken, die Bianca etwas verlegen ansahen.

»*Ciao*, Bibi!« Mia Salvati stand auf und breitete die Arme aus. »Bin etwas verschwitzt …«

Weiter kam sie nicht, denn Bianca drückte die lang vermisste Freundin fest an sich. »Du verrückte Hummel, wo hast du nur gesteckt?«

Beide wischten sich die Tränen aus den Augen und sahen sich strahlend an. »Oh Mann, lange Geschichte.«

Bianca warf einen Blick auf den Tisch, auf dem Kaffeetassen und ein Teller mit Ricciarelli standen. »Mögt ihr einen Vin Santo dazu? Und wir haben Apfelkuchen und eine Aprikosentarte.«

»Für mich eine halbe Apfeltarte!« Milena grinste breit. »Die ist so verdammt gut!«

Die Französinnen nickten begeistert, nur Sara winkte ab und tippte auf ihre Zigarettenpackung, die neben ihrer Tasse lag. Nachdem sie auch die anderen begrüßt hatte, orderte Bianca Kuchen und Dessertwein und setzte sich neben Mia.

»Da freust du dich, was, Bibi?«, meinte Sara strahlend.

»Natürlich, ich hatte mit Marco gerechnet. Wollte der nicht mitkommen?«

Sara fuhr sich durch die kurzen Haare, die vom Reithelm zerdrückt worden waren. An den dünnen Beinen wirkte sogar die enge Reithose schlabbrig. Ein Stück Kuchen täte ihr besser als weitere Zigaretten, dachte Bianca. »Der hat abgesagt, irgendwas an seiner Schule. Und da dachte ich an Mia und habe meine alten Kontaktdaten durchgeforstet. Irgendwie schien es mir der richtige Moment für das Auffrischen unserer Freundschaft. Tja, und sie war gerade in Florenz.«

»Danke, Sara.«

Sara griff nach ihren Zigaretten. »Ist es okay, wenn ich rauche?«

Die anderen hoben die Schultern, und Bianca griff nach einem Aschenbecher, der unten an der Mauer stand. Dann wandte sie sich Mia zu. »Erzähl, wo warst du? Du hattest doch mit einem Kunststudium in Rom begonnen, oder? Seither haben wir nichts voneinander gehört.«

Mia Salvati hatte ein längliches Gesicht mit einem kantigen Kiefer und einem breiten Mund, der früher gern gelacht hatte. Das Faszinierendste waren ihre Augen, von einem seltenen Hellgrau, groß und verträumt. An den Fingern steckten verschiedene Ringe, einige so breit wie ein Fingerglied.

»Ja, ich weiß, ich hatte mich immer melden wollen, gerade bei dir. Aber irgendwie lief alles nicht so, ich habe mich geschämt, weil ich eine Zeit lang so kaputt war. Musste erst mal wieder runterkommen von dem Scheißtrip, auf dem ich war. Und dann hatte ich mir das an der Uni anders vorgestellt, freier, aufregender. Na ja, war vielleicht nicht so meins, das akademische Arbeiten. Zu strukturiert – und die Profs, der eine war richtig eklig, übergriffig. Wenn du nicht nett zu dem warst, hat er dich glatt durchfallen lassen.« Mia verdrehte die Augen.

Bianca wusste, dass ihre Familie wohlhabend war, doch Mia hatte sich nie darauf ausgeruht und jegliche Unterstützung seitens ihrer Eltern abgelehnt, denn sie hasste ihren Stiefvater. Sie hatte immer vermutet, dass Mias Probleme daher rührten.

Mia streckte die Arme aus, so dass Bianca die Tätowierungen besser sehen konnte. Die Motive waren kompliziert und, soweit sie das beurteilen konnte, sehr gut gestochen. »Wow, wer hat das gemacht?«

»Verschiedene Tattookünstler, echte Meister der Szene. Der Drachen hier ist von John D. aus New York, die Rose von Mona Krakow aus Prag, na und so weiter. Ich hatte einen Freund, der stand auf Tattoos, und so fing das an. Jetzt bin ich süchtig nach Tattoos und selbst eine gefragte Tätowiererin. Ich habe in Los Angeles mit den Besten gearbeitet und sogar einigen Promis Bilder gestochen.« Sie zählte die Namen von Hollywoodschauspielern und Musikern auf, und Bianca hörte gebannt zu.

»Unglaublich, das ist der Wahnsinn, Mia!«

»Jetzt bin ich eben eine Tattookünstlerin, was ich meinen Eltern aber gar nicht zu erzählen brauche, für die zählt das nicht.« Sie verzog das Gesicht. »Egal, mein Leben ist so anders als ihres, das sprengt ihre enge Welt der Cocktailpartys und Golfrunden.«

»Und wo lebst du?«, fragte Bianca.

»Ich habe ein Zimmer bei einer Freundin in Mailand, bin aber viel unterwegs. In London ist eine coole Tattooszene, und in Berlin werde ich auch gebucht. So, wie's kommt. Ist nicht übel«, meinte Mia.

Elena brachte den Kuchen und stellte eine Flasche Vin Santo und fünf Gläser auf den Tisch. »Braucht ihr noch etwas?«

Als die Frauen den Kopf schüttelten, erwiderte Bianca: »Danke, Elena. Hat Luca die Hähnchen schon vorbereitet?«

»Ist dabei. Mit dem Risotto fängt er danach an. Ich kümmere mich um die Gedecke für den Mittagstisch.« Elena sah auf ihre Uhr. »Jetzt.« Sie lächelte und verschwand.

In einer halben Stunde würden die ersten Gäste für das Mittagessen eintreffen, und dann musste das meiste vorbereitet sein.

»Das hier ist dein Restaurant, ja?«, wollte Mia wissen.

»Na ja, es ist Teil des Weinguts, der Villa Fiore, aber ich bin für das *Fiore* verantwortlich, ja. Und die Vermietung gehört auch dazu, da hilft mir Claudia.«

»Das ist toll, ihr seid eine richtig coole Familie, Bibi. Das habe ich damals schon bewundert. Ihr haltet zusammen, auch nach deinem Unfall. Wie geht es dir jetzt? Das ist doch Schnee von gestern, oder? Du musst nicht darüber sprechen, wenn du nicht willst«, fügte Mia schnell hinzu, als sie Biancas verschlossene Miene sah.

»Es geht mir gut. Nehmt euch doch vom Kuchen, bitte«, forderte Bianca die Frauen auf.

Mia lächelte verlegen, nahm sich ein Stück Aprikosentarte und probierte. »Oh meine Güte, ist das gut! Hast du die gebacken?«

»Süßspeisen sind quasi meine Kernkompetenz«, sagte Bianca nicht ohne Stolz.

»Schade, dass dein Neapolitaner nicht mehr hier ist. Wann kommt er denn zurück?« Sara stieß den Rauch aus und drückte die Zigarette aus. »Hier hat bis vor kurzem ein echter Starkoch am Herd gestanden. Nando Branconi!« Sara schnalzte mit der Zunge. »Und so ein toller Mann, hach, warum hast du den gehen lassen?«

»Hör schon auf, Sara, er war nur aushilfsweise hier. Den könnte ich mir gar nicht leisten«, wiegelte Bianca ab.

»Branconi? Kenne ich, glaube ich, aus dem Fernsehen. Kann das sein? Hübscher Typ – und der hat hier ausgeholfen?« Mia zwinkerte Bianca zu. »Ist schon klar …«

»Ein Glas Vin Santo?« Bianca schenkte den süßen Wein ein.

In den nächsten Tagen kam Bianca kaum aus der Küche heraus, denn sie probierte verschiedene Variationen von Muschel- und Gemüsegerichten aus. Bei den Muscheln kamen alle, die probiert hatten, überein, dass die Capesante in salsa di zafferano, die Jakobsmuscheln in Safransauce, der Favorit waren. Beim Gemüse herrschte Uneinigkeit. Bianca bevorzugte den Fenchel mit Walnüssen und Orangen, die anderen den Fenchel mit Sardellen, der Bianca jedoch zu streng erschien. Die Teste di funghi alla Montanara, die Steinpilze mit gewürzter Polenta, hingegen begeisterten alle.

Der September zeigte sich mit warmen trockenen Tagen, die den Trauben ihre letzte Süße verliehen. Die Ernte konnte jeden Tag beginnen, das zu entscheiden lag in Pauls Händen. Bianca dachte oft an Mia und nahm sich vor, den Kontakt diesmal zu halten. Es hatte gutgetan, mit der ehemaligen Schulfreundin zu sprechen. Die alte Vertrautheit war sofort wieder vorhanden gewesen. Bei Mia fühlte Bianca sich wohl, konnte ungezwungen mit ihr plaudern, während sie sich bei Sara intuitiv immer ein wenig zurückhielt. War das auch damals schon so gewesen?

Ihr Vater war eine Woche im Krankenhaus geblieben und hatte sich gründlich durchchecken lassen. Ohne Manuelas

Zutun hätte er das sicher nicht getan, doch ihre Mutter war hart geblieben und hatte Lorenzo eine weitere Rehakur angedroht, falls er sich nicht in die Obhut der Ärzte begab. Mit der Vorgabe, sich zu schonen, jeglichen Stress zu meiden und etwas mehr Sport zu treiben, hatte man Lorenzo entlassen. Da ihr Vater ein Sportmuffel war, schienen ihm Spaziergänge ausreichend, und seine Frau bestand darauf, dass sie oft genug stattfanden. Es war ein ungewohntes Bild, Lorenzo und Manuela Massinelli in zügigem Tempo durch die Hügel gehen zu sehen. Lorenzo behauptete, dass er sich lächerlich mache, wenn er zu Fuß über die Landstraßen ginge. Jeder normale Italiener nähme ein Auto, es sei denn, er habe keins. Manuela hingegen erklärte, dass jeder gesundheitsbewusste Mensch das Auto stehen ließe.

In Gedanken an ihre Eltern, die sich trotz ihrer Gegensätzlichkeit immer wieder zusammenrauften, die einander respektierten, miteinander lachten und deren Liebe füreinander jedem ins Auge sprang, huschte ein Lächeln über Biancas angespanntes Gesicht.

»Bianca!«, rief eine scharfe Stimme von oben.

Sie hob den Kopf und entdeckte ihre Großmutter, die aus dem Fenster im ersten Stock der Villa zu ihr heruntersah. Seufzend blieb sie stehen. »Ja, Nonna?«

»Was ist los mit dir? Du siehst müde aus, und du ziehst dein Bein nach. Was ist das nur mit euch jungen Leuten heute? Ihr müsst auf euch aufpassen. Wie willst du sonst die Saison durchstehen? Komm rauf, ich will dir etwas erzählen.«

Das Fenster wurde zugeschlagen, und Bianca schüttelte den Kopf. Ihre Mittagspause konnte sie jetzt vergessen, denn wenn Nonna ihr etwas mitteilen wollte, war es wichtig. Sie ging weiter und betrat den Verkostungsraum der Villa. Die Wände wurden von Weinregalen sowie Urkunden und Medaillen verziert. Es würden noch viele dazukommen, davon war Bianca überzeugt, denn Paul hatte ein Gespür für den richtigen Trend. Auch seine kalifornischen Weine erzielten Spitzenergebnisse auf den Weinmessen, was auch an der guten Zusammenarbeit von Paul und Juan, dem mexikanischen Partner in Kalifornien, lag.

Paul stand im Nebenzimmer an Giulias Schreibtisch und sah seiner Verlobten über die Schulter. »*Ciao*, Bibi!«

»Wann wollt ihr eigentlich heiraten?«, entfuhr es Bianca.

Erstaunt sahen sich Paul und Giulia an. »Äh, wir hatten einfach noch keine Zeit. Lieber früher als später, damit es sich diese wunderschöne Frau nicht noch einmal überlegt«, meinte Paul und küsste Giulia auf die Wange.

Giulia grinste. »Keine Chance. Du hast dich den Massinellis ausgeliefert. Jetzt gibt es kein Entkommen. Blutrache und so …«

Paul lachte und knuffte Giulia sanft. »Und wenn schon. Wir Amis kennen uns mit Schusswaffen aus. Aber ernsthaft, Bianca. Wir denken schon über einen Termin in diesem Jahr nach.«

Bianca strahlte. »Eine Hochzeit! Oh, das wird wundervoll! Das Essen, die Torte, das Fest, hach!«

»Wo wir beim Essen sind. Hast du dein Menü für den Feinschmecker ausgedruckt, oder schickst du es mir per Mail?«, fragte Giulia. »Ist nicht mehr lange hin.«

»Mache ich morgen, Giuli. Jetzt muss ich zu Nonna.«

»Oh, na dann lass dich nicht aufhalten. Sie tut so geheimnisvoll in letzter Zeit. Aber es geht ihr doch gut, oder?«

»Ich glaube schon. Sie ist alt. Da ist es normal, wenn man sich Dinge von der Seele redet, oder nicht?« Bianca sah sich um. »Habt ihr einen neuen Wein hier? Den kann ich mitnehmen. Sie probiert doch so gern.«

Paul ging nach hinten und kam mit einer nicht etikettierten Flasche Rotwein zurück. »Das ist der zweite nicht gefilterte. Ich bin neugierig, was sie sagt. Vielleicht kann dieser ungefilterte sie überzeugen. Deine Großmutter versteht was vom Wein.«

Bianca ergriff die Flasche. »Danke. Ich werde euch berichten.«

36

RUFINA 1951

Das kleine Zimmer im Haus von Signora Tufaro war spärlich möbliert, die alten Cotto-Fliesen gesprungen, und der Tisch, auf dem die Reste ihres Abendessens standen, wackelte. Die Weinflasche trug kein Etikett, und die Gläser waren so einfach wie das Mahl aus Polenta und Wildschweinragout. Und doch hatten sie fürstlich gespeist, denn sie hatten sich nicht sattsehen können an der Gegenwart des anderen. Teresa lag in den Armen von Corrado Talone und starrte an die Holzdecke, an der ein verblasstes Marienbildnis zu sehen war. Der Künstler hatte Mühe mit der Perspektive gehabt, und das Jesuskind war etwas zu groß geraten, doch Teresa mochte das Bild von Mutter und Sohn, das dem Raum etwas Liebliches verlieh.

»Bist du sicher, dass Signora Tufaro uns nicht verraten wird, Corrado?«, fragte Teresa und streichelte die Brust ihres Geliebten.

Sie lagen nackt nebeneinander. Das hatte sie nie mit Ettore getan, der stets bekleidet mit seinem Hemd zu ihr ins Bett kam. Nach dem Liebesakt drehte Ettore sich sofort um und schlief ein. Corrado hingegen hielt sie im Arm, flüsterte zärtlich in ihr Ohr und bedeckte ihr Gesicht, ihren Hals und ihre Hände mit Küssen. Sein Körper war schlank und sehnig und tat ihr nicht weh, wie es manchmal mit ihrem Mann der Fall gewesen war. Seit ihrer Schwangerschaft hatten sie nur selten miteinander geschlafen, was Teresa nicht bedauerte. Im Grunde war es ihr sogar lieb, dass ihr Mann das körperliche Vergnügen bei anderen Frauen suchte. Vor allem jetzt, da sie erfahren hatte, was es bedeutete, sich zu lieben, einander Vergnügen zu schenken, zu geben und zu nehmen.

»Sie wird sich hüten, irgendjemandem von uns zu erzählen, denn dann verliert sie ihre beste Einnahmequelle.« Corrado glitt mit den Fingerspitzen ihre Wirbelsäule hinunter bis zu ihrem Gesäß, das er zärtlich drückte. »Hm, ich liebe deine Rundungen, Teresa. Du machst mich wahnsinnig, wie keine andere Frau es je getan hat.«

Und wie sie sich wünschte, dass es niemals eine andere für ihn geben würde, genau wie sie es sich nicht vorstellen mochte, das Bett mit Ettore zu teilen. Welch ein Irrsinn, so zu denken. Sie durften keine Ansprüche stellen, sondern mussten sich kostbare Momente der Zweisamkeit stehlen und sie in ihrem Innern hüten und bewahren. Irgendwann würde jemand sie sehen und Gerüchte in die Welt setzen. Doch daran wollte sie jetzt nicht denken. Dass er Signora Tufaro bezahlte, war notwendig, aber es gab ihrer Liebe einen faden Beigeschmack, denn Geld sollte nichts mit der Wahrhaftigkeit ihrer Gefühle zu tun haben.

»Ich wünschte, wir müssten dieses Zimmer niemals wieder verlassen«, seufzte sie.

Ein leises Lachen tanzte in Corrados Brustkorb. »Ein verlockender Gedanke. Und wenn Signora Tufaro verstorben ist und uns nicht länger mit Essen versorgt, verhungern wir hier oben, und irgendwann findet man zwei mumifizierte Leichname.«

»Eine faszinierende Vorstellung – und was für einen herrlichen Skandal es geben würde!« Doch dann musste sie an

Lorenzino denken, ihren kleinen Sohn, den sie über alles liebte. Allein seinetwegen mussten sie sich vorsehen. Wenn Ettore jemals herausfand, dass sie ihn betrog – und noch dazu mit Talone, den er um seine Macht, seinen Erfolg und seinen Reichtum beneidete, würde er ihr Lorenzino wegnehmen. Ettore mochte ein Spieler und ein Tunichtgut sein, dumm war er nicht, und wenn er in seinem Stolz und seiner Ehre verletzt würde, gäbe es für ihn kein Halten. Sie hatte die verschiedenen Seiten ihres Mannes in den Jahren ihrer Ehe kennengelernt. Wenn Ettore sich übervorteilt oder hintergangen wähnte, konnte er in seinem Jähzorn gewalttätig und irrational werden.

Ettore parkte seinen auffälligen Wagen stets in der Scheune von Signora Tufaro. Die Signora lebte auf einem Bauernhof abseits von einem der kleinen Dörfer in den Hügeln östlich von Doccia. Hierher verschlug es selten Fremde. Nur im Sommer vermietete die Signora manchmal Zimmer an Feriengäste, die auf der Suche nach absoluter Stille in der Einsamkeit der grünen Hügel waren. Corrado hatte den Hof ausgesucht, weil die Signora verwitwet war und den Hof mit ihrem taubstummen Sohn bewirtschaftete. Vor diesem fürchtete sich Teresa ein wenig, denn der junge Mann hatte eine sonderbare Art, sich lautlos zu nähern und plötzlich hinter einem zu stehen. Dabei starrte er auf eine feindselige Weise vor sich hin, gab unartikulierte Geräusche von sich und gestikulierte wild mit den Armen. Wenn die Signora dazukam, scheuchte sie ihn zu den Tieren in den Stall oder auf das Feld, das sie bestellten. Es gab auch einen kleinen Weinberg, für dessen Pflege jedoch weder Zeit noch Geld vorhanden waren.

Corrado entzog ihr seinen Arm und stützte sich seitlich auf seinen Ellbogen, so dass sie sich ansehen konnten. »Deine Schönheit raubt mir den Atem, Teresa.«

Mit einer Hand strich er über ihren Hals, über ihr Schlüsselbein und fuhr über ihre Brustwarzen, die sich bereitwillig unter seiner Berührung aufrichteten. Ein leises Stöhnen entrang sich Teresa unter halb gesenkten Lidern, doch sie schämte sich nicht für ihre Leidenschaft, weil sie wusste, dass er sie dafür umso mehr begehrte.

»Ich werde in zwei Monaten heiraten müssen.« Er hörte nicht auf, sie zu berühren, doch ihr Körper verspannte sich.

Geschockt starrte sie ihn an. Sie wollte sich bedecken, doch er hielt sie sanft zurück.

»Nein, Teresa, ich muss heiraten. Meine Familie hat diese Ehe arrangiert, schon vor einiger Zeit. Diese Verbindung ist für beide Familien von Vorteil. Du weißt, dass ich dich geheiratet hätte, wärst du frei gewesen.« Seine Hand lag auf ihrer Hüfte, und er sah sie eindringlich an.

Sie nickte, doch sie dachte, dass es leicht war, jetzt so zu sprechen. Ettore würde sie niemals freigeben. *Eher bringe ich dich um oder mich,* hatte er einmal in betrunkenem Zustand gesagt, als sie sich nicht berühren lassen wollte. Sie hatte ihn beruhigen können, ihm versichert, dass sie ihm treu sei, und damals hatte das der Wahrheit entsprochen. In seinen Worten hatte eine zornige Intensität gelegen, die ihr Angst machte.

»Sie heißt Sibilla D'Antonio. Ihrer Familie gehören Land bei Arezzo und Weinberge bei Radda in Chianti. Teresa, bitte, mach dir deswegen keine Gedanken. Ich liebe diese Frau nicht. Ich liebe dich, daran wird sich nichts ändern. Sibilla ist ein vernünftiger Mensch und führt ihr eigenes Leben. Wir haben bereits alles besprochen. Natürlich müssen wir die Linie fortführen, das erwartet man.«

Natürlich, dachte Teresa und konnte ihm keinen Vorwurf machen, denn hatte sie nicht selbst vor kurzem erst ein Kind geboren?

»Lass uns nicht mehr davon sprechen, *amore*«, murmelte sie und zog ihn zu sich, um die Welt und alle damit verbundenen Sorgen und Zwänge für eine kleine Ewigkeit zu vergessen.

Die Olivenernte war eingebracht, und die Menschen bereiteten sich auf den Winter vor. Vorräte wurden angehäuft, Früchte eingekocht, die Äpfel lagerten in Kisten im Keller, die Getreidespeicher waren aufgefüllt, in der Weinkellerei liefen die Arbeiten auf Hochtouren, und heute wurde Butter gemacht. Teresa stand in der Küche und rührte einen Kuchenteig an. Sie musste sich beschäftigen, sonst würde sie noch verrückt werden. Lorenzino hockte auf dem Fußboden neben ihr und spielte mit Mehl und Wasser. Das Kleinkind war über und über mit klebriger Teigmasse beschmiert, strahlte jedoch vor Glückseligkeit und gab immer wieder quietschende Laute von sich. Manchmal vermeinte sie, das Wort Mama zu verstehen, und lächelte in sich hinein.

In der Küche herrschte Hochbetrieb. Am Abend sollte ein Essen in der Villa gegeben werden. Ettore hatte betont, dass er wichtige Gäste erwarte und sie für einen gelungenen Abend verantwortlich mache. Da es erst drei Uhr war, hatte Teresa noch keine Eile und betrachtete immer wieder gedankenverloren ihren Sohn.

»Es ist nicht gut, den kleinen Signor Massinelli dort unten sitzen zu lassen!« Assunta war mit einem Tablett Gläser in den Händen stehen geblieben und sah Teresa strafend an.

»Sind die Gläser auch ordentlich geputzt? Nicht dass mir Klagen kommen«, erwiderte Teresa, die freche Bemerkung der Angestellten ignorierend.

Auf dem Hof rollten Wagen über den Kies, Türen klappten, und Stimmen ertönten, die sich mit schrillem Frauengelächter mischten. Wichtiger Besuch? Teresa schnaufte abfällig. So benahmen sich keine richtigen Damen. Verbissen rührte sie weiter den Teig, schnitt die Äpfel klein und fettete die Kuchenform ein. Zwischendurch sah sie nach dem eingelegten Wildschweinfleisch, das sie gestern hatte vorbereiten lassen, damit das Fleisch noch zarter wurde. Eine Küchenhilfe saß in der offenen Hintertür und rupfte einen Fasan. Zwei weitere Vögel lagen bereits gesäubert auf dem Arbeitstisch. Die edlen Tiere solchen Leuten vorzusetzen hielt Teresa für reine Verschwendung.

In den vergangenen Wochen war Ettore weniger als sonst unterwegs gewesen, seine Stimmungen schwankten zwischen düster und euphorisch. Auf dem großen Fest zur Feier der Olivenernte hatte er mit den Arbeitern gescherzt, allen eine Lohnerhöhung versprochen und so viel Wein ausgeschenkt, dass kaum einer nüchtern nach Hause ging. Teresa hatte es geschickt anstellen müssen, um nicht mit ihrem Mann ins Bett gehen zu müssen. Kopfschmerzen, Unterleibsschmerzen oder die Sorge um Lorenzino hatte sie vorgeschoben. Sie hoffte, dass er heute seine Geliebte mitgebracht hatte, denn mittlerweile war ihr egal, mit wem er sich herumtrieb, solange er sie nur in Ruhe ließ.

»Wann gibt es denn Essen, und wo steckt meine Frau? Wir warten!«, ertönte Ettores Stimme laut am anderen Ende der Küche.

Teresa ließ vor Schreck die Schüssel mit der Cremefüllung für eine zweite Torte fallen. Laut zerschellte das Porzellan auf den Steinfliesen, Lorenzino begann zu weinen, und Ettore rannte wütend zu ihr, wobei er eine Küchenhilfe zur Seite schubste. Aufgebracht riss er den weinenden Jungen vom Boden hoch und brüllte sie an: »Du dummes Weibsstück, wie oft muss ich dir noch sagen, dass du meinen Sohn nicht mit in die Küche nehmen sollst! Sieh doch, was hätte passieren können!« Er drückte Lorenzo an sich und küsste das rote Gesicht. »Mein armer kleiner Junge, was hat deine Mutter nur mit dir gemacht.«

Teresa schluckte die Tränen hinunter, um ihn nicht noch weiter zu reizen. »Er liebt es, mit mir in der Küche zu sein und zu backen. Es ist doch auch nichts passiert. Du hast mich erschreckt, deshalb ist mir die Schüssel aus der Hand geglitten.« Sie bat eines der Mädchen, die Creme samt Scherben aufzuwischen.

»Wieso bist du überhaupt hier, Teresa? Du bist die Signora des Hauses und solltest die Gäste empfangen und nicht am Herd stehen. Dafür haben wir Personal!«

»Ich habe die Zeit vergessen, tut mir leid, Ettore.«

»Na los, geh rauf, mach dich sauber, zieh dich um, und dann komm in den Salon. Ich möchte dir einige Leute vorstellen, die wichtig für uns sein können.« Er gab Lorenzo noch einen Kuss und drückte den Jungen seiner Frau in den Arm.

»Gib ihn dem Kindermädchen, dafür bezahlen wir sie. Spätestens in einer halben Stunde will ich dich unten sehen!« Er drehte sich um, hielt jedoch inne und kam zurück. Leiser sagte er zu ihr: »Der Champagner ist aus. Warum hast du nicht geordert? Ich hatte doch gesagt, dass die Vorräte immer aufgefüllt sein sollen.«

Genauso leise zischte Teresa: »Dann musst du dich etwas mehr um die Finanzen kümmern, denn der Weinhändler wollte uns nicht mehr beliefern, solange die Rechnungen der letzten vier Monate offen sind.«

Konsterniert sah Ettore sie an und brauchte einen Moment, bevor er antwortete: »Da muss ein Fehler vorliegen. Ich regle das. Aber wenn das wieder vorkommt, sag es mir, Teresa. Und es tut mir leid, wenn ich manchmal etwas schroff bin. Die Geschäfte laufen schleppend. Ich frage mich manchmal, wie

Vater das alles gehandhabt hat …« Er fuhr sich mit beiden Händen übers Gesicht. »Deshalb ist es wichtig, dass du in den Salon kommst. Vielleicht können wir einen guten Deal machen. Ein Amerikaner und zwei Geschäftsleute aus Rom sind da. Die sind an den Weinbergen weiter unten interessiert. Das könnte uns helfen.«

Erschrocken streckte sie die Hand nach ihm aus. »Nein, Ettore, tu das nicht! Dein Vater hing so an den Weinbergen. Er hat immer gesagt, dass sie einmal gute Erträge bringen werden.«

Ettore runzelte die Stirn. »Hat er das gesagt?« Seufzend stützte er sich neben ihr am Tisch ab und warf ihr einen weichen Blick zu. »Dir liegt tatsächlich etwas an diesem Gut, was? Und dabei bist du nicht einmal hier geboren. Ich bin hier aufgewachsen, und mir kommt es manchmal wie ein Fluch vor, das alles erhalten zu müssen.«

Lorenzino war an ihrer Schulter eingeschlafen. Sie strich über den warmen Kinderkörper, der süß duftete. »Land ist etwas, das man nicht einfach verkauft, Ettore. Wenn man das Glück hat, es zu besitzen, muss man es pflegen und bewahren, denn es ernährt uns und die Menschen, die darauf arbeiten. Wir können noch viel mehr aus diesem Gut machen, Ettore. Wenn wir nur die richtigen Trauben und …«

»Ja, genug jetzt davon. Ich denke darüber nach.« Er tätschelte ihren Arm und ging davon.

37

EIN NEUER WEIN UND EINE ALTE LIEBE

Teresa Massinelli saß in ihrem Sessel am Fenster. Dort verbrachte sie die meiste Zeit des Tages, denn von hier aus hatte sie einen Blick auf den Park mit der alten Zeder und konnte hören, wer kam. Das Erzählen strengte sie an, doch sie wirkte glücklich. Langsam kehrte ihr Blick in die Gegenwart zurück und fand die Enkelin, die ihr regungslos gegenübersaß und lauschte. Bianca hatte die Beine untergeschlagen und das Kinn in eine Hand gestützt.

»Was hast du mir mitgebracht, Bibi?« Nonna sah zu der grünen Flasche, die unbeachtet auf dem Tischchen stand.

Bianca war noch ganz in der Welt der jungen Teresa gefangen. »Und was ist passiert an jenem Abend? Hat Ettore das Land verkauft?«

Nonna machte eine ungeduldige Handbewegung. »Willst du mich verdursten lassen? Schenk uns aus der Flasche ein. Das ist doch sicher ein neuer Wein, oder nicht? Den hat dieser Amerikaner gemacht, oder zumindest hatte er seine Finger drin, nicht wahr?«

Bianca lächelte, weil Nonna ihren Spaß daran hatte, Paul als den Amerikaner zu bezeichnen, obwohl sie ihn längst schätzte und seine Weine lobte. Niemand störte sich an den Marotten der Signora, denn alle respektierten die Kennerschaft der alten

Dame. Teresa Massinelli hatte mehr als einmal eine gute Nase bewiesen, und wenn ihr ein Wein nicht gefiel, dann stimmte ihr Urteil mit dem von Paul und Lorenzo überein. Also schenkte Bianca den ungefilterten Rotwein in zwei Gläser mit Kristallschliff, wie sie in den Fünfzigerjahren modern gewesen waren.

Kritisch schwenkte Teresa das Glas hin und her, betrachtete die granatfarbenen Schattierungen im Licht und schnupperte, bevor sie kostete. Bianca folgte ihrem Beispiel und ließ den Wein eine Weile im Mund, um alle Aromen erfassen zu können.

»In der Nase habe ich Waldfrüchte und etwas Vanille«, meinte Bianca.

Nonna nickte. »Elegant und seidig, fast ein wenig süß. Hervorragend!«

»Das ist wieder ein ungefilterter, und ich finde ihn großartig. Paul hatte recht, weniger Sulfite und die verbleibende Hefe, das gibt dem Wein mehr Körper.«

»Mit dem Amerikaner hat deine Schwester einen guten Griff getan. Wer hätte das gedacht. Ich nicht, das gebe ich ganz offen zu. Sie hat lange gebraucht, bis sie erkannt hat, dass ihr Zuhause hier ist und nicht in dem grässlichen Land über dem großen Teich«, sagte Nonna und trank einen etwas größeren Schluck Wein.

»Lass das nur Paul nicht hören. Er liebt seine Heimat, und Kalifornien soll ja auch sehr schön sein. Irgendwann fliege ich rüber. Ach, ich möchte so vieles tun, aber mir fehlt einfach die Zeit«, seufzte Bianca und tastete nach ihrem Bein. Die Wirkung der Schmerztabletten verstärkte sich mit dem Genuss von Alkohol, und sie hatte heute kaum etwas gegessen. In ihrem Kopf begann ein leichtes Drehen, und ihre Gedanken verschwammen. Müde sackte sie in den Sessel und lehnte den Kopf an.

»Du mutest dir zu viel zu, Bibi. Hast du immer noch Schmerzen?«

Bianca winkte ab. »Man gewöhnt sich an alles.«

»Nein, das tut man nicht. Red keinen Unsinn, dafür bist zu intelligent. Du musst mehr auf deinen Körper achten und dir Ruhepausen gönnen, sonst brichst du zusammen wie dein Vater.« Unwirsch stellte Nonna ihr Glas auf den Tisch. »Wo ist der Neapolitaner? Warum ist er fort? Du kannst das auf die Dauer nicht allein schaffen. Wenn du das nicht einsiehst, habe ich dich überschätzt.«

Schlagartig war die Müdigkeit verflogen, und Bianca war wachsam. »Gut, ich habe noch viel zu tun, Nonna. Ich hoffe, du erzählst mir bald, wie es mit dir und Corrado weiterging.«

Sie wollte aufstehen, doch Teresa Massinelli sah ihre Enkelin scharf an. »Setz dich hin!«

Gehorsam sank sie wieder in den Sessel. Das Zimmer ihrer Großmutter hatte sich in all den Jahren nicht verändert. Ihre klassischen Möbel passten zum Stil der Villa, die ihre glanzvollsten Jahre Ende des vergangenen Jahrhunderts erlebt hatte. Auf den alten Schwarzweißfotografien, die an den Wänden hingen und auf einem Tisch standen, fanden sich die Menschen, die Teresas Leben geprägt hatten, die ihr lieb gewesen waren und die sie verloren hatte. Einige davon viel zu früh, wie Bianca wusste. Schräg von ihr stand eine etwas größere Fotografie, der Bianca bis vor kurzem wenig Aufmerksamkeit geschenkt hatte, doch seit Teresa ihr von ihrer Liebe zu Corrado Talone erzählte, sah sie öfter auf das Foto, das die junge Teresa zwischen zwei Männern zeigte. Der kleinere Gedrungene, der ihre Hand festhielt, war Ettore, der schlanke Große, der rechts von ihrer Großmutter stand, musste Corrado Talone sein. Er lächelte entspannt in die Kamera, ganz der selbstbewusste Großgrundbesitzer, der ein weltmännisches Leben führte.

Seine Brille ließ ihn ein wenig verschmitzt wirken, wie er da neben seiner Geliebten und deren Ehemann stand.

»Er war ein wunderbarer Mann, mein Corrado«, sagte Teresa, die Biancas Blick gefolgt war. »Dass wir uns kennen und lieben lernen durften, war ein großes Glück. So was lässt man sich nicht durch Kleinigkeiten wie einen eifersüchtigen Ehemann, gehässige Hausangestellte oder neidische Damen der sogenannten Gesellschaft kaputtmachen.«

Meinte ihre Großmutter das wirklich ernst, oder scherzte sie?

Unbeirrt fuhr Teresa fort: »Was glaubst du eigentlich, warum ich dir das alles erzähle?«

»Nonna, ich weiß dein Vertrauen zu schätzen und …«

»Ach, Vertrauen! Bin ich eine Bank, oder wie? Mit diesen Verbrechern habe ich sowieso abgeschlossen. Also nein. Ich sehe dich, Bibi, und kann deinen Schmerz fühlen. Nicht nur in deinem Körper, meine Kleine, auch in deiner Seele. Seit Jahren, seit jenem schrecklichen Unfall. Ich bin alt, und ich bin sicher kein einfacher Mensch, dafür hat mich das Leben zu hart gemacht, aber ich liebe meine Familie. Euch alle liebe ich wie mein eigenes Leben. So ist das mit mir.« Teresa Massinelli holte tief Luft, trank einen Schluck Wein und sagte mit weicher Stimme: »Jeder Mensch braucht eine Liebe, die eine große Liebe, die ihn erfüllt, für die er alles tun würde, weil es ihn sonst zerreißt, weil man sonst meint, sterben zu müssen, weil man sich ohne die geliebte Person einsam und verloren fühlt. Und wenn diese große Liebe auch nur wenige Monate oder Jahre oder vielleicht auch nur Wochen dauert, so trägt man sie doch im Herzen. Ewig. Nichts kann das ändern. Dieses große Gefühl von Zusammengehörigkeit, diese Sehnsucht nach dem Geliebten, sie hört nicht auf. Niemals. Auch der Tod ändert daran nichts. Wir sterben nur, wenn sich niemand mehr an uns erinnert, sagt man das nicht so? Und genauso ist es. Hier in meinem Herzen bin ich jung.« Teresa legte sich die Hand auf die Brust.

»Du musst endlich anfangen zu leben, Bibi. Das Kochen ist eine Sache, es erfüllt dich, ja, aber dein Herz braucht mehr als Parpadelle, Perlhuhn mit Spargel oder Mousse alla was weiß ich. Es braucht Liebe, und dieser Neapolitaner hat dich gesehen. Er hat dich so angesehen, wie mein Corrado mich angesehen hat.« Teresas Augen schimmerten feucht, als sie die Hand nach ihrer Enkelin ausstreckte. »Komm her, gib deiner alten Nonna einen Kuss.«

Bianca schluckte. Warum hatte ihre Großmutter nicht schon viel früher darüber gesprochen? Vielleicht hätte sie ihr dies nie offenbart, wenn sie ihr damit nicht hätte helfen wollen. Das hatte Bianca endlich begriffen.

»Danke, Nonna«, murmelte Bianca und küsste ihre Großmutter auf die Wangen.

»Danke mir nicht, handele, triff die richtigen Entscheidungen. Und wenn du erst die ganze Geschichte kennst, denkst du vielleicht anders über mich. So, und jetzt geh in deine Küche.« Teresa scheuchte sie wie ein Huhn hinaus.

Die Weinlese war seit Tagen in vollem Gange. Es herrschte wie immer zu dieser Zeit eine aufgeregte, angespannte Stimmung. Überall im Land ging es dort hoch her, wo es Weinberge gab. Traktoren mit Anhängern verstopften die Seitenstraßen, doch niemand regte sich auf, denn alle wussten um die Bedeutung der Lese. Jeder Winzer kämpfte um die besten Trauben, um daraus die bestmöglichen Weine zu keltern. Nun ja, dachte Bianca, vor allem jene Winzer, die qualitativ hochwertige Weine machten, kämpften bei der Lese um jede Traube. Paul hatte vor einer Woche eine Vorlese durchführen lassen. Dabei wurden nur die reifsten Trauben geerntet. Dann erst kam die Hauptlese, natürlich alles von Hand und mit treuen Erntehelfern. Darunter waren Studenten, die sich für den Weinbau interessierten, Berufstätige, die dem Alltagsstress entfliehen und etwas anderes erleben wollten, und viele fleißige Erntehelfer, die jedes Jahr kamen, um sich etwas dazuzuverdienen. Auch von Biancas Feriengästen waren einige nur der Weinlese wegen gekommen. Nach dem Schneiden der Reben mit den traditionellen Rebmessern wurden die Trauben noch einmal von pflanzlichen Resten getrennt und faule Beeren entfernt.

Bianca winkte einer Gruppe junger Erntehelfer zu, die gut gelaunt den Hügel herunterkamen. Der Tag neigte sich seinem Ende zu, und die Helfer hatten sich ihr Abendessen verdient. Die Temperaturen bewegten sich um die zwanzig Grad, und Bianca und ihre Mitarbeiter hatten im Olivenhain eine lange Tafel für die Erntehelfer aufgebaut. Neben dem täglichen Geschäft im *Fiore* wurden nun auch noch große Mengen an Pasta, Risotto, Polenta und Süßspeisen gekocht.

»*Ciao*, Bianca, was hast du heute wieder für uns gezaubert?«, rief ein junger Franzose.

»Ah, Pierre, Omelette al radicchio und Lasagne con melanzane!« Sie spitzte die Lippen.

Der Franzose klatschte in die Hände. »*Mille grazie, divina* Bianca!«

Bianca lachte und blieb stehen, denn ihr Telefon klingelte. »Pronto?«

»Bibi, jetzt beeil dich, Signor Oberdorfer ist da!« Claudia klang aufgeregt.

»Du liebe Güte, natürlich kommt er heute!« Hannes Oberdorfer, der Tester des Feinschmeckermagazins, hatte seinen Besuch mehrfach verschoben, bis Bianca ihn beinahe vergessen hätte. Und nun war er da, ausgerechnet in der hektischen Zeit der Weinlese.

»Er ist nett, aber er hat nach dir gefragt, und ich kann kaum mit ihm reden. Er spricht kein Italienisch, und sein Englisch verstehe ich nicht. *O dio!*«

Ihre Mutter war mit ihrem Vater in eine Therme in der südlichen Maremma gefahren. Dort war Lorenzo weit genug weg, um sich nicht in die täglichen Geschäfte der Villa einmischen zu können. Andererseits waren sie noch in der Nähe, denn Lorenzo liebte das Reisen nicht. Am liebsten war er zu Hause, basta.

Bianca, die auf dem Weg zu Nonna gewesen war, machte auf dem Absatz kehrt und eilte den Weg hinauf zum *Fiore*. Die Studenten waren bereits zu ihren Quartieren in den Ferienhäusern weiter unten am Hang abgebogen. Weinlese war schweißtreibende körperliche Arbeit, und eine Dusche vor dem Essen spülte Staub, Insekten und Blattwerk herunter. Leicht außer Atem und mit schmerzendem Bein erreichte Bianca kurz darauf die Terrasse des *Fiore*. Die Tische waren voll besetzt, und Elena servierte mit hochroten Wangen Getränke. Die Servicekraft warf Bianca einen genervten Blick zu. Sie war geblieben, das war im Moment alles, was zählte, dachte Bianca. Die Suche nach einem Koch war weiterhin ergebnislos geblieben.

Rasch lief sie ins Haus, sah in der Eingangshalle einen einzelnen Herrn mit einer Zeitung und fing Claudias Blick auf, der in die Richtung des Zeitungslesers glitt. Bianca ging dennoch zuerst zu Claudia, denn sie musste zu Atem kommen, bevor sie den wichtigen Besucher begrüßte.

»Bist du gerannt? Bianca, hier, trink einen Schluck!« Claudia reichte ihr ein Glas Wasser und betrachtete sie mitfühlend. »Du mutest dir eine Menge zu. Wenn das hier vorüber ist, tritt kürzer, nimm dir Urlaub.«

Bianca wischte sich den Mund ab und stellte das leere Glas auf den Schreibtisch. »Danke. Urlaub? Wir sind noch mitten in der Saison, und die Weinlese läuft. Okay, das ist der Mann?« Sie sprachen leise.

Die Rezeptionistin nickte. »Er hat vorhin eingecheckt und sich gleich nach dir erkundigt. Sieh mal, das ist das letzte Magazin, in dem er einen Artikel veröffentlicht hat.«

»Danke, ja, sieht sehr gut aus, hochwertig, ich habe mir schon ein paar Ausgaben angeschaut.« Ihre Mutter hatte nicht zu viel versprochen.

»Hallo, Herr Oberdorfer!« Mit dem Magazin in der Hand ging sie zu ihrem Gast und begrüßte ihn strahlend.

Sofort legte der Mittfünfziger die Zeitung zur Seite und kam ihr entgegen. Er trug ein hellblaues Oberhemd, Jeans, war von mittlerer Statur und hatte eine Halbglatze. Der ergraute Haarkranz war kurzgeschoren, und hinter einer Brille blitzten freundliche helle Augen. »Guten Abend, Signorina Massinelli. Ist es Ihnen recht, wenn ich das sage? Signorina? Ich spreche eigentlich kein Italienisch.«

Sympathisch, dachte Bianca erleichtert. »Bianca tut es auch. Es freut mich sehr, dass Sie uns besuchen. Ist in Ihrem Zimmer alles zu Ihrer Zufriedenheit? Wir haben momentan viel zu tun, die Weinlese. Ich hoffe, das stört Sie nicht. Die vielen Leute und das Gewusel überall.«

»Hannes. Nein, ganz und gar nicht. Ich mag das, stamme selbst von der Mosel, da geht es derzeit ähnlich zu. Meine Eltern hatten einen Gasthof, wissen Sie, aber ich konnte nicht kochen, esse dafür umso lieber, und so habe ich aus meiner Leidenschaft so etwas wie einen Beruf gemacht. Ich schreibe allerdings nicht nur über Restaurants und Weine, sondern auch über Reisegebiete im Allgemeinen.«

»Wunderbar, dann muss ich nicht viel sagen. Claudia hat Ihnen sicher alles gezeigt, ja?«

Hannes Oberdorfer nickte. »Sie haben ein schönes Haus,

und die Umgebung ist traumhaft. Toskana, nein, Rufina, da wollen wir schon genau sein, nicht wahr?«

»Unbedingt. Möchten Sie einen Aperitif einnehmen? Sollen wir einmal schauen, ob draußen noch ein Platz frei ist, oder möchten Sie lieber drinnen sitzen? Es wird abends jetzt schnell kühl.« Sie führte ihn nach draußen und winkte Elena zu sich. »Haben wir noch einen Tisch für unseren Gast aus Deutschland, Elena?«

Die junge Frau lächelte und trommelte mit den langen neongrünen Nägeln auf dem Tablett in ihren Händen. »Äh, ja, der dort an der Mauer wird gleich frei. Die haben nur etwas getrunken. Wäre das in Ordnung?«

Bianca sah ihren Gast an, der zustimmend nickte. »Sehr schön, ich muss jetzt in die Küche, sehe aber später wieder nach Ihnen.«

»Sicher, nur keine Umstände. Ich fühle mich sehr wohl hier«, versicherte Hannes Oberdorfer.

Es muss einfach gut laufen, bat Bianca inständig, während sie durch den engen Flur in die Küche eilte, wo man sie bereits ungeduldig erwartete. Die nächsten zwei Stunden arbeiteten alle unter höchster Anspannung. Bianca rannte vom Herd zu den Anrichtetischen, kontrollierte jeden Teller, prüfte, ob die Speisen nicht überwürzt oder gar versalzen waren. Wie das hatte geschehen können, war ihr nach wie vor ein Rätsel. Zwischendurch rief sie Ariano herein, der sich immer wieder nach draußen verdrückte, um entweder zu rauchen oder auf seinem Handy zu tippen.

»Verdammt, Ariano, dafür ist später Zeit. Heute geht es um viel!«

»Hm, schon gut, mach nicht so einen Wind, wir sind sowieso unterbezahlt …«, knurrte der Beikoch.

Bianca war am Rande ihrer Kraft. Die zweite Schmerztablette hatte aufgehört zu wirken. »Was hat der Deutsche zur Polenta gesagt?«

Elena stellte einen Stapel Teller neben der Spüle ab, wo Angela mit dem Abwasch beschäftigt war. »Hat nichts gesagt, aber alles aufgegessen. Keine Ahnung. Der ist schwer einzuschätzen. Freundlich, ja, aber solche gibt es auch. Die meckern dann am Ende.«

»Nein, verdammt, Elena, hast du denn nicht gefragt?«

»Soll ich auch noch Smalltalk machen? Ich schaffe ja kaum, die anderen Gäste alle zu bedienen. Simona ist drüben bei der Tafel, schon vergessen?«, blaffte Elena zurück.

»Was macht sie da so lange? Sie soll hier helfen. Ist Milena denn nicht da? Die kann sich zwei Leute nehmen und das Essen selbst holen. Ach, warum muss ich alles selbst machen!« Der Schweiß rann ihr die Stirn hinunter, und ihr Herz raste. Plötzlich wurde sie von einem Schwindelgefühl erfasst, konnte sich gerade noch an der Tischkante festhalten und sackte seitlich zusammen. Ein stechender Schmerz fuhr ihr durchs Bein, dann wurde es dunkel um sie.

38

UNRUHE IM FIORE

Nando wedelte mit dem Blatt Papier, bevor er es auf den Tisch gleiten ließ. »Kann er das machen, Ricardo?«

Sie saßen im *Musetta* und hatten gerade zu Mittag gegessen. Ricardo Lenzi legte seinen Dessertlöffel auf den Teller und tupfte sich den Mund mit der Stoffserviette ab. »Das war phantastisch, mein Freund. Wahrscheinlich das beste Semifreddo al lampone, das ich je gegessen habe.«

»Mein Rezept, aber Carlo hat es zubereitet. Die Himbeeren sind frisch gepflückt. Das Lob gilt also allein ihm«, sagte Nando zufrieden.

Nachdem der Anwalt einen Schluck Vin Santo getrunken hatte, nahm er das Papier zur Hand. »Die Kanzlei kenne ich. Sie sind gut und teuer, aber das hier hat trotzdem keinen Bestand. Niemand kann dir verbieten, über Autorennen oder diesen Sportwagen zu sprechen. Allerdings kann Duccio Rossi dir Hausverbot erteilen. Den Umgang mit seinem Sohn kann er dir ebenfalls nicht verbieten, solange du ihm keine kriminellen Tätigkeiten ohne Beweise unterstellst. Bloße Vermutungen sind tatsächlich verleumderisch zu nennen. Damit solltest du dich vorsehen, weil du dann auf sehr dünnem Eis stehst.«

»Es war einen Versuch wert. Maurizios Reaktion und nun

die seines Vaters beweisen doch, dass da mehr dahintersteckt. Die beiden haben etwas zu verbergen.«

»Das kannst du so nicht sagen, Nando. Vielleicht hat sein Sohn tatsächlich öfter an illegalen Autorennen teilgenommen, was nicht mehr nachweisbar ist. Vielleicht haben sie den einen oder anderen Blechschaden verursacht. Es muss aber nicht zwingend heißen, dass Maurizio der Fahrer war, der Bianca von der Straße gedrängt hat. Der Junge war einfach eines dieser Kids von reichen Eltern, die dauernd über die Stränge geschlagen haben. Papa hat alles mit seinem Geld ausgebügelt, und nun soll auch bitte keiner mehr darüber sprechen. Immerhin ist Maurizio der Nachfolger im *Da Rossi.*«

»Hm. Und was, wenn er seinen Wagen jemandem geliehen hat, und der hat damit den Unfall verursacht?«

Ricardo runzelte die Stirn. »Möglich ist das. Aber was willst du machen? Gab es eine Reparatur an dem Wagen? Wenn ja, wann genau? Wo ist der Wagen heute?« Er beugte sich vor. »Ganz ehrlich, mein Lieber, du kannst nichts mehr machen. Die werden alle den Mund halten. Sie wären auch ziemlich dumm, wenn sie das nicht täten.«

»Sicher, da bleibt nur rohe Gewalt oder ein dummer glücklicher Zufall«, meinte Nando und hob sein Glas.

»Auf das Glück, mein Lieber! Und ich an deiner Stelle würde die Sache ruhen lassen. Du stocherst da in einem Wespennest herum.«

»Ein kleiner Stich hat noch nie geschadet. Vielleicht kommt so endlich ein wenig Bewegung in die alte Geschichte.« Nando sah auf sein Telefon. »Entschuldige, da muss ich rangehen. Biancas Schwester.«

»Nando? Bist du das? Hier spricht Giulia Massinelli.«

»Giulia, ja, wie geht es euch? Ist alles in Ordnung?«

»Nein, gar nichts ist in Ordnung. Bianca liegt seit gestern

Nacht im Krankenhaus, und meine Mutter ist mit meinem Vater zur Kur. Ich will dich auch gar nicht bitten, uns zu helfen, aber ich weiß einfach nicht mehr weiter. Das Hotel ist ausgebucht, die Weinlese läuft. Ich kann keine Hand entbehren, und im *Fiore* geht es drunter und drüber. Kennst du vielleicht einen Koch, der uns aushelfen kann? Wir zahlen, was wir können. Kost und Logis selbstverständlich frei und …«

»Halt, stopp! Bianca ist im Krankenhaus? Was ist geschehen?«

Ricardo sah ihn alarmiert an.

»Sie ist zusammengebrochen. Nach dem ganzen Stress war das kein Wunder. Sie hat sich übernommen, aber es ist ja nicht mit ihr zu reden. Sie ist so stur! Dagegen ist mein Vater ein Lämmchen!«

»Ein Kreislaufzusammenbruch? Und wann kommt sie raus?«

»Bald, jedenfalls hoffen wir das. Ihr Bein, weißt du, sie hat Schmerztabletten genommen, zu viele, weil …«

»Ich komme sofort!« Nando legte auf und sah seinen Freund an. »Ich muss ins Rufina.«

»Das habe ich befürchtet. Sei vorsichtig, Nando. Das ist zwar nicht Neapel, aber dieser Duccio Rossi scheint mir ein harter Hund zu sein.«

»Dann wird er mich kennenlernen und sich die Zähne an mir ausbeißen. Die Verträge für Carlo sind fertig?«

»Liegt alles bereit. Er kann unterzeichnen, wenn er will.«

»Gut. Mach alles so wie besprochen. Sehr bedauerlich, dass ich Ariannas Gesicht nicht sehen kann, wenn sie davon erfährt. Du bist ein Schlitzohr, Ricardo!« Nando stand auf und klopfte seinem Freund auf die Schulter. »Bleib sitzen und nimm dir eine Flasche von dem Roten mit, den ich dir empfohlen habe. Ich rufe dich von unterwegs aus an.«

Wenn er zügig durchkam, konnte er noch vor dem Abendessen in der Villa Fiore sein.

Um kurz vor sechs Uhr rollte der Maserati über die sandige Piste, die zum Weingut der Massinellis führte. Linker Hand sah er den Olivenhain, dann die Parkplätze für Hotelgäste und Restaurantbesucher und schließlich das Landhaus im traditionellen toskanischen Stil. *Fiore* stand in hübsch geschwungenen Buchstaben auf dem Schild über der Einfahrt. Einige hundert Meter entfernt befand sich die Villa, die mit ihrer hellgelben Fassade zwischen den Zypressen und dem alten Baumbestand des Parks hervorleuchtete. Der bewaldete Hügel, auf dessen Spitze sich die Kapelle befand, ragte als dunkle Masse gegen den Abendhimmel auf. Heute kamen ihm überall gut gelaunte Menschen entgegen, die nicht wie Urlauber wirkten. Festes Schuhwerk, schmutzige Jeanshosen, Käppis oder Bandanas auf den Köpfen kennzeichneten die Erntehelfer.

Ein Traktor fuhr aus einem der unteren Weinberge und wollte mitsamt dem Hänger voller Trauben auf die Straße biegen. Nando hielt an und wartete. Am Steuer des Traktors saß Paul und nickte. Als er ihn erkannte, stoppte der Amerikaner den Traktor und rief Nando, der mit offenem Verdeck fuhr, etwas zu, was dieser aufgrund des Lärms aber nicht verstehen konnte. Kurzerhand stieg Nando aus und lief zu Paul, der den Motor des Traktors drosselte.

»Hi, das ist ja mal eine Überraschung!«, rief Paul. »Tut mir leid, ich muss den Motor laufen lassen, sonst geht er aus. Ein paar Tage muss das alte Vehikel noch durchhalten.«

Nando bewunderte den nostalgisch anmutenden Traktor, der mit seinen eher schmalen Reifen nicht mit den riesigen modernen Maschinen wetteifern konnte. »Der gehört in ein Museum!«

»Ich liebe ihn und Lorenzo auch. Außerdem ist der Traktor nicht so schwer und verdichtet die Böden nicht. Weiter unten auf der Elf und der Neun arbeiten wir mit Pferd und Wagen!«

»Nein, du machst Witze!«, rief Nando.

»Ist mein voller Ernst. Geht hervorragend, und die Gasthelfer sind ganz verrückt danach. Vielleicht machen wir daraus eine ständige Attraktion unserer Weinlese. Aber du bist sicher nicht deshalb hier, oder? Obwohl wir jede Hand brauchen können.« Paul grinste.

»Ist Bianca noch im Krankenhaus?«

Pauls Miene wurde ernst. »Ja. Sie hat sich übernommen. Ihr Körper konnte einfach nicht mehr. Aber mach dir keine allzu großen Sorgen. Die Ärzte kriegen das hin. Sie muss nur dortbleiben. Das ist schwieriger als alles andere. Aber jetzt, wo du hier bist … Giulia ist im *Fiore* und wird sich freuen, dich zu sehen.«

Masato, der japanische Weinexperte, kam mit einer Gruppe Helfer zu ihnen. »Paul, wir sollten uns beeilen, dann schaffen wir die letzten beiden Reihen auch noch. Morgen kann es Regen geben.«

Paul nickte. »Wir sehen uns, Nando.«

Nando grüßte die anderen und ging zu seinem Wagen. Als er kurz darauf vor dem *Fiore* vorfuhr und neben dem kleinen Haus parkte, in dem der Vin Santo gelagert wurde, fühlte er ein seltsames Gefühl der Zugehörigkeit zu diesem Gut und seinen Bewohnern. Er hatte an den unterschiedlichsten Orten auf der Welt gearbeitet, manchmal für Monate, aber heimisch war er nirgendwo geworden. Einige Teams waren ihm ans Herz gewachsen, das ja, aber es hatte ihn nie irgendwohin zurückgezogen. Nur ins Rufina würde er jederzeit wiederkommen.

Auf der niedrigen Steinmauer hockte eine getigerte Katze, die ihn schläfrig musterte. Erst wenige Tische waren besetzt, doch zwischen den Olivenbäumen bemerkte er größere Bewegungen und eine lange provisorische Tafel, an deren einem Ende bereits gegessen und getrunken wurde. Plötzlich ertönte ein quietschendes Geräusch, gefolgt von Geschirrklappern, und Elena kam mit einem Tablett voller Gläser aus dem Hausinnern.

»Nando!«, rief sie, als wäre er ein alter Freund.

Einige Gäste wandten interessiert die Köpfe, und Nando ärgerte sich über das unbedachte Verhalten der Servicekraft. »Hallo, Elena. Wo finde ich Giulia?«

Das Tablett balancierend näherte sich Elena und lächelte ihn an. »Das ist aber schön, dass du wieder hier bist! Bleibst du? Ich hatte schon mit dem Gedanken gespielt, mich im *Musetta* zu bewerben.«

Hatten sie einander geduzt? Nando spielte mit seinem Autoschlüssel und sah sich um, konnte Giulia jedoch nicht finden. »Ist sie in der Küche oder im Hotel?«

Elena verzog beleidigt den Mund. »An der Rezeption.« Dann drehte sie sich um und knallte das Tablett vor einem Paar auf den Tisch, das erschrocken auffuhr.

Kaum betrat er den Eingangsbereich, kam ihm Giulia auch schon entgegen. Unter ihren Augen lagen dunkle Schatten.

»Oh, du bist es tatsächlich!«

Sie umarmten sich, und er drückte sie kurz an sich. »Wie geht es Bianca?«

Giulia Massinelli wischte sich die Augen. »Ach, wie kann man nur so dämlich sein? Sie muss doch nicht alles allein machen. Aber sie ist so ein Dickschädel«, schniefte Giulia, hakte ihn unter und führte ihn zum großen Schreibtisch, hinter dem Claudia wartete.

»Es geht meiner verrückten Schwester den Umständen entsprechend. Sie würde mich furchtbar ausschimpfen, weil ich dir alles erzähle. Aber warum denn nicht? Wir machen uns doch Sorgen um sie. Nando, auf dich hört sie vielleicht noch am ehesten. Du musst sie zur Vernunft bringen. So geht es einfach nicht weiter mit ihr.«

Er nickte verständnisvoll. »Was genau ist denn nun passiert?«

Giulia zählte an den Fingern auf: »Eine Überdosis Schmerztabletten, totale Erschöpfung, Schmerzen im Bein, Kreislaufbeschwerden, Übelkeit und Schwindel. Zwei Sachen würden einen ja schon umhauen, aber nein, die Signora macht weiter, bis sie auf dem Küchenboden zusammenkracht. Ah!« Giulia raufte sich die Haare. »Das hätte noch ganz anders ausgehen können. Stell dir vor, sie wäre gegen eine Tischkante geschlagen oder in ein Messer gefallen oder gegen eine heiße Herdplatte, auf der womöglich Öl gestanden hätte …«

Nando griff nach Giulias Händen. »Nicht. Das alles ist nicht passiert. Sie wird wieder gesund, und dann passen wir auf sie auf.«

»Siehst du, Giulia, ich habe dir doch gesagt, du darfst dich da nicht hineinsteigern.« Claudia schenkte Nando ein dankbares Lächeln. »Seit Biancas Zusammenbruch ist sie nicht dieselbe.«

»Wie auch?«, stöhnte Giulia. »Erst mein Vater mit seinem Herzen letztes Jahr. Das war schlimm genug. Und jetzt Bibi. Fehlt nur noch, dass Milena vom Pferd fällt.«

»So, genug davon, Giulia. Man kann Unglück auch herbeireden. Wer leitet derzeit die Küche?«

»Ja, äh, Luca. Aber der ist kurz vorm Durchdrehen, weil er niemanden für die Desserts hat. Ariano stellt sich da ziemlich an, Renata kann nicht kommen, und meine Mutter ist auch nicht hier.« Giulia nahm seinen Arm. »Pst, siehst du den Mann da? Den mit der Halbglatze?«

Ein Mann mit Brille und in einem gestreiften Hemd setzte sich gerade mit einer Zeitung in die Lobby.

»Das ist der deutsche Tester, Herr Oberdorfer. Sehr freundlich. Und gestern hat er sich sehr besorgt gezeigt, als der Notarzt kam und alles«, sagte Giulia leise. »Aber er soll das *Fiore* in einem Feinschmeckermagazin bewerben. Und was gestern aus der Küche kam, war, nun ja, in Ordnung, aber sicher nicht überwältigend. Du verstehst?«

Er konnte sich den Abend lebhaft vorstellen. Wahrscheinlich war Bianca schon viel zu erschöpft gewesen, um sich noch aufs Kochen konzentrieren zu können. »Das wird heute anders sein. Lass mich nur machen, Giulia. Und sag mir, wenn der Tester dran ist. Ich werde ihm ein Essen kochen, von dem er noch Jahre schwärmt.«

Giulia hatte Tränen in den Augen. »Danke, Nando!«

Nando rieb sich die Hände. »Dann lass uns keine Zeit verlieren.«

Und morgen früh würde er zu Bianca ins Krankenhaus fahren.

39

GLÜCK IM UNGLÜCK

Sie blinzelte in das grelle Licht und schloss die Augen sofort wieder. Ihr Kopf fühlte sich an wie ein Kürbis, der gleich platzte, und an ihrem Arm störte etwas. Sie tastete danach und entdeckte eine Kanüle. Ach ja, zum Teufel, sie lag im Krankenhaus. Langsam kam die Erinnerung zurück. Die Küche. Es war heiß gewesen, und ihr Bein hatte sie mal wieder im Stich gelassen. Sie griff nach einem Wasserglas, das auf einem Tisch neben ihr stand.

»Na, Kleine? Sie haben aber lange geschlafen! Wie fühlen Sie sich denn heute?«

Die Stimme gehörte ihrer Bettnachbarin, einer korpulenten Frau mit lachenden dunklen Augen. »Ich bin übrigens Ornella, die Galle.« Die Frau lachte herzlich. »Sie sind der Kollaps.«

»Der Kollaps? Na herrlich! Aber für Sie bin ich lieber Bianca.«

Das Krankenzimmer war schlicht weiß und grau gestrichen, und bei Bedarf konnte ein Vorhang zwischen ihren Betten zugezogen werden. Auf einem Tisch an der gegenüberliegenden Wand standen zwei Blumensträuße, der Fernseher, der unterhalb der Decke befestigt war, lief. Eine grellbunte Spielshow mit hübschen Moderatorinnen und dauergrinsenden Kandidaten, die aus unerklärlichen Gründen auf große gelbe Buzzer drückten. Glücklicherweise war der Ton abgestellt.

»Das sind übrigens Ihre Blumen. Sie haben eine tolle Familie.«

»Ja?« Tatsächlich waren Kornblumen und pinkfarbene Rosen dabei, ihre Lieblingsblumen. »Wer war denn hier? Wie furchtbar, ich kann mich überhaupt nicht erinnern!«

»Eine sehr hübsche junge Frau, die Giulia hieß. Ihre Schwester?«

Bianca nickte und musste die Tränen zurückhalten. »Ja, das ist meine ältere Schwester.«

»Auch Ihre andere Schwester war hier. Sie hat mir von ihren Pferden erzählt, während sie bei Ihnen am Bett saß. Schade, dass ich nicht reiten kann. So wie Ihre Schwester von Pferden spricht, müssen das ganz wundervolle Tiere sein. Ich hatte immer Angst vor den Riesenviechern, weil ich als Kind mal von einem Pony getreten worden bin.«

»Milena war auch hier? Ach du meine Güte. Und ich habe nur geschlafen?«

Ornella nickte. »Die Ärzte meinten, das sei auch das Beste, weil Sie gefallen sind und sich so erholen könnten. Und dann ist da noch was mit Ihrem Bein, glaube ich, aber das werden die Ihnen schon erklären. Machen Sie sich keine Sorgen, die schienen ziemlich zuversichtlich. Ich kenne mich aus, wissen Sie, war schon öfter hier wegen meiner Galle und dann wegen …«

»Und wo ist Ihre Familie?«, unterbrach Bianca den Redefluss.

»Ach, die haben ihr eigenes Leben. Meine Söhne sind verheiratet, und ich bin froh, wenn ich die Schwiegertöchter nicht sehen muss. Meine Enkel vermisse ich sehr, das ja, aber herrje, die Anfahrt von Bologna ist ja auch weit, nein, nein, ich komme schon zurecht. Mein Mann kommt vielleicht morgen. Er hat Schichtdienst, Busfahrer.«

»Oh ja, das ist sicher nicht so leicht.« Bianca atmete erleichtert auf, als es kurz klopfte und die Tür schwungvoll aufgestoßen wurde.

»Guten Morgen, die Damen!« Ein Team aus drei Ärzten kam herein. Der Älteste der drei sagte zu Ornella: »Zu Ihnen kommen wir gleich, Signora. Haben Sie auch nicht wieder zu viele Linsen gegessen?«

Ornella lachte. »Nicht doch, *dottore*, nur ein Süppchen hin und wieder. Linsen sind gesund, das hat schon meine Großmutter gesagt.«

Kopfschüttelnd kam der Arzt zu Bianca und sagte leise zu seinen Kollegen: »Sie lernt es nicht, und deshalb sehen wir sie immer wieder. So, nun aber zu Ihnen, Signora Massinelli. Wie schön, Sie endlich wach und mit etwas mehr Farbe im Gesicht zu sehen.«

Einer seiner Kollegen zog den Vorhang zwischen den bei den Betten zu. Die Ärzte erzählten ihr von Werten, die in ihrem Blut nicht gestimmt haben, durch die Infusion nun aber wieder im Gleichgewicht seien.

»Sie haben keine Verletzungen durch den Sturz davongetragen. Irgendwie haben Sie es geschafft, sich abzufangen, bevor Sie auf die Fliesen gefallen sind. Nur Ihr Bein scheint Ihnen noch immer Probleme zu bereiten, nicht wahr? Deshalb haben Sie wohl die Schmerzmittel eingenommen, die letztlich zu Ihrem Zusammenbruch geführt haben.« Der Arzt sah sie ein wenig strafend an. Professore Andreoli, entzifferte Bianca auf seinem Namensschild und erwiderte fest seinen Blick.

»Das war eine Ausnahme. Ich komme sonst sehr gut zurecht. Aber wir haben einen personellen Engpass in der Küche, und ich habe mich wohl übernommen. Ich bin ein durchaus vernünftiger Mensch, wenn es um Schmerzmittel geht«, sagte Bianca und strich die Bettdecke glatt.

»Das mag ja sein, aber in Ihrem Zustand ist das unverantwortlich. Ich kann Ihnen nur raten, keinerlei Medikamente mehr einzunehmen, ohne vorher mit Ihrem behandelnden Arzt oder, besser noch, Ihrem Gynäkologen gesprochen zu haben. Das sollten Sie eigentlich wissen«, dozierte der Professor.

»Wie bitte? Warum sollte ich meinen Gynäkologen konsultieren? Ich gehe regelmäßig zu Kontrolluntersuchungen, und da gab es keine auffälligen …« Ihr Magen zog sich zusammen, und ihr dämmerte, was der Professor andeutete. »Nein!«

Zum ersten Mal lächelten alle drei Ärzte. »Aber ja doch. Sie sind eindeutig schwanger. Es ist noch ein sehr frühes Stadium.«

Automatisch legte Bianca eine Hand auf den Unterleib. »Das darf doch nicht wahr sein …«, flüsterte sie und sah den Arzt aus tränenverschleierten Augen an.

Die Assistenzärzte scharrten mit den Füßen. »Wir sind so weit fertig, sollen wir nach der anderen Patientin sehen?«, sagte der eine.

Der Professor nickte und trat dichter an Biancas Bett. »Meine liebe Signora Massinelli. Eine Schwangerschaft ist ein Geschenk. Nehmen Sie es dankend an. Viele Frauen wünschen sich nichts sehnlicher und werden niemals das Glück haben, ein eigenes Kind in den Armen halten zu dürfen. Sie wissen, wer der Vater ist?«

Wütend blitzte sie ihn an. »Selbstverständlich weiß ich das! Aber es war eben nicht geplant!«

»Das ist es in den wenigsten Fällen, und dennoch ist es das größte Glück. Vielleicht zwingt es Sie, nun etwas mehr auf sich zu achten. Und was Ihr Bein betrifft …«

»Ich will keine weitere Operation! Wissen Sie, wie viele Ihrer Kollegen sich an meinem Bein versucht haben? Es reicht mir!«

»Wer spricht von einer Operation? Es gibt andere Therapien. Wir haben sehr gute Erfahrungen mit der therapeutischen Lokalanästhesie gemacht. Gerade in Fällen, in denen die Narbe älter ist, lange Zeit keine oder wenige Probleme bereitet hat und dann plötzlich auffallend zu schmerzen beginnt und zunehmend empfindlich reagiert, hat mein Kollege von der Schmerztherapie mit dieser Methode sehr gute Resultate erzielt.«

Skeptisch sah Bianca zu ihrem Bein. »Was bedeutet eine therapeutische Lokalanästhesie genau?«

»Nun, die hyperalgetischen Zonen der Narbe werden mit einer feinen Nadel tief bis ins Periost anästhesiert. So können wir ein chronisches Schmerzsyndrom verhindern oder aufbrechen. Gleichzeitig würden Muskulatur und Triggerpunkte mit einer intensiven Krankengymnastik behandelt werden. Ich nehme an, dass Sie auch unter Rückenschmerzen infolge einer Schonhaltung leiden und manchmal humpeln?«

»Ja, das stimmt. Und durch den Stress der letzten Wochen hat sich alles verschlechtert. Ich wollte keine Schmerzmittel mehr einnehmen, aber anders war es nicht auszuhalten. Und nun das … schwanger … *o dio* …«

Der Professor tätschelte ihr mitfühlend den Arm. »Wenn Sie mit uns zusammenarbeiten, helfen wir Ihnen. Es wird kein leichter Weg, vor allem jetzt, da Sie schwanger sind, müssen wir abwägen, was machbar ist. Sie werden geduldig sein müssen, aber die Aussichten sind vielversprechend.«

Nun huschte ein zaghaftes Lächeln über Biancas Gesicht. »Gut, Professor Andreoli, ich werde darüber nachdenken und mich bei Ihnen melden. Und wann werde ich entlassen? Ich fühle mich ausgezeichnet.«

Der Arzt hob eine Augenbraue. »Ausgezeichnet? Das nehme ich Ihnen nicht ab. Eine Nacht sollten Sie noch bleiben. Die Infusion tut Ihnen gut, und wir können Sie morgen ruhigen Gewissens entlassen, aber in die Küche dürfen Sie nicht sofort zurück. Schonung ist Ihr neues Lieblingswort.«

Es klopfte. »Darf ich eintreten?«

Nando! Bianca erstarrte. Nicht jetzt.

»Ich möchte zu Bianca Massinelli.«

Professor Andreoli schob den Vorhang zur Seite und sagte: »Wir sind hier fertig. Denken Sie an meine Worte und nehmen Sie das Geschenk an.« Er warf Nando einen Blick zu. »Passen Sie gut auf sie auf, Sie kann jegliche Unterstützung brauchen, und sie muss sich schonen. Sie sind der Ehemann?«

Nando lächelte. »Noch nicht, aber wir arbeiten daran.«

Der Professor nickte und ging davon.

Biancas Hände zitterten so stark, dass sie sie unter der Bettdecke versteckte. Ausgerechnet ihr war das passiert, was einfach nicht hätte passieren dürfen. Sie hob den Blick und sah einen riesigen Strauß Rosen in allen Farben.

»Ich wusste nicht, welche Farbe du am liebsten hast. Wenn sie dir nicht gefallen, besorge ich andere.«

Aus Ornellas Ecke erklang ein sehnsuchtsvolles Seufzen, das Bianca ignorierte. »Die Blumen sind wunderschön, Nando. Vielen Dank. Warum bist du hier?«

»Warum ich hier bin?« Er setzte sich zu ihr auf die Bettkante, strich ihr über die Wange und küsste sie auf die Stirn. »Ich liebe dich, Bianca Massinelli. Das habe ich versucht, dir zu zeigen. Warum willst du mir nicht glauben? Ich liebe dich, und ich möchte, dass du meine Frau wirst. Du brauchst jemanden, der dir ein paar Sorgen abnimmt und dir zeigt, dass das Leben aus mehr als nur der Arbeit in der Küche besteht. Und ich brauche dich aus genau denselben Gründen.«

Schon wieder rannen ihr Tränen über die Wangen. Das musste an den Hormonen liegen. »Nando, was findest du nur an mir? Sieh mich doch an! Ich liege hier, weil ich zusammengebrochen bin, weil mein verdammtes Bein nicht mehr funktionierte. Willst du wirklich mich? Das verstehe ich nicht.«

»Oh Bianca, da sagt ein Mann, dass er dich liebt, und du verstehst es nicht?«

»Wenn ich mich kurz einmischen darf, Bianca«, sagte Ornella. »Wäre ich zehn Jahre, na ja, zwanzig Jahre jünger und so hübsch wie Sie, ich würde dem Mann die Hand abhacken.«

Bianca schluchzte. »Sie wissen doch gar nicht, wie das ist, wenn man jahrelang als Krüppel herumläuft und nicht weiß, ob die Jungs einen nur aus Mitleid einladen.«

»Also der da hat es nicht nötig, Sie aus Mitleid zu heiraten. Das kann ich Ihnen als einfache Frau eines Busfahrers sagen«, meinte Ornella trocken.

Nando warf einen Blick auf die Patientin im Nachbarbett. »Da haben Sie recht, gute Frau.«

»Sage ich doch, und außerdem sind Sie bald zu dritt, das ändert sowieso alles …«, meinte Ornella und schlug sich die Hand vor den Mund.

»Wie bitte?« Nando sah von Ornella zu Bianca und runzelte die Stirn. »Hast du mir etwas verschwiegen, Bianca?«

»Was fällt Ihnen ein, so zu reden? Sie haben gelauscht, und als ob das nicht schlimm genug wäre …«, ereiferte sich Bianca, wurde jedoch von Nando unterbrochen, der sie ansah und ihre Hände unter der Bettdecke hervorholte und in seine nahm.

»Was ist los, Bianca? Zu dritt? Wir sind bald zu dritt? Wenn es das ist, was ich vermute, hast du kein Recht, es mir zu verschweigen. Also, was willst du mir sagen?«

»Gar nichts! Zum Teufel, Nando, lass mich doch in Ruhe. Du bringst mich ganz durcheinander!«

Seine dunklen Augen ruhten auf ihr, und plötzlich änderte sich sein Gesichtsausdruck. Er wirkte wissend und siegessicher, was sie noch mehr ärgerte.

»Du bekommst immer, was du willst, nicht wahr? Aber diesmal nicht!«

»Sei nicht albern. Willst du mich aus Trotz ablehnen, obwohl du mich liebst?«

»Nein!«

Er grinste. »Schön, du liebst mich also, wo ist dann dein Problem?«

»Du bist verheiratet! Und du wirst das *Musetta* verlieren, wenn du nicht zu deiner Frau zurückkehrst. Und das alles meinetwegen. Das will ich einfach nicht!« Verzweifelt versuchte sie, ihm die Hände zu entziehen, doch er ließ sie nicht los.

»Jetzt reden Sie aber Unsinn, meine Liebe«, meinte Ornella.

»Halten Sie sich da raus!«, rief Bianca erbost.

»Sie sind mir sympathisch, Signora, Sie verfügen über gesunden Menschenverstand, den diese bildschöne junge Frau hier leider nicht besitzt. Oder sagen wir, er ist ihr abhandengekommen durch gewisse dramatische Umstände. Das können wir zu ihren Gunsten in die Waagschale werfen.«

»Jetzt reicht es mir aber!« Bianca war nun richtig wütend. »Ich bin doch keine dumme Gans, ich bin anwesend, falls ihr das vergessen habt!«

»Du bist schwanger, ja?«, sagte Nando.

Sie biss sich auf die Lippen.

»Seit wann weißt du es?«

»Seit gerade eben, verdammt!«, feuerte sie zurück. »Und es ist mein Körper, mein Leben, ich entscheide!«

»In diesem Fall wohl kaum! Oder wie bist du schwanger geworden?«

Bianca warf Ornella einen bösen Blick zu.

»Was sehen Sie mich an? Reden Sie mit ihm!«

»Rede mit mir, Bianca!« Nando beugte sich vor und wollte sie küssen, überlegte es sich jedoch anders, stand auf und zog den Vorhang vor. »Entschuldigen Sie, Signora, aber ein wenig Privatsphäre muss sein.«

»Oh, bitte sehr, das verstehe ich doch.«

»Das ist ungeheuerlich«, murmelte Bianca.

»Nein, du bist unvernünftig und benimmst dich kindisch.« Nando setzte sich wieder zu ihr und sah sie an. »Ich liebe dich. Ich sage dir das gern wieder und wieder, bist du es glaubst. Oh, und morgen bin ich ein freier Mann. Ricardo verhandelt gerade mit Ariannas Anwälten. Das *Musetta* habe ich Carlo geschenkt. Juristisch gesehen war es eine Überschreibung. Carlo ist der richtige Mann für das *Musetta,* und Arianna verliert das Interesse an dem Restaurant, sobald sie mich damit nicht mehr treffen kann.«

»Du hast es verloren … meinetwegen …«, sagte Bianca leise.

»Hast du nicht zugehört? Ich habe es Carlo übergeben, weil er es verdient, weil er daraus etwas machen will. Für mich gibt es neue Aufgaben. Und die liegen hier, bei dir, Bianca.«

Er beugte sich vor und küsste sie sanft auf die Lippen. »Und jetzt lasse ich dich allein. Denk über alles nach. Morgen hole ich dich ab.«

Schockiert sah sie ihm nach. Unerhört!, dachte sie. Er entschied einfach so über ihren Kopf hinweg.

»Was für ein Mann!«, seufzte Ornella. »Haben Sie aber ein Glück, meine Liebe.«

40

NEUANFANG

Nando sprach mit Professor Andreoli, als wäre es das Selbstverständlichste auf der Welt. Aber sie waren nicht verheiratet, noch nicht einmal verlobt, und überhaupt hatte er sie ja noch gar nicht gefragt! Da sie aber in Gegenwart der Ärzte, die sich alle sehr um sie bemüht hatten, keine Szene machen wollte, wartete Bianca geduldig, bis man sie ansprach.

»Erholen Sie sich gut, aber Sie werden ja rundum versorgt, das ist schön«, sagte der Professor mit einem Blick auf Nando. »Und wenn Sie sich wieder stark genug fühlen, machen wir einen Termin für die Narbenbehandlung. Damit können Sie noch während Ihrer Schwangerschaft beginnen.«

»Danke, *professore*. Sie machen mir Mut, und den hatte ich schon lange verloren«, antwortete sie ehrlich.

»Das dürfen Sie nicht. Niemals aufgeben, holen Sie sich zweite oder dritte Meinungen ein und seien Sie aktiv. Nur so lässt sich ein chronischer Schmerz aufbrechen. Und wie gesagt, in Ihrem Fall ist die Prognose äußerst positiv.«

Nando hatte Biancas kleine Tasche bereits aufgehoben und griff nach ihrer Hand. »Ist das nicht großartig? Du hast Glück mit diesem Arzt. Aber wenn du willst, können wir noch andere Schmerzkliniken aufsuchen. Ich verstehe einfach nicht, warum du das nicht schon früher getan hast.«

Sie entzog ihm die Hand. »Hör auf, mich zu bevormunden. Warum nicht? Weil ich zu oft von Ärzten enttäuscht worden bin, deshalb! Irgendwann hatte ich keine Kraft mehr für noch eine neue Therapie mit weiteren Schmerzen und Eingriffen, die sich als unwirksam herausgestellt haben. Du kannst das nicht verstehen, weil du so etwas nicht erlebt hast.«

»Tut mir leid, Bianca. Ich will dich keineswegs bevormunden. Ich möchte nur helfen. Sag mir, was du möchtest, und ich unterstütze dich darin. Wie klingt das?« Er stand neben ihr im Krankenhausflur und sah sie mit einem bittenden Ausdruck an.

Sie lächelte. »Gut. Aber gib mir Zeit, Nando. Es kam alles so plötzlich. Ich muss mich mit dieser neuen Situation erst einmal auseinandersetzen.«

Er griff erneut nach ihrer Hand, die sie ihm diesmal nicht entzog, und drückte sie sanft. »Dir bleiben maximal acht Monate.«

»*Santa Vergine*, was für eine Katastrophe!«, stöhnte Bianca.

»Warum sagst du das? Oh, lass uns den Fahrstuhl nehmen.« Er beschleunigte seinen Schritt, so dass sie folgen musste, und als sie allein im Fahrstuhl standen, nahm er sie in den Arm.

Sie lehnte sich an ihn und fühlte sich geborgen. Warum tat er das? »Nando«, murmelte sie. »Ich möchte einfach nicht, dass du dich verpflichtet fühlst. Ich werde das *Fiore* und meine Familie nicht verlassen. Daran ändert auch ein Kind nichts.«

Sie stockte, weil sie es zum ersten Mal laut ausgesprochen hatte. Sie erwartete ein Kind! Von ihm! Alles würde sich ändern. »Wie konnte das nur passieren …«, flüsterte sie.

Er lachte und hielt sie so, dass sie sich in die Augen sahen. »Muss ich das erklären? Und weißt du was, ich bedaure nichts, nicht eine Sekunde unseres Zusammenseins, meiner Zeit bei euch. Im Gegenteil, Bianca, du und deine Familie, ihr seid in mein Leben getreten, als ich ohne Perspektive, ohne Freude und ohne Ziel war. Ich habe genug verdient. Ich muss mich nicht mehr beweisen, meine Erfolge werden mir helfen, bei allem, was ich jetzt plane.«

Der Fahrstuhl ruckelte, und sie waren beinahe im Erdgeschoss angekommen, doch er drückte den Notfallhalt.

»Was machst du denn da?«, fragte Bianca irritiert.

»Ich gebe uns die Zeit, die ich brauche, um dir zu erklären, warum du mir endlich vertrauen kannst. Du denkst, ich bin aus einer Laune heraus hier, ja? Das ist es, was dich zurückhält?«

Sie schlug die Augen nieder.

»Bianca, ich habe noch keiner Frau nach so kurzer Zeit gesagt, dass ich sie liebe. Und ich habe es noch nie so ernst gemeint wie heute. Ich brauche dich. Und ich will unser Kind aufwachsen sehen, mit dir. Mit deiner Familie, dieser verrückten, liebenswerten, wunderbaren Familie. Ich fühle mich bei euch wohl, zu Hause, und genau das habe ich vermisst, mein Leben lang.«

Sie sah ihn an, und ihre Augen schimmerten feucht, genau wie seine, und sie legte ihm eine zitternde Hand auf die Brust.

»Ich mag sogar deine Großmutter, sie ist eine unglaublich starke Frau. Nicht ganz einfach im Umgang, zugegeben.« Er grinste. »Aber ich habe den größten Respekt vor ihr und genauso vor deinen Eltern. Sie haben drei Töchter großgezogen, die eng miteinander verbunden sind, sich helfen und immer füreinander da sind. Und wenn du mich heiratest, wovon ich ausgehe, möchte ich ein Teil deiner Familie sein. Ich will für dich, unser Kind und deine Familie da sein. Immer.«

Sie schluckte, während ihr die Tränen über die Wangen liefen. Das passierte ihr in letzter Zeit tatsächlich viel zu oft. »Ich liebe dich, Nando«, sagte sie leise und schlang ihm die Arme um den Hals.

Der innige Moment wurde von lautem Klopfen und Rufen unterbrochen, so dass Nando den Halteschalter löste.

»Gut, dass wir das endlich geklärt haben«, stellte er zufrieden fest.

»Oh nein, so einfach ist das nun auch wieder nicht. Ich habe nicht gesagt, dass ich dich heiraten werde.«

Die Fahrstuhltür öffnete sich, und sie standen einer aufgeregten Menge gegenüber. Nando lächelte. »Ein Notfall, entschuldigen Sie uns.«

Als sie kurz darauf in seinem Wagen saßen, nahm er den Faden wieder auf. »Warum willst du mich nicht heiraten?«

»Du hast mich nicht gefragt«, meinte Bianca lakonisch. »Und außerdem bist du noch verheiratet.«

Er sah sie perplex an. »Ich bin seit heute früh ein freier Mann. Du hast recht, wir wollen es richtig machen.«

Ohne ein weiteres Wort startete er den Wagen und fuhr mit ihr durch Florenz. Sie überquerten die Ponte Vecchio, fuhren am Arno entlang bis zur Ponte delle Grazie und bogen schließlich in die Via San Niccolò. Hier fuhr Nando in eine schmale Auffahrt, die in einen begrünten Innenhof führte. *»Orafo«* stand auf einem handgeschmiedeten Schild. Ein Goldschmied – Bianca stockte der Atem.

»Alessandro gehört zu den besten Goldschmieden, die ich kenne. Alles, was du in seinem Laden siehst, hat er selbst gefertigt. Und wenn du keinen Ring findest, lassen wir dir einen anfertigen«, erklärte Nando, während er ihr beim Aussteigen half.

Giulia nahm ihre Hand und schnalzte mit der Zunge. »Alle Achtung! Da hat er sich nicht lumpen lassen!«

In einem fein gehämmerten Platinring strahlte ein gelber Diamant, von dem Nando behauptete, er werde ihrem inneren Leuchten nicht annähernd gerecht. Noch im Laden war Nando auf die Knie gegangen und hatte sie um ihre Hand gebeten, nicht ohne ihr zu versichern, dass er selbstverständlich noch ihren Vater um sein Einverständnis bitten werde.

Errötend betrachtete Bianca das kostbare Schmuckstück. »Giuli, das will ich doch gar nicht. Ich brauche das nicht, so was Teures passt gar nicht zu mir.«

Sie standen allein auf der Terrasse. Nando hatte sich gleich nach ihrer Rückkehr ins Restaurant begeben und kümmerte sich um Bestellungen, Personalpläne und die Speisekarte für die kommende Woche.

»Bibi, ts, ts, wer sagt denn nein zu solch einem Prachtstück? Ich meine den Ring und deinen Zukünftigen. Außerdem hast du keine Wahl mehr. Du wirst Mutter. Oh, weißt du überhaupt, wie sehr ich mich für dich freue?« Giulia umarmte und küsste ihre Schwester und schwenkte ihre Hände hin und her. »Das gibt eine tolle Hochzeit, mit allem Drum und Dran!«

Bianca biss sich auf die Lippe. »Hm, es geht mir nur zu schnell, und überhaupt, wie soll das alles funktionieren? Er will in meinem *Fiore* kochen!«

Ihre Schwester lachte schallend. »Ja, ist das denn nicht großartig? Er kocht, du kümmerst dich um das Kind, und wenn du so weit bist, kannst du ja wieder mitmischen. Außerdem willst du doch wohl die Therapie für dein Bein machen, oder etwa nicht? Du bist gerade erst aus dem Krankenhaus zurück, hast du das vergessen? Allein hättest du das Restaurant nie stemmen können.«

»Schon …« Bianca verschränkte die Arme vor der Brust und sah über die Rasenfläche zu den Weinbergen. »Ich fühle mich überrollt, das ist es. In meinem Kopf dreht sich alles, und ich weiß überhaupt nicht, wie ich weitermachen soll.«

»Ach Bibi, meine Süße. Denk nicht so viel nach. Du freust dich doch auf das Kind?«

Bianca nickte. Es hatte nicht lange gedauert, und die Vorstellung, ein Baby im Arm zu halten, hatte sie mit Freude erfüllt.

»Und du liebst Nando?«

»Ja!«, sagte sie aus tiefstem Herzen.

Ihre Schwester nahm sie an den Schultern und sah sie liebevoll an. »Dann kann überhaupt nichts schiefgehen. Gemeinsam schafft ihr das. Sieh mich und Paul an. Wer hätte gedacht, dass aus uns mal ein richtiges Paar wird? Ich sicher nicht! In vielen Dingen sind wir uns ähnlich und in vielen eben nicht, aber wir reden miteinander, und bisher konnten wir alle Probleme lösen. Das wünsche ich dir auch, Bibi. Sprich mit ihm, wenn dich etwas bedrückt.«

»Aber du und Paul, das ist etwas anderes. Ihr begegnet euch auf Augenhöhe. Du bist so tough und clever, und dir kann mit Zahlen keiner was vormachen. Aber ich bin nur eine kleine Köchin aus dem Rufina, und er ist ein …«

»Nicht, Bibi. Mach dich nicht klein. Das bist du nicht, und das weißt du auch. Er respektiert dich und würde nie eine Entscheidung über deinen Kopf hinweg treffen, das hat er mir erst heute Mittag im *Fiore* gesagt. So, und jetzt solltest du vielleicht Mama und Papa anrufen. Wenn sie erfahren, dass sie Großeltern werden, gibt es kein Halten mehr …« Giulia verdrehte die Augen. »Es stehen uns aufregende Zeiten bevor!«

Ihre Eltern waren außer sich vor Freude über die glücklichen Neuigkeiten und verziehen ihr, dass sie nichts von ihrem Krankenhausaufenthalt erfahren hatten. Diese Entscheidung hatten die Schwestern getroffen, um Lorenzo nicht aufzuregen. Giulia war zu Paul ins Büro gegangen, und Bianca fühlte sich nun stark genug, ins *Fiore* hinaufzugehen. Sie vermisste ihr Restaurant, und sie vermisste auch Nando, ein ungewohntes Gefühl, das ihr jedoch mehr und mehr gefiel.

Langsam ging sie in der Abenddämmerung durch das Tor der Villa, warf einen Blick hinauf zu Teresas Fenster, wo der Fernseher im Hintergrund flimmerte, und winkte Mauro zu, der mit seinem Hund zur Kellerei hinaufging. Heute hatten sie keine Trauben geerntet, sondern sortiert und gepresst. Im Hof der Kellerei brannten Lichter, und die Pumpen liefen auf Hochtouren. Masato war in seinem Element, organisierte und kontrollierte, ob jeder Mitarbeiter seine Aufgabe mit der erforderlichen Sorgfalt verrichtete. Der Japaner war Perfektionist und erwartete von seinen Mitarbeitern das gleiche Maß an Einsatzbereitschaft, das er selbst aufwandte.

Während sie über den unbefestigten Weg ging, nahm sie all die vertrauten Geräusche des Gutes wahr, sog die Düfte ein, die aus dem Wald und von den Weinbergen herüberströmten, und sah ein junges Gästepaar, das verträumt den Hügel hinaufschlenderte. Ja, sie lebte an einem besonderen Ort, dachte Bianca. Das hier war ihr Zuhause, hier lagen ihre Wurzeln und die ihrer Familie. Unbewusst streichelte sie ihren Bauch. Und dennoch konnte sie nicht umhin, an die Vergangenheit zu denken. Dieser Schatten würde sich immer wieder auf sie legen, und sie würde lernen müssen, damit zu leben. Wahrscheinlich würde sie nie erfahren, wer sie damals nach dem Unfall am Hang verletzt zurückgelassen hatte. Und vielleicht war das auch nicht länger wichtig. Es gab neue Aufgaben, und ein Lebewesen wuchs in ihr heran, das ihre gesamte Aufmerksamkeit beanspruchen würde. Und jemand würde sich ganz besonders über dieses Kind, ihr Enkelkind freuen, ihre Nonna, diese außergewöhnliche Frau.

Das *Fiore* war hell erleuchtet, und ihr Herz schlug schneller, als sie die vertrauten Umrisse des Gebäudes sah. Auf der Terrasse saßen noch zahlreiche Gäste, von denen einige sie kannten und sie herzlich begrüßten. Ein Herr mit Halbglatze und Brille stand auf und kam zu ihr.

»Ja, Hannes, Sie sind noch hier?«

Hannes Oberdorfer drückte ihr die Hand. »Ich habe verlängert, weil es mir bei Ihnen so gut gefällt. Was bin ich froh, dass es Ihnen wieder gut geht! Ihre Schwester hat mir ein wenig erzählt. Ich hoffe, Sie nehmen es ihr nicht übel, aber es war schon ein ziemlicher Schock, als wir erfuhren, was Ihnen zugestoßen ist.«

»Ich hatte Glück. Danke. Aber bitte, nehmen Sie ruhig wieder Platz, und ich lasse Ihnen noch etwas bringen. Einen Wein? Oder Kaffee und ein Dessert?«

»Ach, ein Glas von Ihrem Vin Santo wäre wundervoll. Den edlen Tropfen werde ich besonders erwähnen. Da ist Ihnen was Großes gelungen.« Der freundliche Tester ging an seinen Tisch, und Bianca setzte ihren Weg fort.

Bereits im Flur vor der Küche hörte sie Elenas übertriebenes Lachen und wusste, dass die Mitarbeiterin mit Nando kokettierte. Nun, jetzt war sie zurück. »Hallo, zusammen!«, rief Bianca in die Küche.

Luca, Ariano, Angela und Ivano lachten, klatschten und kamen nacheinander, um sie zu begrüßen und mit Fragen nach ihrem Befinden zu bestürmen. Erst danach kam auch Elena und umarmte sie.

Die junge Frau hatte noch größeren Aufwand mit ihrem Äußeren betrieben als sonst. Ihre Haare sahen frisch gefärbt und frisiert aus, die schwarze Bluse und die enge dunkle Hose wirkten neu. »Schön, dass du wieder hier bist, Bianca, aber du kannst dich ruhig noch schonen. Wir schaffen das ganz gut, nicht wahr, Nando?«

Der jedoch hatte nur Augen für seine zukünftige Frau, die er zu sich zog. »Wir haben Neuigkeiten. Aber vielleicht sagst du es ihnen, Bianca?«

Verlegen hob Bianca ihre Hand, an der der Ring blitzte, und ein Raunen ging durch die Reihe der Mitarbeiter. Luca grinste breit: »Herzlichen Glückwunsch! Habt ihr schon einen Termin für die Hochzeit?«

Elena erbleichte, und die Lippen wurden sehr schmal. »Ihr wollt heiraten? Das ging ja schnell.«

»Wenn du dich nicht für uns freuen kannst, sei lieber still, Elena!«, kam es scharf von Nando.

Bianca berührte seine Brust und sagte: »Das ist für alle eine Überraschung. Aber ich verspreche euch eine Feier, wie das *Fiore* sie noch nicht gesehen hat, und ihr seid natürlich alle eingeladen.«

Sich die Schürze von der Hüfte reißend erwiderte Elena: »Na, dann sucht euch mal eine andere Dumme, die sich den Hintern aufreißt, Überstunden macht – und das bei diesem Hungerlohn. Mich seht ihr hier nicht wieder!«

»Aber Elena, was soll denn das jetzt? Wir haben uns doch gut verstanden, oder zumindest hatte ich den Eindruck, du wärst gern hier!« Erschüttert lehnte sich Bianca an Nando, denn ihr Bein drohte zu versagen.

Der Neapolitaner hielt sie fest und sagte zu Elena: »Sehr schade, Elena, und sehr enttäuschend. Über eine Gehaltserhöhung hätten wir sprechen können. Neue Konditionen lassen sich verhandeln.«

»Enttäuschend?« Elena feuerte die Schürze auf einen Arbeitstisch. »Ihr habt ja keine Ahnung, wozu ich fähig bin. Ach, macht euren Mist doch allein!« Wütend drehte sie sich um, stieß Ariano im Gehen zur Seite und verließ die Küche durch den Hinterausgang.

»Was sollte das denn bedeuten?« Nando führte sie zu einem Stuhl. »Setz dich, Bianca. Du siehst blass aus.«

Ariano machte ein finsteres Gesicht. »Seid froh, dass die weg ist. Ich habe da so eine Idee, was sie gemeint hat, aber ich will niemanden fälschlicherweise beschuldigen.«

»Oh, nun aber raus damit, Ariano. Sie ist ja weg, und wir werden nichts unternehmen, was auch immer vorgefallen ist.« Neugierig sah Bianca ihn an.

Der Beikoch zeigte auf den Salzstreuer, der bei den Gewürzen stand. »Damals, das versaute Testessen. Das kann nur sie gemacht haben.«

Luca nickte. »Vermutet habe ich es auch, aber ich wollte es nicht wahrhaben.«

»Aber warum denn nur?«, seufzte Bianca.

Luca und Ariano sahen Nando vielsagend an.

»Meinetwegen? Ernsthaft? Nein!«, wehrte Nando ab.

»Doch, sie war total verknallt und hätte alles versucht, um deine Aufmerksamkeit zu bekommen«, meinte Ariano. »Sie wollte doch sogar nach Neapel und da für dich arbeiten.«

»Wahrscheinlich dachte sie, wenn du hier nicht mehr gebraucht wirst, weil das *Fiore* eh den Bach runtergeht, dann kann sie gleich mitgehen oder so ähnlich«, mutmaßte Luca und hob die Schultern. »Sie war ja ohnehin ein wenig überdreht.«

»Das kann nicht wahr sein«, wiederholte Bianca. »Und jetzt? Wer serviert?«, fragte sie pragmatisch in die Runde.

Angela trocknete sich die Hände ab, ergriff Elenas Schürze und lächelte. »Ich!«

»Ein tolles Team hast du hier, Bianca«, sagte Nando und küsste sie vor aller Augen auf den Mund.

41

It is easier to forgive an enemy
than to forgive a friend.
Es ist leichter, einem Feind zu vergeben,
als einem Freund.

William Blake (1757–1827)

Das große Weinfest war vorüber, und auf dem Gut war es etwas ruhiger geworden. Jetzt zog es vor allem Wanderer, Radfahrer und Reiter und jene, die sich auch von Regentagen nicht abschrecken ließen, in die Toskana. Nando kam gerade vom Großmarkt aus Florenz zurück, wo er eine Reihe neuer Händler von biologischen Lebensmitteln aufgesucht hatte. Auch da gab es Unterschiede, ebenso wie Bianca bevorzugte er regionale Unternehmen. Der Maserati rollte langsam über die Piste, wie er die unbefestigte Landstraße, die zur Villa Fiore führte, gern nannte. Wenn man zu schnell fuhr, wurden Steine und Sand aufgewirbelt, was dem Autolack schadete.

Lächelnd dachte er an Bianca, die sich von ihrem Zusammenbruch erholt hatte und sich ganz auf die fortschreitende Schwangerschaft und die Therapie für ihr Bein konzentrierte. Es fiel ihr nicht leicht, sich aus der täglichen Küchenarbeit herauszuhalten, aber sie merkte selbst, dass sie Ruhe und längere Phasen der Entspannung brauchte, wenn sich ihr Körper regenerieren sollte. Er strich über das Lederlenkrad und betrachtete ein wenig wehmütig das elegante Armaturenbrett, denn er hatte entschieden, den Sportwagen zu verkaufen. Wenn sich ihre Familie vergrößerte, benötigten sie einen praktischeren Wagen, und auf dem Land war ein Modell mit Allradantrieb durchaus sinnvoll.

Nando hatte noch etwas Zeit, bevor er ins Restaurant musste. Als er Milena auf einer Koppel mit einem ihrer tierischen Patienten sah, fuhr er spontan an die Seite und stieg aus. Er bewunderte Milena für ihre Geduld im Umgang mit traumatisierten Pferden. Heute stand sie in der Mitte der Weide und sprach leise auf einen goldbraunen Fuchswallach ein, der nervös um sie herumlief. Nando spazierte durch das hohe Gras und lehnte sich an den Holzzaun.

»Guten Morgen, Milena. Na, wen hast du denn da?«

Milena kam zu ihm, ohne das Pferd aus den Augen zu lassen, das schnaubte und sich zu entspannen schien. »Das ist Dandino, ein junges Springpferd, das bereits zahlreiche Prüfungen bestanden hat. Leider ist sein Besitzer ein schlechter Reiter. In einem Freispringchampionat kam es zu einem schweren Unfall. Dandino hat vor einem Steilsprung gebockt, der Reiter hat ihn geschlagen, und da ist er durchgegangen. Dabei hat sich Dandino an einer Eisenstange verletzt.«

»Das arme Pferd«, meinte Nando.

»Der Besitzer fiel so unglücklich, dass er sich den Arm brach, und wollte am liebsten, dass man Dandino zu Dosenfutter verarbeitet. Fast wäre es auch dazu gekommen, aber seine Tochter hat sich für Dandino eingesetzt und ihn mir gebracht. Wir kennen uns von einem Kurs, den ich einmal in ihrem Stall gegeben habe. Ich muss also alles tun, damit Dandino wieder angstfrei springen kann, sonst hat er bei den Leuten keine Chance.«

»Warum verkaufen die ihn nicht?«

Während sie miteinander sprachen, bewegte sich der Wallach langsam über die Koppel auf sie zu.

»Wer würde ein solches Pferd kaufen? Es lässt niemanden an sich heran, geschweige denn aufsteigen. Das Einzige, was ich für ihn tun kann, ist, ihm das Vertrauen in die Menschen zurückzugeben.« Milena sah das Pferd traurig an. »Manchmal frage ich mich, ob das überhaupt richtig ist. Verdient hat es der Mann sicher nicht, dass Dandino ihm wieder vertraut. Aber er weigert sich, bei mir einen Kurs zu machen. Weißt du, im Grunde müsste ich den Besitzer therapieren. Ich kann nur hoffen, dass seine Tochter Dandino übernimmt. Sie ist fähig und mitfühlend.«

Auf der Straße hinter der Koppel fuhr ein Auto. Die Fattoria und die Stallungen von Salvatore Massinelli befanden sich etwas weiter den Hügel hinauf. Eine malerische Anlage, wie Nando fand.

»Wie geht es Bianca? Ich habe sie seit zwei Tagen nicht gesehen, kam hier einfach nicht weg.«

Die Schwestern waren nicht nur in ihrem Temperament, sondern auch äußerlich verschieden, doch sie verstanden sich gut. Milena war klein, sportlich und immer in Bewegung. Wenn sie nicht in Reitkleidung herumlief, fuhr sie Mountainbike oder joggte mit den Gästen durch die Weinberge. Ihr Energiepotenzial schien unerschöpflich. Dabei wirkte sie anfangs eher schroff und taute erst auf, wenn man sich auf ihre flapsige Art einließ. Tiere liebten sie bedingungslos, und umgekehrt war es genauso.

»Viel besser. Die Ruhe tut ihr gut, und das sieht sie nun auch selbst ein.« Auf Biancas Wunsch war er zu ihr in die Räume über dem *Fiore* gezogen, und die Nähe genossen sie beide. Sie teilten ihre Erfahrungen, sprachen über die Kunst des Kochens, doch meist drehte sich alles um das Kind, das ihr Leben so plötzlich und tiefgehend verändert hatte.

»Ich bin so froh, dass du nicht aufgegeben hast. Wir wissen ja, wie schwierig sie ist, aber das hängt alles mit dem verfluchten Unfall zusammen.« Milena sah prüfend zu den Stallungen hinauf, wo Leute aus dem Wagen stiegen und scheinbar ziellos herumzulaufen begannen. »Ach, die sind doch wirklich … Ich fürchte, ich muss mich selbst um die Gruppe kümmern. Meine Aushilfskraft, eine wirklich tolle Reiterin, die auch mit den Leuten gut kann, hat für heute abgesagt. Oh!« Milena schlug sich gegen die Stirn. »Und heute kommt diese Sara schon wieder. Ich kann sie nicht leiden, tut mir leid. Sie hat so was Freches, Bestimmtes und keine Ahnung von Pferden.«

Nando beobachtete, wie sich Dandino Schritt für Schritt näherte, bis er vor Milena stand und den Kopf ein wenig senkte. Erst jetzt legte sie die Hand auf seine weiße Blesse und kraulte ihn. »Bist ein Braver, und jetzt lauf!«

Es bedurfte nur dieser kleinen Aufforderung, und der Wallach trabte gelöst davon.

»Das war beeindruckend, Milena!«, sagte Nando.

»Man muss ihnen Raum und genug Zeit geben. Oh, oben auf der anderen Weide steht ein Neuzugang, den du dir ansehen solltest. Eine bildschöne Appaloosa-Stute. Hast du Zeit?«

Er sah auf die Uhr und nickte. »Vielleicht lerne ich sogar noch das Reiten.«

Milena kletterte über den Zaun und ging mit ihm um die Arbeitskoppel herum. Hinter einer Gruppe Zypressen befand sich ein schmales Waldstück, das die Sicht auf die Stallungen versperrte und den Pferden Schatten spendete. Sich über Pferde und die verschiedenen Reitstile unterhaltend spazierten sie den Weg hinauf, bis sie zwischen den Bäumen ein Paar sahen, das sich zu streiten schien.

»Sara, ich kann das nicht mehr! Ich halte das nicht mehr aus, verstehst du?«

»Jetzt reiß dich zusammen, du hast doch gesehen, was passiert, wenn jemand in der alten Geschichte herumstochert. Maurizios Vater versteht keinen Spaß. Ich lass mir nicht gern drohen, aber ich lege mich auch nicht mit ihm an. Der hat mehr Geld und bessere Anwälte als wir.«

Nando hielt Milena am Arm zurück und legte den Finger an seine Lippen. Vorsichtig stellten sie sich hinter einen Baum und lauschten.

»Du hast dich damals so entschieden, jetzt sei kein Waschlappen. Es geht ihr doch gut. Sie ist nicht gestorben, und anscheinend hat sie auch noch einen verdammten Glücksgriff mit ihrem Zukünftigen gemacht. Nicht zu fassen …«, ätzte Sara de Gennaro.

Milena riss den Mund auf und machte eine Geste, die anzeigte, dass sie der Frau am liebsten die Kehle durchschneiden würde, doch Nando flüsterte: »Lass sie reden.«

»Aber es hätte nicht viel gefehlt, und Bianca wäre da unten gestorben. Gott, was hat sie nur durchgemacht. Ich schäme mich so!«, brach es aus Marco Campucci heraus.

»Männer sind solche Jammerlappen. Du hättest dein Gehirn einschalten sollen, bevor du in Maurizios Sportwagen durch die Gegend genagelt bist. Du wolltest sie beeindrucken!« Nando sah durch die Zweige, wie Sara Marco anstieß. »Hör auf zu heulen!«

»Aber du warst mit im Wagen, du hättest es verhindern müssen! Du bist doch ihre Freundin!«

»Ach ja? Bianca war stets das Prinzesschen, das jeden haben konnte und sich zierte. Sie hielt sich immer für etwas Besseres. Sie wollte dich nicht und Maurizio auch nicht.«

»Es ist seine Schuld! Nicht meine!«, schluchzte Marco. »Er

hat uns dazu gedrängt, einfach weiterzufahren und seinen Vater mit reinzuziehen.«

»Tja, dass sich der Alte nicht über diese Aktion freuen würde, war ja vorauszusehen. Immerhin hat er gleich den Notarzt informiert. Und wir halten hübsch weiter die Klappe. Ich lass mir nicht alles kaputtmachen, nur weil du plötzlich dein Gewissen entdeckt hast.«

»Das ist nicht richtig, Sara, das dürfen wir nicht.«

»Denk doch mal nach! Du hast eine Familie, einen Job bei der staatlichen Schule. Willst du das alles aufs Spiel setzen? Wozu? Es geht ihr gut. Wir sind hergekommen, um das festzustellen, weil dein schlechtes Gewissen sich gemeldet hat – und so ist es. Basta!«, beschwor Sara ihren ehemaligen Schulkameraden.

Milena wollte nach vorn preschen, doch Nando hielt sie zurück. »Lass uns erst überlegen, was wir tun werden«, zischte er.

Die Belauschten waren durch das Geraschel der Blätter und das Knacken der Äste aufgeschreckt worden und eilten zum Hof hinauf.

»Lass mich los!«, fauchte Milena.

»Nein, hör mir zu, Milena. Lass uns überlegen, was wir tun können. Willst du Bianca wirklich sagen, dass ihre besten Freunde sie verraten haben? Denkst du nicht, dass dieser Schock ihr jetzt mehr schaden als nützen würde? Sie ist schwanger. So was kann eine Fehlgeburt auslösen.« Flehentlich sah Nando sie an. »Bitte nicht, zumindest nicht jetzt.«

Milena schlug mit den Fäusten gegen den Baumstamm. »So eine Niedertracht. Diese verrotteten Kreaturen verdienen es ja nicht, die gleiche Luft wie Bibi zu atmen.« Sie spuckte aus und holte tief Luft. Dann sah sie Nando fest an. »Na schön. Wir behalten das für uns, aber wenn euer Kind da ist, sagst du es ihr, sonst tue ich es.«

Er gab ihr die Hand. »Wir haben einen Deal.«

»Und sie werden nicht mehr hier reiten, das kannst du nicht von mir verlangen.«

»Nein, das wäre untragbar«, erwiderte Nando. »Und im Restaurant erteile ich ihnen Hausverbot. Sie werden schon verstehen, warum.«

»Jetzt?«, wollte Milena mit finsterer Miene wissen.

»Gehen wir!«, antwortete Nando.

Im Hof vor dem großen Stall trafen sie auf Sara und Marco, die sich mit den anderen Teilnehmern der Gruppe unterhielten.

»Sara, Marco, kommt ihr bitte kurz zu uns. Wir möchten etwas mit euch besprechen«, sagte Milena.

Nando entging nicht, wie Sara zusammenzuckte und Marco sich mit zittriger Hand die Haare aus dem Gesicht strich.

»Ja? Was gibt es denn? Unsere Reitkappen liegen noch im Auto«, sagte Sara verhalten.

»Die werdet ihr nicht brauchen«, meinte Milena.

»Aber wieso denn? Wir haben gebucht, und die anderen sind doch auch da …«

»Halt den Mund, Sara, sonst vergesse ich mich, und das möchtest du ganz sicher nicht!«, zischte Milena.

Die anderen Teilnehmer sahen verwundert zu ihnen hinüber, konnten jedoch nicht hören, was gesprochen wurde. Aus dem Stall klang das Wiehern und Schnauben der Pferde herüber, und im Haus bellten Hunde, was bedeutete, dass Bruna Massinelli, die Hausherrin, anwesend war.

»Wir kamen vorhin durch den Wald und wurden Zeuge eures Gesprächs«, sagte Nando knapp.

Marco schluchzte auf. »Es tut mir so leid, so schrecklich leid. Bitte, glaubt mir das. Ich habe einen Fehler gemacht, den größten Fehler meines Lebens …«

Milena starrte ihn zornig an. »Warum jetzt? Was hat dich dazu bewogen, ausgerechnet jetzt hier aufzukreuzen?«

Marco sah zu Sara und antwortete verhalten: »Ich wollte eigentlich schon damals zu meiner Schuld stehen, aber Sara und Maurizios Vater haben mich überredet zu schweigen. Ich weiß, das ist keine Entschuldigung!« Verzweifelt rang er die Hände. »Aber ich war schwach, feige, nenne es, wie du willst. Eine Zeit lang konnte ich mein schlechtes Gewissen verdrängen, aber jetzt, da meine Kinder größer werden, erscheint es mir unverzeihlich, dass ich nicht sofort geholfen habe. Dann habe ich Sara wiedergesehen, und wir haben darüber gesprochen. Sie war dafür, erst mal zu schauen, wie es Bianca geht, vielleicht sei es nicht notwendig, die bittere Wahrheit zu offenbaren, vielleicht würde es die Wunde nur wieder aufreißen und schmerzhafter machen. Ach, ich habe hin und her überlegt.«

»Und dann kam ich her und sah Bianca und euch und war irgendwie beruhigt. Es geht ihr doch gut, und dann hat sie einen so tollen Mann gefunden.« Sara sah Nando bewundernd an.

Dieser ballte die Hände. »Hörst du eigentlich, was du da sagst, Sara? So viel Schlechtigkeit auf einmal ist mir selten begegnet, und ich habe da reichlich Erfahrung. Bianca ist fürs Leben gezeichnet, sie leidet täglich unter Schmerzen und Albträumen. Und du wagst zu behaupten, es ginge ihr gut? Schämen solltest du dich.«

Sara wollte etwas erwidern, doch Marco sagte: »Hör auf, Sara. Er hat doch recht. Ich werde zu Bianca gehen und ihr alles gestehen.«

»Nein! Du Idiot!«, entfuhr es Sara.

Marco war feuerrot im Gesicht geworden. »Ist mir egal, was du sagst, Sara. Es tut mir leid, und ich will dazu stehen.«

Milena wechselte einen Blick mit Nando, der mit düsterer Miene zu überlegen schien, was die beste Entscheidung war. »Du machst es dir zu einfach, Marco. Jetzt willst du dein Gewissen erleichtern, weil es dir dann besser geht. Was du meiner Schwester angetan hast, ist nie wiedergutzumachen. Daran solltest du dein Leben lang denken. Hier will ich euch niemals wiedersehen. Und zu Bianca kein Wort! Sonst, das schwöre ich bei meinem Leben, wünschst du dir, du wärst nie geboren worden, Marco Campucci! Bei dir, Sara, brauche ich mir ja keine Sorgen zu machen.« Milena strahlte die Stärke und Bedrohlichkeit einer Rachegöttin aus.

Sara war kreidebleich geworden und ergriff Marcos Arm. »Komm, wir gehen.«

»Im *Fiore* habt ihr Hausverbot, das muss ich nicht betonen, nicht wahr?«, fügte Nando hinzu.

Hätte sich ein Loch im Boden aufgetan, Sara und Marco wären hineingesprungen. So blieb ihnen nur der jämmerliche Rückzug in ihren Wagen.

42

VILLA FIORE

Ein kalter Wind wehte über die Hügel des Rufina. Der Oktober brachte oft die erste Kälte von den Bergen herüber. Doch die Sonne schien, und die Blätter der Kastanien verfärbten sich in schillernden Farben. Der Herbstwald bot ein prächtiges Schauspiel, und Bianca liebte den Duft von Holz, modrigem Waldboden und das Geräusch, wenn die Füße auf die trockenen Blätter traten. Das Knistern und Rascheln erinnerte sie an Kindheitstage, wenn sie mit ihren Schwestern und Cousin Dario durch den Wald und die Weinberge getobt war.

Auf Teresas Wunsch waren sie heute zur Kapelle hinaufgefahren. Der Wagen parkte auf dem verwilderten Grundstück vor dem einstigen Priesterhaus. Das gesamte Gebäude machte einen verwahrlosten Eindruck, nur vor den Stufen der Kapelle lagen manchmal frische Blumen. Nonna hatte einen Strauß weißer Rosen mitgebracht und legte sie auf die Stufen. Sie verharrte einen Moment in gebeugter Haltung, nahm schließlich ihren Stock und hakte sich bei ihrer Enkelin unter.

»Komm, setzen wir uns einen Augenblick auf die Bank. In der Sonne ist es warm genug«, bat Teresa Massinelli.

Bianca half ihrer Großmutter, sich bequem zu setzen, und legte ihr den wärmenden Schal um die Schultern. »Reicht das, oder soll ich die Decke aus dem Wagen holen?«

»So ist es gut, meine Liebe. Komm, setz dich. Wie geht es meinem Urenkel?« Die alte Dame legte die Hand auf den Bauch ihrer Enkelin.

»Oh, ihm oder ihr geht es hervorragend. Nach mir fragt ja keiner«, meinte sie scherzhaft.

Nonna nahm ihre Hand. »Wir Frauen sind stark und duldsam. Wären wir es nicht, gäbe es die Menschheit schon längst nicht mehr.«

Ein tiefer Seufzer entfuhr Bianca. »Ich bin nicht so stark wie du oder Giulia, aber ich gebe mir Mühe. Manchmal frage ich mich, ob das alles nicht zu schnell ging. Kann ich überhaupt eine gute Mutter sein, wo ich doch selbst so voller Probleme bin?«

»Was meinst du, Bianca? Kinder kommen immer dann, wenn sie sollen, nicht, wenn wir sie wollen – und das ist gut so!«

»Nando zumindest ist sehr glücklich über unseren Nachwuchs. Und weißt du, das hätte ich nie für möglich gehalten!«

»Warum nicht? Der Mann liebt dich. Wenn man liebt, ist alles möglich, dann fragt man nicht, man gibt und lebt den Moment.« Teresa Massinelli zog den Schal enger um ihre Schultern und sah zur Kapelle, wo der Wind durch die Rosen fuhr. Ein Blütenblatt löste sich und wurde durch die Luft getragen, bis es sich auf der obersten Stufe niederlegte.

VILLA FIORE 1951

Über die prachtvolle Hochzeit von Corrado Talone und Sibilla D'Antonio sprach man noch Wochen nach dem Ereignis. Die Klatschpresse ließ kein Detail aus, und die Fotos der Festlichkeiten, die auf dem Stammsitz der Familie Talone im Chianti stattgefunden hatten, zeigten unverhohlen den Reichtum der

Talones. Die Gästeliste wartete mit internationaler Prominenz aus Film und Industrie auf, woran auch die Braut ihren Anteil hatte. Sibilla D'Antonio hatte selbst in einigen europäischen Filmproduktionen mitgespielt. Wenn in Cannes die Filmfestspiele stattfanden, sah man sie über die roten Teppiche flanieren, und wenn ein reicher griechischer Reeder wilde Partys gab, stand Sibilla auf der Gästeliste. Ihre Hochzeitsreise hatte das Brautpaar nach Südamerika gemacht. Bei ihrer Ankunft in Buenos Aires hatte die schöne Sibilla den wartenden Reportern Kusshände zugeworfen. Offensichtlich genoss sie das Blitzlichtgewitter, während ihr Gatte sich mit ausdrucksloser Miene im Hintergrund hielt. Corrado Talone trug auf den meisten Fotografien eine Sonnenbrille und lächelte kaum.

Teresa legte das Hochglanzmagazin zur Seite und stand auf. Es war kühl geworden im Salon der Villa. Lorenzino war in das Spiel mit seiner neuen Holzeisenbahn versunken. Die Kinderbahn war rund um den Weihnachtsbaum aufgebaut worden, den Teresa liebevoll mit bunten Kugeln, Flitter und weißen Vögeln aus Glas geschmückt hatte. Ettore hatte dem Baum nicht einen Blick geschenkt, und überhaupt war das diesjährige Weihnachtsfest eine Katastrophe gewesen. Nicht nur, dass sie Corrado vermisste, den sie seit August nicht gesehen hatte, das Gut steckte in ernsten finanziellen Schwierigkeiten. Die Hälfte der Arbeiter war seit zwei Monaten nicht bezahlt worden, und der junge Grasso wiegelte die Arbeiterschaft auf, die Arbeit niederzulegen und sich zu nehmen, was ihnen zustand. Mit den wenigen treuen Mitarbeitern, die ihnen geblieben waren, verteidigte Teresa nun die Vorrats- und Weinkeller der Villa. Manchmal fragte sie sich, warum sie die Tore nicht einfach öffnete und den Leuten gab, worauf sie einen Anspruch hatten. Aber das wäre Anarchie, und wer konnte wissen, wohin es noch führen würde.

Sie stocherte im glühenden Holz des Kamins herum und rieb sich die kalten Hände. Soweit möglich sparte sie an der Heizung, doch die Räume wurden schnell klamm, und in einigen Ecken hatte sie bereits Schimmel entdeckt. So konnte es nicht weitergehen. Da ging es ihren Eltern in dem winzigen Haus am Wald besser. Der Ofen beheizte die kleinen Räume ausreichend, und ihr Vater, der für den Wildbestand des Waldes zuständig war, brachte stets genug Fleisch auf den Tisch. Nur ihre Mutter bereitete Teresa Sorgen. Sie war blass und dünn geworden und hustete ständig.

»Teresa!«, schallte die Stimme von Ettore Massinelli durch den Salon.

Sie stellte den Kaminhaken zurück und richtete sich auf. Als sie ihren Mann sah, erschrak sie über seinen desolaten Zustand. Die Haare standen ihm struppig um den Kopf, er hatte sich seit Tagen nicht rasiert, und seine Augen waren gerötet. Mit zitternder Hand führte er eine Zigarre an die Lippen.

»Papa!«, quiekte Lorenzino und hielt die Eisenbahn in die Luft.

Ettore streifte sich den Pelzmantel von den Schultern und warf ihn achtlos in einen Sessel. Assunta war ihrem Herrn hinterhergelaufen, hob den Mantel auf und schüttelte ihn aus.

»Signor Massinelli, möchten Sie zu Abend essen? Wildschweinragout und Pastete sind noch da und der Mandelkuchen und kandierte Früchte«, bot die Hausdame eifrig an.

»Bring mir von allem was und vor allem eine Flasche Roten. Nicht den billigen für die Gäste!«, rief Ettore und lachte über seinen eigenen Witz.

Teresa trat zu ihrem Mann und wollte seine Hände ergreifen, doch er wandte sich ab. »Ettore, geht es dir gut?«

Sie beobachtete schon seit längerem ein häufiges Zittern bei ihrem Gatten und machte sich Sorgen. Er war ihr Ehemann und der Vater ihres Sohnes. Ungeachtet ihrer einfachen Herkunft hatte Ettore sie geheiratet, und das würde sie ihm niemals vergessen. Mochte er sich auswärts amüsieren und über die Stränge schlagen, sie würde ihm sein Verhalten nie vorhalten, denn in ihrem Verhältnis mit Corrado hatte sie sich ebenfalls der Untreue schuldig gemacht.

»Ja, ja, mir geht es gut.« Er ließ sich in das Sofa vor dem Kamin fallen und streckte die Beine aus. Sein Anzug war zerknittert.

»So wie du aussiehst, kann es dir nicht gut gehen. Na komm, erzähl mir, was dich bedrückt.« Teresa hockte sich zu ihm, und Lorenzino rollte seine Eisenbahn hin und her. Friedliche, stille Momente mit der Familie erlebten sie viel zu selten. Hatten sie sich deshalb so auseinandergelebt? Oder hatte ihre Ehe nie eine Zukunft gehabt? Wäre sie glücklicher mit Ettore gewesen, wenn sie Corrado nicht kennengelernt hätte? Nein, dachte Teresa. Durch Corrado hatte sie erst zu sich selbst gefunden, hatte ein neues Selbstbewusstsein entwickelt und begriffen, was es bedeutete, zu lieben und geliebt zu werden. Die tiefe Liebe, die sie für Corrado empfand, ließ sie alles andere ertragen, auch den Jähzorn ihres Mannes und dessen ausschweifendes Leben.

»Ach, meine kleine Teresa, du solltest stolz auf deinen Mann sein können, aber ich habe Fehler gemacht. Am vergangenen Wochenende hat mich meine Glückssträhne verlassen.« Er unterbrach sich, weil Assunta mit einem Tablett hereinkam.

Nachdem er gegessen und ein Glas Wein getrunken hatte, sagte er: »Ich hätte alles zurückgewinnen können, aber die Würfel wollten einfach nicht mehr fallen. Tja, nun ist auch der untere Weinberg weg.«

»Was meinst du damit, er ist auch noch weg? Hast du die anderen Weinberge denn verkauft? Das wolltest du doch nicht.«

»Nein, die habe ich verpachtet, aber das Land auf der anderen Seite des Hügels musste ich Grasso geben.«

»Was? Grasso? Warum denn nur?«

»Ich konnte keinen Lohn zahlen, Teresa. Was sollte ich machen, er hatte mich in der Hand. Das Schwein wiegelt alle Arbeiter gegen mich auf. Dabei bin ich so kurz vor einem erfolgreichen Geschäftsabschluss! In zwei Wochen könnten all unsere Sorgen vom Tisch sein.« Ettore goss sich ein weiteres Glas Wein ein.

»Was denn für ein Geschäft?«, wollte Teresa vorsichtig wissen.

»Aktien, was sonst! Damit kann man schnell reich werden, wenn man die richtigen kauft oder verkauft. Eine verdammt interessante Geschichte ist das. Ich habe einen Tipp von Corrado Talone bekommen. Der Kerl ist wirklich clever, das muss ich ihm lassen. Von ihm habe ich gelernt, wie man seine Aktienpakete anlegen muss. Ach, das ist zu kompliziert. Du wirst sehen, das Blatt wird sich für uns wenden. Und jetzt komm, lass uns zu Bett gehen. Ich habe dich viel zu lange nicht mehr in meinem Bett gehabt. Lorenzino ist ein strammer Bursche, aber ich will noch mehr Kinder, Teresa.«

»Lass mich zuerst Lorenzino ins Bett bringen. Dann komme ich zu dir«, sagte Teresa, um noch etwas Zeit für sich herauszuschlagen.

Ettore brummte und stürzte den Wein hinunter. »Aber vergiss es nicht, sonst komme ich zu dir.«

Hastig hob Teresa den protestierenden Lorenzino hoch und trug das Kind die Treppe hinauf in das Kinderzimmer, das er sich mit dem Kindermädchen teilte. Die junge Frau hatte über die Feiertage Urlaub bekommen, um bei ihrer Familie sein zu können. Kurz vor der Jahreswende wurde sie zurückerwartet. Nachdem sie den quengelnden Jungen endlich gewaschen und in sein Bett gebracht hatte, ging sie ins Badezimmer. Es gab Mittel, mit denen sich eine Schwangerschaft verhindern ließ, denn Teresa hatte eine schwere Geburt durchlebt und war noch nicht bereit, diese Schmerzen und Ängste erneut durchzustehen. In ein oder zwei Jahren vielleicht, aber nicht jetzt, hatte sie für sich entschieden und holte eine kleine Schachtel aus einem Beutel, den sie oben auf dem Medizinschrank versteckte.

Das neue Jahr begann mit einer guten Nachricht – Ettores Aktiengeschäfte waren tatsächlich von Erfolg gekrönt. Die Arbeiter erhielten ihre Löhne und einen Bonus dazu, und Ettore kaufte Weinberge auf dem Hügel rund um die Kapelle dazu. Ein junger Winzer aus Doccia wurde eingestellt, um sich um den Ausbau des Weins der Villa Fiore zu kümmern, während Ettore sich auf die Aktiengeschäfte konzentrierte. Teresa freute sich für ihren Mann, doch blieb ein schaler Beigeschmack, wenn sie an die riskanten Börsengeschäfte dachte.

Der Frühling kam und endlich der warme Mai. Corrado kehrte von seiner Hochzeitsreise und diversen gesellschaftlichen Veranstaltungen zurück. Während seine Frau sich weiterhin an der Amalfiküste, auf Capri und in Paris vergnügte, widmete sich Corrado ganz den Weingütern der Familie. Er holte sich einen anerkannten französischen Önologen ins Chianti und lernte alle Feinheiten des Weinanbaus. Teresa gegenüber hatte Corrado oft erwähnt, dass es ihn maßlos ärgerte, wenn die französischen Weine von den Kritikern hochgelobt, die italienischen hingegen kaum erwähnt wurden.

Am ersten Montag im Mai erreichte sie ein Paket ohne Absender. Es fühlte sich an wie ein sehr flaches Buch, und Teresas Herz begann schneller zu schlagen. Sie wartete bis nach dem Mittagessen, als das Haus ruhig und Lorenzino eingeschlafen war, und ging erst dann mit dem Paket in den Garten. Unter der alten Zeder setzte sie sich auf die Bank und strich über das grobe Packpapier. Seine Handschrift, auch wenn er sich um eine weniger schwungvolle Ausprägung der Anfangsbuchstaben bemüht hatte. Sie löste den Knoten des Bandes und schlug das Papier auf.

»O dio!«, entfuhr es ihr. Vor ihr lag eine Schallplatte der Gramophone Company, gepresst 1908. Niemand anderer als der berühmte neapolitanische Tenor Enrico Caruso hatte hier *Santa Lucia*, die Hymne auf Teresas Heimatstadt Neapel, eingesungen. Sie drehte die schmucke Plattenhülle und hielt sich die Hand vor den Mund, denn der Tenor selbst hatte die Aufnahme signiert. Diese Platte war eine Rarität und musste Corrado ein Vermögen gekostet haben.

Automatisch begann Teresa, die schöne Melodie zu summen. *»Sul mare luccica, l'astro d'argento, placida è l'onda, prospero il vento …«*

Das Lied pries die Schönheit Neapels in all seinen Facetten und ließ Teresa wehmütig an den Ort ihrer Kindheit und ihre Geschwister denken. Ein kleines Kärtchen fiel aus der Plattenhülle, und sie las: »Für meine Geliebte, die mir so teuer ist wie Santa Lucia. Am kommenden Freitag an unserem Platz. Ich warte auf dich.«

Wie hatte sie sich nach dieser Nachricht gesehnt, und nun war sie endlich gekommen! Teresa drückte die Karte an ihre Lippen. Er hatte sie nicht vergessen, und nun würde alles so sein wie zuvor.

Eine Zeit lang war es das auch. Es gelang Teresa und Corrado hin und wieder, sich heimlich bei Signora Tufaro zu treffen. Ettore war oft genug geschäftlich unterwegs, und die Signora und ihr taubstummer Sohn würden sich hüten, die willkommene Geldquelle durch eigene Unachtsamkeit in Form von Geschwätzigkeit preiszugeben.

Nach ungefähr einem Jahr stellte Teresa fest, dass sie guter Hoffnung war. Da sie mit Ettore seit über drei Monaten keinen Verkehr gehabt hatte, kam nur Corrado als Vater in Frage. Noch in der Woche, in der sie die Schwangerschaft bemerkte, schlief sie mit ihrem Ehemann, der sich über ihre plötzliche Zuwendung wunderte, sie jedoch nicht hinterfragte. Teresa verheimlichte die Schwangerschaft so lange wie möglich, und erst als sie eines Nachts mit Corrado im Bett lag und er über die leichte Wölbung ihres Leibes strich und sie fragend ansah, nickte sie.

»Es ist unseres.«

Seine Reaktion darauf würde sie nie vergessen. Er weinte, nahm sie in die Arme und küsste sie zärtlich.

»Ettore weiß es nicht.«

»Und er sollte es nie erfahren, Teresa. Aber ich weiß es. Es wird immer unser Kind sein, und ich werde für euch sorgen, was auch immer geschieht.«

Sie sah ihn mit feuchten Augen an. »Du hast schon so viel für uns getan, Corrado. Die Aktiengeschäfte, die hast doch du für Ettore eingefädelt, nicht wahr?«

Ein feines Lächeln umspielte seine Lippen. »Was soll ich denn machen, Teresita? Zusehen, wie er alles verspielt? Wie euer schönes Gut vor die Hunde geht? Das hast du nicht verdient.«

In jener Nacht verstand Teresa, wie tief die Liebe dieses Mannes für sie war, und fürchtete, dass das Schicksal ihr dieses gestohlene Glück nicht gönnen würde. Neapolitanische Frauen waren abergläubisch. Als Teresa zum Ende ihrer Schwangerschaft einen Spiegel zerbrach, weinte sie und wusste, dass etwas Schreckliches geschehen würde.

Ihr zweiter Sohn wurde in einer stürmischen Februarnacht geboren. Es war kalt und nass, und der Wind heulte unheilvoll um die Villa. Die Schreie der Gebärenden hallten durch das

Haus, und die Schmerzen waren noch furchtbarer als bei Lorenzinos Geburt. Es schien, als wollte dieses Kind seine Mutter schon bei seinem Weg ans Licht der Welt peinigen. Als das schrumpelige rotgesichtige Neugeborene endlich in ihren Armen lag, küsste sie es. »Kleiner wilder Salvatore, warum hast du es mir so schwer gemacht? War das die Strafe für das Glück, das ich bei deiner Empfängnis erlebt habe?«

Sie hatte ihren Mann nicht kommen hören, und Assunta stand regungslos im Halbdunkel des Zimmers. Plötzlich tauchte er neben ihrem Wochenbett auf und starrte mit wässrigen Augen auf sie hinunter. Er machte keine Anstalten, das Kind zu berühren, sondern hielt ihr eine Karte hin.

»Was bedeutet das hier? Lüg mich nicht an, Teresa, nicht heute!«

Ein Stich durchfuhr sie. Er hatte die Karte aus der Schallplattenhülle gefunden. Die Karte ihres Geliebten, die sie niemals hätte behalten dürfen.

»Es ist nichts, nur eine Karte …«, stammelte sie.

»Wer hat sie dir geschrieben?«

»Niemand!« Seinen Namen würde sie niemals preisgeben, und wenn es sie das Leben kosten sollte.

Ettore wurde rot vor Wut, und die Ader an seiner Stirn schwoll bedrohlich an. Seine Hände zitterten noch mehr als sonst. »Dieses Kind. Ist es meins oder seins?«

»Deins natürlich!«, schrie sie verzweifelt.

Doch er war außer sich vor Zorn. »Ich bin vielleicht verhurt und habe viel getrunken, aber ich habe doch gemerkt, dass du nicht freiwillig mit mir geschlafen hast, Teresa. In dieser Nacht, in der du plötzlich zu mir gekommen bist wie die verführerische Schlange aus dem Paradies, die mich mit ihrem Gift betäubte, in jener Nacht wusstest du, dass du ein Kind erwartest! Und dieses Kind war nicht von mir!«, brüllte er.

Assuntas dunkler Schatten verharrte in der Ecke.

»Es ist unser Kind, Ettore!«, rief Teresa. »Unser gemeinsames Kind, daran wirst du nichts ändern können. Ich habe versucht, dir eine gute Ehefrau zu sein, aber du hast mich von Anfang an betrogen und dein Erbe verspielt und verhurt. Wunderst du dich nicht, dass du immer wieder Glück mit deinen Geschäften hast? Denkst du wirklich, es läge an dir, dass auch nur ein Stück Land noch in deinem Besitz ist?« In ihrem Zorn waren ihr die Worte herausgerutscht, doch letztlich war es gleichgültig. Es machte keinen Unterschied mehr, sollte er doch wissen, dass er ohne ihr Zutun längst alles verloren hätte.

Die Erkenntnis ergriff von ihm Besitz. Er wurde weiß, stolperte rückwärts, musste sich an einem Sessel festhalten und stammelte: »Das hast du nicht gewagt …«

»Ich habe nichts Unrechtes getan. Aber ich weiß, was es bedeutet, sich hungrig in den Schlaf weinen zu müssen, und deshalb konnte ich nicht zusehen, wie du das Vermögen, die Zukunft deiner Söhne, verschleuderst. Ist es so falsch, den Rat eines Freundes anzunehmen? Hättest du Corrado zugehört und sein Darlehen angenommen? Was kümmert es dich, dir ist doch alles egal. Du wolltest dich immer nur amüsieren.«

Es war, als wäre der Rest Würde und Selbstachtung, den Ettore noch besessen hatte, unter ihren Worten zu Staub zerfallen. In einer Sekunde war aus dem jähzornigen Gutsherrn ein gebrochener Mann geworden. Ettore Massinelli machte einen Schritt auf sie zu, und Teresa drückte den Säugling beschützend an sich.

»Meine Stiefmutter hatte recht, als sie über mich lachte und mich einen Nichtsnutz nannte. Ich war immer eine Enttäuschung für meinen Vater – und am meisten für mich selbst. Es wird Zeit.« Er streckte die zitternden Hände aus. »Sieh mich an, ich bin zu nichts mehr zu gebrauchen, das sagen auch die

Ärzte. Es ist nur eine Frage von Monaten, bis ich im Rollstuhl sitze.«

»Ettore, nicht doch, rede nicht so! Man kann sicher etwas tun!«, rief Teresa entsetzt.

Ettore verzog verbittert den Mund. »Nein, da kann man nichts tun. Jedenfalls die Ärzte nicht. Aber ich weiß, was ich zu tun habe.«

Als er sie ansah, lag in seinen Augen eine Verwundbarkeit, gepaart mit tiefer Verzweiflung und Hoffnungslosigkeit, die ihr Angst machten.

»Geh jetzt nicht fort, Ettore. Wir finden einen Weg!«, flüsterte sie, doch er hörte sie schon nicht mehr.

Wie von Dämonen gehetzt rannte er aus dem Zimmer und die Treppen hinunter. Kurz darauf hörten sie unten im Hof den Motor seines Wagens aufheulen. Teresa weinte, und Assunta ging stumm aus dem Raum.

Ein Windstoß fegte um die Kapelle herum und riss an den weißen Rosen. Einige Blütenblätter wirbelten durch die Luft, und eines fiel in Teresas Schoß.

Die alte Dame sah ihre Enkelin an. »Auf dem Weg zur Kapelle ist Ettore mit seinem Wagen von der Straße abgekommen und gegen einen Baum gefahren. Er war sofort tot.«

»Oh nein, wie schrecklich! Nonna, du denkst, er hat sich …?«

Der Blick ihrer Großmutter sagte alles.

»Das war der Preis, den ich zahlen musste, Bianca. Mit dieser Schuld muss ich leben.«

»Und Corrado?«, fragte Bianca leise.

»Ich habe unsere Liebesbeziehung beendet. Es hätte fade geschmeckt, und irgendwann wäre unsere Liebe gegangen. Er hat das verstanden, weil er ein großartiger Mensch war.«

Teresa nahm das Blütenblatt und rieb es zwischen den Fingern. »In all den Jahren hat er immer zu mir gehalten. Ihm habe ich es zu verdanken, dass die Villa Fiore noch den Massinellis gehört.«

Bianca verstand langsam das Ausmaß dessen, was Corrado Talone für ihre Familie getan hatte, und legte die Hand auf den Arm der Großmutter. »Weiß Umberto davon?«

»Oh, ich denke schon. Als er das Erbe seines Vaters angetreten hat, wird er in den Unterlagen gewisse Transaktionen gefunden haben. Aber er hat nie etwas gesagt. Sein Vater ist viel zu früh gestorben, und er hat den Kontakt zu mir immer gehalten. Ich denke, er wusste genau, was sein Vater und ich einander bedeutet haben.« Teresa seufzte und nahm ihren Stock auf. »Das Leben kann so kurz sein, und manchmal ist es viel zu lang. Aber dann haben wir die Momente des Glücks, die uns in der Dunkelheit des Alters leuchten.«

»Danke, Nonna.«

»Ach was, danke mir nicht, denk lieber an dein Kind und an deinen Mann, diesen verdammt hübschen Neapolitaner. Ach, wenn ich noch einmal jung wäre …« Teresa Massinelli grinste und stützte sich auf den Arm ihrer Enkelin.

43

Am Ende zählen nur drei Dinge:
wie viel du geliebt hast,
wie rücksichtsvoll du gelebt hast
und wie würdevoll du Dinge losgelassen hast,
die nicht für dich bestimmt waren.

Buddha

Im Dezember hatten Nando und Bianca ein unvergessliches Hochzeitsfest in der Villa Fiore gefeiert. Es war ein klarer Wintertag mit milden Temperaturen gewesen, und Gasheizungen auf der Terrasse hatten es ermöglicht, dort zu tanzen. Teresa Massinelli hatte auf das Brautpaar angestoßen und gesagt, dass sie lange nicht so glücklich gewesen sei wie an diesem Tag. Nur Bianca wusste, was ihre Großmutter damit meinte, und auch, was ihr Hochzeitsgeschenk bedeutete: eine alte Schallplatte von Enrico Caruso, die der Tenor signiert hatte.

Es waren aufregende, nervenzehrende Monate bis zur Geburt ihrer Tochter gewesen. Nando hatte sich im *Fiore* eingearbeitet und sein Team um drei qualifizierte Mitarbeiter erweitert. Dabei war er darauf bedacht, Luca und Ariano nicht zu benachteiligen, und hatte Ivano, in dem er großes Potenzial sah, unter seine Fittiche genommen. Der junge Mann blühte auf und lernte fleißig Italienisch, um bei seiner Prüfung zum

Koch gut abzuschneiden. Auch im Service hatten sie zwei weitere Mitarbeiter eingestellt. Bianca, die mit fortschreitender Schwangerschaft seltener in der Küche erschien, sich jedoch nützlich machen wollte, kümmerte sich um die Büroarbeit und kreierte neue Desserts, was ihr große Freude bereitete.

Da sie die Erste der Massinelli-Schwestern war, die der Familie Nachwuchs schenkte, wurde sie von allen ständig umsorgt und behütet. Giulia fragte beinahe stündlich nach, ob es ihr auch gut gehe, Milena bereitete ein Pony darauf vor, das Kleinkind zu tragen, und Cousin Dario schleppte jegliche Art von Spielzeug an. Ihre Eltern wollten am liebsten, dass Bianca und Nando zu ihnen in die Villa zogen. Dagegen wehrte sich das junge Paar jedoch entschieden. Vorerst blieben sie im *Fiore* wohnen und überlegten, ob sie eines der Ferienhäuser umbauen und Biancas Apartment dann vermieten sollten.

Giulia und Paul hatten den Termin für ihre Hochzeit auf den Sommer verschoben, was dem Weingut ein weiteres Fest verschaffte. Überhaupt schien das Glück in der Villa Fiore Einzug gehalten zu haben. Lorenzo ging es gesundheitlich gut, die neuen Rotweine hatten eine Gold- und eine Silbermedaille auf der Londoner Weinmesse gewonnen, und der kalifornische Zinfandel, den Juan mit Pauls Unterstützung anbaute, hatte sich erneut als Spitzenwein in San Francisco durchsetzen können. Zudem waren keine weiteren Drohbriefe eingetroffen, und die Massinellis hofften, dass Nico sich in der Ferne ein neues Leben aufgebaut und seine unsinnige Rache endlich aufgeben hatte.

»Sollten wir nicht wieder zu den anderen gehen?«, fragte Bianca, obwohl sie den ruhigen Moment mit ihrem Mann und ihrer Tochter, die friedlich in ihrem Kinderwagen schlief, genoss.

Heute war die kleine Aurora Teresa getauft worden. Sie hätten den Tag nicht besser wählen können. Die erste Juniwoche war warm, am blauen Himmel stand nicht eine Wolke, und die gesamte Familie war gekommen. Auch Nandos Großmutter und seine Schwester waren hier. Bianca hatte Lucia sofort ins Herz geschlossen und hoffte, dass sich Nandos Schwester von ihrem gewalttätigen Ehemann emanzipieren würde, so schwer das auch sein mochte. Aber für die Kinder wäre es das Beste. Nun, in Nando hatte Lucia einen Unterstützer und mit den Massinellis eine neue Familie dazugewonnen.

Salvatore und Bruna waren ebenfalls gekommen. Salvatore hatte ein langes Gespräch mit seinem Bruder Lorenzo geführt, und alle hofften, dass die Brüder sich von nun an besser verstanden. Bianca hatte so eine Ahnung, dass Teresa an der Versöhnung der Brüder nicht ganz unbeteiligt war, und liebte ihre Großmutter dafür umso mehr.

Aurora Teresa hatte das Glück, gleich drei Taufpaten zu haben, denn Giulia, Milena und Dario hatten drauf bestanden, sich die ehrenvolle Aufgabe zu teilen. Bianca saß neben Nando auf einem Baumstamm und sah über die Hügel mit den endlosen Reihen von Weinreben, unterbrochen nur von Zypressenalleen und den roten Ziegeldächern weniger Häuser. Als in der Ferne ein Automotor aufheulte, zuckte Bianca kurz zusammen. Nur selten überkamen die Albträume sie noch, doch sie waren da, lauerten auf einen Moment der Schwäche, um sie mit den altbekannten Bildern zu erschrecken.

Nando legte den Arm um sie und küsste sie auf die Schläfe. »Ich habe Milena versprochen, dir etwas zu sagen, von dem ich nicht sicher bin, ob es richtig ist, dass du es erfährst. Aber deine Schwester besteht darauf, und ich respektiere ihren Wunsch. Ihr seid euch so nahe.« Er seufzte tief und nahm ihre Hand.

Besorgt sah Bianca ihn an. Sie liebte sein klassisches Profil, kannte inzwischen die winzigen Anzeichen von Sorge, Verärgerung oder Nervosität in seiner Mimik. »Was gibt es denn?«

Es schien ihm schwerzufallen, die richtigen Worte zu finden. »Es ist wegen Sara und Marco«, begann er.

»Jetzt, wo du sie erwähnst, frage ich mich auch, warum sie sich nicht mehr gemeldet hat. Aber ich habe sie nicht vermisst. Ich war beschäftigt …« Bianca lächelte glücklich.

Nando strich ihr über die Haare, und schließlich erzählte er von jenem schicksalhaften Zusammentreffen vor über einem Jahr, als er und Milena Sara und Marco an der Fattoria belauscht hatten. »Marco tat es sehr leid, er machte tatsächlich den Eindruck, als hätte er all die Jahre sehr unter seinem Fehlverhalten gelitten. Bei Sara bin ich mir nicht so sicher. Sie ist eine berechnende Person. Und Maurizio hat kein Rückgrat. Er tut, was sein Vater ihm sagt, und wenn Duccio Rossi will, dass er schweigt, tut Maurizio das. Duccio ist ein eiskalter Geschäftsmann, der nur seine Vorteile sieht und jeden aus dem Weg räumt, der ihm in die Quere kommt. Mit allen Mitteln. Ich sage das nicht, um dir Angst zu machen. Wenn du gegen sie klagen willst, machen wir das. Aber es wird ein langwieriges Unterfangen mit ungewissem Ausgang.«

Bianca hatte mit wachsendem Erstaunen zugehört. »Das ist doch einfach nicht möglich!«, flüsterte sie. »Aber Mia wusste nichts davon, nicht wahr?«

»Nein, Mia nicht«, versicherte Nando ihr.

Biancas Augen füllten sich mit Tränen. »Meine Freunde – oder sagen wir, diejenigen, die ich dafür gehalten hatte. Meine Güte, haben die denn überhaupt kein Herz, kein Mitgefühl, keinen Anstand?«

Ihr Mann wischte ihr sacht die Tränen von den Wangen. »Nicht weinen, Bianca. Sie sind keine einzige deiner Tränen wert.«

Sie sah ihn blinzelnd an. »So eiskalt und boshaft kann man doch nicht sein. Das ist doch nicht normal!«

»Nein, das sollte es nicht sein. Aber viele sind einfach zu feige, sich der Wahrheit zu stellen und die Konsequenzen für ihr Handeln zu tragen. Das ist die bittere Realität.«

Aurora gab im Schlaf kleine schmatzende Geräusche von sich, und Bianca lächelte. »Sieh dir unseren Sonnenschein an. Ich bin so glücklich, dass wir sie haben, dass ich dich habe, *mio caro.*« Sie beugte sich vor und küsste ihren Mann zärtlich auf die Lippen.

Erwartungsvoll und ein wenig nervös sah Nando sie an. »Was wirst du tun, Bianca?«

Sie strich ihm über die Wange und sah zu ihrer Tochter. »Gar nichts. Weißt du, bevor ich dich kannte, hätte ich sie vor Gericht gezerrt und von Gerechtigkeit gesprochen. Heute ist mein Leben erfüllt von Liebe und Glück. Ich glaube nicht, dass Sara und Marco das von sich sagen können. Das ist Strafe genug, oder nicht?«

»Ich bin so stolz auf dich«, flüsterte er und zog sie in die Arme.

TORTA DELLA NONNA

Die klassische Torta della Nonna ist ein Mürbeteig, der mit einer Zitronencreme gefüllt und mit Pinienkernen garniert wird. Man kann diesen Kuchen als Dessert servieren und auch sonst zu jeder Gelegenheit genießen.

Diese Menge ist für eine Quicheform mit einem Durchmesser von 26 cm gedacht.
Mürbeteig:
400 g Dinkelmehl
1 Prise Salz
250 g kalte Butter
150 ml kaltes Wasser
2 EL brauner Zucker
1 Päckchen Vanillezucker

Zitronencreme:
100 g brauner Zucker
8 Eigelb
1 l Dinkelmandelmilch
1 Vanilleschote
geriebene Schale einer Biozitrone
20 g Speisestärke

100 g Pinienkerne
Puderzucker

Die Zutaten für den Mürbeteig zügig zu einem krümeligen Teig verarbeiten, erst zum Schluss das kalte Wasser nach Bedarf zugeben und den geschmeidigen Teig 2 Stunden im Kühlschrank lagern.

Den Teig dann teilen und beide Hälften ausrollen. Mit einer Teighälfte den Boden der gefetteten Quicheform auskleiden, die andere Hälfte zum Teil für den Rand verwenden, ca. 5 cm hoch. Den Rest dünn ausrollen – wird als Deckel gebraucht.

Jetzt die Füllung herstellen: Mit etwas Milch die Speisestärke anrühren, den Rest mit dem Vanillemark, der Zitronenschale, Zucker und Eigelb aufkochen. Speisestärke dazugeben und unter ständigem Rühren leicht aufkochen lassen, bis die Creme eindickt. Ein wenig abkühlen lassen, dann in die Form geben, Teigdeckel auflegen, mit der Gabel einstechen, den Pinienkernen bestreuen und im vorgeheizten Ofen bei 180° Celsius ca. 40 Minuten backen.

Zu einem Espresso und einem Gläschen Vin Santo schmeckt Nonnas Köstlichkeit besonders gut.

Buon appetito!

Autorin

Constanze Wilken, geboren 1968 in St. Peter-Ording, wo sie auch heute wieder lebt, studierte Kunstgeschichte, Politologie und Literaturwissenschaften in Kiel und promovierte an der University of Wales in Aberystwyth. Als Autorin ist sie sowohl mit großen Frauen- als auch mit historischen Romanen erfolgreich. Weitere Titel von Constanze Wilken sind bei Goldmann in Vorbereitung.

Constanze Wilken im Goldmann Verlag:

Die historischen Romane:
Die Tochter des Tuchhändlers. Roman
Die Malerin von Fontainebleau. Roman
Die Lautenspielerin. Roman
Blut und Kupfer. Historischer Roman

(Alle als E-Book erhältlich.)

Die Wales-Romane:
Der Duft der Wildrose. Roman
Ein Sommer in Wales. Roman
Sturm über dem Meer. Roman
Das Erbe von Carreg Cottage. Roman
Die Klippen von Tregaron. Roman

(Alle als E-Book erhältlich.)

Die Italien-Romane:
Die Frauen der Villa Fiore. Giulias Geschichte. Roman
Die Schwestern der Villa Fiore. Biancas Geschichte. Roman

(Alle als E-Book erhältlich.)